U0510605

本书受中国语言文学省级应用特色学科、南岭走廊与潇湘文化研究基地出版资助

湖南省教育厅2020年创新平台开放基金项目结题成果（课题号：20K058）

南岭走廊与潇湘文化丛书

明清
柳宗元
批评研究

Study of Liu Zongyuan's
Criticism in
Ming and Qing Dynasties

周玉华 ————— 著

中国社会科学出版社

图书在版编目（CIP）数据

明清柳宗元批评研究／周玉华著 . —北京：中国社会科学出版社，2024.5
（南岭走廊与潇湘文化丛书）
ISBN 978 – 7 – 5227 – 3367 – 8

Ⅰ.①明… Ⅱ.①周… Ⅲ.①柳宗元(773 – 819)—唐诗—诗歌研究
Ⅳ.①I207. 227. 42

中国国家版本馆 CIP 数据核字(2024)第 065517 号

出 版 人 赵剑英
责任编辑 宋燕鹏
责任校对 李 硕
责任印制 李寡寡

出 版 中国社会科学出版社
社 址 北京鼓楼西大街甲 158 号
邮 编 100720
网 址 http://www.csspw.cn
发 行 部 010 – 84083685
门 市 部 010 – 84029450
经 销 新华书店及其他书店

印 刷 北京明恒达印务有限公司
装 订 廊坊市广阳区广增装订厂
版 次 2024 年 5 月第 1 版
印 次 2024 年 5 月第 1 次印刷

开 本 710 × 1000 1/16
印 张 18.75
插 页 2
字 数 288 千字
定 价 108.00 元

凡购买中国社会科学出版社图书,如有质量问题请与本社营销中心联系调换
电话:010 – 84083683
版权所有 侵权必究

前　言

柳宗元（773—819），字子厚，出生河东柳氏，世称柳河东、河东先生，唐代著名的文学家、哲学家、散文家和思想家。柳宗元具有远见卓识，关注社会民生，积极用世，锐意革新。在"永贞革新"中发挥了重要作用，虽然改革失败，但柳宗元在贬谪地方时依旧关心民生疾苦，同情他们的不幸遭际，受到百姓敬爱。由于人们对"永贞革新"持不同态度，也导致后世对柳宗元参与革新评价不一。

柳宗元与韩愈并称"韩柳"，他们共同倡导唐代古文运动，这是一场具有里程碑式意义的运动。主张"文以载道"，反映现实，反对骈文空洞没有内容，目的就是恢复古代的儒学道统，改革文风与复兴儒学相辅相成，影响很大。

柳宗元一生留下 600 多篇诗文作品，文学成就令许多后人难以望其项背。柳宗元与刘禹锡并称"刘柳"，与王维、孟浩然、韦应物并称"王孟韦柳"。他擅长的领域很多，诗歌、辞赋、散文、寓言故事等都有大量优秀之作流传于世。《永州八记》《惩咎赋》《江雪》《捕蛇者说》《黔之驴》等脍炙人口的文学作品，都是柳宗元的代表作。唐宋八大家之一的欧阳修曾这样评价柳宗元："天于生子厚，禀予独艰哉。超凌骧拔擢，过盛辄伤摧。苦其危虑心，常使鸣心哀。投以空旷地，纵横放天才。山穷与水险，上下极沿洄。故其于文章，出语多崔嵬。"正是仕途的失意，在贬谪地方时，深邃了其哲学思想，激发了他的文学才情，从而在思想和文学上都取得了杰出的成就。

其论说文笔锋犀利,论证精确。寓言造意奇特,寄寓哲理,嬉笑怒骂,讽刺幽默。传记继承传统,虚构夸张。山水游记借景寓情,峭拔峻洁,清邃奇丽。骚赋借古自伤,幽思苦语,深得屈骚精髓。诗歌清丽蕴幽,淡雅韵长。

柳宗元将古代朴素唯物主义无神论思想发展到了一个新的高度,他反对天诸说,批评神学,强调人事,用唯物主义观点解释"天人之际"。柳宗元一生好佛,认为"佛之道,大而多容","儒释兼通,道学纯备",他还试图"统合儒释",将佛教思想纳入儒家思想体系。其政治思想为:"无忘生人之患",提倡"吏为民役"的民本思想。同时,他在教育上讲求"化人及物",对学习内容和学习方法都提出了自己独特的见解。

作为一代宗师,柳宗元影响深远,后世文士对其评价颇多,可谓全方位多角度。从唐宋时期一直延续到今天,柳宗元依旧是研究重点。

明清时期是文学集大成的时代,诗人多、散文家多、批评家多、思想家多,因而作品多、文学批评多、思想评论多。本书以唐代文学家柳宗元的诗文在明清时期的批评为中心,考察柳宗元在明清时期的接受情形。

以柳宗元明清时期接受的重点读者为中心,结合重点读者的生活时代背景、文化哲学以及他们所接受的思想教育等,综合考察柳宗元在明清时期的具体接受现象。从而分析重点读者在柳宗元接受历程中的独特贡献,进而全面开展柳宗元接受史考察。

选取明清时期作为柳宗元接受现象研究的时段更具完整性。明清时期时段较长,选取这一时段,这是文学复古与发展的时期,既有较为复杂的文学发展背景,同时还具有相对的完整性。

明清时期,柳宗元接受现象研究在古代作家接受史的研究中具有典型性。通过对明清时期柳宗元的接受现象研究,可以举一反三,应用到其他作家作品的明清时期接受研究中去,具有范式研究效应。

研究中从点到面,以重要读者的传播接受为重点,研究柳宗元在明清时期接受的具体情形。知人论世，探究重点读者在柳宗元接受历程中的独特贡献和具体成因。

　　本书通过选取明清时期重点读者对柳宗元的接受现象的综合研究，深化对柳宗元及其诗文作品审美价值的认识。在明清时期柳宗元接受现象研究中，除了读者对柳宗元及其诗文的阐述评价外，还更多探究柳宗元的思想、人品、生活经历、诗文理论和创作成就对明清时期重要读者的多方位影响。因此，本书有助于柳宗元的传播接受研究更系统更完整；有利于传播接受理论的合理实践运用；可以更好地开展柳宗元的综合研究；可以更好地推动明清文学的研究。

目　　录

第一章　刘基对柳宗元《天说》中"天人说"的接受 ………… （1）

第一节　柳宗元《天说》及"天人说"溯源 ………………… （1）

第二节　刘基对柳宗元的接受 ……………………………… （4）

第三节　刘基《天说》继承并发展了柳宗元的

　　　　"天人说" ………………………………………… （9）

第二章　茶陵派领袖李东阳的柳宗元诗歌批评 ……………… （14）

第一节　茶陵派领袖李东阳的诗学复古主张 …………… （14）

第二节　李东阳《怀麓堂诗话》关于柳宗元诗歌评价 …… （21）

第三章　明代唐宋派对柳宗元的文学批评 …………………… （33）

第一节　源起：唐宋派与宗"唐宋"文风 ……………… （33）

第二节　归有光——简评考证柳宗元诗文 ……………… （36）

第三节　唐顺之——赞叹柳宗元与永州山水的完美契合 …… （42）

第四节　茅坤——柳宗元文学的全面评价者 …………… （46）

第四章　泰州学派宗师李贽评赞柳宗元 ……………………… （58）

第一节　李贽——泰州学派宗师，反传统思想的

　　　　"异端" ………………………………………… （58）

第二节　文之狂——李贽评点柳宗元之文 ……………… （61）

第三节　服道而守义——李贽赞评柳宗元品行 ………… （65）

第五章 学术巨匠胡应麟评点柳宗元 ·················· （80）

第一节 学术巨匠胡应麟与《诗薮》 ············· （80）

第二节 《诗薮》内篇关于柳宗元的点评 ········· （84）

第三节 《诗薮》外编关于柳宗元的评价 ········· （118）

第四节 《少室山房笔丛》关于柳宗元本人的评价 ······· （130）

第六章 "后七子"领袖王世贞全面批评柳宗元 ·········· （153）

第一节 王世贞批评柳宗元的考辨 ············· （153）

第二节 王世贞评点柳宗元诗文 ··············· （160）

第三节 王世贞评价柳宗元参与革新运动 ········· （171）

第七章 清初诗坛盟主钱谦益批评柳宗元 ·········· （175）

第一节 钱谦益思想行为的矛盾性 ············· （175）

第二节 钱谦益批评柳宗元具体情形 ··········· （177）

第三节 钱谦益批评柳宗元的复杂背景 ········· （195）

第八章 清初王夫之柳宗元诗歌接受 ·············· （196）

第一节 王夫之诗论与《唐诗评选》 ············· （196）

第二节 《唐诗评选》中柳宗元诗选与诗评 ········· （199）

第三节 王夫之选评柳宗元诗歌及其接受缘由 ······· （202）

第九章 乾隆"大才子"纪晓岚批评柳宗元 ········· （212）

第一节 纪晓岚及其文学成就略举 ············· （212）

第二节 纪昀与《瀛奎律髓刊误》 ············· （213）

第三节 《瀛奎律髓刊误》评点柳宗元律诗 ········· （216）

第四节 关于柳宗元的文献考证 ··············· （233）

第十章 金圣叹评点柳宗元诗文 ·············· （250）

第一节 金圣叹其人轶事 ····················· （250）

第二节　金圣叹的文学成就 ……………………………（251）

第三节　金圣叹评点柳宗元诗文 ………………………（255）

参考文献 …………………………………………………（276）

后　记 …………………………………………………（287）

第一章　刘基对柳宗元《天说》中"天人说"的接受

作为柳宗元重要的哲学代表作，《天说》批判了天能赏罚的唯心主义天命观，明确阐述了天人关系，表达了朴素的唯物思想，受到后世推崇和学习。刘基作为元末明初重要的政治家、文学家，不仅将柳宗元民本思想作为其德政出发点，还模拟写了《天说》上、下篇，很大程度上传承了柳宗元的天人说，由此可见深受柳宗元思想影响。

第一节　柳宗元《天说》及"天人说"溯源

《天说》是唐代文学家柳宗元（773—819）的散文名篇之一，也为表达其哲学思想的重要作品，文章收入《柳河东集》和《柳宗元集》第十六卷。在《天说》中，柳宗元针对韩愈的"天命说"阐述了"天人说"。贞元二十一年（805），柳宗元、刘禹锡等参与王叔文、王伾为首发起的"永贞革新"，改革以抑制藩镇割据、削弱宦官势力、加强中央集权、革除政治弊端为主要目的，最后在宦官势力反扑下，王伾、王叔文分别被贬为开州司马和渝州司马（王伾不久死于贬所，王叔文翌年亦被赐死）。后柳宗元、刘禹锡等八人先后被贬为远州司马，史称"二王八司马"。永贞革新仅历时100多天就宣告失败。对于这次革新，韩愈则大加贬斥。虽然他与柳宗元、刘禹锡等交好，同情其贬谪遭际，称"郎官清要为世称，荒郡迫野嗟可矜。湖波连天日相腾，蛮俗生梗瘴疠烝"①。在《永贞行》中，他仍称革新派为"小人乘时偷国柄"，曰"夜作诏书朝拜官，超资越序曾无难"。认为其遭贬乃应受惩罚，"嗟尔既往宜为惩"。

在撰写《顺宗实录》中，韩愈也表达了对革新派的不满，正如其《答刘秀才论史书》所言："夫为史者，不有人祸，则有天刑，岂可不畏惧而轻为之哉?"②韩愈对革新派的态度也引发了后世争议。韩愈"不有人祸，则有天刑"之说，实则暗指"永贞革新"失败乃遭受天的惩罚。对于这一说法，柳宗元是极不满意的，"私心甚不喜，与退之往年言史事甚大谬"。故而他撰文《与韩愈论史官书》加以反驳。认为做官要"中道"，办事要不偏不倚，不要畏惧而轻为之。即"凡居其位，思直其道。道苟直，虽死不可回也。如回之，莫若亟去其位"③。称"凡鬼神事，渺茫荒惑无可准，明者所不道"，认为只有愚昧无知者才会对天感到迷惑，而明白事理者是不言鬼神之事的。从而有力反驳了韩愈的鬼神"祸人""福人"论。

可是韩愈并没有就此罢休，将争论的焦点由"说史"转到"说天"。提出了"天命说"，责备柳宗元"不知天"。从现实生活事例出发，以人有疾痛、倦辱、饥寒甚者仰而呼天曰："残民者昌，佑民者殃"，又仰而呼天曰："何为使至此极戾也!"举例果蓏、饮食坏而虫生，元气阴阳之坏而人由之生，然后加以阐发，引出天命说，认为"有能残斯人使日薄岁削，祸元气阴阳者滋少，是则有功于天地者也；繁而息之者，天地之仇也"。从而提出天能赏功罚祸的"天命说"，并且还称"吾意天闻其呼且怨，则有功者受赏必大矣，其祸焉者受罚亦大矣"。由此可见，韩愈"天命说"属于典型的唯心论，自然遭到了柳宗元的批驳。

柳宗元站在朴素唯物论的角度提出了"天人说"。称"彼上而玄

①　（唐）韩愈：《韩昌黎集》，商务印书馆1933年版，第10页。
②　（唐）韩愈：《韩昌黎集》，商务印书馆1933年版，第70页。
③　（唐）柳宗元：《柳宗元集》，中华书局1979年版，第807页。

者，世谓之天。下而黄者，世谓之地。浑然而中处者，世谓之元气。寒而暑者，世谓之阴阳。是虽大，无异果蓏、痈痔、草木也"①。认为天、地、阴阳与果蓏、草木一样皆为物，作为自然现象肯定没有意志，又怎么能赏功罚祸呢？"功者自功，祸者自祸"，希望天能赏功罚祸可谓无比荒谬，而向天呼喊埋怨，希望天能发善心可怜他的，那就更加荒谬可笑了。柳宗元合理论证了"天人说"，强调天为物质，天无意志，从而笔锋犀利地批判了韩愈所持天能赏罚的"天命论"。由此可见，在天有无意志的问题上，柳宗元与韩愈是根本对立的。

刘禹锡作为柳宗元好友，两人志趣相投，因此，他大为赞同柳的"天人说"，在《天说》的基础上写了《天论》上、中、下三篇来阐发天与人的关系，进一步批驳韩愈的"天命论"。他在《天论》上篇明确交代了写作原因，称"余友河东解人柳子厚作《天说》，以折韩退之之言，文信美矣，盖有激而云，非所以尽天人之际，故余作《天论》，以极其辩云"②。

在文中，刘禹锡先是表明自己的唯物论立场，认为"大凡入形器者，皆有能有不能"。天与人都有能与不能，"天与人交相胜"，提出"人能胜乎天者，法也"。认为福祸皆由自取，非天预人也，论述了"福兮可以善取，祸兮可以恶召""非天预乎人尔""人不幸则归乎天"等一系列说法，进一步阐释了人们对天迷信是因为政治腐败、法制松弛，"法大弛，则是非易位，赏恒在佞而罚恒在直，义不足以制其强，刑不足以胜其非，人之能胜天之具尽丧矣"。还认为事物发展是客观规律的必然性和发展趋势偶然性的结合。刘禹锡"天人交相胜""人能胜乎天"的推论可谓柳宗元"天人说"的进一步深化，从而将唯物思想推向了新高度。

作为朴素的唯物论思想，柳宗元"天人说"并不是其独创，而

---

① （唐）柳宗元：《柳宗元集》，中华书局 1979 年版，第 442—443 页。
② （唐）刘禹锡：《刘禹锡集》，凤凰出版社 2014 年版，第 291 页。

是在前人唯物思想基础上的阐发。其源头往前可以追溯到屈原《天问》以及荀子《天论》。《天问》为战国时期伟大诗人屈原（约前340—前278）所作的一首长诗，全诗370多句1500多字，一共提出了170多个问题，从天文地理到政治历史，涉及内容可谓精深丰富。其中，对天地、自然的提问，对传说的怀疑，集中反映了屈原对宇宙的探索，展示其非凡学识和超越时代的宇宙认识。《天问》可谓屈原思想学说的精粹，被誉为"千古万古至奇之作"，在中国文学史上具有重要价值，对后世文学创作影响颇为深远，从而出现了诸多《天问》模拟之作。

荀子（约前313—前230），战国末期思想家，比屈原出生略晚，其《天论》中唯物思想表达比屈原更为直接大胆。《天论》节选自《荀子·天论》，文章开篇即提出鲜明观点，曰"天行有常，不为尧存，不为桀亡。应之以治则吉，应之以乱则凶"[①]。明确表示自然界变化有其客观规律，与人事没有什么关系。在这一观点引领下，提出"天有其时，地有其财，人有其治"。这就需要各司其职，"不与天争职"。进而还明确提出"制天命而用之"的论点，可谓对当时各种迷信的极力否定，大力强调了人力的积极作用。由此可见荀子思想颇具时代先进性。

柳宗元、刘禹锡在与韩愈争论的过程中，充分认识了屈原、荀子等人的唯物论思想，加以吸收消化，进而提出了更为具体明确的"天人说"，受到后世关注，也推动了《天问》的拟写之风，明代刘基就是其中之一。

第二节　刘基对柳宗元的接受

刘基（1311—1375），字伯温，元末明初的著名政治家，他精通天文、兵法和数理，号称大明王朝第一谋臣，朱元璋也多次称他为

---

① 荀子：《荀子》，岳麓书社2019年版，第192页。

"吾之子房"，辅佐朱元璋平定天下。民间将其与张良、诸葛亮并称，说"三分天下诸葛亮，一统江山刘伯温；前朝军师诸葛亮，后朝军师刘伯温"。同时，他还是一位在文学史上具有一定影响的文学家。其诗文理论力主教化讽谕、"美刺风戒"，讲求经世致用。内容多关注现实、同情民生疾苦，抨击腐朽统治者。风格古朴奔放，与宋濂、高启并称"明初诗文三大家"。其著作颇丰，曾由其子孙分别编为《郁离子》五卷、《覆瓿集》并拾遗二十卷、《写情集》四卷、《春秋明经》四卷、《犁眉公集》五卷，后被编为《诚意伯刘先生文集》。刘基博览群书，他很好地借鉴吸收了前人思想，其中就包括借鉴柳宗元的政治文学思想。仔细研读其作品，我们会找到许多相似之处。

第一，刘基秉持儒家诗教观，提倡理气并重，强调诗歌的教化讽谕作用，习学司马迁、陈子昂、韩愈、柳宗元等的文学创作，从而恢复汉唐文学传统。他在《苏平仲文集序》表述十分明确，文曰："文以理为主，而气以据之。理不明，为虚文；气不足，则理无所驾。文之盛衰，实关时之泰否。"① 赞唐虞三代、汉唐之文，曰："唐虞三代之文，诚于中而形为言，不矫揉以为工，不虚声而强聒也，故理明而气昌。……汉兴，一扫衰周之文敝而返诸朴。丰沛之歌，雄杰不饰，移风易尚之机，实肇于此。……继汉而有九有，享国延祚最久者，唐也。故其诗文有陈子昂，而继以李、杜；有韩退之，而和以柳。于是唐不让汉，则此数公之力也。"② 由此可见，刘基以李杜、韩柳为效法对象，提倡文学复古，注重诗文思想内容。

第二，刘基的治国思想核心为得民心、施德政，与柳宗元一样，刘基德政的出发点亦为儒家的民本思想。柳宗元民本思想受儒家爱民、仁政思想影响极大。生活于唐王朝由盛而衰的时代，藩镇割据、政局不稳，百姓生活困苦不堪，柳宗元从少年时期就开始对民间百

① （明）刘基：《刘伯温集》，浙江古籍出版社 2015 年版，第 117 页。
② （明）刘基：《刘伯温集》，浙江古籍出版社 2015 年版，第 118 页。

姓疾苦了解较多，尤其在参与"永贞革新"失败，被贬永州司马之后，他更多深入民间，对百姓生活困苦、统治者酷政暴行有更加切身感受。

于是，其民本思想更加充实，在《送范明府诗序》首提"吏为民役"说，文曰："为吏者人役也；役于人，而食其力，可无报耶？"①

在《送薛存义之任序》中又加以完善，曰："凡吏于土者，若知其职乎？盖民之役，非以役民而已也。凡民之食于土者，出其十一佣乎吏，使司平于我也。"② 这样，"吏为民役""民可黜罚"思想，明确指出官吏为百姓的仆役，就应该为百姓服务办事，百姓也有权利对其罢黜惩罚。并且还进一步提出为政者要"利民"，即施行仁政，与民休养。在《种树郭橐驼传》中曰："吾问养树，得养人术。传其事以为官戒。"提出为政者当"顺人之欲，遂人之性"③，即遵从百姓意愿，遵循生产生活规律，让百姓能够安居乐业。并且针对现实的苛政暴政现象，他写作了大量作品以鸣不平。如《捕蛇者说》《田家三首》等就是这一时期创作的。

刘基生活在元末明初，其间，阶级矛盾和民族矛盾交集，突出尖锐，战乱频发，社会动荡，百姓流离失所，生活艰辛。他从小就关心社会，同情百姓疾苦。再加上仕宦失意，使得他对社会艰难状况了解更多，尤其对民生多艰和官吏暴政的认识更深，也使得其民本思想逐渐成熟，形成了爱民、保民、养民为核心的德政思想，即执政为民、执法为民。刘基在其寓言集《郁离子》中，颇多论述其德政思想。如在《天道》中提出要爱民，文曰："民，天之赤子也，死生休戚，天实司之。譬人之有牛羊，心诚爱之，则必为之求善牧矣。"④

在《天地之盗》对百姓要因循善诱，曰："故上古之善盗者，莫

① （唐）柳宗元：《柳宗元集》，中华书局 1979 年版，第 593 页。
② （唐）柳宗元：《柳宗元集》，中华书局 1979 年版，第 616 页。
③ （唐）柳宗元：《柳宗元集》，中华书局 1979 年版，第 473 页。
④ （明）刘基：《刘伯温集》，浙江古籍出版社 2015 年版，第 54 页。

伏羲、神农氏若也。惇其典,庸其礼,操天地之心以作之君,则既夺其权而执之矣,于是教民以盗其力,以为吾用。春而种,秋而收,逐其时而利其生,高而宫,卑而池,水而舟,风而帆,曲取之无遗焉。而天地之生愈滋,庶民之用愈足。"①并以种菜为喻,让统治者善于管理百姓,曰:"沃其壤,平其畦,通其风日,疏其水潦,而施艺植焉。衺隆乾湿,各随其物产之宜,时而树之,无有违也。蔬成而后撷之,相其丰瘠,取其多而培其寡,不伤其根。撷已而溉,蔬忘其撷。于是庖日充而圃不匮。"②

同时,刘基还创作了许多诗文同情农民的不幸遭际,表达对统治者残酷剥削压迫百姓的不满。其《野田黄雀行》诗云:"农夫力田望秋至,沐雨梳风尽劳瘁。王租未了私债多,况复尔辈频经过!野田雀,鹰隼高翔不汝击,农夫田父愁何极!"③其《畦桑词》云:"君不见古人树桑在墙下,五十衣帛无冻者。今日路傍桑满畦,茅屋苦寒中夜啼。"④反映的都是农民承受沉重的地租王税。《雨雪曲》诗云:"平民避乱入山谷,编蓬作屋无环堵。回看故里尽荆榛,野乌争食声怒嗔。盗贼官军齐劫掠,去住无所容其身。"⑤《苦寒行》诗云:"去年苦寒犹自可,今年苦寒愁杀我。去年苦寒冻裂唇,犹有草茅堪蔽身。今年苦寒冻入髓,妻啼子哭空山里。空山日夜望官军,燕颔虎头闻不闻?"⑥则描写了农民在连年战乱中,被迫流离失落,饥寒交加,还要遭受盗贼官兵劫掠的悲惨景象。

第三,从刘基寓言散文中我们可以感受其寓意深刻、讽刺辛辣的鲜明特征,这也与柳宗元的寓言创作情形有相似之处。寓言通过浅显明白的语言,通俗易懂的故事,蕴含深刻的道理,在中国古代

①(明)刘基:《刘伯温集》,浙江古籍出版社2015年版,第40页。
②(明)刘基:《刘伯温集》,浙江古籍出版社2015年版,第41页。
③(明)刘基:《刘伯温集》,浙江古籍出版社2015年版,第322页。
④(明)刘基:《刘伯温集》,浙江古籍出版社2015年版,第337页。
⑤(明)刘基:《刘伯温集》,浙江古籍出版社2015年版,第338页。
⑥(明)刘基:《刘伯温集》,浙江古籍出版社2015年版,第338页。

颇受欢迎。尤其在时局不稳定，不便直接表明观点的情况下，文士在说理、论证、讽谕中便多采用寓言阐明自己的社会见解、政治主张或爱憎态度。如春秋战国时期就是寓言形成的重要时期，在《庄子》《孟子》《吕氏春秋》《战国策》等诸子和历史散文中，就出现了大量的寓言故事。唐代柳宗元则开启了寓言创作的新阶段，他在继承先秦寓言的基础上，从艺术形式到思想内容等多方面都达到了新的高度。不仅体裁形式多样，有散文体、诗体、传记体，以便于阐述，并且在寓言中塑造了诸如尸虫、王孙、驴、鼠等多种生动丰满的形象。另外，其用语更精炼简洁，笔锋更犀利，因而其批判也更具鲜明说服力。

如其《三戒》的《永某氏之鼠》这则寓言就颇具代表性，其文曰："永有某氏者，畏日，拘忌异甚。以为己生岁直子；鼠，子神也，因爱鼠，不畜猫犬，禁僮勿击鼠。仓廪庖厨，悉以恣鼠，不问。由是鼠相告，皆来某氏，饱食而无祸。某氏室无完器，椸无完衣，饮食大率鼠之余也。昼累累与人兼行，夜则窃啮斗暴，其声万状，不可以寝，终不厌。"① 寓言所述之事颇具讽刺性，由于主人生肖属鼠，故迷信不准养猫狗捉拿老鼠，导致老鼠越聚越多，越加肆意妄为。后换一憎恶老鼠的新主人，采取多种措施，结果老鼠全部被消灭。寓言以鼠喻人，影射那些仗势欺人、贪婪残暴的奸佞小人，即使他们依附昏君能侥幸逞凶一时，但终将遭受"永某氏之鼠"的可耻结局。文中对"永某氏"的迷信纵容和姑息养奸进行了辛辣讽刺，对仗势欺人的"鼠"进行了无情鞭挞。

在刘基寓言集《郁离子》中，则更多地批判元末黑暗政治，揭露统治者的昏庸愚昧、贪婪自私，讽谏统治者能够警醒，以此让其施德政爱百姓。如《灵丘丈人》讽刺颇为辛辣，文曰：

> 晋灵公好狗，筑狗圈于曲沃，衣之绣。嬖人屠岸贾因公之

---

① （唐）柳宗元：《柳宗元集》，中华书局1979年版，第535页。

好也，则夸狗以悦公，公益尚狗。一夕，狐入于绛官，惊襄夫人，襄夫人怒，公使狗搏狐，弗胜。屠岸贾命虞人取他狐以献。曰："狗实获狐。"公大喜，食狗以大夫之俎，下令国人曰："有犯吾狗者，刖之。"于是国人皆畏狗。狗入市，取羊豕以食，饱则曳以归屠岸贾氏，屠岸贾大获。大夫有欲言事者，不因屠岸贾，则狗群噬之。赵宣子将谏，狗逆而拒诸门，弗克入。他日，狗入苑食公羊，屠岸贾欺曰："赵盾之狗也。"公怒，使杀赵盾。国人救之。宣子出奔秦。赵穿因众怒，攻屠岸贾，杀之，遂弑灵公于桃园。狗散走国中，国人悉禽而烹之。君子曰："甚矣！屠岸贾之为小人也，谲狗以蛊君，卒亡其身，以及其君，宠安足恃哉！"人之言曰："蠹虫食木，木尽则虫死，其如晋灵公之狗矣！"①

此寓言故事中，鲜活地刻画出了昏君的荒淫愚昧，受到臣子欺骗愚弄而毫不知情；宠幸臣子的阿谀奉承、欺上瞒下；爪牙走狗的仗势欺人，失势后的可怜恓惶，辛辣讽刺了从上到下的社会丑态。仔细研读，我们会发现，刘基寓言作品借鉴柳宗元之处颇多，这里点到为止，留待后续进一步深入探究。

第三节　刘基《天说》继承并发展了柳宗元的"天人说"

刘基的《天说》分为上下两篇，字数不到 1500 字，但其内涵丰富，论述精辟，颇具思想性。通过研读，我们会发现刘基《天说》篇与柳宗元的《天说》篇一样，都是继承和发展了屈原《天问》、荀子《天论》中的"天人说"思想。我们已说过柳宗元《天说》中"天人说"强调天地与草木万物一样是自然存在物，是没有意志，故而与人的赏罚福祸没有关系。在刘基《天说》上篇就继承和发展了

---

① （明）刘基：《刘伯温集》，浙江古籍出版社 2015 年版，第 20—21 页。

柳宗元的"天人说",对"天能赏善罚恶"的"天命论"进行了批驳,他以"天之降祸福于人也,有诸"设问?明确表态否定,反问"否,天乌能降祸福于人哉?"如果"好善而恶恶,天之心也。福善而祸恶,天之道也"。"为善者不必福,为恶者不必祸,天之心违矣。"那么"使天而能降祸福于人也,而岂自戾其心以穷其道哉?"①假设天能够降福祸于人的话,那按照天之道则应是奖善罚恶,可现实情况却是为善者不一定有福,为恶者不一定有祸,这就成了"自戾其心"了。故而刘基明确表达曰:"天之不能降福祸于人亦明矣"。由此可见,刘基的"天之不能降福祸于人"可归纳为"福祸说",乃是接受继承了柳宗元"天人说"观点。

刘基还在柳宗元"天人说"基础上进一步加以阐述,认为"祸福为气所为",从"气"的角度对古代长期以来的疑惑争论进行了解答。文曰:"气有阴阳,邪正分焉。阴阳交错,邪正互胜。其行无方,其至无常,物之遭之,祸福形焉,非气有心于为之也。是故朝菌得湿而生,晞阳而死;靡草得寒而生,见暑而死。非气有心于生死之也,生于其所相得,而死于其所不相得也。是故正气福善而祸恶,邪气祸善而福恶。善恶成于人,而祸福从其所遇。气有所偏胜,人不能御也。"②刘基认为,气有阴阳,阴为邪,阳为正。阴阳交错,邪正互有胜负,无方也无常,只要万物遭受了阴阳,就形成了祸福,并不是气"有心为之"。这样,善恶、福祸就因所遇不同而有别,且气有偏胜,人无法抗拒。总之,无论是"天",还是"人"都没有决定社会现实中出现的善恶、福祸的能力,只有阴阳、邪正之"气"才起决定性作用。

刘基的这一论述可谓进一步阐释了柳宗元的"天人说",并且他还回答了"天听于气乎"的问题。他以"天""人"皆为气,反驳了"天听于气"和"天果听于气"的观点,说"天之质,茫茫然气

---

① (明)刘基:《刘伯温集》,浙江古籍出版社 2015 年版,第 186 页。
② (明)刘基:《刘伯温集》,浙江古籍出版社 2015 年版,第 186 页。

也"；又说"人也者，天之子也，善假于气以生之"。既然"天"和"人"都是物质性的"气"所生成，那么"天"就不一定要顺从"气"的支配，即"天不听于气"。

刘基又以"元气"说来佐证，也是继承和发展了柳宗元等前人的理论。曰："天之气本正，邪气虽行于一时，必有复也。故气之正者，谓之元气。元气未尝有息也，故其复也可期，则生于邪者，亦不能以自容焉。"又称"有元气，乃有天地。天地有坏，元气无息"。在这里，他指出"元气"是"不息""可复"的，是"正气"最终战胜"邪气"的"天理"。柳宗元回应屈原《天问》写成《天对》，认为"元气"是宇宙万物生成起源，曰："往来屯屯，庞昧革化，惟元气存。"在《非国语·三川震》中曰："山川者，特天地之物也。阴与阳者，气而游乎其间者也。自动自休，自峙自流，是恶乎与我谋？自斗自竭，自崩自缺，是恶乎为我设？……又况天地之无倪，阴阳之无穷。"① 而山崩地震则是"元气""自动自休，自峙自流"的结果。

以"元气"论为基础，刘基在《天说》下篇还对风雨、雷电、晦明、寒暑等自然现象进行了解释，从而反驳了"天灾流行，阴阳舛讹，天以之警于人"的观点，这也是传统社会的主流观点。刘基称"天以气为质，气失其平则变"。明确"元气"论为前提，然后再解释自然现象。曰："是故风雨、雷电、晦明、寒暑者，天之喘汗、呼嘘、动息、启闭收发也。"指出风雨等自然现象为"天"的启闭收发等行为，而"天"的如此行为又是怎么产生的呢？于是刘基再复归到"元气"来，分析"气"运行通畅与否出现的后果，曰："气行而通，则阴阳和，律吕正，万物并育，五位时若，天之得其常也。气行而壅，壅则激，激则变，变而后病生焉。"② 然后再具体描写"天之病"的表现，曰："故吼而为暴风，郁而为虹霓，不

----

① （唐）柳宗元：《柳宗元集》，中华书局 1979 年版，第 1269 页。

② （明）刘基：《刘伯温集》，浙江古籍出版社 2015 年版，第 187 页。

平之气见也。抑拗愤结，回薄切错，暴怒溢发，冬雷夏霜，骤雨疾风，折木漂山，三光荡摩，五精乱行，昼昏夜明，瘴疫流行，水旱愆殃，天之病也。雾浊星妖，晕背祲氛，病将至而色先知也。"① 气不平则天病，表现为骤雨疾风、冬雷夏霜、水旱愆殃、瘴疫流行等等"天之病状"。作为"天之气以生者"的万物自然也就出现病状了，表现为"瘥疠夭札，人之病也；狂乱反常，颠蹶披揖，中天之病气而不知其所为也"。如此解释可谓顺序合理，颇具逻辑性和说服力。

在"元气"说前提下，设若"天之气以生者"万物有病，天都不知怎么办，"天亦无如之何"，那还有谁为"善医者"。刘基提出了惟有"圣人"有神道，这是对其信奉的传统儒家"圣人"历史观的阐发，认为"惟圣人有神道焉。神道先知，防于未形，不待其机之发"。圣人能够先知先觉，防患未形。还以历史上的典型事件证明："尧之水九载，汤之旱七载，天下之民不知其灾。朱均不才，为气所胜，则举舜、禹以当之。桀、纣反道，自绝于天，则率天下以伐之。"正是因为圣人的作为，才使得元气源源不断，"元气之不汩，圣人为之也"。

并以"医者"为喻，指出"圣人"即"良医"，"天有所不能"乃因"病于气"，只有圣人能治病，"惟圣人能救之，是故圣人犹良医也"。对古代"圣人"及其"医世"都指出，曰："朱、均不肖，尧、舜医而瘳之；桀、纣暴虐，汤、武又医而瘳之。"圣人"孔子"则是"时不用，著其方"，曰："周末孔子善医，而时不用，故著其方以传于世，《易》、《书》、《诗》、《春秋》是也。"② 再举例两汉虽有能医者，然不能称为圣人，故而天道渐穷，文曰："高、文、光武能于医而未圣，故病少愈而气不尽复。和、安以降，病作而无其医。桓、灵以钩吻为参、苓，而操、懿之徒，又加鸩焉，由是病入膏肓，

---

① （明）刘基：《刘伯温集》，浙江古籍出版社 2015 年版，第 187—188 页。
② （明）刘基：《刘伯温集》，浙江古籍出版社 2015 年版，第 188 页。

而天道几乎穷矣！"① 可以说，这也是刘基对"人定胜天"论的理性认识。

这样，我们再回头看刘基关于"人"的福祸观，就容易理解了。"圣人"能医天之病，因而能得福，而"为恶之人"自当得祸。因为"气之复也，有迟有速，而人之生也不久，故为恶之人，或当其身而受罚，或卒享福禄而无害。当其身而受罚者，先逢其复者也。享福禄而无害者，始终乎其气者也"。并且还以曹操和司马懿等人为例加以解释，曰："以懿继操，以裕继懿，不于其身，而于其后昆。"这并不是"天有所私"，而是来自佛教中的"因果报应"论，这就是"天知地知神知鬼知，何谓无知；善报恶报速报迟报，终须有报"的道理。如此解释虽可通，但刘基并非佛教人士，因此，他又回归儒家观点，主张"修身以俟命"："不怨天，不尤人，夭寿不二，修身以俟，惟知天者能之。"②

综上所述，刘基的《天说》上下篇所述观点是在继承前人，尤其是柳宗元"天人说"的基础上，结合社会时代背景，对其进行了新的阐发，从而对这一理论阐述更为全面，也更具合理性。

---

① （明）刘基：《刘伯温集》，浙江古籍出版社 2015 年版，第 188 页。
② （明）刘基：《刘伯温集》，浙江古籍出版社 2015 年版，第 187 页。

第二章 茶陵派领袖李东阳的
柳宗元诗歌批评

李东阳最为重要的文学主张就是复古，大力倡导"诗学汉唐"，他对柳宗元的诗歌批评也从复古角度进行。

第一节 茶陵派领袖李东阳的诗学复古主张

李东阳（1447—1516），字宾之，号西涯，祖籍湖广茶陵（今湖南茶陵），明清两代人士大都以"长沙"或"茶陵"的地名来代称李东阳。他自己曾说"东阳楚人而燕产"（《蜀山苏公祠堂记》），即他的籍贯为湖南，出生地在北京。作为茶陵派领袖，李东阳立朝五十年，柄国十八载，官至特进、光禄大夫、左柱国、少师兼太子太师、吏部尚书、华盖殿大学士。李东阳主持文坛数十年，其诗文典雅工丽，在文学上主张学古，但不拟古；讲求言由心生，诗文真情，一时影响甚大。杨一清在《怀麓堂稿序》中评价：

> 今少师致仕西涯李先生，以扶舆间气，挺生于重熙累洽之朝。弱冠入翰林，已负文学重名，金梓所刻，卷帙所录，几遍海内，大夫士得其片言以为至宝。后进之士，凡及门经指授，辄有时名。中年益深造远诣，比掌帝制登政府，则又衍而为经纶黼黻之文，稽古代言，以定国是，变士习，神政益化，有非文章家之可名言者矣。且文至今日而盛，而弊亦随之，故联篇

累帙盈天地壤间皆是物也。……盖亦不数数见已。自余作者，各挟所长，非无足取。汇而阅之，乐恣肆者，失之驳而不（纯）[醇]；好摹拟者，伤于局而不畅近。或习为瘦辞硬语，使人不复可句，以是为古，所谓以艰深文浅近者。文之弊一至是，可慨也！先生高才绝识，独步一世，而充之以（学问）[问学]，故其诗文深厚浑雄，不为偓奇可骇之（词）[辞]，而法度森严，思味隽永，尽脱凡近，而古意独存。每吮毫伸纸，天趣溢发，操纵开阖，随意所如，而不逾典则。彼旬锻月炼以求工者，力追之而不可及也。譬之大人君子，冠冕佩玉，雍容委蛇于庙堂之上，指麾白执事各任其职，未尝有叱咤怒骂之威，而望之者起敬，即之者倾心。至其众体具备，无所不宜，探之而益深，索之而益远，则如大河之源，出于昆仑，至于积石，又至于龙门底柱，既乃吞纳百川以达于海，涵浴日月，顷刻万变而不知其所穷。呜呼，至矣！孔子曰："有德者必有言。"先生孝友天至，其素行金完玉粹。名满天下，而自视欿然；位极人臣，而乐善如不及。履常应变，恒介介不易守。盖其文章与功业并懋，断有以立于世者，而谓其不本之德不可也。①

文中非常清楚讲述了李东阳拥有极高的政治地位，英宗天顺八年（1464）中进士，选庶吉士，此后长期在馆阁任职，循升至礼部右侍郎兼侍读学士。弘治八年（1495 年），孝宗任命他兼文渊阁大学士，进入内阁，参与机务，此后长期高居内阁。他对文学非常喜爱，形成了较为成熟的理论主张，载于其《麓堂诗话》中。同时，他热心奖掖后进，周围集中了一大批文学之士，茶陵派的主要成员有两批，一批是与李东阳同年中进士并同入翰林院者，主要有谢铎（太平人）、张泰（太仓人）、陆釴（太仓人）、陈音（莆田人）等；另一批是李东阳的门生，即他担任乡试、会试考官和殿试读卷官时所

---

① （明）李东阳：《李东阳集》，岳麓书社 2008 年版，第 3 页。

录取的士子，以及他在翰林院教过的庶吉士，主要有邵宝（无锡人）、石珤（藁城人）、罗玘（南城人）、顾清（华亭人）、鲁铎（竟陵人）、何孟春（郴州人）、储罐（泰州人）、陆深（上海人）、钱福（华亭人）。可见，茶陵派的人员来自全国各地，只是他们皆以李东阳为领袖。

故而明史评曰："为文典雅流丽，朝廷大著作多出其手。工篆隶书，碑版篇翰流播四裔。奖成后进，推挽才彦，学士大夫出其门者，悉粲然有所成就。自明性以来，宰臣以文章领袖缙绅者，杨士奇后，东阳而已。立朝五十年，清节不渝。"①靳贵在《戒庵文集》中评价道："盖操文柄四十余年，出其门者，号有家法，虽在疏远，亦窃效其词，规字体以竞风韵之末而鸣一时。"可见，茶陵派的形成与台阁体衰落颇有关联。台阁主要是指当时的内阁与翰林院，又称为"馆阁"。台阁体指以当时的台阁名臣杨士奇、杨荣、杨溥等为代表的一种文学创作风格。

永乐以来，明王朝经过初期修整调理，政权相对稳定，国力日趋强盛，社会呈现安定繁荣景象，这给台阁体的产生营造了外部环境。同时，明王朝建立初期，实行政治的高压钳制，加强文化思想的控制。

加上这些馆阁重臣身居要职，处境优裕，容易产生歌功颂德的倾向，再加上他们生活环境相对封闭，故而他们视野狭窄，作品内容单一贫乏。台阁体诗文内容大多比较贫乏，多为应制、题赠、酬应而作，题材则是"颂圣德，歌太平"（杨溥《东里诗集序》），艺术上追求平正典丽。如下面杨荣所写这首《随驾幸南海子》，诗云："天开形势壮都城，凤翥龙蟠拱帝京。万古山河钟王气，九霄日月焕文明。祥光掩映浮金殿，瑞霭萦回绕翠旌。圣主经营基业远，千秋万岁颂升平。"此诗写随皇帝驾幸南海子，内容描写盛世祥瑞，歌颂帝王圣德，风格雍容典丽，可谓台阁体的典型特征。如此诗作，缺

---

① （清）张廷玉：《明史》，中华书局1974年版，第4824—4825页。

乏真实反映社会生活的内容，也不见作者的真实思想情感，只能是粉饰太平的文字，故而《四库全书总目提要》称其"肤廓冗长，千篇一律"。

二 李东阳的复古诗学主张

人们一般认为，台阁体盛行于明永乐初年到弘治中期，"其实台阁体真正垄断文坛的时间，只是从永乐初到正统末的四十多年"①。永乐以来，台阁体的盛行，苍白贫乏，缺乏真情的作品，给文学创作造成了不良风气，使得文学形成了萎靡不振的局面。沈德潜等在《明诗别裁集》说道："永乐以还，尚台阁体，诸大老倡之，众人靡然和之，相习成风，而真诗渐亡矣。"而李东阳茶陵派的出现，正是针对台阁体的弊端而发起的一次文学复古。因此，有学者认为："总之，在总的政治和思想文化背景有所松动的条件下，摆脱了理学统绪，因而能在一定程度上突破程朱理学文学观的束缚，对文学特别是诗歌本身的什么特征和要求进行探讨，是茶陵派有别于台阁体的主要特征。"②

李东阳最为重要的文学主张就是复古，大力倡导"诗学汉唐"，"汉唐及宋，代与格殊。逮乎元季，则愈杂矣。今之为诗者，能轶宋窥唐，已为极致，两汉之体，已不复讲"（《镜川先生诗集序》）。③

在复古主张下，李东阳提出诗文别体，强调诗文有别，文学应保持独立性。他在《镜川先生诗集序》中说："《诗》与诸经同名而体异，盖兼比兴、协音律、言志厉俗，乃其所尚。后之文皆出诸经。而所谓诗者，其名固未改也，但限以声韵，例以格式，名虽同而体尚亦各异。"④

在《沧洲诗集序》说："诗之体与文异，故有长于记述，短于吟

---

① 廖可斌：《明代文学复古运动研究》，商务印书馆 2008 年版，第 43 页。
② 廖可斌：《明代文学复古运动研究》，商务印书馆 2008 年版，第 46 页。
③ （明）李东阳：《李东阳集》，岳麓书社 2008 年版，第 483 页。
④ （明）李东阳：《李东阳集》，岳麓书社 2008 年版，第 483 页。

讽，终其身而不能变者，其难如此。而或庸言谚语，老妇稚子之所通解，以为绝妙，又若易然。何哉！若诗之才，复有迟速精粗之异者，而亦无所与系。杜子美以死徇癖'语必惊人'、'斗酒百篇'者，方嘲其大苦；而秦少游之挥毫对客，乃不若闭户觅句者之为工也。是又将以为易耶，以为难耶！盖其所谓有异于文者，以其有声律讽咏，能使人反复讽咏，以畅达情思，感发志气，取类于鸟兽草木之微，而有益于名教政事之大。必其识足以知其交奥，而才足以发之，然后为得及天机物理之相感触，则有不烦绳墨而合者。诗非难作，而亦不易作也。"①

在其他的文论中，李东阳也有相似的阐述，可见其重视诗文有别。他认为诗与文最明显的区别就是诗讲求声律节奏："夫文者，言之成章，而诗又其成声者也。章之为用，贵乎纪述铺叙，发挥而藻饰；操纵开阖，惟所欲为，而必有一定之准。若歌吟咏叹，流通动荡之用，则存乎声，而高下长短之节，亦截乎不可乱。虽律之与度，未始不通，而其规制，则判而不舍。及乎考得失，施劝戒，用于天下，则各有所宜而不可偏废。古之六经《易》《书》《春秋》《礼》《乐》皆文也，惟'风雅颂'则谓之诗，今其为体固在也。近代之诗，李、杜为极，而用之于文，或有未备。韩、欧之文，亦可谓至矣，而诗之用，议者犹有憾焉，况其下者哉！"②（《春雨堂稿序》）

在《怀麓堂诗话》中，他称："诗与文不同体。昔人谓杜子美以诗为文，韩退之以文为诗，固未然。然其所得所就，亦各有偏长独到之处。近见名家大手以文章自命者，至其为诗，则毫厘千里，终其身而不悟，然则诗果易言哉！"③

他认为："古律诗各有音节，然皆限于字数，求之不难。惟乐府长短句，初无定数，最难调叠。然亦有自然之声。古所谓'声依永'

---

① （明）李东阳：《李东阳集》，岳麓书社 2008 年版，第 443—444 页。
② （明）李东阳：《李东阳集》，岳麓书社 2008 年版，第 959 页。
③ （明）李东阳：《李东阳集》，岳麓书社 2008 年版，第 1504 页。

者，谓有长短之节，非徒永也。故随其长短，皆可以播之律吕，而其太长太短之无节者，则不足以为乐。今泥古诗之成声，平仄短长，字字句句摹仿而不敢失，非惟格调有限，亦无以发人之情性。若往复讽咏，久而自有所得。得于心而发之乎声，则虽千变万化，如珠之走盘，自不越乎法度之外矣。"①

他还称诗有"眼耳"，以具体事情证之，"诗必有具眼，亦必有具耳。眼主格，耳主声。闻琴断知为第几弦，此具耳也；月下隔窗辨五色线，此具眼也"②。

同时，他还对中唐之后到宋元时期的诗歌理化和俗化现象进行了批评，文曰："诗太拙则近于文，太巧则近于词。宋之拙者，皆文也；元之巧者，皆词也。"③还说："唐人不言诗法，诗法多出宋，而宋人于诗无所得。所谓法者，不过一词一句，对偶雕琢之工，而天真兴致，则未可与道。其高者失之捕风捉影，而卑者坐于粘皮带骨，至于江西诗派极矣。"④还说："宋诗深，却去唐远；元诗浅，去唐却近。"

甚至他还批评欧阳修和苏轼，认为"欧阳永叔深于为诗，高自许与。观其思致，视格调为深。然校之唐诗，似与不似，亦门墙藩篱之间耳"⑤。

批评苏轼，他在文中说："苏子瞻才甚高，子由称之，曰：'自有文章，未有如子瞻者。'其辞虽夸，然论其才气，实未有过之者也。独其诗伤于快直，少委委曲沉着之意，以此有不逮古人之诮。然取其诗之重者，与古人之轻者而比之，亦奚翅古若耶！"⑥

评黄庭坚诗为："熊蹯鸡跖，筋骨有余，而肉味绝少。好奇者不

---

① （明）李东阳：《李东阳集》，岳麓书社 2008 年版，第 1502 页。
② （明）李东阳：《李东阳集》，岳麓书社 2008 年版，第 1502 页。
③ （明）李东阳：《李东阳集》，岳麓书社 2008 年版，第 1511—1512 页。
④ （明）李东阳：《李东阳集》，岳麓书社 2008 年版，第 1503 页。
⑤ （明）李东阳：《李东阳集》，岳麓书社 2008 年版，第 1518 页。
⑥ （明）李东阳：《李东阳集》，岳麓书社 2008 年版，第 1521 页。

能舍之，而不足以厌饫天下。黄鲁直诗大抵如此，细咀嚼之可见。"①

李东阳认为，诗的理化主要有以下两种倾向，即以诗言理和以诗叙事。提出诗应"贵情思而轻事实"，文曰："诗有三义，赋止居一，而比兴居其二。所谓比与兴者，皆托物寓情而为之者也。盖正言直述，则易于穷尽，而难于感发。惟有所寓托，形容摹写，反复讽咏。以俟人之自得。言有尽而意无穷，则神爽飞动，手舞足蹈而不自觉。此诗之所以贵情思，而轻事实也。"② 可见，以"情思"取代情感具有重要诗学意义。"情思"既包含情感，还注重感觉和音乐效果，这也表明单纯的抒情性已不能完全概括中国诗学对诗本质的认定。李东阳的"贵情思，而轻事实"，对前七子"真诗在民间"理论颇有启发性。

并引述严羽所言加以证之，文曰："诗有别材，非关书也。诗有别趣，非关理也。然非读书之多、明理之至者，则不能作。论诗者无以易此矣。彼小夫贱隶，妇人女子，真情实意，暗合而偶中，固不待于教。而所谓骚人墨客、学士大夫者，疲神思，弊精力，穷壮至老而不能得其妙，正坐是哉！"③ 文中，"小夫贱隶妇人女子真情实意，暗合而偶中"，而"所谓骚人墨客学士大夫者，疲神思，弊精力，穷壮至老而不能得其妙"，两相比较，很自然就得出"诗有别材，非关书也；诗有别趣，非关理也。"强调"真情实意"就是诗歌的本质。

关于俗化现象，李东阳举例说明，文曰："秀才作诗不脱俗，谓之头巾气。和尚作诗不脱俗，谓之馂馅气。咏闺阁过于华艳，谓之脂粉气。能脱此三气，则不俗矣。至于朝廷典则之诗，谓之台阁气。隐逸恬澹之诗，谓之山林气。此二气者，必有其一，却不可少。"④

① （明）李东阳：《李东阳集》，岳麓书社 2008 年版，第 1518 页。
② （明）李东阳：《李东阳集》，岳麓书社 2008 年版，第 1506 页。
③ （明）李东阳：《李东阳集》，岳麓书社 2008 年版，第 1510 页。
④ （明）李东阳：《李东阳集》，岳麓书社 2008 年版，第 1516 页。

将俗气细分为"头巾气""馊馅气""脂粉气",然后指出"脱此三气,则不俗",非常明白清楚。

他还以造酒来说明当时诗坛俗化,称其为"一等俗句俗字",曰:"京师人造酒,类用灰,触鼻蜇舌,千方一味,南人嗤之。张汝弼谓之燕京琥珀。惟内法酒脱去此味,风致自别。人得其方者,亦不能似也。予尝譬今之为诗者,一等俗句俗字,类有燕京琥珀之味,而不能自脱。安得盛唐内法为之点化哉?"①

他认为:"作山林诗易,作台阁诗难。山林诗或失之野,台阁诗或失之俗。野可犯,俗不可犯也。盖惟李、杜能兼二者之妙。若贾浪仙之山林,则野矣;白乐天之台阁,则近乎俗矣,况其下者乎?"②

综上所述,李东阳的文学主张针对台阁体的弊端,想把文学从理学思想下解放出来,以汉唐古法为师,强调文学复古。虽然他并没有完全与台阁体脱离干系,在理论与创作上还有很多局限,但其引发了明中后期文学革新,从这一点来说,其文学革新精神还是可取的。

第二节　李东阳《怀麓堂诗话》关于柳宗元诗歌评价

李东阳诗文主张及古人评价多在《怀麓堂诗话》中。《怀麓堂诗话》一卷,此卷主要收录李东阳谈诗论文随笔。正德年间,辽阳王铎得之,在扬州刊刻行世。正德本《怀麓堂稿》未收录,清人《怀麓堂全集》才收录。其一有关柳宗元诗歌的评价,文曰:

> 柳子厚"回看天际下中流,岩上无心云相逐",坡翁欲削此二句,论诗者类不免矮人看场之病。予谓若止用前四句,则与

---

① (明)李东阳:《李东阳集》,岳麓书社 2008 年版,第 1513 页。
② (明)李东阳:《李东阳集》,岳麓书社 2008 年版,第 1519 页。

晚唐何异？然未敢以语人。儿子兆先一日过庭，辄目及此，予
颇讶之。又一日，忽曰："刘长卿'白马翩翩春草细，邵陵西去
猎平原'，非但人不能道，抑恐不能识。"因诵予《桔槔亭》曰
"闲行看流水，随意满平田"。《响闸》曰"津吏河上来，坐看
青草短"。《海子》曰"高楼沙口望，正见打鱼船"。《夜坐》曰
"寒灯照影独自坐，童子无语对人闲"。以为三四、年前尚疑此
语不可解，今洒然矣。予乃顾而笑曰："有是哉！"（《怀麓堂诗
话》）①

　　关于柳宗元《渔翁》一诗中的"回看天际下中流，岩上无心云
相逐"这两句，宋代大文学家苏东坡认为可删去，从而引发了两种
不同意见的论争。李东阳对论诗者的情形加以总结，称他们类似得
了"矮人看场"之病，即不了解实际情况，跟着别人说长道短。并
称若只用前四句，那就与晚唐诗没有区别了？他起初由于没有确凿
证据，故而未敢告诉别人。后来其子李兆先与其言及此事，他感到
颇为惊讶，当他又一次说到刘长卿所作"白马翩翩春草细，邵陵西
去猎平原"，其诗题为《献怀宁军节度使李相公》，诗云："建牙吹
角不闻喧，三十登坛众所尊。家散万金酬士死，身留一剑答君恩。
渔阳老将多回席，鲁国诸生半在门。白马翩翩春草细，郊原西去猎
平原。"此诗载于《全唐诗》卷一百五十一，作于大历十四年
（779），当时刘长卿（字文房）71岁，在随州刺史任上。所写李相
公指李忠臣，为刘长卿的上司。此诗对李忠臣大加褒扬，写得如此
英勇，可谓寓规于颂，既是褒奖，也是祝愿。然而现实是残酷的，
这位被刘长卿写得如此完美、大加褒扬的将领，后来却和李希烈一
起发动叛乱，成了乱臣贼子。也使这首曾经被推为中唐七律第一的
诗篇受到负面影响，难以广泛流传。李东阳称其"非但人不能道，
抑恐不能识"。联系自己所作《桔槔亭》《响闸》《海子》《夜坐》

---

　　① （明）李东阳：《李东阳集》，岳麓书社2008年版，第1502页。

中的诗句，也就更能理解柳宗元诗中所呈现的"物我两忘"的境界了，故而"洒然""笑曰"了。

从这段文字中，我们可以窥知李东阳的诗歌主张中的重要两点，即复古"盛唐"诗风；追求诗歌意象。他极为赞同严羽诗论，曰："近世所传诗话，杂出蔓辞，殊不强人意。惟严沧浪诗谈，深得诗家三昧，关中既梓行之。"① 称"乐始于诗，终于律。人声和则乐声和，又取其声之和者，以陶写情性，感发志意，动荡血脉，流通精神，有至于手舞足蹈而不自觉者"②。

因此，他讲求诗的意境，曰："诗贵意，意贵远不贵近，贵淡不贵浓。浓而近者易识。淡而远者难知。"还举盛唐诗证之，曰："如杜子美'钩帘宿鹭起，丸药流莺啭'，'不通姓字粗豪甚，指点银瓶索酒尝'，'衔泥点涴琴书内，更接飞虫打著人'；李太白'桃花流水杳然去，别有天地非人间'；王摩诘'返景入深林，复照青苔上'，皆淡而愈浓，近而愈远，可与知者道，难与俗人言。"③ 他对宋元诗的理化俗化不满，认为"宋人于诗无所得"；"宋诗深，却去唐远；元诗浅，去唐却近"。故而他对王安石、虞集、杨维桢等人都提出了批评，"王介甫得之，曰：'坐看苍苔色，欲上人衣来'。虞伯生得之，曰：'不及清江转柁鼓，洗盏船头沙鸟鸣'。曰：'绣帘美人时共看，阶前青草落花多'。杨廉夫得之，曰：'南高峰云北高雨，云雨相随恼杀侬'"。称他们为"可谓闭户造车，出门合辙矣"④。

这样，我们对李东阳对苏轼评论柳宗元的那两句诗，为何持贬抑态度也就较为清楚了。

在"诗贵意，意贵远，贵淡"，主张"超脱"主张指引下，李东阳尤为喜爱陶渊明的诗歌。陶渊明作为东晋著名诗人，被称为隐

---

① （明）李东阳：《李东阳集》，岳麓书社 2008 年版，第 1500 页。
② （明）李东阳：《李东阳集》，岳麓书社 2008 年版，第 1501 页。
③ （明）李东阳：《李东阳集》，岳麓书社 2008 年版，第 1501 页。
④ （明）李东阳：《李东阳集》，岳麓书社 2008 年版，第 1501 页。

逸诗人之宗，田园诗派之鼻祖。其诗语言精工本色，朴素真率，以白描及写意手法勾勒景物，意境高远，富有理趣，风格自然冲淡，深受后人喜爱，故而李东阳称其诗质朴近古诗，越读越见其高妙。

他还对学陶的诗人进行了对比，在学陶诗人中，韦应物和柳宗元是最为接近陶诗的，且韦柳并称。李东阳认为韦应物的诗略失平易，而柳宗元的诗则过于精工细刻，这种评价是较为客观的。文曰："陶诗质近古，愈读而愈见其妙。韦应物稍失之平易。柳子厚则过精刻。世称韦柳，又称韦柳，特概言之。惟谓学陶者，须自韦、柳而入，乃为正耳。"①（《怀麓堂诗话》）

李东阳认为，"惟谓学陶者，须自韦、柳而入，乃为正耳"。如此说法也是恰当的。作为大历时期诗人，韦应物与本时期的诗风不同。大历时期诗人非常注重诗句语言雕琢，大力追求对仗工整和音律和谐，整体诗风凄清冷寂。而韦应物的诗歌古朴、自然，讲求清韵秀朗，显得平和恬静。因历经动荡，物是人非，心绪寂寞，其诗清幽之中透着几许寂寞，故而"稍失平易"了。

而柳宗元贬谪后因为处境艰难，感触颇多，其诗无论哪种体裁，都写得精工细致，意味深长，于简淡中蕴含深沉感情。正如欧阳修所云："天于生子厚，禀予独艰哉。超凌骤拔擢，过盛辄伤摧。苦其危虑心，常使鸣声哀。投以空旷地，纵横放天才。山穷与水险，上下极沿洄。故其于文章，出语多崔嵬。人迹所罕到，遗踪久荒颓。王君好奇士，后二百年来。翦薙发幽荟，搜寻得琼瑰。威物不自贵，因人乃为材。惟知古可慕，岂免今所咍。我亦奇子厚，开编每徘徊。作诗示同好，为我铭山隈。"（《永州万石亭》）欧阳修在诗中，摒弃传统偏见，客观公正评价了柳宗元。同情柳宗元的不幸遭际，赞许其高蹈文才。

特殊的经历，特殊的心境，迫使柳宗元不得不精雕细刻，在精美简淡中蕴含深长的意味。故而苏轼称："柳子厚诗，在陶渊明下，

---

① （明）李东阳：《李东阳集》，岳麓书社 2008 年版，第 1511 页。

韦苏州上，退之豪放奇险则过之，而温丽靖深不及也。所贵乎枯淡者，谓其外枯而中膏，似淡而实美，渊明、子厚之流是也。"（《评陶韩柳诗》）李东阳也正是基于此，称"惟谓学陶者，须自韦、柳而入，乃为正耳"。

在谈到人的情性遭遇对其诗歌风格的影响时，李东阳还特地选取刘长卿和柳宗元为例加以证明。文曰："刘长卿集，凄婉清切，尽羁人怨士之思。盖其情性固然，非但以迁谪故，譬之琴有商调，自成一格。若柳子厚永州以前，亦自有和平富丽之作，岂尽为迁谪之音耶！"①（《怀麓堂诗话》）

刘长卿的诗歌，风格凄婉清切，内容尽为羁旅愁怨的思念，他认为"盖其性情固然，非但以迁谪故"。刘长卿（718—790），字文房。其性格刚直犯上，曾两度迁谪。一次是在公元756年，唐肃宗即位，刘长卿被任命到苏州下属的长洲县当县尉。不久被诬入狱，遇大赦获释。另一次是在公元770年，唐代宗大历五年，刘长卿历任转运使判官，知淮西、鄂岳转运留后。因其个性刚强，得罪了上司鄂岳观察使吴仲孺，被诬陷贪赃，再次遭贬为睦州（今浙江建德梅城）司马。其刚直个性由此可见一斑，正值乱世，多遭迁贬，故而其诗凄婉惆怅。

文献《唐才子传》卷二"刘长卿"（？—786？）条云：

　　长卿，字文房，河间人。少居嵩山读书，后移家来鄱阳最久。开元二十一年，徐征榜及第。至德中，历监察御史。以检校祠部员外郎出为转运使判官，知淮西岳鄂转运留后。观察使吴仲孺诬奏，非罪系姑苏狱，久之，贬潘州南巴尉。会有为辩之者，量移睦州司马。终随州刺史。长卿清才冠世，颇凌浮俗，性刚，多忤权门，故两逢迁斥，人悉冤之。诗调雅畅，甚能炼饰。其自赋，伤而不怨，足以发挥风雅。权德舆称为"五言长

---

① （明）李东阳：《李东阳集》，岳麓书社2008年版，第1511页。

城"。长卿尝谓："今人称前有沈、宋、王、杜，后有钱、郎、刘、李。李嘉祐、郎士元何得与余并驱？"每题诗不言姓，但书长卿，以天下无不知其名者云。灞陵碧涧有别业。今集诗赋文等传世。淮南李穆，有清才，公之婿也。①

从《唐才子传》卷二"刘长卿"条记载来看，我们对刘长卿的个性与诗风关系认识也就更为清楚了。文中称刘长卿为人清高，才华冠绝当世，故而才高傲世，"颇凌浮俗"，"性刚，多忤权门"。其"诗调雅畅"，"伤而不怨，足以发挥风雅"。如其诗《逢雪宿芙蓉山主人》就颇具代表性，诗云："日暮苍山远，天寒白屋贫。柴门闻犬吠，风雪夜归人。"诗歌语言朴实，格调清淡，意境悠远。又如《自夏口至鹦鹉洲望岳阳寄元中丞》，诗云："汀州无浪复无烟，楚客相思益渺然。汉口夕阳斜渡鸟，洞庭秋水远连天。孤城背岭寒吹角，独树临江夜泊船。贾谊上书忧汉室，长沙谪去古今怜。"亦是情感凄婉，格调凝重之作。其集中类似这样的诗作颇多，如《喜皇甫侍御相访》曰："荒村带晚照，落叶乱纷纷。古路无行客，空山独见君。野桥经雨断，涧水向田分。不为怜同病，何人到白云。"故而《瀛奎律髓》评价曰："刘长卿诗细淡而不显焕。观者当缓缓味之，不可造次一观而已也。"②（《瀛奎律髓汇评》卷之四十二）

在《寄灵一上人》诗后评价曰："刘长卿号'五言长城'，细昧其诗，思致幽缓，不及贾岛之深峭，又不似张籍之明白，盖颇欠骨力而有委屈之意耳。"③（《瀛奎律髓汇评》卷之四十七）

由此可见，正是刘长卿的刚直性格使然，才会忤逆权门，遭受贬谪，其诗才会如此羁旅情思，凄婉清切。柳宗元则与其不同，"永贞革新"失败为其人生政治命运的转折点，贬谪永州十年更是其思

---

① 孙映逵：《唐才子传校注》，中国社会科学出版社2013年版，第107页。
② （元）方回：《瀛奎律髓汇评》，上海古籍出版社1986年版，第1489页。
③ （元）方回：《瀛奎律髓汇评》，上海古籍出版社1986年版，第1669页。

想成熟、文学创作成就最高的重要时期。三十三岁前，柳宗元长安生活自信顺畅。自小生活在繁华的大都市长安，博闻广见，心胸开阔。年少文才成名，二十一岁进士及第，可谓春风得意。二十六岁则考取了吏部博学宏词科，被任命为集贤殿书院正字，官阶从九品上，开始了从政生涯，参与校理经籍的文字性工作，柳宗元可谓得心用手。其后则是仕途顺畅，志向远大。集贤殿书院工作三年期满，就调任蓝田（今陕西蓝田县）尉，两年后，即柳宗元三十一岁时，他又从蓝田尉调任朝廷监察御史里行，仅仅过了两年，他就升任礼部员外郎，年仅三十三岁，他就成为台省郎官、朝廷要员。再加上又结识了刘禹锡、吕温等同样才华横溢、年少得志的青年朝官，他们在一起共同探讨文学，言说政事，可谓志同道合，情谊深厚。

　　故而其诗文，精工富丽，绝少愁苦。诚如李东阳所言"若柳子厚永州以前，亦自有和平富丽之作，岂尽为迁谪之音耶！"如其《省试观庆云图诗》云："设色初成象，卿云示国都。九天开祕祉，百辟赞嘉谟。抱日依龙衮，非烟近御炉。高标连汗漫，向望接虚无。裂素荣光发，舒华瑞色敷。恒将配尧德，垂庆代河图"。[1]（《柳宗元集》卷四十三）诗句用词富丽，寓踌躇满志之意。

　　可是永贞革新失败，以王叔文、王伾为首的革新派遭到了宦官和藩镇的联合打压，贬谪蛮荒之地，这就是历史上的"二王八司马"。柳宗元被贬为永州司马，全衔为"永州司马员外置同正员"。这是他人生道路上的一个重大转折。其时，南荒之地的永州气候湿热，让其颇感不适；又是戴罪闲官之身，没有官舍。开始寄寓龙兴寺、法华寺，与僧人来往频仍；后是迁居愚溪。正如其《愚溪诗序》所言："余以愚触罪，谪潇水上，爱是溪，入二三里，得其尤绝者家焉。"[2]

①　（唐）柳宗元：《柳宗元集》，中华书局 1979 年版，第 1262 页。
②　（唐）柳宗元：《柳宗元集》，中华书局 1979 年版，第 642 页。

政治上"罪谤交积，群疑当道，诚可怪而畏也"①（《寄许京兆孟容书》）的境地，居住环境的不适，再加上家庭也出现了重大变故，老母饱受舟车劳顿，水土不服，生活不适，染病去世，更让其倍感凄惨无助。

正如其在《先太夫人河东县太君归祔志》所言："太夫人有子不令而陷于大僇，徒播疠土，医巫药膳之不具，以速天祸，非天降之酷，将不幸而有恶子以及是也。……穷天下之声，无以舒其哀矣。尽天下之辞，无以传其酷矣。"②慈母经受夫死子黜，舟车颠簸，凄风苦雨，水土不服，最后不幸病故，柳宗元颇为自责，认为是受自己贬官南荒拖累。故而其诗文饱含哀痛自责，颇多愁苦之意。如其作《衡阳与梦得分路赠别》诗云："十年憔悴到秦京，谁料翻为岭外行。伏波故道风烟在，翁仲遗墟草树平。直以慵疏招物议，休将文字占时名。今朝不用临河别，垂泪千行便灌缨。"③诗中颇多哀伤痛苦之意。《别舍弟宗一》诗云："零落残魂倍黯然，双垂别泪越江边。一身去国六千里，万死投荒十二年。桂岭瘴来云似墨，洞庭春尽水如天。欲知此后相思梦，长在荆门郢树烟。"诗中更是悲伤愁绝。《江雪》诗中"千山鸟飞绝，万径人踪灭。孤舟蓑笠翁，独钓寒江雪"④。诗中背景"千山""万径"广大浩瀚，寂寥无边。"绝""灭"二字透着极端的环境寂静。"孤舟""独钓"和"寒江"写出了柳宗元心境无边的清冷、寂静和孤独，可谓孤寂至极。

此类哀伤冷寂之情的诗作颇多，就是他写给亲友的书信中更是愁苦哀伤不已。如《与杨京兆凭书》中写道：

> 自贬官来无事，读百家书，上下驰骋，……一二年来，痞气尤甚，加以众疾，动作不常。眊眊然骚扰内生，霾雾填壅惨

---

① （唐）柳宗元：《柳宗元集》，中华书局 1979 年版，第 779 页。
② （唐）柳宗元：《柳宗元集》，中华书局 1979 年版，第 325—327 页。
③ （唐）柳宗元：《柳宗元集》，中华书局 1979 年版，第 1159 页。
④ （唐）柳宗元：《柳宗元集》，中华书局 1979 年版，第 1221 页。

沮，虽有意穷文章，而病夺其志矣。每闻人大言，则蹶气振怖，抚心按胆，不能自止。又永州多火灾，五年之间，四为天火所迫。徒跣走出，坏墙穴牖，仅免燔灼。书籍散乱毁裂，不知所往。一遇火恐，累日茫洋，不能出言，又安能尽意于笔砚，矻矻自苦，以危伤败之魂哉？中心之恟惧郁结，具载所献许京兆丈人书，不能重烦于陈列。凡人之黜弃，皆望望思得效用，而宗元独以无有是念。自以罪大不可解，才质无所入，苟焉以叙忧慄为幸，敢有他志？伏以先君禀孝德，秉直道，高于天下。仕再登朝，至六品官。宗元无似，亦尝再登朝至六品矣！何以堪此？且柳氏号为大族，五六从以来无为朝士者，岂愚蒙独出数百人右哉？以是自忖，官已过矣，宠已厚矣。未知足与知止异，宗元知足矣。若便止不受禄位，亦所未能。今复得好官，犹不辞让，何也？以人望之，尚足自进。如其不至，则故无憾，进取之意息矣。身世孑然，无可以为家，虽甚崇宠之，孰与为荣？独恨不幸获托姻好，而早凋落，寡居十余年。尝有一男子，然无一日之命，至今无以托嗣续，恨痛常在心目。孟子称"不孝有三，无后为大"。今之汲汲于世者，唯惧此而已矣！天若不弃先君之德，使有世嗣，或者犹望延寿命，以及大宥，得归乡间，立家室，则子道毕矣。过是而犹兢于宠利者，天厌之！天厌之！丈人旦夕归朝廷，复为大僚，伏惟以此为念。流涕顿颡，布之座右，不任感激之至。①

在文中，柳宗元感叹贬官永州后，因气候不适，水土不服，加之心情郁闷，身体多病，"痞气尤甚，加以众疾"，"骚扰内生，霾雾填壅惨沮"，内心忧惧，以致听到人大声说话都"蹶气振怖"，"抚心按胆"都"不能自止"。另外，由于永州当地多火灾，柳宗元来此五年就遭受了四次火灾，情形狼狈不堪，损失惨痛。文中所说

---

① （唐）柳宗元：《柳宗元集》，中华书局 1979 年版，第 789—791 页。

"徒跣走出""书籍散乱毁裂，不知所往"。一遇火灾极为恐慌，"累日茫洋，不能出言"。再加之，"身世孑然，无可以为家"，"不幸获托姻好，而早凋落，寡居十余年。……至今无以托嗣续，恨痛常在心目"。认为自己"汲汲于世"，故特希望"延寿命，以及大宥，得归乡闾，立家室"。如此凄惨惶恐之状，的确令人感叹。

类似的情形，在《寄许京兆孟容书》所述情景更为恓惶，文曰：

伏念得罪来五年，未尝有故旧大臣肯以书见及者。何则？罪谤交积，群疑当道，诚可怪而畏也。以是兀兀忘行，尤负重忧，残骸余魂，百病所集，痞结伏积，不食自饱。或时寒热，水火互至，内消肌骨，非独瘴疠为也。忽捧教命，乃知幸为大君子所宥，欲使膏肓沉没，复起为人。夫何素望，敢以及此。……宗元于众党人中，罪状最甚。神理降罚，又不能即死。犹对人言语，求食自活，迷不知耻，日复一日。然亦有大故。自以得姓来二千五百年，代为冢嗣。今抱非常之罪，居夷獠之乡，卑湿昏雾，恐一日填委沟壑，旷坠先绪，以是怛然痛恨，心肠沸热。茕茕孤立，未有子息。荒隅中少士人女子，无与为婚，世亦不肯与罪大者亲昵，以是嗣续之重，不绝如缕。每当春秋时乡，孑立捧奠，顾眄无后继者，惸惸然，欷歔惴惕，恐此事便已，摧心伤骨，若受锋刃。此诚丈人所共悯惜也。先墓所在城南，无异子弟为主，独托村邻。自遣逐来，消息存亡不一至乡间，主守者固以益怠。昼夜哀愤，惧便毁伤松柏，刍牧不禁，以成大戾。近世礼重拜扫，今已阙者四年矣。每遇寒食，则北向长号，以首顿地。想田野道路，士女遍满，皂隶佣丐，皆得上父母丘墓，马医夏畦之鬼，无不受子孙追养者。然此已息望，又何以云哉！城西有数顷田，树果数百株，多先人手自封植，今已荒秽，恐便斩伐，无复爱惜。家有赐书三千卷，尚在善和里旧宅，宅今已三易主，书存亡不可知。皆付受所重，常系心腑，然无可为者。立身一败，万事瓦裂，身残家破，为世大僇。复何敢更望大君子抚慰收恤，尚置人数中耶！是以当食不知辛酸节适，洗沐盥漱，动逾岁时，一搔皮肤，尘垢满爪。诚忧恐悲伤，无所告诉，以至此也。①

文中称自己得罪来永州五年，无故旧大臣肯以书信来，多被人讥谤怀疑，"罪谤交积，群疑当道，诚可怪而畏也"。身体状况则是百病所集，"痞结伏积，不食自饱"，即消化不良症状。又兼"或时寒热，水火互至，内销肌骨，非独瘴疠为也"。身体状况不佳，体弱多病，备受讥谤，心情郁结。柳宗元自感栖栖遑遑，忧惧不安。称自己"罪状最甚。神理降罚，又不能即死"。认为所居之处"今抱非常之罪，居夷獠之乡，卑湿昏露"，担心"一日填委沟壑，旷坠先绪，以是怛然痛恨，心肠沸热"。更担忧"茕茕孤立，未有子息"。古人曰"不孝有三无后为大"，可是又觉得永州地处莽荒，无合适之人与之为婚，"顾眄无后继者，惇惇然，欷歔悁悒，恐此事便已，摧心伤骨，若受锋刃"。因此，他回首长安故里如今是一片凄凉情形，"城西有数顷田，树果数百株，多先人手自封植，今已荒秽，恐便斩伐，无复爱惜"。旧宅本藏书颇富，然而如今"家有赐书三千卷，尚在善和里旧宅，宅今已三易主，书存亡不可知。皆付受所重，常系心腑，然无可为者"。回想这些凄惨残败的情形，怎不令人心伤？于是他深感如今身败名裂，耻辱大辱，惶恐不安。称自己"立身一败，万事瓦裂，身残家破，为世大僇"。故而他向故人诉苦衷，说凄惨，期望能为自己求情。"复何敢更望大君子抚慰收恤，……是以当食不知辛酸节适，洗沐盥漱，动逾岁时，一搔皮肤，尘垢满爪。"

正因如此，故李东阳称"若柳子厚永州以前，亦自有和平富丽之作，岂尽为迁谪之音耶！"

在论及古人论诗，李东阳还认为："昔人论诗，谓韩不如柳，苏不如黄。虽黄亦云：'世有文章名一世，而诗不逮古人者，'殆苏之

---

① （唐）柳宗元：《柳宗元集》，中华书局 1979 年版，第 781 页。

谓也。是大不然。汉、魏以前，诗格简古，世间一切细事长语，皆著不得。其势必久而渐穷。赖杜诗一出，乃稍为开扩，庶几可尽天下之情事。韩一衍之，苏再衍之，于是情与事，无不可尽。而其为格，亦渐粗矣。然非具宏才博学，逢原而泛应，谁与开后学之路哉！"①（《怀麓堂诗话》）

从上文可见，李东阳对于前人论诗"韩不如柳，苏不如黄"的说法不认同。昔人认为韩愈诗不如柳宗元的诗，苏轼诗不如黄庭坚的诗，黄庭坚也说苏轼"世有文章名一世，而诗不逮古人者"。李东阳却"大不然"，他说汉魏之前的诗风格古朴简洁，那些事情的详细叙述就难以表达，发展势头久而久之就渐渐穷尽了。依靠杜甫诗作出现，于是稍微展开扩大，差不多可以述尽天下的情感事物。韩愈加以发挥，苏轼则再加发挥，这样就将抒情叙事都可表达清楚，这种风格就逐渐壮大了。但是如果他们没有宏才博学，能逢源应用，谁能开后学之路。非常明显的，李东阳认识到杜甫、韩愈、苏轼的诗风开创之功，同时也赞同是他们本人宏才博学之功，这也与李东阳本人才学宏富颇有关系。

---

① （明）李东阳：《李东阳集》，岳麓书社 2008 年版，第 1518 页。

第三章　明代唐宋派对柳宗元的文学批评

唐宋派是明代中叶的文学流派，代表人物有嘉靖年间的王慎中、唐顺之、茅坤和归有光等人。他们推崇唐宋时期的韩、柳、欧、曾的古文，同时尊崇三代两汉文的正统地位。

第一节　源起：唐宋派与宗"唐宋"文风

明代唐宋派的形成发展与明代中期文学复古之风息息相关，带有鲜明的复古主张。而复古之风滥觞则是因为台阁体的盛行实在让文士难以忍受，因此他们希望以复古来改变当时的"台阁"之风。台阁体是指明朝永乐至成化年间，文坛上出现的所谓"台阁体"。台阁主要是指当时的内阁与翰林院，又称"馆阁"。台阁体的代表作家为当时馆阁大臣杨士奇、杨荣、杨溥，三人都是台阁重臣，故他们的诗文被称为"台阁体"。台阁体诗文内容贫乏，多为应制、题赠、酬应而作，题材常为"颂圣德、歌太平"，艺术上追求平正典丽。他们要求文章起到"施政教、适性情"的功能，内容上要"歌功颂德，施之诏诰典册以申命行事"（王直《文敏集·序》），表达自己感情则要"适性情之正"，抒写"爱亲忠君之念，咎己自悼之怀"（杨荣《省愆集序》）。

这种诗文可以说毫无新意，也了无生气。这是一种从压抑道德和平庸人格出发的文学写作，缺乏自我情感书法，没有社会生活关心，也没有艺术创造性，可以说"阘冗肤廓，几于万喙一音"。

（《四库全书总目》《倪文僖集》提要）然而，由于统治者大力倡导台阁体，一时模仿成风，影响颇坏，成为流弊，也成为后起文士攻击的主要对象。

首先对台阁体提出批评的，是以李东阳为领袖的茶陵派。李东阳在明成化（1465—1486）年间至弘治（1488—1505）年间以内阁大臣身份主持诗坛，由于他平易近人，奖掖后进，推举人才，广交友朋，门生满朝，"李文正当国时，每日朝罢，则门生群集其家，皆海内名流。其座上常满，殆无虚日，绝口不及势利，其文章亦足领袖一时"。（何良俊《四友斋丛说》卷八）追随者众多，于是形成了以李东阳籍贯命名的"茶陵诗派"。针对台阁体的卑弱萎靡空洞无物，提出了"轶宋窥唐"，诗学汉唐的复古主张，强调宗法杜甫，尤其是法度声调的运用。作品中写出了个人真情实感，也反映了部分官场陋习。但是，由于李东阳历任馆阁，四十年未出国门，其诗风雍容典雅，平正典丽，保留了很多台阁习气，故而前后七子反对台阁体时，也对茶陵派有诸多不满。

前七子是明弘治、正德年间（1488—1521）的文学流派。成员包括李梦阳、何景明、徐祯卿、边贡、康海、王九思和王廷相七人，以李梦阳、何景明为代表。七子皆为进士，多负气节，敢于与朝政腐败，尤其是权臣和宦官作斗争，对现实社会不良风气表达不满。如李梦阳弘治六年（1493）中进士后，为官刚劲正直，敢于同权宦、皇戚斗争，以致多次被捕入狱。尤其令人惊叹的是，一次他上书孝宗皇帝，历数皇后之弟张鹤龄的罪状，差点因此送命；出狱后在街上遇到张氏，他仍痛加斥骂，还用马鞭打下了张氏两颗牙齿，真是不可思议。

因此，他们强烈反对当时流行的台阁体诗文和"啴缓冗沓，千篇一律"的八股习气，对茶陵派主张也表达不满。针对萎靡浮华的文风，他们力倡复古，鄙弃自西汉以下的所有文章以及中唐以下的所有诗歌，提出"文必秦汉、诗必盛唐"主张，得到了当时很多文人响应，形成了影响广泛的文学复古运动。前七子首倡复古，对于消除台阁体、八股文的不良影响，廓清萎靡不振的诗风，有着不小的功绩。

但是，前七子中一些人过分强调从格调、修辞方面刻意模拟汉魏、盛唐诗歌，主张"夫文与字一也。今人摹临古帖，即太似不嫌，反曰能书。何独至于文，而欲自一门户邪？"（李梦阳《再与何氏书》）他们否定了文学应该具有的独创性，也否定了创作的现实针对性，以致后来模拟蹈袭之风盛行。诗文以模拟古人为能事，思想感情缺乏，文字佶屈聱牙，这样文学发展又走向了另一个极端，流弊甚烈。其后引发了以王慎中、唐顺之为代表的唐宋派不满，他们则希望革除前后七子的模拟过甚的文风弊端。

唐宋派是明代中叶的文学流派。如王慎中说："学六经史汉最得旨趣根源者，莫如韩欧曾苏诸名家。"（《寄道原弟书几》，茅坤编《唐宋八大家文钞》卷一六四），进一步肯定提倡唐宋文，影响深远，其书盛行海内。唐宋派为了纠正前后七子抄袭模拟之风，改文法秦汉为宗法唐宋，变佶屈聱牙为文从字顺。同时唐宋派还强调散文要抒发作者的真情实感。唐顺之称"文字工拙在心源""即使未尝操纸笔呻吟学为文章，但直据胸臆，信手写来，如写家书，虽或疏卤，然绝无烟火酸馅习气，便是宇宙一样绝好文字"，否则，"文虽工而不免为下格"（《答茅鹿门知县书二》）。可见，唐宋派反对以文采取代"道统"，而是主张"文道合一"的传统，即要求文章既要有思想感情，又要讲求辞章文采。因此，对前后七子模拟复古，缺乏思想的作品是大为贬斥的，称其"以琢句为工，自谓欲追秦汉，然不过剽窃齐梁之余，而海内宗之，翕然成风，可谓悼叹耳"（归有光《与沈敬甫书》）。由此可见，唐宋派对前后七子复古派"文必西汉、诗必盛唐"论调的深恶痛绝了。唐宋派师法唐宋古文，虽没有完全消除拟古弊端，理论上缺少足够创新，创作成就不高，但其散文发扬"文道"传统，关注社会、关心民生，清新自然，开清代桐城派散文先河，在散文发展史上起到了很好的传承作用。

作为唐宋八大家重要一家的柳宗元，其诗文自然格外受到唐宋派作家的重视与推崇，他们对柳宗元的批评在明代中叶颇具代表性，值得后世学者关注。

第二节　归有光——简评考证柳宗元诗文

唐宋派宗"唐宋八大家"之风。唐代"韩柳"散文成就颇高，如同耸立在中国散文史上的两座高峰，韩柳二人散文艺术特色各有千秋，因此，后世文士在研读与接受中，往往根据自己的风格喜好，对两位大家进行评判比较。唐宋派中也有作家采取了这样的方式，如茅坤就从各个方面对柳宗元和韩愈进行了比较。而归有光和唐顺之等人则从同情遭际和欣赏诗文的角度，对柳宗元进行了简评。

归有光（1507—1571），字熙甫，又字开甫，别号震川，又号项脊生，世称"震川先生"。归有光崇尚唐宋古文，是唐宋派的代表，其散文风格朴实，情感真切，被称为"今之欧阳修"。归有光对柳宗元的评点文字不多，根据有关资料记载，主要为以下三则。我们不妨逐一分析。

第一则是《与王子敬》中说："读柳州《海石榴诗》，疑是今之千叶石榴。今志书亦云。乃知孙允欠详考也。"（《震川先生集》别集卷之七）这是属于名物考证的材料。考证柳宗元《新植海石榴》诗中的"海石榴"究竟为何种植物？归有光根据"志书"和自己的分析，认为"海石榴"可能是"千叶石榴"。那么《新植海石榴》中的"海石榴"究竟是"千叶石榴"还是"山茶花"呢？值得我们好好探究。

柳宗元所写"海石榴"有两首，其一为五言律诗《新植海石榴》，诗云："弱植不盈尺，远意驻蓬瀛。月寒空阶曙，幽梦彩云生。粪壤擢珠树，莓苔插琼英。芳根閟颜色，徂岁为谁荣。"[1]

其二则为七言绝句《始见白发题所植海石榴》，诗云："几年封植

---

[1]　（唐）柳宗元：《柳宗元集》，中华书局1979年版，第1228页。

爱芳丛，韶艳朱颜竟不同。从此休论上春事，看成古木对衰翁。"①

从第一首诗中我们可以看到"海石榴"寄托了柳宗元当时被贬谪居复杂心境——感伤、哀怜和郁闷。第二首则寄托了诗人在伤感、孤苦无望逆境中的慢慢思索，变得更加冷寂失落。可见，两首诗的"海石榴"都寄托了作者情怀，"它"的生长状况正是作者心境的象征。因此，诗中的"海石榴"究竟是"山茶花"还是"千叶石榴"，我们不仅要看植物本身，还要深究比较植物身上承载的文化内涵。

"千叶石榴"即石榴一种，石榴原产巴尔干半岛至伊朗邻近地区，全世界的温带和热带都有种植。树姿优美，枝叶秀丽，初春嫩叶抽绿，婀娜多姿；盛夏繁花似锦，色彩鲜艳；秋天硕果累累，成熟的石榴皮色鲜红或粉红，常会裂开，露出晶莹剔透的籽粒。石榴因色彩鲜艳、字多饱满，常被用作喜庆水果，象征多子多福、子孙满堂。

公元前 2 世纪石榴传入中国。据晋代张华《博物志》记载："汉张骞出使西域，得涂林安石国榴种以归，故名安石榴。"张骞得石榴种，经丝绸之路传入内地，首先在当时的帝都长安上林苑、骊山温泉宫种植。西晋石榴赋大兴。唐代则流行结婚赠石榴的礼仪，并开始有"石榴仙子"的神话传说。宋代则流行"石榴生殖崇拜"，开始盛行石榴对联，谜语。中国人视石榴为吉祥物，认为它是多子多福的象征；安石榴、石榴花象征成熟的美丽；满树的石榴花象征了美好、红火的生活。根据柳宗元贬谪永州的生活心境，栽种石榴的可能性不大。

山茶花的文化寓意则与柳宗元贬谪永州的心情处境较为相似。茶花即山茶花，古代又称"海石榴"。唐代，雍容华丽的牡丹成为人们的喜爱之物，由于牡丹花色泽艳丽，花大香艳，富丽堂皇，故又有"国色天香"之称，故刘禹锡诗曰："庭前芍药妖无格，池上芙蕖静少情。唯有牡丹真国色，花开时节动京城。"

---

① （唐）柳宗元：《柳宗元集》，中华书局 1979 年版，第 1230 页。

唐代社会经济繁荣。洛阳曾是唐之东京，交通便利，商旅众多，城内园圃林立，几乎家家户户都种植牡丹，赏花之风盛行，唐代诗人白居易在诗中称："花开花落二十日，一城之人皆若狂。"就描写了人们喜欢牡丹的痴狂之态。

在唐代，宫廷寺庙道观，富贵庭院以及民间种植牡丹已经十分普遍。正如宋代周敦颐在《爱莲说》曰："自李唐来，世人甚爱牡丹。""牡丹，花之富贵者也。""牡丹之爱，宜乎众矣！"① 牡丹作为国花，象征富贵华美，喜爱之人众多。然而也有人对花的喜爱异乎常人，尤其那些身世不寻常，经历曲折者。于是山茶花以其植株形姿优美，叶浓绿明亮，花艳丽缤纷，花期较长，以及傲雪凌寒的品格受到人们喜爱，成为庭院栽种的观赏花卉。

人们在诗文中纷纷赞赏山茶花即海石榴的艳丽花姿与不畏霜雪的品格。如唐代诗人方干作《海石榴》，诗云："亭际夭妍日日看，每朝颜色一般般。满枝犹待春风力，数朵先欺腊雪寒。舞蝶似随歌拍转，游人只怕酒杯干。久长年少应难得，忍不丛边到夜观。"诗人因屡试不中，遂决意仕进，隐居鉴湖，故其傲骨气节就外化到欺腊雪寒的"海石榴"上。诗仙李白亦有咏"海石榴"诗，题为《咏邻女东窗海石榴》，诗云："鲁女东窗下，海榴世所稀。珊瑚映绿水，未足比光辉。清香随风发，落日好鸟归。愿为东南枝，低举拂罗衣。无由共攀折，引领望金扉。"诗中赞美了"海石榴"的色泽、清香，突出其稀世珍贵，暗寓鲁女的清丽脱俗，表达了诗人内心的欣羡与惆怅。在一些人眼中，山茶花甚至都将牡丹花比了下去，如司空图有诗赞茶花，云："景物诗人见即夸，岂怜高韵说红茶。牡丹枉用三春力，开得方知不是花。"

另据《太平广记卷·第四百零九·草木四》载："新罗多海红并海石榴。唐赞皇李德裕言，花中带海者，悉从海东来。章川花差类海石榴，五朵簇生，叶狭长，重沓承。"这样，我们再根据山茶花寓

---

① （宋）周敦颐：《周敦颐集》，中华书局1990年版，第53页。

含的傲霜迎雪品质，以及柳宗元贬谪永州的凄苦悲怨心境，他诗中的"海石榴"当为茶花的一种，而不是石榴花。可见，归有光"读柳州《海石榴诗》，疑是今之千叶石榴。今志书亦云"。所指为误，他自己也不能确定，故而用了"疑是"。

归有光还评点了柳宗元对司马迁的评价，在《与沈敬甫以下四首论古书》中云："向论高愍女碑，可谓知言。班孟坚云'太史公质而不俚'，人亦易晓。柳子厚称'马迁之峻'，峻字不易知。近作《陶节妇传》，懋俭甚聪明，并可与观之。"（《震川先生集》别集卷之七）说到司马迁的散文风格，班孟坚（班固）认为其语言质朴，但却不俚俗，这样一说就明白易懂了。柳宗元评价司马迁为"峻"，这里如果不找到出处，的确不容易理解。

"峻"字出处在《报袁君陈秀才避师名书》一文中，文曰："大都文以行为本，在先诚其中。其外者当先读六经，次《论语》、孟轲书，皆经言。《左氏》《国语》、庄周、屈原之辞，稍采取之，谷梁子、太史公甚峻洁，可以出入，余书俟文成，异日讨也。其归在不出孔子，此其古人贤士所懔懔者。"这段文字主要说为文当以德性为本质，重在内心真诚。然后从学习儒家、史家经典入手，就可以学会文章之道了，这实际上是强调"儒道"对"文道"的宗旨作用。谈到"太史公甚峻洁"，这里的"峻洁"字面意思就是"峻峭高洁"。何为"峻"？当与"质而不俚"相似，但"峻"更多在能发"骚人之隐"，即言简意赅表达不平之气，抒发内心真实的忧愁苦闷，敢于发愤著书。可见"峻"比"质而不俚"内涵更丰富，描述更形象。由此也可以看出柳宗元处事为文都受司马迁影响很深。

《新唐书》卷一六八《柳宗元传》就特地指出来了，其文曰："宗元少时嗜进，谓功业可就。既坐废，遂不振。然其才实高，名盖一时。韩愈评其文曰：'雄深雅健，似司马子长，崔、蔡不足多也。'"[1]"雄深雅健"指文章雄浑而深沉，典雅而有力。韩愈作为柳

---

① （宋）欧阳修、宋祁：《新唐书》，中华书局 1975 年版，第 5142 页。

宗元的至交，对其文风如此评价甚为恰当，柳宗元的另一终身好友刘禹锡在为他的文集作序时也借用了这一说法，《唐故柳州刺史柳君集》序云："子厚之丧，昌黎韩退之誌其墓，且以书来吊曰：'哀哉，若人之不淑。吾尝评其文，雄深雅健，似司马子长，崔、蔡不足多也。'安定皇甫湜，于文章少所推让，亦以退之言为然。"①"雄深雅健"正是前人对司马迁文风的评价，如此评价柳宗元之文，可见柳受司马迁影响之深也。

归有光赞同柳宗元评司马迁之"峻"，他没有直接加以评论，而是以己作示人来表明肯定态度。此文题为《陶节妇传》，记叙了"陶节妇方氏"的传奇殉烈行为，在赞叹其守节坚贞之志的同时，也对当时俚俗愚昧心态进行了揭露，语言朴素、描写简洁、愤懑不平之情流露，可谓"峻"的真切展示。

如描写陶节妇殉烈之情，文曰："因相向悲泣，顷之入室，屑金和水服之，不死；欲投井，井口隘，不能下。夜二鼓，呼小婢随行至舍西，绐婢还，自投水。水浅，乍沉乍浮。月明中，婢从草间望见之。既死，家人得其尸，以面没水，色如生。两手持荇根，牢甚不可解也。"其志可谓坚贞，其举可谓倔强，其迂腐也令人感叹悲哀。因此，归有光在最后以"赞"慨叹之行，曰："妇以从夫为义，假令节妇遂子舸死，而世犹将贤之。独濡忍以俟其母之终，其诚孝概之于古人何愧哉？初，妇，父玉岗为蕲水令，将之官，时子舸已病，卜嫁之，大吉，遂归焉。人特以妇为不幸，卒其所成为门户之光，岂非所谓吉祥者耶？"文中不平之气清晰可见。因此王锡爵在《归公墓志铭》作铭所言："秦、汉以来，作者百家。譬诸草木，大小毕华。或春以荣，或秋以葩。时则为之，匪前是涔。先生之文，六经为质。非似其貌，神理斯述。微言永叹，皆谐吕律。匪笾匪簋，烝肴有飶。造次之间，周旋必儒。大雅未亡，请观其书。"（《震川先生集》）

---

① （唐）柳宗元：《柳宗元集》，中华书局1979年版，第1442页。

归有光还说到了柳宗元的《囚山赋》，文曰："亲故懒作书，向为公言，铁剑利倡优拙固耶。每揽子厚《囚山赋》，亦自无聊也。还附此。"（《震川先生集》卷八）在文中，先引"铁剑利倡优拙"，其出处在《史记》卷七九《范雎蔡泽列传》中，文曰：

> 昭王临朝叹息，应侯进曰："臣闻'主忧臣辱，主辱臣死'。今大王中朝而忧，臣敢请其罪。"昭王曰："吾闻楚之铁剑利而倡优拙。夫铁剑利则士勇，倡优拙则思虑远。夫以远思虑而御勇士，吾恐楚之图秦也。"①

通过这段文字的描述，我们对"铁剑利倡优拙"的理解更加晓畅，铁剑锋利则士兵更加勇敢，艺人看似笨拙，但是，他们却能深谋远虑。昭王忧患之语不是没有道理，后来"楚虽三户能亡秦"的历史发展就很快验证了。

归有光说，柳宗元作《囚山赋》，乃"自无聊"也。我们需先了解此处"无聊"之意。"无聊"词义共有四种意思，即无可奈何；贫穷无依；郁闷、精神空虚；没有作用，没有意义而令人生厌。根据柳宗元贬谪永州的心情和处境，结合归有光的生平经历，"无聊"当为"无可奈何"解。

下面我们再来看看柳宗元的《囚山赋》山水描写和感情抒发，其赋曰：

> 楚越之郊环万山兮，势腾踊夫波涛。纷对迴合仰伏以离迾兮，若重墉之相褒。争生角逐上轶旁出兮，其下坼裂而为壕。欣下颓以就顺兮，曾不亩平而又高。沓云雨而渍厚土兮，蒸郁勃其腥臊。阳不舒以拥隔兮，群阴沍而为曹。侧耕危获苟以食兮，哀斯民之增劳。攒林麓以为丛棘兮，虎豹咆㘎代狴牢之吠

① （汉）司马迁：《史记》，中华书局1959年版，第2417—2418页。

嗥。胡井眢以管视兮，穷坎险其焉逃？顾幽昧之罪加兮，虽圣
犹病夫嗷嗷。匪儿吾为柙兮，匪豕吾为牢。积十年莫吾省者兮，
增蔽吾以蓬蒿。圣日以理兮，贤日以进，谁使吾山之囚吾兮
滔滔？①

元和九年（814），柳宗元贬谪永州，名为司马，实则过着如同囚徒
的生活。他将永州之山视为监禁自己的牢墙，在如此厌恶的情感下，
那就再也没有《永州八记》中清幽的山水美景了，笔下的景物变得
荒芜凄凉、凶险恐慌了，这就所谓的心中之景外化为笔下之景。通
过描写，柳宗元抒发了自己因为参加永贞革新，遭到打击，被贬谪
荒蛮僻远之所的愤懑不平；同时他又因为无力改变黑暗现实，对时
局艰难发出满腔无奈的感喟！

　　归有光虽然命运多舛，生活坎坷，但他没有屈服，反而使他的
性格变得更加坚毅顽强、不屈不挠。他耿介正直、不事权贵，尤其
在任长兴知县时，他敢于整治恶吏、对抗豪强。虽然政绩显著，受
到百姓拥戴，却因得罪豪强和上级官员，六十三岁竟然被调任顺德
府通判，管理马政。受到不公平的降职，归有光对此非常气愤，曾
说："号称三辅近，不异湘水投。"并连上两疏要求辞官，但都被朝
廷公卿扣压不能上达。他也是"自无聊"，无可奈何下，抵达任所，
筑土室一间，整日躲在其中，读书自娱，以此发泄内心的愤懑不满。

　　因此，设身处地，相似的经历使得他对柳宗元写作《囚山赋》
"自无聊"颇有同情，这也是作家穿越时空后情感上的共鸣。

第三节　唐顺之——赞叹柳宗元与永州山水的完美契合

　　唐顺之（1505—1560），字应德，一字义修，号荆川。他是明代
中后期"唐宋派"的领袖人物。其身世遭际曲折不平，他也是年少

---

① （唐）柳宗元：《柳宗元集》，中华书局 1979 年版，第 62—63 页。

成名，天生聪颖过人，23 岁参加会试时获得第一名，可谓一举成名天下知。然而由于唐顺之品行正直，性格耿直，宁愿不要功名权利，也不肯依附权贵。如他在会试成名后，当时的内阁大学士杨一清非常想将其揽入门下，遭到唐顺之坚辞，开始本想将唐录取为殿试第一名的，结果恼羞成怒的杨一清将唐放在一甲的第三名，后又将其退后到二甲第一名。又如嘉靖八年（1529），担任唐顺之那一届的主考官张璁觉得他是一个难得的人才，想提拔他到翰林院为官，可是也遭到了唐顺之的婉言谢绝。要知道当时张璁贵为当朝礼部尚书兼文渊阁大学士，且为官廉政，为人正直，唐顺之的廉洁自清、刚直不阿品性由此可见一斑了。因此，有这样的性格和品行，他在得罪权贵、免职闲居时，自然依旧能够保持不亢不卑的平和心态。

尤其是嘉靖二十年（1541）至嘉靖三十六年（1557），唐顺之被罢免官职闲居在家。他并没有因此悲观失望，情绪低落，而是学习颜回"安贫乐道"，"回也，其心三月不违仁，其余则日月至焉而已矣"。"一箪食，一瓢饮，在陋巷，人不堪其忧，回也不改其乐"。（《论语·雍也》）① 回家之后，先是在城里购宅居住，因为城中过于喧闹，他便迁居宜兴山村，后来搬到更加僻远的陈渡庄居住，闭门潜心读书，过着极为简易的生活。据《明史》卷二〇五记载说："顺之于学无所不窥。自天文、乐律、地理、兵法、弧矢、勾股、壬奇、禽乙，莫不究极原委。尽取古今载籍，剖裂补缀，区分部居，为《左》、《右》、《文》、《武》、《儒》、《稗》六《编》传于世，学者不能测其奥也。为古文，洸洋纡折有大家风。生平苦节自厉，辍扉为床，不饰裀褥。又闻良知说于王畿，闭户兀坐，匝月忘寝，多所自得。"② 居住茅舍里，睡在门板上，穿着旧麻衣，来往有乡民，从不露身份。冬不烤火，夏不纳凉，行不坐轿，食不见荤。唐顺之

---

① （宋）朱熹：《四书章句集注》，中华书局 1983 年版，第 86—87 页。

② （清）张廷玉：《明史》卷二〇五《唐顺之传》，中华书局 1974 年版，第 5424 页。

在罢官闲居的日子，艰苦自持且悠然自乐，这怎不令后世文士赞叹感喟！

刘禹锡在《陋室铭》中说："斯是陋室，惟吾德馨。苔痕上阶绿，草色入帘青。谈笑有鸿儒，往来无白丁。"表达了"陋室"主人高洁傲岸的节操和安贫乐道的情趣，然相较刘禹锡所言，唐顺之则是苦其心志和平易入俗，毫无傲岸幽怨之情，真正做到了"安贫乐道"的节操。因此，唐顺之对柳宗元贬谪地处僻远、山水幽美的永州不是单纯的哀怜同情，相反还认为是永州山水成就了柳宗元诗文，柳宗元与永州山水可谓完美契合。他在《永州祭柳子厚文》中详细地阐述了这一关系，其文曰：

> 窃惟山川之与人文，同于擅天地之灵祕，顾若有神物爱惜乎其间，深扃固鐍而不轻以示。永之山水，天作地藏，经几何年，埋没于灌莽蛇豸之区，至公始大发其瓌伟而搜剔其荒翳。公之文章，开阳阖阴，固所自得。至于纵其幽遐诡谲之观而邃其要眇沉郁之思，则江山不为无助。而公之穷愁困厄，岂造物者亦有深意。盖公之自记钴鉧、小丘也，尝以贺兹丘之有遭。而韩退之亦以公穷不久斥不极，或不能以文自见于世。历千载而较失得，亦何尤乎偃蹇而摈弃。某少而诵公之文，见其模写物状，则已爽然神游黄山之颠、冉溪之涘。今来吏兹土，周览四顾，而亲觌其所谓迥奇献巧者，则又恍然若见乎公之文，而挹其余波之绮丽。自顾樗散之才，未能庶几乎公之愚，而戒贪于鼠，征猛于蛇，敢不因公言以自励！睹风景之如昔，想公之神恒往来于斯地。聊奠觞而陈词，尚仿佛其来至。（《荆川先生文集》卷十三）

唐顺之在祭文中首先就提出来，山川与人文一样都是占有了天地的神奇莫测的奥秘，假如神与物都爱护珍惜自己名声，就会深藏其身而不轻易示人。正如俗话"无限风光在险峰"说的那样，为了表述更为形象，他还以"深扃固鐍"为喻。意为把门窗关紧锁严，比喻把事物真相隐藏起来使之不外露。而永州山水正是天地间隐藏的奥秘，在灌木莽荒虫蛇间历经多年埋没无名，直到柳公到来，才开始将其从荒芜遮隐中搜寻剔除出来，从而发掘其环境的伟妙之处，得以名扬天下。

柳公文章固然本来文思跌宕，收放自如，但广泛描写僻远深幽奇异之景观，深达其精深微妙又深沉蕴积的思想，则不得不说得到了永州江河山川的帮助。这与后来陆游《予使江西时以诗投政府湖湘一麾会召还不果》所云正是同一道理，诗云："文字尘埃我自知，向来诸老误相期。挥毫当得江山助，不到潇湘岂有诗。"接下来他称柳公遭受贬谪，穷困愁苦，处境艰难窘迫，难道不是老天深微的用意。换言之，唐顺之认为永州的山水成就了柳公文章，而柳公在永州处境艰难，生活穷困也正是老天爷的考验和恩赐。这也印证了孟子《告子章句下·第十五节》"生于忧患，死于安乐"之言，曰"天将降大任于斯人也，必先苦其心志，劳其筋骨，饿其体肤，空乏其身，行拂乱其所为，所以动心忍性，增益其所不能。"[①]

从这个角度来说，永州山水与柳公文章可谓完美的契合。永州幽美的山水因柳公文章而扬名于外，为世人熟知，而柳公文章因了永州山水，变得更加精妙深邃，丰富了思想内涵和艺术内蕴。故而在柳公的《钴鉧潭记》《钴鉧潭西小丘记》等游记中就表达了对山水由衷喜爱。《钴鉧潭记》称："孰使予居夷而忘故土者？非兹潭也欤？"只有在这幽丽清爽的"钴鉧潭"，才能使他排遣忧愁，缓解对故土的怀念之情。《钴鉧潭西小丘记》曰："而我与深源、克己独喜得之，是其果有遭乎！书于石，所以贺兹丘之遭也。"写出了自己与小丘的同病相怜，在整修后的小丘上获得了心灵的怡适和宁静，为自己在不满一旬的时间内能得到两处奇异之处而欣慰。

因此，唐顺之在祭文最后更是由眼前奇异之景思柳公之文，感

---

① （宋）朱熹：《四书章句集注》，中华书局1983年版，第348页。

喟永州山水与柳公之文的完美契合。

第四节 茅坤——柳宗元文学的全面评价者

茅坤（1512—1601），字顺甫，号鹿门，作为明代中期唐宋派的代表，他反对前后七子"文必秦汉"，主张唐宋古文。特地选辑了唐宋时期的韩愈、柳宗元、欧阳修、苏洵、苏轼、苏辙、曾巩及王安石八家文章为《唐宋八大家文钞》，共一百六十四卷，在当时和后世影响很大。他在每家各为之引。总序中说："世之操觚者往往谓文章与时相高下，而唐以后且薄不足为。噫！抑不知文特以道相盛衰，时非所论也。"茅坤行文刻意模仿司马迁、欧阳修，佳作不多，但其选文宣扬唐宋八大家文章得"六经"之精髓，尤其推崇韩愈。其评点注释虽多有错漏之处，但选本繁简适当，适合作为初学者入门之用，因此长期以来盛行不衰。

茅坤在《文钞》中先对柳宗元有总体评价，然后在选本中对其具体篇目的艺术特点进行了简要评点。我们也先来看茅坤对柳宗元的总体评价。其《柳文引》一文中曰：

> 唐世文章称韩、柳，柳非韩匹也。韩于书无所不读，于道见其大原，故其文醇而肆。柳自言其为文，以为本之《易》《诗》《书》《礼》《春秋》，参之《谷梁》《国语》《孟》《荀》《庄》《老》《离骚》《太史》。其生平所读书，止为作文用耳。故韩文无一字陈言，而柳文多有摹拟之迹。是岂才不及韩哉？其见道不如故也。然李朴有言："柳醇正不如韩，而气格雄绝，亦韩所不及。"吾尝论韩文如大将指挥，堂堂正正，而分合变化，不可端倪；柳则偏裨锐师，骁勇突击，囊沙背水，出奇制胜，而刁斗仍自森严。韩如五岳、四渎，莫乾坤而涵万类；柳则峨眉、天姥，孤峰矗云，飞流喷雪，虽无生物之功，自是宇宙洞天福地。其并称千古，岂虚也哉？……可因其文之工而掩

之乎？择之约，论之严，不为柳子恕，而后可以见柳子。（《唐宋八大家文钞》卷首）

此前已经谈到了茅坤在唐宋八大家中尤其推崇韩愈，因此，对于散文或者古文中"韩柳"并称，茅坤肯定是不赞同的，从文中我们可以感受到茅坤明显的尊韩态度，尤其在行文"道统"，即思想内容上。文中，茅坤起首就称"柳非韩匹也"，柳文不能与韩文相比。认为韩愈读书"无所不读"，故其所言"古道"能够看得更深远，找到本源，故而其文章纯粹，合于正统之道。韩愈所言之道即上古三代的"儒道"，他一直也是以孔孟之后儒者自居，他倡导"古道"，就是希望恢复魏晋以后中断了的儒家道统。茅坤沿袭的正是宋代大文学家苏轼的说法，苏曰："自东汉以来，道丧文弊，异端并起，历唐贞观、开元之盛，辅以房、杜、姚、宋而不能救。独韩文公起布衣，谈笑而麾之，天下靡然从公，复归于正，盖三百年于此矣。文起八代之衰，而道济天下之溺，忠犯人主之怒，而勇夺三军之帅。此岂非参天地、关盛衰，浩然而独存者乎？"（苏轼《潮州韩文公庙碑》）由此也可见茅坤之为文主张，因其认为文章内容必须阐发"六经"之旨，即阐述儒家经典思想。

从为文阐发"道统"而言，茅坤觉得柳宗元并没有做到文为"道统"而作，仅为文而用也。柳宗元虽然自称为文也是根源于"五经"，以先秦史家、儒家、道家的经典，以及《离骚》《史记》等为佐证。这样一相比较，故茅坤认为韩文"无一字陈言"，而柳文则"多有模拟之迹"。这不是两人才能高下的问题，而是"道统"认识不同。

茅坤如此评价韩文与柳文，带有明显的尊韩贬柳倾向。前文所说，茅坤宗"六经"之道，与韩愈所重之儒家正统思想极为一致，故对韩文之道有偏好。实际上，柳宗元亦为重"道"者，柳宗元作为政治革新者，注重治世之"道"，重儒家民本思想，重"势"的进步社会历史观，注重从社会需要出发，要经世致用，由此而言，柳宗元所重之"道"比韩愈之"道"更具现实性和实用性。

接下来，茅坤对"韩柳"两人散文艺术性也进行了评价。从艺术特点的文字评价来看，茅坤认为韩柳两人散文艺术各有特点，各有千秋。他并没有直截了当陈述，而是采用了比喻的方式，形象地描述了"韩柳"文的特点，如文中说："韩文如大将指挥，堂堂正正，而分合变化，不可端倪；柳则偏裨锐师，骁勇突击，囊沙背水，出奇制胜，而刁斗仍自森严。韩如五岳四渎，奠乾坤而涵万类；柳则峨眉天姥，孤峰矗云，飞流喷雪，虽无生物之功，自是宇宙洞天福地。"如此对比生动，便于大家领会"韩柳"行文之艺术。也才会有"韩柳"并称千古的美誉。由此可见，茅坤在贬柳文思想的同时，还是中肯地评价了柳文的艺术美，这也是茅坤《唐宋八大家文钞》得以传于后世的重要原因了。

接下来，我们再分析茅坤对柳宗元散文篇目的具体评价，先看其评点柳文《与杨诲之疏解车义第二书》，文曰："首尾二千言，如一线然，强合乎道者。"（《唐宋八大家文钞》卷四评柳文）《与杨诲之疏解车义第二书》（《与杨诲之第二书》）乃柳宗元以车为喻教导杨诲之系列散文的第三篇，前两篇为《说车则杨诲之》《与杨诲之书》（《与杨诲之再说车敦勉用和书》）。杨诲之乃柳宗元的亲戚兼忘年交，其有大志，"学古道，为古辞，冲然而有光，其为工也攻"，"气益和，业益专，端重而少言""本有异志"，可谓人才难得，但是好木需要打造，好人需要修养，"开发之要在陶煦，然后不失其道"①（《与杨诲之书》又名《与杨诲之再说车敦勉用和书》）。然而杨诲之却"显然翘然，秉其正以抗于世"（《与杨诲之再说车敦勉用和书》）"慢其貌，肆其志，茫洋而后言，偃蹇而后行，道人是非，不顾齿类，人皆心非之，曰'是礼不足者'，甚且见骂"②（《与杨诲之疏解车义第二书》），则易树敌，遭受挫败。因"世必为敌仇，何也？善人少，不善人多，故爱足下者少，而害足下者多"。（《与杨

---

① （唐）柳宗元：《柳宗元集》，中华书局1979年版，第847—848页。

② （唐）柳宗元：《柳宗元集》，中华书局1979年版，第853页。

诲之再说车敦勉用和书》）因此，柳宗元想以车为喻，对杨诲之加以敦勉，"欲其方其中，圆其外"①（《与杨诲之再说车敦勉用和书》）

　　然而，杨诲之并不接受柳宗元的善意寓劝，还认为，"果为车，柔外刚中则未必不为弊车；果为人，柔外刚中则未必不为恒人"。于是柳宗元再次重申"言车也，以内可以守，外可以行其道"，"刚柔同体，应变若化，然后能志乎道"。因此，柳宗元对杨诲之"不欲焉"，感到"惕惕然忧且疑"，为其忧虑不安。接下来针对其所言"我不能为车之说，但当则法圣道而内无愧，乃可长久"。还有"我不能翦翦拘拘以同世取荣""以行险为车之罪"这样的言论，于是提出说"车"就是说"圣道"，从圣道（圣人、尧舜、儒道、孔孟、君子）内容、圣人与人同（圣道即凡道）、由狂成圣等多个方面阐述了自己的"车道"即"新圣道"。"凡吾之致书，为说车，皆圣道也。"柳宗元认为，自己就是传承了从尧、舜、禹、孔子等接续下来的"圣道"，并且还将其发展成"说车"为喻，不仅用圆外的车轮，把应变能力比喻出来，且还易于操作，能"求诸中以厉乎己"，就可以逐渐成圣人。

　　根据上述简要三篇"书"的分析，一则可见柳宗元对"圣道"认识和理解的深刻，对"圣道"融会贯通的运用，同时也可见对于后进者谆谆教导的良苦用心。因此，茅坤虽然不认可柳宗元作文为"道统"，但从此篇两千多言的"说车"喻"圣道"，他还是颇为认同，故而不得不说其文"强合乎道者"也。

　　茅坤评点柳宗元第二篇文章为《答韦中立论师道书》，其文曰："子厚书中所论文章之旨，未敢必其尽能如所云，要之亦本于钻心研神者。而后之为文者，特路剟富者之金，而以誇于天下，曰，吾且猗顿矣。何其不自量之甚也。予故奋袂曰：有志于文，须本之六艺，以求圣人之道，其庶几焉耳。"（《唐宋八大家文钞》卷四评柳文）

　　《答韦中立论师道书》是柳宗元贬谪永州期间写给韦中立的一封

---

① （唐）柳宗元：《柳宗元集》，中华书局1979年版，第848页。

书信。在书信中，柳公非常详细地阐述了"师道"和"写作"。在"师道"上，由于魏晋以降，世风日下，人们耻于言师，韩愈由于不顾流俗，敢为人师，作《师说》，结果招致众人笑骂，被视为"蜀之日"，由此看出为人师者的下场，也可见世风浇薄，流俗可憎。故而柳宗元提出"不敢为人师"，不是否定师道。一则怕成为"越之雪"，受到世人非议，二则已蒙罪名，遭受贬谪九年，更不愿仅仅为了一个师者的名号而自取其辱，再招致厄运。柳宗元在《报袁君陈秀才避师名书》就表达了自己的想法，"仆避师名久矣。往在京都，后学之士到仆门，日或数十人，仆不敢虚其来意，有长必出之，有不至必恳之。虽若是，当时无师弟子之说。其所不乐为者，非以师为非，弟子为罪也"①。即不要"师之名"，只行"师之实"。

接下来则是阐述"作文"之道，这也是柳宗元的重要文学主张。在文中，柳宗元非常明确地提出"文者以明道"，且为文要原之古代的经典，"本之《书》，以求其质，本之《诗》以求其恒，本之《礼》以求其宜，本之《春秋》以求其断，本之《易》以求其动：此吾所以取道之原也。参之《谷梁氏》以厉其气，参之《孟》《荀》以畅其支，参之《老》《庄》以肆其端，参之《国语》以博其趣，参之《离骚》以致其幽，参之《太史公》以著其洁：此吾所以旁推交通，而以为之文也"。（《答韦中立论师书》）

柳宗元非常直白地说出了自己为文的不足之处，自己年少时重文采，后来随着年龄增长才知文章乃为"明道"而用，"始吾幼且少，为文章，以辞为工。及长，乃知文者以明道，是固不苟为炳炳烺烺，务采色，夸声音而以为能也。凡吾所陈，皆自谓近道，而不知道之果近乎？"这也表明了柳宗元既重"文"又重"道"的主张，为文者不能"轻心掉之""怠心易之""昏气出之""矜气作之"，需全身心投入，以避免文章出现浮华、散乱的毛病，并且还要大量阅读儒家经典和文史典籍，学习古人写作经验，方能做到文章思绪

---

① （唐）柳宗元：《柳宗元集》，中华书局1979年版，第880页。

纵横，意趣横生，文气畅达，含蓄隽永。

柳宗元强调"文以明道"，茅坤是持认同态度的，但他觉得柳宗元在文中没有将主旨清晰透彻表达出来，需要用心琢磨才能领会。这就造成了很多后来学柳公的人，只学得表层粗浅之理，而没有深得精髓，就以之夸耀于人，这也是茅坤极力反对的。故而他以"路剽富者"自比"猗顿"进行讥讽，称其"不自量"。同时他再次强调了作文必要"学道"，必须本于六艺，这才是真正的"文道"观。由此也可以看出茅坤对柳宗元的认可度有所保留。

茅坤还选取柳宗元的具体篇目，对其艺术特色进行了评点。如其评点柳文《贺进士王参元失火书》云："深识之言，逼古之文"（《唐宋八大家文钞》卷四评柳文）。此文作于元和元年（806），是柳宗元得知进士王参元家遭了火灾后，写给王参元的一封信。

此文描写自己听到王家失火消息时思想情绪变化很有意思。从"始闻而骇，中而疑，终乃大喜，盖将吊而更以贺也"。从"始骇""中疑"到"终喜"，反映了作者对王家"失火"一事的认识过程，也简明地概括了为何要将"安慰"改为"庆贺"的原因。然后根据这三个方面，分三个层次逐一解释，可谓剖析透彻，饱含悲哀。自己与王参元相知多年，明知其才学颇富，但却不能荐举，本就十分悲哀了。然"京城人多言足下家有积货，士之好廉名者，皆畏忌，不敢道足下之善"。时人为了"好廉"虚名，因其家失火遭灾，才可以无所顾忌地与之交往，为之延誉，恰好为王参元提供了扬名之机，这不是十分荒谬可笑吗？柳宗元庆贺王参元家遭火灾，可谓借此抨击不合理的社会陋习也。

为了更进一步阐明自己的想法，特以古代贤士"颜回""曾子"言行加以佐证"忧道不忧贫"。《论语·雍也》中"子曰：贤哉，回也！一箪食，一瓢饮，在陋巷，人不堪其忧，回也不改其乐。"①《庄子·让王》说："曾子居卫，缊袍无表，颜色肿哙，手足胼胝，

---

① （宋）朱熹：《四书章句集注》，中华书局1983年版，第87页。

三日不举火，十年不制衣。正冠而缨绝，捉衿而肘见，纳履而踵决。曳纵而歌《商颂》，声满天地，若出金声。天子不得臣，诸侯不得友，故养志者忘形，养形者忘利，致道者忘心矣。"两位贤士都是安贫乐道，"忧道不忧贫"的典范，柳宗元借"颜、曾之养"，即是勉励友人学习先贤安贫乐道，也是自勉"忧道不忧贫"，可谓意味深长啊！故而茅坤称之为"深识之言，逼古之文"。清代张伯行在《唐宋八大家文钞》亦称其为"奇思隽语，出于意外"①。

　　茅坤在《陪永州崔使君游宴南池序》一文评点曰："文潇洒跌宕，惜也篇末尤多抑郁之思云。"（《唐宋八大家文钞》卷四评柳文）此文作于元和三年（808），正值柳宗元贬谪永州郁闷忧愁之际，崔敏来任永州刺史。崔使君治政宽仁，"其风和以廉"，暮春时节，春光明媚，邀友游于永之南津。这里风景怡人，自然神清气爽，人景相融，悠然忘怀。"连山倒垂，万象在下，浮空泛景，荡若无外。横碧落以中贯，陵太虚而径度。羽觞飞翔，匏竹激越，熙然而歌，婆然而舞，持颐而笑，瞪目而倨，不知日之将暮，则于向之物者可谓无负矣。"② 如此文字，正是水天一色、山清水秀，游人志同道和、忘我之境的描写。

　　然而，游宴的主角不是"我"，"我"仅仅是一名陪同游宴者。面对如此美景乐游情形，想到崔使君不久将升迁，同游者也将离别归京，"公之理行宜去受厚锡，而席之贤者，率皆左官蒙泽，放将脱麟介，生羽翮"，而自己却因为参与革新遭致贬谪，且还是"后遇恩赦，永不量移"的重谪，"余既委废于世，恒得与是山水为伍，而悼兹会不可再也"。还得继续留此偏僻之地与山水为伴，以后也再难有今日游宴之乐，怎不生发出"当欢而悲"的感慨？文章结尾通过对比主角极乐而陪者极悲，以乐衬悲，悲不自胜啊！故而茅坤称"惜也篇末尤多抑郁之思"。

----

① 金涛：《柳宗元诗文赏析集》，巴蜀书社1989年版，第18页。
② （唐）柳宗元：《柳宗元集》，中华书局1979年版，第641页。

　　茅坤对柳宗元的《与许京兆孟容书》艺术手法也评价甚高，说道："子厚最失意时书，却写的最得意。直可与太史公《与任安书》相参，而气则呜咽萧飒矣。"（《唐宋八大家文钞》卷四评柳文）《与许京兆孟容书》又名《寄许京兆孟容书》，根据文中所载"伏念得罪五年"，可知此文作于元和四年（809），期间可谓遭受各种挫折磨难，处于最为失意孤寂阶段，"罪谤交积，群疑当道，诚可怪而畏也。是以兀兀忘行，尤负重忧，残骸余魂，百病所集，痞结伏积，不食自饱。或时寒热，水火互至，内消肌骨，非独瘴疠也"①。朝廷上诬陷和诽谤交集，怀疑和欺骗当道，如此怪状怎不令人胆寒生畏？而自己遭受贬谪以来，忧心忡忡，形影相吊，身心憔悴，勉强靠着半条命苟延残喘。如今百病缠身，腹中硬块郁结，气行不畅，故而茶饭不香，不食自饱。并且还时冷时热，热时如同火上炙烤，冷时则如冰水浇身，骨消肌瘦，并不仅仅是瘴疠之气所致啊！如此悲惨之状，的确失意之至。实可与司马迁《报任安书》所述凄惶之状相较。

　　《报任安书》乃司马迁写给其友人任安的一封回信。在信中，司马迁以哀痛悲伤的感情，述说了自己遭受宫刑的悲愤和忍辱偷生的痛楚。"顾自以为身残处秽，动而见尤，欲益反损，是以独郁悒而无谁语。""不以此时引违纲，尽思虑，今已亏形为扫除之隶，在闒茸之中，乃欲卬首伸眉，论列是非，不亦轻朝廷、羞当世之士邪？""仆怀欲陈之，而未有路，适会召问，即以此指，推言陵之功，欲以广主上之意，塞睚眦之辞。未能尽明，明主不晓，以为仆沮贰师，而为李陵游说，遂下于理。拳拳之忠，终不能自列。因为诬上，卒从吏议。家贫，货赂不足以自赎，交游莫救，左右亲近不为一言。身非木石，独与法吏为伍，深幽囹圄之中，谁可告愬者！此真少卿所亲见，仆行事岂不然乎？李陵既生降，颓其家声，而仆又佴之蚕室，重为天下观笑。悲夫！悲夫！事未易一二为俗人言也。"如此语

---

①　（唐）柳宗元：《柳宗元集》，中华书局 1979 年版，第 779 页。

言，可谓情真意切，悲愤之极。充分表达了作者极其复杂的矛盾和痛苦心情，可谓发自肺腑，感人至深。从这两个方面来看，柳宗元贬谪永州的确与司马迁相似，故而茅坤称其"直可与太史公《与任安书》相参"。

然茅坤称《与许京兆孟容书》"最失意时书，写得最得意"，又当如何理解呢？根据文本和柳宗元的思想综合分析，也就较为容易理解这种矛盾性的统一了。"兀兀忘行""居夷獠之乡""茕茕孑立""未有子息""催心伤骨，若受锋刃"。"立身一败，万事瓦裂，身残家破，为世大僇。……是以当食不知辛咸节适，洗沐盥漱，动逾岁时，一搔皮肤，尘垢满抓。诚忧恐悲伤，无所告诉"，这些事物对于柳宗元个人身心处境来说当为最失意，然而，从精神上来说，他则是抒写了真正的大我——贤人之志，通过历史与现实联系，将自己与古贤才士并列，可谓得意之极也。

"自古贤人才士，秉志遵分，被谤议不能自明者"，"贤者不得志于今，必取贵于后，古之著书者皆是也"。因为柳宗元与古贤才士一样具有崇高志向和高尚品格，参加王叔文集团乃"以共立仁义，裨教化"，"以兴尧、舜、孔子之道，利安元元为务"，并且旗帜鲜明地提出了基于孔孟之道的爱民、仁政思想，更加难能可贵的"吏为民役"重要思想。"盖民之役，非以役民而已也。凡民之食于土者，出其什一佣乎吏，使司平于我也。"认为官吏为"民之役"，由民众缴纳赋税供养，因此为民众"仆役"，这样"仆役"就应为民众"勤心而劳力"，必须做到"讼者平，诉者均"，不可"今受其直怠其事者，天下皆然。岂惟怠之，又从而盗之。向使佣一夫于家，受若直，怠若事，又盗若货器"①（《送薛存义之任序》），不然则理应罢免，受到惩处。"则必甚怒而黜罚之矣。"② 柳宗元的民本思想，打破了"君权神授"的传统，提出"吏为民役"，提倡"顺天"

① （唐）柳宗元：《柳宗元集》，中华书局1979年版，第616页。
② （唐）柳宗元：《柳宗元集》，中华书局1979年版，第616页。

"养民"，将儒家仁政爱民思想推进到一个新的高度，真可谓具有大贤之道，大爱之心也。这也与李白在《将进酒》中所吟"自古圣贤皆寂寞"一样，表达了自己的贤士之志以及不为人理解的悲愤之情。

另茅坤在评《衡州刺史东平吕君诔》时，称："子厚志文，所取者甚少。盖以子厚为御史及礼部员外时所作，大都未免为唐以来四六绮丽之遗。而谪永州司马以后，则文近于西汉矣。故其所为游山记，与士大夫书，并他杂著，皆与韩昌黎相颉颃也。侄辈读书，当深思而识之。"（《唐宋八大家文钞》卷四评柳文）

诔文中"衡州刺史东平吕君"即指吕温，吕温（771—811）字和叔，又字化光。与柳宗元一样，吕温既是中唐一位有成就的文学家，也是王叔文政治革新集团的重要一员。永贞革新失败，"二王八司马事件"发生，吕温因奉使吐蕃而幸免遭贬。贞元二十年（804）夏，吕温以侍御史为入蕃副使，在吐蕃滞留经年，王叔文用事，吕温因在蕃中，未能参与"永贞革新"，故而未遭贬谪。但吕温行事，有志向，有抱负，不肯苟且从俗。在元和三年（808），吕温因与窦群奏劾李吉甫交通术士，先被贬均州、道州，后又徙衡州，故称吕衡州。实际上，李吉甫和窦群、吕温之间原本关系不错，但由于沟通不当而相互交恶。李吉甫（758—814），字弘宪，御史大夫李栖筠之子，宰相李德裕之父。唐政治家、地理学家，元和年间，两次拜相，期间还一度担任了淮南节度使，被封为赵国公，策划平定西川和镇海两藩，在削弱藩镇割据、巩固边防以及裁汰冗官有突出政绩，辅佐唐宪宗开创了"元和中兴"。

李吉甫原本与窦群、羊士谔、吕温交好。元和三年（808），窦群担任御史中丞后，举荐羊士谔为侍御史、吕温为知杂事，然都没有跟李吉甫沟通，李吉甫恼怒窦群事先未向其禀报，不肯批准，引起了窦群等人不满。后来，李吉甫患病，让医士留宿家中。窦群抓捕医士，上书弹劾李吉甫称其结交术士。唐宪宗查知实情后，便贬逐窦群等人。吕温因此被贬为均州刺史、道州刺史，一年后又改贬衡州刺史。吕温并没有因遭受贬谪而放弃政治抱负，在道州、衡州刺史任上，他兢兢业业，忧恤民生，政绩显著，受到百姓拥戴。然而仅仅过了一年多的时间，吕温便因病卒于任上。故柳宗元为其作诔文《唐故衡州刺史东平吕君诔》，文中称道：

> 君有智勇孝仁，惟其能，可用康天下；惟其志，可用经百世。不克而死，世亦无由知焉。君由道州以陟为衡州。君之卒，二州之人哭者逾月。湖南人重社乡饮酒，是月上戊，不酒去乐，会哭于神所而归。余居永州，在二州中间，其哀声交于南北，舟船之下上，必呱呱然，盖尝闻于古而观于今也。君之志与能不施于生人，知之者又不过十人。世徒读君之文章，歌君之理行，不知二者之于君其末也。呜呼！君之文章，宜端于百世，今其存者，非君之极言也，独其词耳；君之理行，宜极于天下，今其闻者，非君之尽力也，独其迹耳。万不试而一出焉，犹为当世甚重。若使幸得出其什二三，巍然为伟人，与世无穷，其可涯也？君所居官为第三品，宜得谥于太常。余惧州吏之逸其辞也，私为之诔，以志其行。①

从诔文序中，我们较为清晰地感受道、衡二州百姓对吕温恩惠的感激之情，对其英年早卒的惋惜哀悼之情，同时也能看到吕温的志勇仁孝。诔文中也咏道："今我兴仁，化为齐人。惟昔富人，或赈之粟。今我厚生，不竭而足。邦思其弼，人戴惟父。善胡召灾，仁胡罹咎。俾民伊祜，而君不寿。矫矫贪凌，乃康乃茂。呜呼哀哉！""虞不余食，藏无积帛。内厚族姻，外赒宾客。恒是悬磬，逮兹易簀。僮无凶服，葬非旧陌。呜呼哀哉！"正是因为吕温仁政爱民，柳宗元与吕温交好相知，诔文才能写得如此情真意切，朴实自然，感人至深。

---

① （唐）柳宗元：《柳宗元集》，中华书局1979年版，第217页。

　　根据茅坤此文评点以及前面陈述，我们在这里可以明显感受到茅坤对柳宗元文章评价的变化。先前称"子厚志文，所取者甚少"。这是因为茅坤尊崇韩愈，故而贬抑柳宗元，然其所指缘由还是有一定的说服力的，"盖以子厚为御史及礼部员外时所作，大都未免为唐以来四六绮丽之遗"。由于柳宗元贬谪永州之前，仕途顺畅，心气甚高、踌躇满志，故而为文多华辞丽句，有六朝骈俪之风也就不难想象了。

　　可是贬谪永州之后，其身心受到极大打击，思想认识、文学见解、创作心境等都发生了巨大变化，文风也从六朝骈俪变为西汉质朴了。柳宗元永州山水游记以"永州八记"为代表，即《始得西山宴游记》《钴鉧潭记》《钴鉧潭西小丘记》《至小丘西小石潭记》《袁家渴记》《石渠记》《石涧记》《小石城山记》，在游记中，柳宗元借美好幽僻之景（境）寄托自己的不幸遭际和满腔怨愤，折射出内心的郁闷寂寞。其诗文描写生动，文笔质朴，感情深沉。其思想、遭际与屈原相通，其辞赋继承和发扬了屈原辞赋传统，内容充实、感情真挚。

　　欧阳修"穷而后工"说也以柳宗元贬谪永州为证，曰："君子之学，或施之事业，或见于文章，而常患于难兼也。盖遭时之士，功烈显于朝廷，名誉光于竹帛，故其常视文章为末事，而又有不暇与不能者焉。至于失志之人，穷居隐约，苦心危虑，而极于精思，与其有所感激发愤，惟无所施于世者，皆一寓于文辞，故曰穷者之言易工也。如唐之刘、柳，无称于事业，而姚、宋不见于文章。彼四人者，犹不能于两得，况其下者乎？"（《薛简肃公文集序》《欧阳文忠公文集》四《居士集》卷四）正是基于柳宗元"谪永州司马"后的文章成就，茅坤因此评价曰："皆与韩昌黎相颉颃也。"如此认识和理解对于后人学习研究是很有启发的。

第四章　泰州学派宗师李贽评赞柳宗元

李贽作为泰州学派的思想狂人，为了打破长期以来孔孟之道提出的是非标准，获得个性解放和思想自由，他认为，每一个人都应当自为是非，喜欢用他自己的是非标准，来重新评价历史人物。其中柳宗元的评价也就是按照他自己的是非标准来进行的，颇具特点，值得后世学者关注。

第一节　李贽——泰州学派宗师，反传统思想的"异端"

李贽（1527—1602），福建泉州人，明代思想家、文学家，泰州学派的一代宗师。起初姓林，名载贽，后改姓李，名贽，字宏甫，号卓吾，别号温陵居士、百泉居士等。作为泰州学派的宗师，反传统思想的"异端"，李贽自幼倔强，具有反儒家传统思想的理念。幼年丧母，随父读书，学业进步很快，他非常善于独立思考，据说他出身回族家庭，但是，他却不信回教，也不愿接受儒家传统思想。12 岁时，他就写出了《老农老圃论》，在文中将孔子视种田人为"小人"的言论大加挖苦，原文出处在《论语·子路》，文曰：

> 樊迟请学稼，子曰："吾不如老农。"请学为圃。曰："吾不
> 如老圃。"樊迟出。子曰："小人哉，樊须也！上好礼，则民莫
> 敢不敬；上好义，则民莫敢不服；上好信，则民莫敢不用情。

夫如是，则四方之民襁负其子而至矣，焉用稼？"①

在文中，孔子本意并非轻视或瞧不起种庄稼和蔬菜的老农，而是认为社会分工不同，所学内容也应不一样。种庄稼和蔬菜乃老百姓分内之事，为官从政则不要学习种庄稼和蔬菜，而应该用心学习如何修身立德，加强仁、礼、义等品性修养。只要做好了这些，老百姓自会心甘情愿归顺而来，"既来之，则安之"，还要为种庄稼和蔬菜发愁吗？因此，孔子骂樊迟"小人"。由此可见，孔子教导弟子不谈稼穑和劳动生产，主要是因为他想要培养弟子修身立德、从政为官之道，使他们能够成为国家治理之材。李贽却由此生发，对儒家传统思想的代言人——"圣人"孔子进行大肆讥讽，由此可见其反传统意识的强烈。

李贽深受王阳明的心学流派"泰州学派"影响，后来逐渐成为"泰州学派"一代宗师。泰州学派是中国历史上第一个真正意义上的思想启蒙学派，其创始人为王艮，泰州安丰场人，人称王泰州。王艮长期在小生产者阶层中讲学，其信徒既有官僚地主和知识分子，还有下层普通劳动者。他们都致力于封建道德的普及和宣传教育，规劝人们安分守己，息事宁人。泰州学派发扬了王守仁的心学思想，反对束缚人性，引领了明朝后期的思想解放潮流，被称为中国思想史上批判精神和平民意识最为强烈的学派，被正统道学家视为异端邪说。

作为泰州学派的传人，李贽发展了王艮的"百姓日用即道"思想，直接大胆地提出了"穿衣吃饭是人伦物理""人即道""人必自私"的观点。他针对尊孔派"天不生仲尼，万古长如夜"的说教，讽刺曰："怪得羲皇以上圣人尽日燃纸烛而行也。""天生一人自有一人之用，不待取给孔子而后足也。"他还将官吏比作老虎、娼妓，称"昔日虎伏草，今日虎坐衙；大者吞人畜，小不遗鱼虾"。"满朝

---

①　（宋）朱熹：《四书章句集注》，中华书局 1983 年版，第 142 页。

奸臣，不如一娼。"李贽痛恨维护封建礼教的假道学、卫道士和伪君子，说他们"名为山人，而心同商贾，而志在穿窬"，称其"本为富贵，而外矫词以为不愿，实欲托此以为荣身之梯，又兼采道德仁义之事以自盖"。（《焚书·续焚书·夏焦弱侯》）这些所谓的道学家"实多恶也，而专谈志仁无恶，实偏私所好也，而专谈泛爱博爱；实执定己见也，而专谈不可自是"。"及乎开口谈学，便说尔为自己，我为他人，尔为自私，我欲利他。""读书而求高第，居官而求显尊"，"无一厘为人谋者"。（《焚书·答耿司寇》）故而李贽对他们极端鄙视，大加指斥，称他们是道貌岸然的假道学，"阳为道学，阴为富贵，被服儒雅，行若狗彘"。（《焚书·三教归儒说》）

对统治者欺压百姓的行径，李贽进行了大胆披露，针对封建皇权的专制暴政，李贽在孟子"民为贵，君为轻，社稷次之"主张的基础上，更为激进地提出了"天之立君，本以为民"的"民本"思想，指斥当权的官吏为"冠裳吃人"的虎狼，"昔日虎伏草，今日虎坐衙。大则吞人畜，小不遗鱼虾"，（《焚书·封使君》）对官吏欺压百姓的行径刻画可谓露骨之极。可见，李贽对现实政治是极为不满的，因此，他迫切期望"有半个怜才者"出现，能让"大力大贤"之士"得以效用，彼必杀身图报，不肯忘恩"。（《焚书·寒灯小话》）能拯救百姓于深重苦难。

由此可见李贽思想之激进，想法之异端了。其建立的以"童心说"为核心的思想理论，崇尚真奇，鼓倡狂禅，揭露封建社会的虚伪现实，反对儒家传统，使他处于时代的风口浪尖，故而统治者对其言论和著作十分憎恨，骂他为"狂诞悖戾""左道惑众""不知尊孔子家法"，为"人妖""异端之尤""猖狂无忌惮的小人"，还对李贽大肆迫害，驱逐出境、严拿治罪。对其著作"尽行烧毁，不得存留"。李贽一生著作数量多达几十种，著述先后数次被禁毁，但民间盗印、假托者不绝，影响也更大了。故门人汪本钶说："（卓吾）一死而书益传，名益重……渐至今日，坊间一切戏剧淫谑刻本批点，动曰卓吾先生。"《四库全书目录提要》亦称："贽非圣无法，敢为异论。虽以妖言逮治，惧而自到，而焦竑等盛相推重，颇荣众听，遂使乡塾陋儒，翕然尊信，至今为人心风俗之害。故其人可诛，其书可毁，而仍存其目，以明正其名教之罪人，诬民之邪说。"

李贽为了打破长期以来孔孟之道提出的是非标准，获得个性解放和思想自由，他认为每一个人都应当自为是非，并且还编写了《藏书》六十八卷、《续藏书》二十七卷，写作了《焚书》《续焚书》《史纲平要》等，用他自己的是非标准，来重新评价历史人物。其中柳宗元的评价也就是按照他自己的是非标准进行的，颇具特点，值得后世学者关注。

第二节　文之狂——李贽评点柳宗元之文

李贽评点柳宗元文字如下，其一为《孟轲》（节录）："李谪仙、王摩诘，诗人之狂也。杜子美、孟浩然，诗人之狷也。韩退之文之狷，柳宗元文之狂，是又不可不知也。汉氏两司马，一在前可称狂，一在后可称狷，狂者不轨于道，而狷者几圣矣。……苏氏兄弟，一为狂，一为狷。坡公议论节概颇与谪仙相似，第犹有耿耿忠爱之意，卒至坎壈以死，亦其宜耳。"（《藏书》卷三十二《儒臣传·德业儒臣·孟轲》）

在文中，李贽称李白、王维为"诗人之狂"，杜甫、孟浩然为"诗人之狷"，韩愈"文之狷"，柳宗元"文之狂"，他为何用"狂""狷"来形容上述名家的诗文呢？这就很有必要先了解这里"狂""狷"两词的含义，然后才能结合文本具体分析诗、文"狂""狷"之内涵。

"狂"，本义指狗发疯，出自《说文解字》："狂，狾犬也。从犬从王，王亦声。""犬"泛指兽类，"王"引申指集群性动物社会内部的王位、王者。"犬"与"王"联合起来表示"集群性动物社会内部的争夺王位的斗争"。"狂"为动词时，一通"诳"，欺骗之意；一通"往"，去之意；还有"狂傲""狂暴"之意。"狂"为形容词时，一指"狗发疯"；一指"人精神失常"；还可释义为"狂妄"
"狂放、任性放荡""凶猛""汹涌"。

"狷"基本字义为胸襟狭窄，性情急躁；洁身自好；耿直，固
执；拘谨无为，引申为孤洁。与"狂"相对。如：《论语·子路》
中曰："不得中行而与之，必也狂狷乎！狂者进取，狷者有所不为
也。"① 朱熹注曰："狂者，志极高而行不掩。狷者，知未及而守有
余。盖圣人本欲得中道之人而教之，然既不可得，而徒得谨厚之人，
则未必能自振拔而有为也。故不若得此狂狷之人，犹可因其志节，
而激厉裁抑之以进于道，非与其终于此而已也。"② 从气质而言，魏
晋人多用狂狷来形容。狂者，志在兼济，锐意进取；狷者，独善其
身，有所不为。

这样根据"狂""狷"二字的字义，文学品评与人物品评的渊
源关系，再结合李贽对历史人物的品评之习，我们大致可以弄清楚
其所言之诗、文"狂""狷"风格了。"狂"当为气象深远，风格雄
壮、豪放之意。"狷"则为气象浅近，风格柔和平淡之意。李贽称李
白、王维为诗人之狂者，杜甫、孟浩然诗人之狷者，从诗人个性气
质，还是诗歌创作风格而言，我们都不难理解，也可以认同他的评
价。后言"汉氏两司马，一在前可称狂，一在后可称狷，狂者不轨
于道，而狷者几圣矣"。这里的"两司马"当为辞赋家司马相如和
史学家散文家司马迁。根据两人性格和创作风格，称司马相如为
"狂"者，其行为"不轨于道"，司马迁为"狷"者，其行为"几
圣"，大家也是认可其说法的。李贽又说，"苏氏兄弟，一为狂，一
为狷"。苏氏兄弟指宋代文学家苏轼和苏辙，称苏轼为"狂"，因为
"坡公议论节概颇与谪仙相似"，而苏辙为"狷"，则是"犹有耿耿
忠爱之意，卒至坎壈以死，亦其宜耳"。如此界定和解释较为清晰，
也有助于我们更好理解苏氏兄弟的性格与诗文风格。

---

① （宋）朱熹：《四书章句集注》，中华书局 1983 年版，第 147 页。
② （宋）朱熹：《四书章句集注》，中华书局 1983 年版，第 147 页。

如何理解李贽所言"韩退之文之狷","柳宗元文之狂"呢？相较前述诗人、作家的评价，这的确有一定难度。韩愈和柳宗元皆为唐代文坛领袖，"古文运动"的倡导者。从两人文风来看，似乎很难将其区分为"狂""狷"。韩愈之文从气势上看更加磅礴雄伟，说理也更为透彻，逻辑性也更强，表达也更为大胆，锋芒也更为直露。如三苏父子都对韩愈之文有非常贴切的评价。苏洵曰："韩子之文如长江大河，浑浩流转，鱼鼋蛟龙，万怪遑惑，而抑绝蔽掩，不使自露，而人望见其渊然之光，苍然之色，亦自畏避，不敢迫视。"（南宋张镃《仕学规范卷三十二》）以"长江大河，浑浩流转"来比喻形容韩愈文之气势，可谓形象贴切，正是其文章磅礴浩大的气势，犀利逼人的锋芒，反对者不得不畏惧避让，不敢走近直视。

苏轼更是对韩愈推崇倍至，他评价道："自东汉以来，道丧文弊，异端并起。……独韩文公起布衣，谈笑而麾之。天下靡然从公，复归于正，盖三百年于此矣。文起八代之衰，而道济天下之溺，忠犯人主之怒，而勇夺三军之帅，此岂非参天地、关盛衰，浩然而存者乎？"（宋苏轼《潮州韩文公庙碑》）"文起八代之衰，而道济天下之溺，忠犯人主之怒，而勇夺三军之帅"，如此评价可谓雄壮了气势，树立了文学丰碑。

苏辙则曰："昔者汉之贾谊，谈论俊美，止于诸侯相，而陈平之属，实为三公；唐之韩愈，词气磊落，终于京兆尹，而裴度之伦，实在相府。夫陈平、裴度未免谓之不文，而韩愈、贾生亦常悲于不遇。"（《栾城集》卷五十）"词气磊落"可谓铿锵有力，准确恰当的评价。

类似这样的评点还有很多，这里不一一赘述。从这些评点而言，似乎用"狂"来形容韩愈文风更为恰当。为何李贽却称韩愈"文之狷"，柳宗元"文之狂"呢？这就很有必要深究了。

柳宗元之文与韩愈齐名，二人在中唐文坛共同发起和领导了古文运动，并称"韩柳"。文章内容应"文道合一""以文明道"，要反映现实，能革除时弊。文章形式上主张文体革新，化骈为散，句式长短不限，语言则"辞必己出""务去陈言"。柳宗元之文作品颇丰，技巧圆熟、语言精练、内容丰富，对后世散文创作影响深远。其论说文以哲理、政论《天说》《封建论》《晋文公问守原议》为代表，文章议论大胆，笔锋尖利。其哲学思想具有朴素的唯物论，政治思想为重"势"的进步社会历史观，强调儒家的"民本"观念。其寓言继承发展了《庄子》《吕氏春秋》等先秦诸子散文传统，通过各种拟人化的动物形象寄寓哲理或抒发政见。如《三戒》（《临江之麋》《黔之驴》《永某氏之鼠》）嬉笑怒骂，语多讥讽，抨击猛烈。其山水游记以"永州八记"为代表，作品寓情于景，融情于峻洁、清邃、奇丽的山水景物，抒发了他极度苦闷中的不屈精神追求。因此可见，韩柳二人在"以文明道""不平则鸣"文学主张指引下，散文作品大多感情真挚、内容充实；艺术技巧运用娴熟、语言生动，成为文学史上杰出的散文大家。

根据前文分析，单从二人创作风格上看，我们很难将其区分为"狷狂"。如果再结合李贽自己的思想深入探究，他称韩柳之文"狷"和"狂"估计也是从散文思想内容角度而言的，这样就容易理解了。韩愈主张传统儒家思想，他在中唐儒学日渐衰微，佛家、道家思想盛行之际，力主辟佛排老，致力复兴儒家思想。再加上他一生汲汲用世，是非观念极强，性格木讷刚直，保持一副昂然不肯屈就的传统儒家思想传承者形象，因而其文"发言真率，无所畏避"，敢于突破世俗观念，不同流俗，敢讲真话，慷慨激昂，忧愤怨怼，颇具"狷者"之气，故李贽称其为"文之狷"。

柳宗元具有朴素的唯物论思想，积极执着对待人生，热心政治革新。在其论说文中，他对汉代大儒学家董仲舒鼓吹"夏商周三代受命之符"的符命说持反对态度，并且还将批判神学变为批判政治，反对天诸说，强调人事。柳宗元积极参与政治革新运动，在政论文中，他认为，整个社会历史是自然发展的，不以人们的主观意志为转移的客观发展的必然趋势。其言论对儒、法、佛、道等多家学说都进行了调和性的阐述。他能够博采众长，融通儒道释思想。苏轼就赞许他"儒释兼通、道学纯备"①，其文能反映社会现实，敢于革除时弊，其文纵横掉阖，情怀真挚，颇具雄壮豪放之意。欧阳修评价曰："天于生子厚，禀予独艰哉。超凌骤拔擢，过盛辄伤摧。苦其危虑心，常使鸣心哀。投以空旷地，纵横放天才。山穷与水险，上下极沿洄。故其于文章，出语多崔嵬。"故而李贽称柳宗元之文为"文之狂"也。

第三节　服道而守义——李贽赞评柳宗元品行

李贽不仅对柳宗元其文评价甚高，对其品性也极为推崇。他在《儒臣传》中对柳宗元有详细记传，且还有评论。其文曰：

柳宗元：柳宗元，字子厚，河东人。宗元少聪警，尤精西汉诗骚，下笔构思，精裁密制，璨若珠贝，当时流辈咸推之。登进士第，应举宏辞，授校书郎蓝田尉。贞元十九年，为监察御史。顺宗即位，王叔文、韦执谊用事，尤奇待宗元，转尚书礼部员外郎，欲大进用而叔文败矣。宗元因贬为邵州刺史，在道，再贬永州司马。元和十年，量移柳州，时朗州司马刘禹锡得播州，制书下，宗元曰：禹锡有母年高，今为郡蛮方南绝域，往复万里，如何与母偕行？如母子异方，便为永诀。即草章奏，请以柳州授禹锡，而自往播州。会裴度亦奏其事，禹锡终易连州。宗元既居柳州，江岭间为进士者皆师之，故时号为柳柳州云。卒年四十七，子周六、周七才三四岁。观察使裴行立为营护其丧及妻子还于京师，时人义之。韩愈曰：吾尝评其文，雄深雅健似司马子长，崔、蔡不足多也。皇甫湜于文章，少所推让，亦以愈言为然。李生曰：柳宗元文章识见议论，不与唐人

_____

① （唐）柳宗元：《柳宗元全集》卷六《曹溪第六祖赐谥大鉴禅师碑·详注》，中国书店1991年版，第64页。

班行者,《封建论》卓且绝矣,其为叔文等所奇待也宜。(卷三十九《儒臣传·词学儒臣·柳宗元》)

文中对柳宗元家世没有如新旧《唐书》那样介绍,由于李贽推崇柳宗元的文才,故而他引用了《旧唐书》卷一百六十《柳宗元传》所言:"宗元少聪警绝众,尤精西汉诗骚。下笔构思,与古为侔。精裁密制,璨若珠贝,当时流辈咸推之。"① 只少了"绝众""与古为侔",将"精裁密致"中的"致"改为了"制",可见李贽对《旧唐书》传记中此处文字十分认同,对柳宗元年少聪颖,才气过人十分仰慕。柳宗元参与王叔文集团永贞革新则叙述简要,估计是因新旧《唐书》所载过程都不是很详细,而是扼要简明的叙说。

贬谪永州司马是柳宗元的人生低谷,遭受重大挫折,情绪失落沮丧;遭人讥讽嘲笑,心情苦闷憋屈,于是他游历山水,寄情创作,苦心钻研,在文学、政治、哲学和历史上都取得了杰出成就。正史新旧《唐书》对此皆用了很多笔墨,阐述柳宗元永州十年的心情和文学创作关系颇为在理。《旧唐书》卷一百六十八曰:"再贬为永州司马。既罹窜逐,涉履蛮瘴,崎岖堙厄,蕴骚人之郁悼,写情叙事,动必以文。为骚文十数篇,览之者为之凄恻。"② 《新唐书》则是:"贬邵州刺史,不半道,贬永州司马。既窜斥,地又荒疠,因自放山泽间,其堙厄感郁,一寓诸文。仿《离骚》数十篇,读者咸悲恻。"③

可是,与新旧《唐书》不同,李贽却没有提及柳宗元永州司马期间的文学创作。估计这与《儒臣传》的编写大有关系,李贽将柳宗元归为儒臣类,更多述说其符合儒家的仁信、忠义品德和行为了。基于此,故而对柳宗元处境艰难之中仍牵挂好友刘禹锡的困境尤为

---

① (后晋)刘昫:《旧唐书》,中华书局1975年版,第4213页。

② (后晋)刘昫:《旧唐书》,中华书局1975年版,第4214页。

③ (宋)欧阳修、宋祁:《新唐书》,中华书局1975年版,第5132页。

看重。"宗元曰:'禹锡有母年高,今为郡蛮南绝域,往复万里,如何与母偕行?如母子异方,便为永诀。'即草章奏,请以柳州授禹锡,而自往播州。"

柳宗元和刘禹锡在中唐诗坛合称"刘柳",两人志同道合,遭遇相似,友情深厚,可谓生死之交也。柳宗元和刘禹锡两人都是年少成名,才华横溢,贞元九年(793),刘柳二人同年进士及第,刘禹锡二十二岁,柳宗元才二十一岁,要知道唐代"三十老明经,五十少进士"啊,两个有才华的人在金銮殿相识,才情处于伯仲之间,加上志趣相投,于是两人惺惺相惜,相见恨晚。

此后,相似的经历更是拉近了刘柳二人的距离,柳宗元和刘禹锡两人进士及第后,都先后经历了丧父之痛,错过了第一轮乘势腾达的机会。后因政见相同,柳宗元引荐刘禹锡给王叔文,成为"永贞革新"的重要成员。贞元二十一年(805)顺宗病重,"永贞革新"仅仅进行了146天就在保守势力和宦官的联合反扑下宣告失败。宪宗继位,王伾病故,王叔文被赐死,"二王"结局悲惨,"八司马"也是处境艰难,"八司马"中,刘禹锡贬为朗州司马(从连州刺史加贬为朗州司马),柳宗元为永州司马(从邵州刺史加贬为永州司马)。两人同一天遭受贬谪,此后刘柳开始了长达十年的艰辛苦涩贬谪生活。

贬为南蛮荒凉之地任司马,对于志在改革复兴大唐的刘柳二人打击着实不小。唐宪宗李纯(初叫李淳,为太子后改为李纯)联手宦官、藩镇以及保守官僚势力导致永贞革新失败,对于革新的主要人员他们非常忌恨,宪宗曾下诏说即使大赦,刘、柳他们也永不在量移之限。原文见《旧唐书》卷十四《宪宗本纪》,文曰:"纵逢恩赦,不在量移之限。"刘禹锡、柳宗元贬遭受如此重大的贬谪打击,情绪十分低落,他们在诗文中都表达了贬谪中忧愤和愁苦的心情。刘禹锡贬谪朗州司马,"叔文败,坐贬连州刺史,在道,贬朗州司马。朗州地居西南夷,土风僻陋,举目殊俗,无可与言者。禹锡在朗州十年，唯以文章吟咏，陶冶情性"①。其诗《武陵书怀五十韵》就抒发了他贬谪的悲苦无奈，诗云："湘灵悲鼓瑟，泉客泣酬恩。露变蒹葭浦，星悬橘柚村。虎咆空野震，鼍作满川浑。邻里皆迁客，儿童习左言。炎天无冽井，霜月见芳荪。……三秀悲中散，二毛伤虎贲。来忧御魑魅，归愿牧鸡豚。就日秦京远，临风楚奏烦。南登无灞岸，日夕上高原。"（《刘禹锡集·卷二二》）② 又如元和十五年（805），刘禹锡在衡阳与柳宗元分道赴贬所时作《再授连州至衡阳酬柳柳州赠别》，诗云："去国十年同赴召，渡湘千里又分歧。重临事异皇丞相，三黜名惭柳士师。归目并随回雁尽，愁肠正遇断猿时。桂江东过连山下，相望长吟有所思。"③（《刘禹锡集》卷三七）

而柳宗元相较刘禹锡怨愤更多，悲愁也更深。从前述新旧《唐书》中有关他的传记可以看出感受其"蕴骚人之郁悼"。他在衡阳与刘禹锡分别时写诗云："十年憔悴到秦京，谁料翻为岭外行。伏波故道风烟在，翁仲遗墟草树平。直以慵疏招物议，休将文字占时名。今朝不用临河别，垂泪千行便灌缨。"④（《衡阳与梦得分路赠别》《柳宗元集》卷四二）诗中既有对无辜遭贬的忧愤，也有与刘禹锡相互支持、患难与共的勉励之情。

正如尚永亮先生在《论元和五大诗人的生命沉沦和心理苦闷》中所说："这种在客观上存在三个阶段，即在严诏催迫和吏役驱遣下，踏上生死未卜的贬途；到达贬所后，由于自然、社会等异质文化环境的多方面侵袭刺激，贬谪诗人的肉体和精神受到严重摧残；随着贬居时间的延长，贬谪诗人的被抛弃感、被拘囚感和生命荒废感，日趋强烈，直至导致性格的变异。"⑤ 由此可见，贬谪对于柳宗

---

① （后晋）刘昫：《旧唐书》卷160《刘禹锡传》，中华书局1975年版，第4210页。

② （唐）刘禹锡：《刘禹锡集》，中华书局1990年版，第278页。

③ （唐）刘禹锡：《刘禹锡集》，中华书局1990年版，第553页。

④ （唐）柳宗元：《柳宗元集》，中华书局1979年版，第1159页。

⑤ 尚永亮：《论元和五大诗人的生命沉沦和心理苦闷》，《吉首大学学报》1997年第2期。

元、刘禹锡而言，可谓一生中的最大不幸，使得刘柳二人后期生活都打上了深深的悲剧印记。

　　同时，也是他们一生中的幸运，贬谪让他们患难与共，友情更为真挚。刘柳二人都在湖南境内，虽然遭受人生重大打击，贬谪僻远之所，但是好友距离不远，还能够书信往来，在精神上获得排遣怨愤苦闷的力量。除了在诗文中述怀，他们还从伟大诗人屈原汲取力量，效法屈原的高洁品质，保持正直怨愤之情，或是学习其诗文写作，或是学习其吸收地方文化创新写作。柳宗元贬谪永州，学习屈原"离骚"，写出了诸如《吊屈原文》《惩咎赋》等伤吊屈原，哀叹自己的诗文。《旧唐书·柳宗元》中就记载道："宗元为邵州刺史，在道，再贬永州司马。既罹窜逐，涉履蛮瘴，崎岖堙厄，蕴骚人之郁悼，写情叙事，动必以文。为骚文十数篇，览之者为之凄恻。"①《新唐书·柳宗元传》中说得更细，文曰："俄而叔文败，贬邵州刺史，不半道，贬永州司马。既窜斥，地又荒疠，因自放山泽间，其堙厄感郁，一寓诸文，仿《离骚》数十篇，读者咸悲恻。"②清末文学家林纾就此评曰："屈原之为《骚》及《九章》，盖伤南夷之不吾知，于朝廷为不知人，于己为无罪，理直气壮，傅以奇笔壮采，遂为天地间不可漫灭之至文。重言之，不见其沓；昌言之，莫病其狂。后来学者，文既不逮，遇复不同，虽仿楚声，读之不可动人。惟贾长沙身世，庶几近之，故悲亢之声，引之弥长，亦正为忠气所激耳。柳州诸赋，摹楚声，亲骚体，为唐文巨擘。"③

　　刘禹锡贬谪朗州，选择居所以招屈亭为邻，并且主动从当地土风民谣中汲取营养，写出了大量通俗生动的风土民情诗歌，后人称之为"竹枝词"。《旧唐书》卷一六〇《刘禹锡传》记载曰："叔文败，坐贬连州刺史，在道，贬朗州司马。地居西南夷，土风僻陋，

　　①　（后晋）刘昫：《旧唐书》，中华书局 1975 年版，第 4214 页。

　　②　（宋）欧阳修、宋祁：《新唐书》，中华书局 1975 年版，第 5132 页。

　　③　林纾：《韩柳文研究法·柳文研究法》，山西人民出版社 2014 年版，第 64—65 页。

举目殊俗，无可与言者。禹锡在朗州十年，唯以文章吟咏，陶冶情性。蛮俗好巫，每淫词鼓舞，必歌俚辞。禹锡或从事于其间，乃依骚人之作，为新辞以教巫祝。故武陵溪洞间夷歌，率多禹锡之辞也。"①《新唐书》卷一六八《刘禹锡传》云："宪宗立，叔文等败，禹锡贬连州刺史，未至，斥朗州司马。州接夜郎诸夷，风俗陋甚，家喜巫鬼，每祠，歌《竹枝》，鼓吹裴回，其声伧佇。禹锡谓屈原居沅湘间作《九歌》，使楚人以迎送神，乃倚其声，作《竹枝词》十余篇。于是武陵夷俚悉歌之。"②

刘禹锡从贬谪之地的文化中汲取营养，从而创作出了具有民歌气息的《竹枝词》。他在《竹枝词九首并引》中说：

> 四方之歌，异音而同乐。岁正月，余来建平，里中儿联歌《竹枝》，吹短笛，击鼓以赴节。歌者扬袂睢舞，以曲多为贤。聆其音，中黄钟之羽。其卒章激讦如吴声，虽伧佇不可分，而含思宛转，有淇、濮之艳。昔屈原居沅湘间，其民迎神，词多鄙陋，乃为作《九歌》，到于今，荆、楚鼓舞之。故余亦作《竹枝词》九篇。③（《刘禹锡集》卷二七）

因为他小时候熟悉吴声，故在五十岁为夔州刺史时，还能从异地音乐中，辨别出类似吴声的音乐。因此，任半塘云："唐刘禹锡在建平，追踪屈原，亦留意民歌歌舞，采其声容，广其情志，作《竹枝》九篇，远近传唱。"④另外，刘禹锡在夔州时创作的《踏歌词四首》《竹枝词》十一首《纥那曲二首》《杨柳枝词二首》《堤上行三首》等乐府体诗歌，都体现了吸取南方贬谪地的民歌的特点，这也是刘禹锡贬谪后积极调整心态的表现。

---

① （后晋）刘昫：《旧唐书》，中华书局1975年版，第4210页。

② （宋）欧阳修、宋祁：《新唐书》，中华书局1975年版，第5129页。

③ （唐）刘禹锡：《刘禹锡集》，中华书局1990年版，第359页。

④ 任半塘：《唐声诗·总叙》，上海古籍出版社1982年版。

刘禹锡少年时就接触学习了儒道文化，在长期的贬谪生活中，儒家推崇关注现实、积极进取的人格，道家推崇逍遥闲适自然的个性生活，二者在刘禹锡身上无缝对接，很好地融合一体，从而呈现出理想的人格精神——那就是无论身处何种境地，都能够保持高洁不屈的品行。刘禹锡富有远大的理想，虽然长期的贬谪生活让他艰辛苦闷，然而他却能很快走出悲哀，自我调整，随遇而安，展示出"内儒外道"① 的文化精神。

在荒僻的朗州，刘禹锡并没有沉沦孤独，他很快就与刺史宇文宿，名士董颋、顾象成了朋友，他们平日无事的时候就一起在招屈亭饮酒品茗，吟诗唱和，有时他们还会寻幽访静。这样，刘禹锡也就逐渐消减了贬谪的苦闷，冲淡了内心的哀怨。如其《八月十五夜桃源玩月》一诗就很能反映他的这种生活情态，诗云："尘中见月心亦闲，况是清秋仙府间。凝光悠悠寒露坠，此时立在最高山。碧虚无云风不起，山上长松山下水。群动悠然一顾中，天高地平千万里。少君引我升玉坛，礼空遥请真仙官。云拼欲下星斗动，天乐一声肌骨寒。金霞昕昕渐东上，轮欹影促犹频望。绝景良时难再并，它年此夕应惆怅。"② 诗中虽然依旧流露出"长安不见使人愁"的淡淡哀愁，但是刘禹锡在闲适交游中找到了新的生活节奏，那些盼归以及过去时光的回忆已经深深埋藏在了他的心灵深处。

刘禹锡在贬谪中逐渐消解了内心的苦闷，虽然身处困境难以翻身，但他依旧能够保持昂然向上的斗志，希望能得到机会再展宏图。吟唱出："自古逢秋悲寂寥，我言秋日胜春朝。晴空一鹤排云上，便引实情到碧霄。"③（《秋词二首》其一）自古就有"士悲秋，女伤春"之说，"悲秋"一词出自《楚辞·九辩》："悲哉！秋之为气也。萧瑟兮，草木摇落而变衰。""悲秋"可谓中国古代文人特有情结，

---

① 卞孝萱：《刘禹锡评传》，南京大学出版社 1996 年版，第 247 页。
② （唐）刘禹锡：《刘禹锡集》，中华书局 1990 年版，第 569 页。
③ （唐）刘禹锡：《刘禹锡集》，中华书局 1990 年版，第 349 页。

由于古代文人大多感觉怀才不遇，政治抱负无法实现，于是面对萧瑟凋零残败的秋景，感叹时光易逝，"汲汲无为"，怎不产生悲秋之哀？在唐代这个诗的国度里，纵使诗人大多自信乐观，但悲秋之感也是十分明显。

如"诗圣"杜甫在号称"七律之冠"的《登高》一诗中吟道："风急天高猿啸哀，渚清沙白鸟飞回。无边落木萧萧下，不尽长江滚滚来。万里悲秋常作客，百年多病独登台。艰难苦恨繁霜鬓，潦倒新停浊酒杯。"全诗通过登高所见江边空旷寂寥的秋景，抒发了诗人长年漂泊、穷困潦倒、流寓他乡、老病孤愁的悲哀，可谓感人至深。

就连浪漫豪放的"诗仙"李白在《秋登巴陵望洞庭》中赞美壮阔美妙的洞庭秋景的同时，也生发出哀伤之情。诗云："清晨登巴陵，周览无不极。明湖映天光，彻底见秋色。秋色何苍然，际海俱澄鲜。山青灭远树，水绿无寒烟。来帆出江中，去鸟向日边。风清长沙浦，山空云梦田。瞻光惜颓发，阅水悲徂年。北渚既荡漾，东流自潺湲。郢人唱白雪，越女歌采莲。听此更肠断，凭崖泪如泉。"尤其是"听此更肠断，凭崖泪如泉"的吟叹，不得不感慨诗人纵有万般才情和凌云壮志，"仰天大笑出门去，我辈岂是蓬蒿人"，但没有发挥之地，也只能发出"弃我去者，昨日之日不可留；乱我心者，今日之日多烦忧。……抽刀断水水更留，举杯消愁愁更愁。人生在世不称意，明朝散发弄扁舟"。也只能"把栏杆拍遍，无人会，登临意"，"白了少年头，空悲切"啊！

元代马致远所作《天净沙·秋思》："枯藤老树昏鸦，小桥流水人家，古道西风瘦马，夕阳西下，断肠人在天涯。"组合九种秋景，在凝练的语言中，意蕴深远，透露哀愁和凄凉，抒发了游子思念故乡、倦于漂泊的秋之悲凉。可谓"深得唐人绝句妙境"（王国维《人间词话》），历来被人们奉为"秋思之祖"。

相较其他诗人，此诗虽有苍凉秋景，却无悲凉秋情。可谓很好地表现了刘禹锡身处逆境中的干云豪气。紧接着，他又吟唱出："山明水净夜来霜，数树深红出浅黄。试上高楼清入骨，岂如春色嗾人狂。"(《秋词二首》其二)① 此诗借历经秋霜后树叶的"深红出浅黄"，表达了即使身处逆境，依旧要保持清高傲气，真是难能可贵。

正如其在《学阮公体三首》所言，刘禹锡非学其诗体形式，而是学阮籍诗中"志气"也。其第一首诗云："少年负志气，信道不从时。只言绳自直，安知室可欺。百胜难虑敌，三折乃良医。人生不失意，焉能慕己知?"② 诗中称自己从小就胸怀大志，具有远大理想，不愿趋炎附势。可是由于对复杂纷纭的社会现象以及风云变幻的政治气象缺乏足够认识，本以为只要做人如绳正直就可以了，然而没有料到依旧遭到欺辱。此诗回顾自己从政的遭际，总结经验教训，只有历经挫折，方能深刻认识社会现实。这也是"宝剑锋从磨砺出，梅花香自苦寒来"的另一番表述吧，诗中还抒发了患难见真情，经历困境的友谊更加可贵。当柳宗元得知刘禹锡生病，不仅从永州寄来药方，还请了医术高明的君素和尚来为其治病。由此可见，我们对刘禹锡和柳宗元两人友情何以如此深厚也更加深了理解。

元和九年（814）八月，淮西节度使吴少阳病逝，其子吴元济手握重兵后，公然与朝廷对抗。可是此时朝堂之上却找不出合适领军出战的人选，李吉甫趁此机会向宪宗建言，希望将刘禹锡等参与革新者一并召回，让他们将功赎罪，带兵出战，报效国家。同时也彰显出圣上的大度恩泽。宪宗经过仔细考虑，终于听取了李吉甫的建议，下诏召刘禹锡、柳宗元等人回京。刘禹锡经过九年时间漫长的等待，终于收到了回京诏书，在激动不已中吟诗道："莫道谗言如浪深，莫言迁客似沙沉。千淘万漉虽辛苦，吹尽狂沙始到金。"③（《浪淘沙词九首》其八）虽然回京之后，结局并不如意，但是我们却更加充分认识了刘禹锡傲气正直的品质。

相较好友刘禹锡，贬谪中的柳宗元更加悲观沮丧。好友刘禹锡

① （唐）刘禹锡：《刘禹锡集》，中华书局 1990 年版，第 349 页。
② （唐）刘禹锡：《刘禹锡集》，中华书局 1990 年版，第 258 页。
③ （唐）刘禹锡：《刘禹锡集》，中华书局 1990 年版，第 362 页。

来往不断的书信，让柳宗元在贬所获得认同和慰藉，好友刘禹锡贬谪生活中能保持乐观、不屈的精神状态，由于柳宗元带母远离，水土不服，身体虚脱，南方病症的折磨，母亲病重辞世，纵有好友的多番慰藉鼓励，他却仍旧难以走出悲观和失落的阴影。

元和元年（806）到达永州后，柳宗元贬谪悲苦无法排遣，就作了《跂乌词》《笼鹰词》《放鹧鸪词》《行路难》等诗文自况，形容自己心绪愁苦，如同万里孤囚。韩醇《诂训柳先生文集》卷四三评曰：“《笼鹰》《放鹧鸪词》，意皆以自况。盖初谪永州后有感而云也。”

又如《寄许京兆孟容书》中柳宗元自称：“伏念得罪来五年，未尝有故旧大臣肯以书见及者。何则？罪谤交积，群疑常道，诚可怪而畏也。以是兀兀忘行，尤负重忧，残骸余魂，百病所集，痞结伏积，不食自饱。或时寒热，水火互至，内消肌骨，非独瘴疠为也。”① 其情形甚是可怜，又说：“今抱非常之罪，居夷獠之乡，卑湿昏雾，恐一日填委沟壑，旷坠先绪，以是怛然痛恨，心肠沸热。茕茕孤立，未有子息。荒隅中少士人女子，无与为婚，世亦不肯与罪大者亲昵。以是嗣续之重，不绝如缕。每当春秋时飨，子立捧奠，顾盼无后继者，恟恟然。……家有赐书三千卷，尚在善和里旧宅，宅今已三易主，书存亡不可知。……立身一败，万事瓦裂，身残家破，为世大僇。复何敢更望大君子抚慰收恤，尚置人数中耶！是以当食不知辛酸节适，洗沐盥漱，动逾岁时，一搔皮肤，尘垢满爪。诚忧恐悲伤，无所告愬，以致此也。”② 此书乃柳宗元“谪永州已五年，与京兆尹，望其与之为地，一除罪籍”。此书用词诚挚，哀情动人，将自己谪居的诸般无奈与悲哀一一哭述。

在《与杨京兆凭书》一文中，柳宗元更是将谪居生活的痛苦及担忧坦诚说出，文曰：“自遭责逐，继以大故，荒乱耗竭，又常积忧

---

① （唐）柳宗元：《柳宗元集》，中华书局 1979 年版，第 779 页。

② （唐）柳宗元：《柳宗元集》，中华书局 1979 年版，第 781 页。

恐，神志少矣，所读书随又遗忘。一二年来，痞气尤甚，加以众疾，动作不常。眊眊然，搔挠内生，霾雾填拥惨沮，虽有意穷文章，而病夺其志矣。每闻人大言，则颷气震怖，抚心按胆，不能自止。又永州多火灾，五年之间，四为天火所迫。……"① 以及 "今之汲汲于世者，唯惧此而已矣！天若不弃先君之德，使有世嗣，或者犹望延寿命，以及大宥，得归乡闾，立家世，则子道毕矣。过是而犹兢于宠利者，天厌之！天厌之！"② 在《与萧翰林俛书》也有寓居不适的叙述："居蛮夷中人，惯习炎毒，昏眊重腿，意以为常。忽遇北风晨起，薄寒中体，则肌革瘆懔，毛发萧条，瞿然注视，怵惕以为异候，意绪殆非中国人。"③《与李翰林建书》中说："仆自去年八月来，痞疾稍已。往时间一二日作，今一月乃二三月作。用南人槟榔余甘，破决壅隔大过，阴邪虽败，已伤正气。行则膝颤，坐则髀痹。"④

长期的贬谪使得柳宗元身心俱疲。由于气候和水土不适，柳宗元身体较为虚弱，又染上南方常见的病症（如引文中所说的几种皮肤病），这使得他更希望回到家乡与亲人相守，政治上的锐气已消磨殆尽，他在书信中将早年的政治热情和活动视为 "年少好事"，认为自己之罪乃 "谤人" 所为。如《与萧翰林俛书》中称自己："然仆当时年三十三，甚少，自御使裹行得礼部员外郎，超取显美，欲免世之求进者怪怒媢嫉，其可得乎？凡人皆欲自达，仆先得显处，才不能踰同列，声不能压当世，世之怒仆宜也。与罪人交十年，官又以是进，辱在附会。圣朝弘大，贬黜甚薄，不能塞众人之怒，谤语转侈，嚣嚣嗷嗷，渐成怪民。"⑤

《与裴埙书》一文亦曰："仆之罪，在年少好事，进而不能止。

---

① （唐）柳宗元：《柳宗元集》，中华书局 1979 年版，第 790 页。
② （唐）柳宗元：《柳宗元集》，中华书局 1979 年版，第 791 页。
③ （唐）柳宗元：《柳宗元集》，中华书局 1979 年版，第 798 页。
④ （唐）柳宗元：《柳宗元集》，中华书局 1979 年版，第 801 页。
⑤ （唐）柳宗元：《柳宗元集》，中华书局 1979 年版，第 797—798 页。

侪辈恨怒，以先得官。又不幸早尝与同游者，居权衡之地，十荐贤幸乃一售，不得者诽张排根，仆可出而辩之哉！性又倨野，不能摧折，以故名益恶，势益险，有喙有耳者，相邮传作丑语耳，不知其卒云何。中心之愸尤，若此而已。既受禁锢而不能即死者，以为久当自明。今亦久矣，而嗔骂者尚不肯已，坚然相白者无数人。"①《寄许京兆孟容书》说道："宗元早岁，与负罪者亲善，始奇其能，谓可以共立仁义，裨教化，过不自料，勤勤勉励，唯以中正信义为志，以兴尧、舜、孔子之道，利安元元为务，不知愚陋，不可力强，其素意如此也。"② 虽然他多方向人解释、求情，极为自责，并且还极力贬低自己，但还是未能起作用，这让他更为失望，心情也更为沮丧。

柳宗元不仅以诗文抒发自己的愁苦悲伤，还多次给上级官员写信，希望他们为自己求情，减轻处罚；并且还上书朝廷，祈求返乡还京，可是都没有奏效，这样长期的贬谪和寓居生活，让柳宗元更觉沮丧和悲哀。为了排遣心中的郁闷和悲哀，忘却内心的痛苦，他将目光投向山林和寺庙。因此，山水游记寄予他的孤寂，让他暂时获得了心灵的休憩。但由于没有也无法真正适应南方的生活，他依旧游离于孤独与无奈的边缘，无法获得生活的乐趣。

虽然柳宗元与刘禹锡一样，也有过江南生活的经历，柳宗元为他父亲柳镇作神道表，称"天宝末""遇乱"，"举族如吴"。"服既除，常吏部命为太常博士。先君固曰：'有尊老孤弱在吴，愿为宣城令。'三辞而后获，徙为宣城。"③（《柳宗元集》卷十二《先侍御史府君神道表》）但柳宗元与刘禹锡不同的是，其父虽居吴，而在京城中尚有里第。故柳宗元曾说："某始四岁，居京城西田庐中，先君在吴，家无书，太夫人教古赋十四首，皆讽传之。"④（《柳宗元集》卷

---

① （唐）柳宗元：《柳宗元集》，中华书局 1979 年版，第 795 页。
② （唐）柳宗元：《柳宗元集》，中华书局 1979 年版，第 780 页。
③ （唐）柳宗元：《柳宗元集》，中华书局 1979 年版，第 295 页。
④ （唐）柳宗元：《柳宗元集》，中华书局 1979 年版，第 326 页。

十三《先太夫人河东县太君归祔志》）这样，他在成年后虽然还常忆及吴地生活，（《游朝阳岩遂登西亭二十韵》）诗云："羁贯去江介，世仕尚函崤。"①（《柳宗元集》卷四十三）但他相对刘禹锡而言，离开京城、在南方生活的时间很短，对于南方生活大多存贮的是想象中的美好影像。因此，当他真正贬谪到南荒之地的时候，现实与记忆中的景象反差太大，他自然无法适应南方的气候、风俗民情，也就无法融入南方的贬谪地生活。

元和十年（815），朝廷局势的变化，柳宗元、刘禹锡等人终于被召回朝。回到长安后，刘禹锡住在故园，时值农历二月，桃花初放，于是刘禹锡、柳宗元、白居易、元稹相约到玄都观游园赏花。一入桃园，只见里面人头攒动，熙熙攘攘甚是热闹。这些人多为达官显贵，其中不乏阿谀奉承、奸诈阴险、不学无术之辈，刘禹锡等人见了心里很不舒服。而他们粗俗浅陋的言谈举止，更是令刘禹锡恶心反感。于是在白居易邀请他吟诗时，刘禹锡面对此情此景，脱口而出成就《元和十年自朗州召至京戏赠看花诸君子》，诗云："紫陌红尘拂面来，无人不道看花回。玄都观里桃千树，尽是刘郎去后栽。"②京城一别十年，如今归来，官员争权夺利，奸诈阴险，朝廷岌岌可危，怎不令正直忠肝义胆之士刘禹锡义愤填膺，语带抱怨讥讽呢？可是祸从口中出，很快，刘禹锡就因此诗再度被贬，并且还连累了好友柳宗元等人。

《旧唐书·刘禹锡传》曰："元和十年，自武陵召还，宰相复欲置之郎署。而禹锡作《游玄都观咏看花君子诗》，语涉讥刺，执政不悦，复出为播州刺史。诏下，御史中丞裴度奏曰：'刘禹锡有母，年八十余，今播州西南极远，猿狖所居，人迹罕至。禹锡诚合得罪，然其老母必去不得，则与此子为死别，臣恐伤陛下孝理之风。伏请屈法，稍移近处。'宪宗曰：'夫为人子，每事尤须谨慎，常恐贻亲

---

① （唐）柳宗元：《柳宗元集》，中华书局 1979 年版，第 1189 页。
② （唐）刘禹锡：《刘禹锡集》，中华书局 1990 年版，第 308 页。

之忧。今禹锡所坐，更合重于他人，卿岂可以此论之？'度无以对。良久，帝改容曰：'朕所言，是责人子之事，然终不欲伤其所亲之心。'乃改授连州刺史。去京师又十余年，连刺数郡。"①

从旧唐书所载可见，刘禹锡回到长安后所写的《戏赠看花诸君子》，触怒得罪了权贵（武元衡为主），结果再度外放，第一次下旨时，柳宗元外放为柳州刺史，刘禹锡则外放为播州刺史。虽然同为外放刺史，且都属于更偏远的边州，然而播州相较柳州，环境条件更差，辖下只有五百户，又在黔北，乃下州之州也。柳宗元听到旨意，想到刘禹锡老母亲卢氏年近八旬，如随刘奔波播州，定然难以承受旅途劳累和条件艰辛；如果不去，刘禹锡不仅难以尽孝，还要与其老母生当死别。

而自己母亲已经病逝永州，不用再担心尽孝了。于是，柳宗元设身处地为朋友着想，明知圣旨无法更改，他仍然通过裴度向朝廷进言，希望朝廷任命刘禹锡到近的柳州，而自己代替刘到播州去。"禹锡有母年高，今为郡蛮方南绝域，往复万里，如何与母偕行？如母子异方，便为永诀。"此番话语有情有义，合情合理。"即草章奏，请以柳州授禹锡，而自往播州。"柳宗元为了朋友情义，危难之际敢于私言换位，可谓患难真情也。此番情义之可贵，感动了裴度，也感动了宪宗，故而"会裴度亦奏其事，禹锡终易连州"。

新旧《唐书》对此事都有详细记载，《旧唐书·柳宗元传》曰："元和十年，例移为柳州刺史。时郎州司马刘禹锡得播州刺史，制书下，宗元谓所亲曰：'禹锡有母年高，今为郡蛮方，西南绝域，往复万里，如何与母偕行。如母子异方，便为永诀。吾与禹锡执友，胡忍见其若是？'即草章奏，请以柳州授禹锡，自往播州。会裴度亦奏其事，禹锡终易连州。"②《新唐书·柳宗元传》亦云："元和十年，徙柳州刺史。时刘禹锡得播州，宗元曰：'播非人所居，而禹锡亲在

---

① （后晋）刘昫：《旧唐书》，中华书局 1975 年版，第 4211 页。
② （后晋）刘昫：《旧唐书》，中华书局 1975 年版，第 4214 页。

堂，吾不忍其穷，无辞以白其大人，如不往，便为母子永诀。'即具奏欲以柳州授禹锡而自往播。会大臣亦为禹锡请，因改连州。"①

柳宗元如此有情有义，也令后辈学人敬佩不已。纵使李贽"异端"狂士，他也称引的柳宗元所言"服道而守义"，对其品质称赞不已。在《反骚》（节录）一文中云：

> 唐柳柳州有云："委故都以从利兮，吾知先生之不忍。立而视其颠覆兮，又岂先生之所志！穷与达其不渝兮，夫唯服道而守义。吁嗟先生之貌不可得兮，犹仿佛其文章。讬遗编而叹喟兮，涣余涕其盈眶。哀今之人兮，庸有虑时之否臧。退默默以自服兮，曰吾言之而不行！"其伤今念古，亦可感也！独太史公《屈原传》最得之。（《焚书》卷五）

在文中李贽借柳宗元之口，对其所言之志大为称赞，"穷与达其不渝，夫唯服道而守义"，无论贫穷与富贵，困顿与显达，都要安贫守道，坚守道义，矢志不渝。这是十分难得的儒家思想，它比《孟子》《尽心章句上》（第九）所言"穷则独善其身，达则兼济天下"②更为难得。故而，李贽对柳宗元的高贵品性极为推崇，认为其与伟大诗人屈原的峻洁品质极为类似了。

综上所述，李贽对柳宗元的评价极高，无论是诗文还是人品以及行为，李贽都对柳宗元给予赞同，这在明代中后期是极为难得的。

---

① （宋）欧阳修、宋祁：《新唐书》，中华书局1975年版，第5141页。
② （宋）朱熹：《四书章句集注》，中华书局1983年版，第351页。

第五章　学术巨匠胡应麟评点柳宗元

　　胡应麟（1551—1602），字元瑞，号少室山人。明代中叶著名学者、诗人和文艺批评家和诗论家。胡应麟一生布衣，交友甚广，虽然一生处境窘迫，体弱多病，但他酷爱读书、著书立说、藏书丰富，志向坚定，广泛吸纳天下文章精英，终成一代学术巨匠，堪称后学之师也。他的柳宗元批评非常全面，在当时颇具代表性。

第一节　学术巨匠胡应麟与《诗薮》

　　胡应麟才气奇高，被称为"天下奇才"。他五岁就能读书成诵，九岁从乡间塾师学习经学，十六岁入庠为秀才。万历四年（1576），二十五岁乡试中举，但会试不第。其父胡僖历官刑部主事、湖广参议、云南佥事，曾带胡应麟北上南下，沿途吟咏，闻者大加赞赏，故而其所结识交好多为海内贤达豪杰。

　　如大司空朱衡经过兰江，求与其会晤，所乘船只在兰江停泊等待了三天，胡应麟感动不已才与其见面，并且为其做七言古诗《昆仑行》答谢其厚意，其诗共 680 言。这里仅选取部分，让我们感受其飞扬的才情，恢宏的气势。诗云："君不见黄河之水来昆仑，浊流万里经龙门。环嵩绝华不少息，吞吐日月排乾坤。天吴扬澜九河溢，大泽龙蛇起原隰。洪荒不解尧舜忧，平成却藉司空力。自从大禹作司空，百川四渎俱朝宗。锁压支祈镇淮甸，至今玉策垂神功。"如此文采飞扬，气势浩瀚，无怪乎大司空朱衡称之为"天下奇才"。

其时，王世贞作为文坛领袖，他非常器重胡应麟，将其列为暮年所交五子之一，并为其撰写传记《石羊生传》，在传记中对胡应麟推崇备至，赞赏有加。传文中称赞胡应麟长相俊朗，曰："元瑞为儿时，肌体玉雪，眉目朗秀。"感叹其淡泊名利，好书嗜书，文曰："元瑞自髫髻厌薄荣利，余子女玉帛声色狗马玩诸好一切泊然，而独其嗜书籍自天性。身先后所购经史子集四万余卷，手钞集录几十之三，分别部类，大都如刘氏七略而加详密，筑室三楹贮之。黎惟敬大书其楣曰：'二酉山房'而属予为记。且夕坐卧其间，意儵如也。"

万历四年（1576）中举人后，因久试不第。于是他就游走于燕、吴、齐、鲁、赵、卫各地，四处搜寻古书和文物。他自称："广乞明流、寻至故家、寻诸绝域"，遇到好的本子，则不惜重金，月俸不够支付时，或典卖夫人的簪子钗环，或典当衣物以购。他还建有两间藏书楼，名为"二酉山房"，其典故出自秦末书生藏书于大酉山、小酉山的石洞中，得以逃过"焚书坑儒"劫难。胡应麟所藏书包括经、史、子、集、佛、道、类书、杂家之书计四万余卷，撰写了《二酉山房书目》六卷，收录古籍 42384 卷。在四部的基础上，胡应麟将类书、佛、道藏书以及赝品古籍合并为一部，其理由是"学问之途，千歧万轨，约其大旨，四部尽之"，认为类书不属于书史子集，佛道二藏则为方外之书，且数量之巨，故不宜放入子部；而赝品古籍也不能与真品古书混在一起，所以也应该另归为一类。

王世贞称奇胡应麟性格孤高，文曰："元瑞性孤介，时时苦吟沈思，不甚与客相当。至其挥麈尾，扢艺文，持论侃然，尤慎于许可。有莫生者，躁而贪，以品不登上中，侧目元瑞甚。属伯玉、元敬游西湖，故偏罝坐客为异端，元瑞夷然屑也。及在弇，……元瑞徐曰：'莫生者，庸讵足校也！仲淹司马公介弟，吾侪当爱之以德，独奈何成人过耶？'客乃服。"

王世贞对胡应麟三十余岁就编著丰富，更是大为赞赏。文曰："元瑞所著：诗有《寓燕》、《还越》《计偕》……《畸园》等集二十余卷，《诗薮》内编外编十二卷，他撰述未行世者，有六经疑义二卷，《诸子折衷》四卷，《史蕞》十卷，《笔丛》十卷，《皇明诗统》三十卷，《古乐府》二卷，《古韵考》一卷，《二酉山房》书目六卷，《交游纪略》二卷，《兜玄国志十卷》，《酉阳续俎》十卷，《隆万新闻》二卷，《隆万杂闻》四卷，《骆侍御忠孝辨》一卷，《补刘氏山棲志》十二卷；蒐辑诸书，有《群祖心印》十卷，《方外》遐音十卷，《考槃集》十卷，《谈剑编》二卷，《采真游》二卷，《会心语》二卷；类萃诸书，有《经籍会通》四十卷，《图书博考》十二卷，《诸子汇编》六十卷，《虞初统集》五百卷。盖生平于笔砚未尝斯须废去。""夫以元瑞之生仅三十年，而著作充斥乃尔，过此以往，所就当又何如耶？元瑞于他文无所不工，绩学称是。顾不以自多，而所沾沾独诗，彼固有所深造也。元瑞才高而气雄，其诗鸿巪瑰丽，迥绝无前，稍假以年，将与日而化矣。至勒成一家之言，若所谓《诗薮》者，则不啻史之上下千载，而周秘无漏胜之；其刻精则董狐氏、韩非子也。"

在传中，王世贞对胡应麟是评价极高的，"文无所不工，绩学称是""才高而气雄"等等词句可证。尤其是《诗薮》，王世贞称其"不啻史之上下千载，而周秘无漏胜之；其刻精则董狐氏、韩非子也"。也由此可见，《诗薮》之于胡应麟的重要性，价值之高，可以说《诗薮》是胡应麟最值得称道的著作。《诗薮》一共二十卷，计内编六卷，分论古、近体诗；外编六卷，以时代为脉，评述周、汉、六朝、唐、宋、元各代的诗歌；杂编六卷，主要论述亡佚篇章、载籍以及三国、五代、南宋和金代诗；续编二卷则是谈明洪武至嘉靖年间的作品。《诗薮》较为完整系统地表述了胡应麟的诗学思想，大大超过了诗话发展前期的散论、点评和随笔性质，是一部具有综合性的诗学专论。

要了解《诗薮》主旨，或者胡应麟的诗学思想，先要看起序所言。《诗薮序》曰：

　　夫诗，心声也。无古今一也。顾体由代异，材以人殊，世有推迁，道有升降，说者以意逆志，乃为得之。耳视则凡，目巧则诡，抑或取诸口给，而无所概于心，其无当，均也。元美雅多明瑞，来者此其先鸣。余既倾其橐于娄江，则信娴于诗矣。乘舟接席，相与扬攉古今，覈本支，程殿最。旦暮千古，以神遇之。我思古人，实获我心，斯人之谓也。闻者或睨明瑞，若殆干盟主邪？吾两人置弗闻也者，而心附之，姑俟论定。奄及五载，胥会岩陵。明瑞出《诗薮》三编凡若干卷，盖将轶谈艺，衍卮言，廓虚心，采独见，凡诸蚩倪妍丑，无不镜诸灵台。其世，则自商、周、汉、魏、六代、三唐以迄于今；其体，则自四言、五言、杂言、乐府、歌行以迄律绝；其人，则自李陵、枚叔、曹、刘、杜以迄元美、献吉、于鳞：发其椟藏，瑕瑜不掩。即晚唐弱宋胜朝之籍，吾不欲观，虽在糠秕，不遗余粒。其持衡，如汉三尺；其握算，如周九章；其中肯綮，如庖丁解牛；其求之色相之外，如九皋相马，末也。严羽卿、高廷礼，笃于时者也，其所品选，亟称其大有功。先是诵法于鳞，未尝释手；推尊元美，兼总条贯，《三百篇》《十九首》而下一人。乃今抗论醇疵，时有出入。要以同乎己者正之也，即羽卿、廷礼，不耐不同；以异乎己者正之也，即元美、于鳞，不耐不异。无偏听，无成心，公而生明，则自尽心始。尽心之极，几于无心。彼徒求之耳目心思，仅得一隅耳。吾将以是质元美，无论闻者然疑之。万历庚寅纯二月朔，新都汪道昆序。①

　　序言起首表明诗为心声也，古今都是一样的，诗体随着时代变迁而变化，才气因人而异，诗论者"以意逆志"则可把握住。如果仅仅是"耳视""目巧"或者"取诸口给"，不是从心出发，皆为不当。胡应麟则"旦暮千古，以神遇之。我思古人，实获我心"，属于典型

---

① （明）胡应麟：《诗薮》，上海古籍出版社 1958 年版，第 1—2 页。

的"心神领会"。按照这种观点，介绍了《诗薮》评述的时段、诗体和诗人，时段曰："其世，则自商、周、汉、魏、六代、三唐以迄于今"；诗体曰："其体，则自四言、五言、杂言、乐府、歌行以迄律绝"；诗人则以"其人，则自李陵、枚叔、曹、刘、杜以迄元美、献吉、于鳞：发其椟藏，瑕瑜不掩。"且多次强调了借鉴严羽，在《诗薮》中可以明显感受他对严羽的推崇，自称受严羽的影响很大。其诗论核心集中体现在"兴象风神"，我们在论述胡应麟品评柳宗元诗文时，也可以结合分析其"兴象风神"诗论，这样可以更为全面深入地理解柳宗元诗文风格及内涵。

第二节 《诗薮》内篇关于柳宗元的点评

《诗薮》作为胡应麟最为重要的诗论著作，他对历代重要诗人、诗作都有评论，关于柳宗元的评论也自不会少，《内编》中就有不少。如《内编》卷一就有两条，一曰："退之《琴操》，子厚《鼓吹》，锐意复古，亦甚勤矣。然《琴操》于《文王》列圣，得其意不得其词；《鼓吹》于《铙歌》诸曲，得其调不得其韵。其犹在晋人下乎！"①（《诗薮·内编》卷一）

一曰："唐人诸古体，四言无论。为骚者太白外，王维、顾况三二家，皆意浅格卑，相去千里。若李、杜五言大篇，七言乐府，方之汉魏正果，虽非最上，犹是大乘。韩《琴曲》，柳《铙歌》，仿佛声闻阶级，此外蔑矣。"②（《诗薮·内编》卷一）"

《诗薮》内编卷一主要论古体上和杂言，且看其起首所言，文曰：

　　　　四言变而《离骚》，《离骚》变而五言，五言变而七言，七

---

① （明）胡应麟：《诗薮·内编》卷一，上海古籍出版社1958年版，第12页。
② （明）胡应麟：《诗薮·内编》卷一，上海古籍出版社1958年版，第21页。

言变而律诗，律诗变而绝句，诗之体以代变也。……虽气运推移，文质迭尚，而异曲同工，咸臻厥美。《国风》、《雅》、《颂》，温厚和平，《离骚》、《九章》。怆恻浓至；东西二京，神奇浑璞；建安诸子，雄瞻高华；六朝俳偶，靡曼精工；唐人律调，清圆秀朗，此声歌之各擅也。《风雅》之规，典则居要；《离骚》之致，深永为宗；古诗之妙，专求意象；歌行之畅，必由才气；近体之攻，务先法律；绝句之构，独主风神，此结撰之殊途也。兼衮总挈，集厥大成；诣绝穷微，超乎彼岸。轨筏具存，在人而已。①

这段文字先介绍诗体演变规律，四言到五言，五言演变到七言，再进而为律诗和绝句，故而胡应麟总结为"诗之体以代变也。……虽气运推移，文质迭尚，而异曲同工，咸臻厥美"。然后再概括了各时段代表诗体的艺术特征，称《风雅》重在用典，《离骚》则宗情感深永，古诗之妙在于意象运用，歌行畅达取决于作者的才气，近体诗必将法则格律；绝句则追求风神之美，这就是诗体之殊途。要想有大成，那就必须精工探微，才能到达成功的彼岸，即"诣绝穷微，超乎彼岸"。诗的体裁和写法都是实在的，如何才能大成，这就要看个人如何具体运用，因人而异。因此胡应麟以"轨筏具存，在人而已"为比，可谓生动形象。

接下来则是分时段，选取代表诗人诗作加以论证。有关柳宗元《铙歌》的评论则是出现在"四言"诗体之论中。胡应麟推崇王世贞，受其复古诗学影响很大，他对"四言"诗体演变论述也多崇古之情。如其多次赞赏《诗经》之《风》《雅》《颂》，文曰："《诗》三百五篇，有一字不文者乎？有一字无法者乎？《离骚》，风之衍也；《安世》，《雅》之缵也；《郊祀》，《颂》之阐也：皆文义蔚然，为万世法。惟汉乐府歌谣，采摭闾阎，非由润色。然质而不俚，浅

---

①　（明）胡应麟：《诗薮·内编》卷一，上海古籍出版社1958年版，第1页。

而能深，近而能远，天下至文，靡以过之。后世言诗，断自两汉，宜也。"①

称赞《诗经》曰："《国风》《雅》《颂》，并列圣经。第风人所赋，多本室家、行旅、悲欢、聚散、感叹、忆赠之词，故其遗响，后世独传。……《雅》《颂》闳奥淳深，庄严典则，施诸明堂清庙，用既不伦；作自圣佐贤臣，体又迥别。三代而下，寥寥寡和，宜矣。"②

纵使他赞赏晋代四言《独漉篇》词最高古，有两汉之风，但他认为还是失去了四言诗的本色。曰："晋四言，惟《独漉篇》词最高古。如'独漉独漉，水深泥浊。泥浊尚可，水深杀我'，'空床低帷，谁知无人？夜行衣绣，谁知假真'，'猛虎斑斑，游戏山间。虎欲啮人，不避豪贤'，大有汉风，几出魏上。然是乐府语，非四言本色也。"③

下面这几段文字也都可以看出，胡应麟强调四言诗应当"典则雅淳""兴寄深微"，两汉以降的四言在演变中，走向宏丽精工，失去了四言的本色。

曰："四言短章效《三百》，长篇仿二韦，颂体间法唐、邹，变调旁参操、植，晋一下无论矣。四言典则雅淳，自是三代风范；宏丽之端，实自《离骚》发之。"④

曰："自圣门学诗，大者兴观群怨，次则多识草木鸟兽之名。然《国风》、《雅》、《颂》，篇章简古，咏叹悠长，或一物而屡陈言，或片言而三致意，盖《六经》之文体要当尔。屈原氏兴，以瑰奇浩瀚之才，属纵横艰大之运，因牢骚愁怨之惑，发沈雄伟博之辞。上陈天道，下悉人情，中稽物理，旁引广譬，具纲兼罗，文词钜丽，体制闳深，兴寄超远，百代而下，才人学士，追之莫逮，取之不穷，

① （明）胡应麟：《诗薮·内编》卷一，上海古籍出版社 1958 年版，第 2—3 页。
② （明）胡应麟：《诗薮·内编》卷一，上海古籍出版社 1958 年版，第 3 页。
③ （明）胡应麟：《诗薮·内编》卷一，上海古籍出版社 1958 年版，第 4 页。
④ （明）胡应麟：《诗薮·内编》卷一，上海古籍出版社 1958 年版，第 4 页。

史谓争光日月，讵不信夫！"①

曰："四言汉多主格，魏多主词，虽体有古近，各自所长。晋诸作者，浮慕《三百》，欲去文存质，而繁靡板垛，无论古调，并工语失之。今观二陆、潘、郑诸集，连篇累牍，绝无省发，虽多奚为！"

曰："四言句法高古者，已经前人采撷。自余精工奇丽，代有名篇，虽非本色，不可尽废，漫尔笔之：仲长统：'乘云无辔，骋风无足。沆瀣当餐，九阳代烛。'窦玄妻：'茕茕白兔，东走西顾。衣不如新，人不如故。'秦嘉：'皎皎明月，皇皇列星。严霜惨悽，飞雪覆庭。'魏武：'山不厌高，海不厌深。周公吐哺，天下归心。''月明星稀，乌鹊南飞，绕树三匝，无枝可依。''老骥伏枥，志在千里。烈士暮年，壮心不已。'文帝：'丹霞蔽日，采虹垂天。山谷潺潺，叶落翩翩。''上山采薇，薄暮苦饥。溪谷多风，霜露沾衣。''芙蓉含芳，菡萏垂荣。朝采其实，夕珮其英。'东阿：'昔我初迁，朱华未稀。今我旋止，素雪云飞。''月落参横，北斗阑干。亲交在门，饥不及餐。''子好芳草，岂忘尔贻。荣华将茂，秋霜瘁之。'晋宣帝：'天地开辟，日月重光。肃清万里，总齐八方。'叔夜：'目送飞鸿，手挥五弦。俯仰自得，游心太玄。'步兵：'清阳曜灵，和风容与。明月映天，甘露被宇。'士衡：'来日苦短，去日苦长。今我不乐，蟋蟀在房。'"②

曰："魏武'对酒当歌，'子建'来日大难'，已乖四言面目，然汉人乐府本色尚存。如'明明如月，何时可掇？忧从中来，不可断绝'、'自惜袖短，内手知寒。亲交在门，饥不及餐'之类。至嗣宗、叔夜，一变而华赡精工，终篇词人语矣。"③

又曰："太白云：'兴寄深微，五言不如四言，七言又其靡也，况束之以声调俳优哉！'唐人能为此论，自是太白。然李集四言甚

---

① （明）胡应麟：《诗薮·内编》卷一，上海古籍出版社 1958 年版，第 10 页。
② （明）胡应麟：《诗薮·内编》卷一，上海古籍出版社 1958 年版，第 1 页。
③ （明）胡应麟：《诗薮·内编》卷一，上海古籍出版社 1958 年版，第 11 页。

稀,如《百忧》《雪谗》《来日大难》等篇,以较汉、魏远甚。要之李五言不能脱齐、梁,则所称四言,亦非《雅》、《颂》之谓也。"①

胡应麟评论李白少四言诗、杜甫无四言诗之后,详细分析了李白的《独漉篇》,文曰:"太白《独漉篇》'罗帏卷舒,似有人开。明月直入,无心可猜'四语独近。又《公无渡河》长短句中,有绝类汉、魏者,至格调翩翩,望而知其太白也。"文中既赞了李白四言诗在唐代的地位,同时也是对李白特有浪漫才情的赞扬。

再接下来则是论述韩柳四言诗,因为韩柳大力倡导复古之风,故其四言诗写作也有此倾向。故称"退之《琴操》,子厚《鼓吹》锐意复古,亦甚勤矣"。先看韩愈所作《琴操》诗,其《琴操》模拟东汉蔡邕《琴操》而作。

蔡邕(133—192),字伯喈,陈留圉(今开封杞县南)人,东汉名臣,文学家、书法家,才女蔡文姬之父。蔡邕精通音律,才华横溢,少时即以博学多闻,师从太傅胡广,精音律,善鼓琴闻名。成年后则流连书斋,安贫乐道,与世无争。后来,汉桓帝听说蔡邕善鼓琴,就征召其到都城洛阳。来到京城,面对宦官专权,朝政腐败的丑恶现象,让蔡邕对时事非常不满,于是他借鼓琴以寄托忧思和愤懑。

如其《琴操》序首曰:"昔伏羲氏作琴,所以御邪僻,防心淫,以修身理性,反其天真也。琴长三尺六寸六分,象三百六十日也;广六寸,象六合也。文上曰池,下曰岩。池,水也,言其平。下曰滨,滨,宾也,言其服也。前广后狭,象尊卑也。上圆下方,法天地也。五弦宫也,象五行也。大弦者,君也,宽和而温。小弦者,臣也,清廉而不乱。文王武王加两弦,合君臣恩也。宫为君,商为臣,角为民,徵为事,羽为物。古琴曲有歌诗五曲,一曰《鹿鸣》,二曰《伐檀》,三曰《驺虞》,四曰《鹊巢》,五曰《白驹》。又有一十二操,一曰《将归操》,二曰《猗兰操》,三曰《龟山操》,四

---

① (明)胡应麟:《诗薮·内编》卷一,上海古籍出版社 1958 年版,第 11 页。

曰《越裳操》，五曰《拘幽操》，六曰《岐山操》，七曰《履霜操》，八曰《雉朝飞操》，九曰《别鹤操》，十曰《残形操》，十一曰《水仙操》，十二曰《怀陵操》。又有九引，一曰《列女引》，二曰《伯姬引》，三曰《贞女引》，四曰《思归引》，五曰《辟历引》，六曰《走马引》，七曰《箜篌引》，八曰《琴引》，九曰《楚引》。又有《河间杂歌》二十一章。"

其诗歌内容也带有非常明显的忧国忧民和感伤讽谏之情，如《鹿鸣操》诗云："鹿鸣操者，周大臣之所作也。王道衰，君志倾，留心声色，内顾妃后，设旨酒嘉肴，不能厚养贤者，尽礼极欢，形见于色。大臣昭然独见，必知贤士幽隐，小人在位，周道凌迟，必自是始。故弹琴以讽谏，歌以感之，庶几可复。歌曰：'呦呦鹿鸣，食野之苹。我有嘉宾，鼓瑟吹笙。吹笙鼓簧，承筐是将。人之好我，示我周行。'此言禽兽得美甘之食，尚知相呼，伤时在位之人不能，乃援琴而刺之，故曰鹿鸣也。"

《伐檀操》诗云："伐檀操者，魏国女之所作也。伤贤者隐避，素餐在位，闵伤怨旷，失其嘉会。夫圣王之制，能治人者食于人，治于人者食于田。今贤者隐退伐木，小人在位食禄，悬珍奇，积百谷，并包有土，德泽不加百姓。伤痛上之不知，王道之不施，仰天长叹，援琴而鼓之。"

《驺虞操》诗云："驺虞操者，邵国之女所作也。古者圣王在上，君子在位，役不逾时，不失嘉会。内无怨女，外无旷夫。及周道衰微，礼义废弛，强凌弱，众暴寡，万民骚动，百姓愁苦；男怨于外，女伤其内，内外无主：内迫性情，外逼礼义。欲伤所逸，而不逢时，于是援琴而歌。"

韩愈模拟蔡邕《琴操》，所作诗共计十首，分别为：

《将归操》诗云："孔子之赵，闻杀鸣犊作。赵杀鸣犊，孔子临河，叹而作歌曰：'秋之水兮风扬波，舟楫颠倒更相加，归来归来胡为斯。秋之水兮，其色幽幽；我将济兮，不得其由。涉其浅兮，石啮我足；乘其深兮，龙入我舟。我济而悔兮，将安归尤。归兮归兮，无与石斗兮，无应龙求。'"①

《猗兰操》诗云："孔子伤不逢时作。琴操云：'习习谷风，以阴以雨。之子于归，远送于野。何彼苍天，不得其所。逍遥九州，无有定处。世人暗蔽，不知贤者，年纪逝迈，一身将老。兰之猗猗，扬扬其香。不采而佩，于兰何伤。今天之旋，其嵒为然。我行四方，以日以年。雪霜贸贸，荠麦之茂。子如不伤，我不尔觏。荠麦之茂，荠麦之有。君子之伤，君子之守。'"

《龟山操》诗云："孔子以季桓子受齐女乐，谏不从，望龟山而作。龟山在太山博县。琴操云：'予欲望鲁兮，龟山蔽之。手无斧柯，奈龟山何。龟之氛兮，不能云雨。龟之蘖兮，不中梁柱。龟之大兮，祗以奄鲁。知将隳兮，哀莫余伍。周公有鬼兮，嗟余归辅。'"

《越裳操》诗云："周公作。琴操云：'於戏嗟嗟，非旦之力，乃文王之德。雨之施物以挚，我何意于彼为。自周之先，其艰其勤。以有疆宇，私我后人。我祖在上，四方在下。厥临孔威，敢戏以侮。孰荒于门，孰治于田。四海既均，越裳是臣。'"

《拘幽操》诗云："文王羑里作。琴操云：'殷道溷溷，浸浊烦兮。朱紫相合，不别分兮。迷乱声色，信谗言兮。炎炎之虐，使我愆兮。幽闭牢阱，由其言兮。遘我四人，忧勤勤兮。目窈窈兮，其凝其盲；耳肃肃兮，听不闻声。朝不日出兮，夜不见月与星。有知无知兮，为死为生。呜呼！臣罪当诛兮，天王圣明。'"

《岐山操》诗云："周公为太王作。本词云：'狄戎侵兮，土地迁移。邦邑适于岐山，烝民不忧兮谁者知。嗟嗟奈何兮，予命遭斯。我家于豳，自我先公。伊我承序，敢有不同。今狄之人，将土我疆。民为我战，谁使死伤。彼岐有岨，我往独处，人莫余追，无思我悲。'"

《履霜操》诗云："尹吉甫子伯奇无罪，为后母谮而见逐，自伤

----

① （唐）韩愈：《韩昌黎集》，商务印书馆1933年版，第12页。

作。本词云：'朝履霜兮采晨寒，考不明其心兮信谗言。孤恩别离兮摧肺肝，何辜皇天兮遭斯愆。痛殁不同兮恩有偏，谁能流顾兮知我冤。父兮儿寒，母兮儿饥。儿罪当笞，逐儿何为。儿在中野，以宿以处。四无人声，谁与儿语。儿寒何衣，儿饥何食。儿行于野，履霜以足。母生众儿，有母怜之。独无母怜，儿宁不悲。'"

《雉朝飞操》诗云："牧犊子七十无妻，见雉双飞，感之而作。本词云：'雉朝飞兮鸣相和，雌雄游兮山之阿。我独何命兮未有家，时将暮兮可奈何，嗟嗟暮兮可奈何。雉之飞，于朝日。群雌孤雄，意气横出。当东而西，当啄而飞。随飞随啄，群雌粥粥。嗟我虽人，曾不如彼雉鸡。生身七十年，无一妾与妃。'"

《别鹄操》诗云："商陵穆子，娶妻五年无子。父母欲其改娶，其妻闻之，中夜悲啸，穆子感之而作。本词云：'将乖比翼隔天端，山川悠远路漫漫，揽衾不寐食忘飧。雄鹄衔枝来，雌鹄啄泥归。巢成不生子，大义当乖离。江汉水之大，鹄身鸟之微。更无相逢日，且可绕树相随飞。'"

《残形操》诗云："曾子梦见一狸，不见其首作。有兽维狸兮，我梦得之。其身孔明兮，而头不知。吉凶何为兮，觉坐而思。巫咸上天兮，识者其谁。"[1]

从所列《琴操》组诗可见韩愈复古倾向，他向古乐府学习，并且选取十首《琴操》学习模拟写作，不仅以这些上古琴歌的音乐形式传达出仁政爱民的儒家思想，也"以诗明志"，透露了自己高尚的道德理想和完美的人格追求。

再来看柳宗元所作《鼓吹》诗，无论形式还是内容，《鼓吹》诗亦是模仿汉乐府《乐府杂曲》四言形式而作，共有十二首，逐一列出，以便大家更加清晰了解。

其一，《乐府杂曲·鼓吹铙歌·苞枿》，诗云："苞枿黮矣，惟根之蟠。弥巴蔽荆，负南极以安。曰我旧梁氏，缉绥艰难。江汉之阻，

都邑固以完。圣人作，神武用。有臣勇智，奋不以众。投迹死地，谋猷纵。化敌为家，虑则中。浩浩海裔，不威而同。系缧降王，定厥功。澶漫万里，宣唐风。蛮夷九译，咸来从。凯旋金奏，像形容。震赫万国，罔不龚。"①

其二，《乐府杂曲·鼓吹铙歌·泾水黄》，诗云："泾水黄，陇野茫。负太白，腾天狼。有鸟鸷立，羽翼张。钩喙决前，钜趯傍；怒飞饥啸，翾不可当。老雄死，子复良。巢岐饮渭，肆翱翔。顿地紘，提天纲。列缺掉帜，招摇耀铓。鬼神来助，梦嘉祥。脑涂原野，魂飞扬。星辰复，恢一方。"②

其三，《乐府杂曲·鼓吹铙歌·奔鲸沛》，诗云："奔鲸沛，荡海垠。吐霓翳日，腥浮云。帝怒下顾，哀垫昏。授以神柄，推元臣。手援天予，截修鳞。披攘蒙翳，开海门。地平水静，浮天根。羲和显耀，乘清氛。赫炎溥畅，融大钧。"③

其四，《乐府杂曲·鼓吹铙歌·河右平》，诗云："河右澶漫，顽为之魁。王师如雷震，昆仑以颓。上聋下聪，弩不可迴。助仇抗有德，惟人之灾。乃溃乃奋，执缚归厥命。万室蒙其仁，一夫则病。濡以鸿泽，皇之圣。威畏德怀，功以定。顺之于理，物咸遂厥性。"④

其五，《乐府杂曲·鼓吹铙歌·靖本邦》，诗云："本邦伊晋，惟时不靖。根柢之摇，枝叶侟病。守臣不任，勛于神圣。惟钺之兴，翦焉则定。洪惟我理，式和以敬。群顽既夷，庶绩咸正。皇谟载大，惟人之庆。"⑤

其六，《乐府杂曲·鼓吹铙歌·高昌》，诗云："麹氏雄西北，别绝臣外区。既恃远且险，纵傲不我虞。烈烈王者师，熊螭以为徒。龙旆翻海浪，驲骑驰坤隅。贲、育搏婴儿，一扫不复余。平沙际天

---

① （唐）柳宗元：《柳宗元集》，中华书局1979年版，第20页。
② （唐）柳宗元：《柳宗元集》，中华书局1979年版，第18页。
③ （唐）柳宗元：《柳宗元集》，中华书局1979年版，第19页。
④ （唐）柳宗元：《柳宗元集》，中华书局1979年版，第20—21页。
⑤ （唐）柳宗元：《柳宗元集》，中华书局1979年版，第22页。

极，但见黄云驱。臣靖执长缨，智勇伏囚拘。文皇南面坐，夷狄千群驱。成称天子神，往古不得俱。献号天可汗，以覆我国都。兵戎不交害，各保性与躯。"①

其七，《乐府杂曲·鼓吹铙歌·吐谷浑》，诗云："吐谷浑盛强，背西海以夸。岁侵扰我疆，退匿险且遐。帝谓神武师，往征靖皇家。烈烈旗其旗，熊虎杂龙蛇。王旅千万人，衔枚默无譁。束刃逾山徼，张翼纵漠沙。一举刈鲸腥，尸骸积如麻。除恶务本根，况敢遗萌芽。洋洋西海水，威命穷天涯。系虏来王都，犒乐穷休嘉。登高望还师，竟野如春华。行者靡不归，亲戚讙要遮。凯旋献清庙，万国思无邪。"②

其八，《乐府杂曲·鼓吹铙歌·东蛮》，诗云："东蛮有谢氏，冠带理海中。已言我异世，虽圣莫能通。王卒如飞翰，鹏鶱骇群龙。轰然自天坠，乃信神武功。击虏君臣人，累累来自东。无思不服从，唐业如山崇。百辟拜稽首，咸愿图形容。如周王会书，永永传无穷。睢盱万状乖，咿嗢九译重。广输抚四海，浩浩知皇风。歌诗铙鼓间，以壮我元戎。"③

其九，《乐府杂曲·鼓吹铙歌·战武牢》，诗云："战武牢，动河、朔。逆之助，图掎角。怒爵麑，抗乔岳。翘萌牙，傲霜雹。王谋内定，申掌握。铺施芟夷，二主缚。惮华戎，廓封略。命之蓍，毕以斫。归有德，唯先觉。"④

其十，《乐府杂曲·鼓吹铙歌·晋阳武》，诗云："晋阳武，奋义威。炀之渝，德焉归？氓毕屠，绥者谁？皇烈烈，专天机。号以仁，扬其旗。日之昇，九土晞。诉田圻，流洪辉。有其二，翼馀隋。斫枭鷟，连熊螭。枯以肉，勍者赢。后土荡，玄穹弥。合之育，莽然施。

① （唐）柳宗元：《柳宗元集》，中华书局 1979 年版，第 24 页。
② （唐）柳宗元：《柳宗元集》，中华书局 1979 年版，第 23 页。
③ （唐）柳宗元：《柳宗元集》，中华书局 1979 年版，第 25 页。
④ （唐）柳宗元：《柳宗元集》，中华书局 1979 年版，第 17 页。

惟德辅，庆无期。"①

其十一，《乐府杂曲·鼓吹铙歌·兽之穷》，诗云："兽之穷，奔大麓。天厚黄德，狙犷服。甲之櫜弓，弭矢箙。皇旅靖，敌逾蹙。自亡其徒，匪予戮。屈贙猛，虔慄慄。縻以尺组，啖以秩。黎之阳，土茫茫。富兵戎，盈仓箱。乏者德，莫能享。驱豺兕，授我疆。"②

其十二，《乐府杂曲·鼓吹铙歌·铁山碎》，诗云："铁山碎，大漠舒。二虏劲，连穹庐。背北海，专坤隅。岁来侵边，或傅于都。天子命元帅，奋其雄图。破定襄，降魁渠。穷竟窟宅，斥余吾。百蛮破胆，边氓苏。威武辉耀，明鬼区。利泽淰万祀，功不可踰。官臣拜手，惟帝之谟。"③

从柳宗元这十二首乐府杂曲的形式和内容来看，属于明显的复古拟仿之作。他在序中也详细加以说明，文曰：

> 负罪臣宗元言：臣幸以罪居永州，受食府廪，窃活性命，得视息，无治事，时恐惧，小闲，又盗取古书文句，聊以自娱。
>
> 伏惟汉、魏以来，代有铙歌鼓吹词，唯唐独无有。臣为郎时，以太常联礼部，常闻鼓吹署有戎乐，词独不列。今又考汉曲十二篇，魏曲十四篇，晋曲十六篇，汉歌词不明纪功德，魏、晋歌，功德具。今臣窃取魏、晋义，用汉篇数，为唐铙歌鼓吹曲十二篇，纪高祖、太宗功能之神奇，因以知取天下之勤劳，命将用师之艰难。每有戎事，治兵振旅，幸歌臣词以为容，且得大戒，宜敬而不害。④

"鼓吹"乐汉初初创，来源为西北少数民族的马上之乐，当时采用鼓、角、笳来演奏。角和笳都是具有鲜明民族特色的乐器，鼓吹乐

---

① （唐）柳宗元：《柳宗元集》，中华书局1979年版，第15—16页。
② （唐）柳宗元：《柳宗元集》，中华书局1979年版，第16页。
③ （唐）柳宗元：《柳宗元集》，中华书局1979年版，第21—22页。
④ （唐）柳宗元：《柳宗元集》，中华书局1979年版，第13—15页。

也是以少数民族音乐为主，进入中原之后，此乐因嘹亮雄壮而用为军乐，后来又与各地的民间音乐结合，逐渐形成了多种风格不一的鼓吹乐。《乐府诗集》收录的汉代鼓吹乐的歌词中，不仅有军乐军歌，还有一些涉及爱情、反战内容的作品。如《有所思》《上邪》《战城南》即如此，原为民歌，后被各地鼓吹乐吸收，成为鼓吹曲辞的代表作。鼓吹乐被宫廷采用后，主要用于军队、仪仗及宴乐中。汉魏间，因为乐队编制和应用场合不同，形成了黄门鼓吹、箫鼓、横吹、短箫铙歌和骑吹等多种称谓。黄门鼓吹由天子近侍掌握，主要列于殿廷，称为"食举乐"（用于宴席、饮膳之时）。骑吹则是用于卤簿，随行帝王、贵族等车驾，因用箫、笳、鼓等乐器在马上演奏得名。横吹用于随军演奏，朝廷常用以赐予边将。短箫铙歌作为军乐之一，主要用于社、庙、"凯乐""元会""郊祀""校猎"等大型活动。

隋唐时期鼓吹乐仍然由天子近侍及太常鼓吹署掌握。与前代相较略有不同，分部和名称也有所区别，但礼仪用途仍旧为汉代鼓吹的延续。《旧唐书·志第八·音乐一》载曰："凡命将征讨，有大功献俘馘者，其日备神策兵卫于东门外，如献俘常仪。其凯乐用铙吹二部，笛、筚篥、箫、笳、鼓，每色二人，歌工二十四人，乐工等乘马执乐器，次第陈列，如卤簿之式。鼓吹令丞前导，分行于兵马俘馘之前。将入都门，鼓吹振作，迭奏《破阵乐》等四曲。"①

"铙歌"为军中乐歌，为鼓吹乐的一部。传说黄帝、岐伯所作。汉乐府中属鼓吹曲。马上奏之，用以激励士气，也用于大驾出行和宴享功臣以及奏凯班师。铙歌歌辞内容庞杂，其中有叙战阵、记祥瑞、表武功，也有关涉男女私情。今存《铙歌十八曲》保存在郭茂倩的《乐府诗集》的《鼓吹曲辞》中。崔豹《古今注》就载曰："短箫铙歌，军乐也。黄帝使岐伯作，所以建武扬威德，风劝战士也。《周礼》所谓王大捷，则令凯乐。汉乐有《黄门鼓吹》，天子所

---

① （后晋）刘昫：《旧唐书》，中华书局1975年版，第1053页。

以宴乐群臣也。《短箫铙歌》，鼓吹之一章尔，亦以锡有功诸侯。"

《古今乐录》则记载了《铙歌十八曲》的题名，曰："汉鼓吹铙歌十八曲，字多讹误。一曰《朱鹭》，二曰《思悲翁》，三曰《艾如张》，四曰《上之回》，五曰《拥离》，六曰《战城南》，七曰《巫山高》，八曰《上陵》，九曰《将进酒》，十曰《君马黄》，十一曰《芳树》，十二曰《有所思》，十三曰《雉子斑》，十四曰《圣人出》，十五曰《上邪》，十六曰《临高台》，十七曰《远如期》，十八曰《石留》。又有《务成》《玄云》《黄爵》《钓竿》，亦汉曲也。其辞亡。或云：汉铙歌二十一无《钓竿》，《拥离》亦曰《瓮离》。"

《宋书》乐志云："《汉鼓吹歌》十八篇，按古今乐录，皆声辞艳相杂，不复可分。"

从上述文本形式和内容来看，韩愈和柳宗元两人锐意复古之情颇为明显，符合称之为"勤"。韩愈《琴操》得古人之意，但文字上却显得较为生硬，而柳宗元《鼓吹》掌握了其音调，但是其韵味却发生了变化。故而胡应麟称二者为"《琴操》于《文王》列圣，得其意不得其词；《鼓吹》于《铙歌》诸曲，得其调不得其韵。其犹在晋人下乎！"

胡应麟还举例加以佐证，使其说法更具说服力，文曰：

> 乐府自魏失传，文人拟作，多与题左，前辈历有辨论。愚意当时但取声调之谐，不必词义之合也。其文士之词，亦未必尽为本题而作，《陌上桑》本言罗敷，而晋乐取屈原《山鬼》以奏。陈思置酒高堂上，题曰《箜篌引》，一作《野田黄雀行》，读其词皆不合，盖本公讌之类，后人取填二曲耳。其最易见者，莫如唐乐府所歌绝句，或节取古诗首尾，或截取近体半章，于本题面目，全无关涉，细考诸人原作，则咸自有谓，非缘乐府设也。今欲拟乐府，当先辨其世代，覈其体裁。《郊祀》不可为《铙歌》，《铙歌》不可为《相和》，《相和》不可为《清商》；拟汉不可涉魏，拟魏不可涉六朝，拟六朝不可涉唐。

使形神酷肖，格调相当，即于本题乖迕，然语不失为汉、魏、六朝，诗不失为乐府，自足传远。苟不能精其格调，幻其形神，即于题面无毫发遗憾，焉能有亡哉！①

关于如何模拟《铙歌》《郊祀》，胡应麟也有论述，其文曰："拟《郊祀》，须得其体气典奥处；拟《铙歌》，须得其步骤神奇处。虽诘屈幽玄，必意义可寻，愈玩愈古乃佳。若牵强生涩，辞旨不通，而以为汉，匪所知也。"②

又曰："《郊祀》用实字，愈实愈典；《铙歌》用虚字，愈虚愈奇，皆妙于用文者也，而源流实本《三百篇》，盖《雅》、《颂》语多典实，虚字助语，则全诗所同，但《铙歌》下得更奇耳。"③

又曰："《铙歌十八章》，说者咸谓字句讹脱及声文混淆，固然；要亦当时体制大概如此。如《郊祀歌日出入》、《象载瑜》，乐府《乌生八九子》等篇，步骤往往相类，岂皆讹脱混淆耶？又魏缪袭、吴韦昭、晋传玄，皆有拟《铙歌》辞。当时去汉未远，诸人固应见其全文，而所拟辞，节奏意度，亦绝与所传汉词相类，推此论之，《铙歌》体制，概可见矣。"④

胡应麟还具体评点了部分篇目的优缺点，如其文曰："《铙歌》如《上之回》，《巫山高》、《战城南》三篇，皆首尾一意，文义瞭然，间有数字艰诘耳。《君马黄》一篇，章法尤为整比，断非讹脱也。而《有所思》一篇，题意语词，最为明了，大类乐府《东门行》等。《上邪》言情，《临高台》言景，并短篇中神品，无一字难通者。'妃呼豨'、'收中吾'二句，或是其音，当直为衍文，不害全篇美也。《上陵》一篇，尤奇丽，微觉断续，后半类《郊祀歌》，

① （明）胡应麟：《诗薮·内编》卷一，上海古籍出版社1958年版，第15—16页。
② （明）胡应麟：《诗薮·内编》卷一，上海古籍出版社1958年版，第18页。
③ （明）胡应麟：《诗薮·内编》卷一，上海古籍出版社1958年版，第15页。
④ （明）胡应麟：《诗薮·内编》卷一，上海古籍出版社1958年版，第18页。

前半类东京乐府，盖《羽林郎》、《陌上桑》之祖也。"①

　　又如文曰："《郊祀》、《铙歌》诸作，凡结语，率以延陵益算为言。盖主祝颂君上，荫庇神休，体故当尔。乐府诸作，亦有然者，意致率同，后学或以为汉人套语，非也。甄后《塘上行》，末言'从军致独乐，延年寿千秋'，本汉诗遗意，而注家以为妇人缠绵忠厚，由不熟东、西京乐府耳。"②

　　根据胡应麟的论述，可见文人拟作古乐府的得失颇为有理，其评价"《琴操》于《文王》列圣，得其意不得其词；《鼓吹》于《铙歌》诸曲，得其调不得其韵。其犹在晋人下乎！"我们也就不难理解了。

　　再看胡应麟有关柳宗元古体诗的论述，从前面列举的论述语句，我们可以明显看出胡应麟对于汉魏四言诗极为推崇，相较四言和七言，他则更推崇五言诗，在文中清楚地表述了扬五言抑其他的态度。文曰："四言简质，句短而调未舒；七言浮靡，文繁而声易杂。折繁简之衷，居文质之要，盖莫尚于五言，故三代而下，两汉以还，文人艺士，平生精力，咸萃斯道。至有以一篇之善，半简之工，明流华貂，誉彻古今者。曰雕虫小技，吾弗信矣。"③（《诗薮·内编》卷二，古体中）

　　胡应麟还指出五言发展变化，对汉魏、六朝的五言诗都进行了评述，尤为称道汉魏五言诗，文曰："五言盛于汉，畅于魏，衰于晋、宋，亡于齐、梁。汉，品之神也；魏，品之妙也；晋、宋，品之能也；齐、梁、陈、隋，品之杂也。汉人诗，质中有文，文中有质，浑然天成，绝无痕迹，所以冠绝古今。魏人瞻而不俳，华而不弱，然文与质离矣。晋与宋，文盛而质衰，齐与梁，文胜而质灭；陈、隋无论其质，即文无足论者。"④（《诗薮·内编》卷二，古体中）

----

① （明）胡应麟：《诗薮·内编》卷一，上海古籍出版社1958年版，第18页。
② （明）胡应麟：《诗薮·内编》卷一，上海古籍出版社1958年版，第19页。
③ （明）胡应麟：《诗薮·内编》卷二，上海古籍出版社1958年版，第22页。
④ （明）胡应麟：《诗薮·内编》卷二，上海古籍出版社1958年版，第22页。

在论述诗体发展变化时，胡应麟也是重五言和近体，重诗轻词曲的，并且还将其与时运紧密联系起来，文曰："四言不能不变而五言，古风不能不变而近体，势也，亦时也。然诗至于律，已属俳优，况小词艳曲乎！宋人不能越唐而汉，而以词自名，宋所以弗振也。元人不能越宋而唐，而以曲自喜，元所以弗永也。"①（《诗薮·内编》卷二，古体中）

还以汉魏唐宋元各朝代君主，尤其创业君主所作诗词为例，来说明诗体、词曲发展与世运的关系，也表现出明显的崇汉魏轻宋元的倾向。文曰："诗文固系世运，然大概自其创业之君。汉祖大风雄丽闳远，《鸿鹄》恻怆悲哀。魏武沈深古朴，骨力难侔。唐文绮绘精工，风神独畅。故汉、魏、唐诗，冠绝古今。宋元、二祖，片语无闻，宜其不竞乃尔。"②（《诗薮·内编》卷二，古体中）

还进一步指出了帝王诗才之重要性，文曰："汉称苏、李，然武帝，苏、李俦也。魏称曹、刘，然文帝，曹、刘匹也。唐称李、杜，然玄宗、李、杜流也。三君首倡，六子并驱，盛绝千古，非偶然也。"③（《诗薮·内编》卷二，古体中）

同时还将诗体风格源流谱系都进行了梳理，颇为在理，文曰："古诗浩繁，作者至众，虽风格体裁，人以代异，支流原委，谱系具存。炎刘之制，远绍《国风》。曹魏之声，近沿枚、李。陈思而下，诸体毕备，门户渐开。阮籍、左思，尚存其质。陆机、潘岳，首播其华。灵运之词，渊源潘、陆。明远之步，驰骤太冲。有唐一代，拾遗草创，实阮前踪；太白纵横，亦鲍近擭。少陵才具，无施不可，而宪章祖述汉、魏、六朝，所谓风雅之大宗，艺林之正朔也。"④（《诗薮·内编》卷二，古体中）

由此可见胡应麟崇古之情也，正是基于此，胡应麟在述论唐代

---

①　（明）胡应麟：《诗薮·内编》卷二，上海古籍出版社1958年版，第23页。
②　（明）胡应麟：《诗薮·内编》卷二，上海古籍出版社1958年版，第23页。
③　（明）胡应麟：《诗薮·内编》卷二，上海古籍出版社1958年版，第23页。
④　（明）胡应麟：《诗薮·内编》卷二，上海古籍出版社1958年版，第23页。

古诗也有这样的情感融入其中。他将古诗风格大致区分为两种，即他说的"二格"，一种风格"以平和、浑厚、悲怆、婉丽为宗者"，另一种则"有以高闲、旷逸、清远、玄妙为宗者"，他将柳宗元古诗就划为这一类风格，是有一定说服力的。

其文曰："古诗轨辙殊多，大要不过二格。以平和、浑厚、悲怆、婉丽为宗者，即前所列诸家；有以高闲、旷逸、清远、玄妙为宗者：六朝则陶，唐则王、孟、常、储、韦、柳。但其格本一偏，体靡兼备，宜短章，不宜钜什；宜古选，不宜歌行；宜五言律，不宜七言律。历改前人遗集，靡不然者。中惟右丞才高，时能劳及，至于本调，反劣诸子。余虽深造自得，然皆株守一隅。才之所趋力故难强。"①（《诗薮·内编》卷二，古体中）

又如其文曰："四杰，梁、陈也。子昂，阮也。高、岑，沈、鲍也。曲江、鹿门、王丞、常尉、昌龄、光羲、宗元、应物，陶也。惟杜陵《出塞》乐府，有汉魏风，而唐人本色时露。太白讥薄建安，实步兵、记室、康乐、宣城及拾遗格调耳。李于鳞云：'唐无五言古诗而有其古诗。'可谓具眼。"②（《诗薮·内编》卷二，古体中）

在总体概括论述之后，胡应麟又以诗人诗作为例，加以佐证。其文曰："世多谓唐无五言古，笃而论之，才非魏、晋之下，而调杂梁、陈之际，截长絜短，盖宋、齐之政耳。如文皇《帝京》之什，允济《庐岳》之章，子昂《感遇》之篇，道济《五君》之咏，浩然'疎雨'之句，薛稷《郊陕》之吟，太白《古风》《书怀》，少陵《羌村》《出塞》，储光羲之田舍，王摩诘之山庄，高常侍之纪行，岑补阙之览胜，孟云卿《古离别》，王昌龄《放歌行》，李颀《塞下曲》，常建《太白峰》，韦左司《郡斋》，柳仪曹《南涧》，顾况《桑妇》，李端《洞庭》，昌黎《秋怀》，东野《感兴》，皆六朝之妙

---

① （明）胡应麟：《诗薮·内编》卷二，上海古籍出版社1958年版，第23—24页。
② （明）胡应麟：《诗薮·内编》卷二，上海古籍出版社1958年版，第35页。

诣，两汉之余波也。"①（《诗薮·内编》卷二，古体中）

文中说唐五言古体诗也有"六朝之妙诣，两汉之余波"，其中就包括柳宗元的诗，即文中所言"柳仪曹《南涧》"诗。柳仪曹乃柳宗元别称。世称礼部郎官为仪曹，柳宗元曾任礼部员外郎，故人称其为柳仪曹。刘禹锡就作有《重至衡阳伤柳仪曹》，序曰："元和乙未岁，与故人柳子厚临湘水为别，柳浮舟适柳州，余登陆赴连州。后五年，余从故道出桂岭，至前别处，而君没于南中，因赋诗以投吊。"诗云："忆昨与故人，湘江岸头别。我马映林嘶，君帆转山灭。马嘶循古道，帆灭如流电。千里江蓠春，故人今不见。"②刘禹锡与柳宗元感情深厚，志同道合，因而此诗感情尤为真挚深切，前四句写当年依依惜别之情景，后四句说重回故地，故人已逝，怎不令人悲伤？故而全诗悲惨哀伤，感人至深。

柳宗元《南涧中题》作于唐宪宗元和七年（812）秋，其时柳被贬永州已长达七年之久。他游历了永州南郊的袁家渴、石渠、石涧和西北郊的小石城山，写出了名传千古的《永州八记》中的后四记，即《袁家渴记》《石渠记》《石涧记》《小石城山记》。《南涧中题》五言古诗就是他同年秋天游览石涧后所作。"南涧"即为《石涧记》中所指的"石涧"。石涧地处永州之南郊，又称南涧。诗云："秋气集南涧，独游亭午时。迥风一萧瑟，林影久参差。始至若有得，稍深遂忘疲。羁禽响幽谷，寒藻舞沦漪。去国魂已远，怀人泪空垂。孤生易为感，失路少所宜。索寞竟何事？徘徊只自知。谁为后来者，当与此心期。"③

《南涧中题》总共十六句较为清晰地分为两层，前八句写景，描写南涧秋景。时值深秋，秋气肃杀，虽是秋日午后，但秋风萧瑟，树影斑驳，失侣之禽哀鸣深谷，南涧之境让人倍感凄清寂静，也引

---

① （明）胡应麟：《诗薮·内编》卷二，上海古籍出版社 1958 年版，第 37—38 页。
② （唐）刘禹锡：《刘禹锡集》，中华书局 1990 年版，第 407 页。
③ （唐）柳宗元：《柳宗元集》，中华书局 1979 年版，第 1192 页。

人遐想联翩。后八句抒情，抒发自己见南涧凄清之景生发的感触。诗人在寂寞凄凉之境，难免神情恍惚，心生孤独感伤。再联想到自己因为参加政治革新遭受贬谪至如此荒凉僻静之所，政治诗意，处境艰难，景物凄清，怎不引发内心的苦闷和烦恼？于是便暗自垂泪，更觉徘徊孤寂了。无怪乎《唐诗广选》中刘坦之曰："子厚《初秋》篇未失为沈、谢，此作自是唐韵。"《唐诗归》中钟云称："非不似陶，只觉音调外不见一段宽然有余处。"《苕溪渔隐丛话》中东坡云："柳仪曹诗，忧中有乐，乐中存忧，盖绝妙古今矣。"

胡应麟在《诗薮》中还详细述论了七言古诗的源流、演变和发展。其文曰：

> 七言古诗，概曰歌行。余漫考之，歌之名义，由来远矣。《南风》《击壤》，兴于三代之前；《易水》、《越人》，作于七雄之世；而篇什之盛，无如骚之《九歌》，皆七言古所自始也。汉则《安世》、《房中》、《郊祀》、《鼓吹》，咸系歌名，并登乐府。或四言上规《风》、《雅》，或杂调下做《离骚》，名义虽同，体裁则异。孝武以还，乐府大演，《陇西》、《豫章》、《长安》、《京洛》、《东门行》、《西门行》等，不可胜数，而行之名，于是著焉。较之歌曲，名虽小异，体实大同。至《长》、《短》、《燕》、《鞠》诸篇，合而一之，不复分别。又总而目之，曰《相和》等歌。则知歌者曲调之总名，原于上古；行者歌中之一体，创自汉人明矣。①（《诗薮·内编》卷三，古体下）

谈到唐代七言古诗，胡应麟认为在复古与仿写中有新变，文曰："齐、梁、陈、隋五言古，唐律诗之未成者；七言古，唐歌行之未成者。王、卢出，而歌行咸中矩度矣；沈、宋出，而近体悉协宫商矣。

---

① （明）胡应麟：《诗薮·内编》卷三，上海古籍出版社1958年版，第41页。

至高、岑而后有气，王、孟而后有韵，李、杜而后入化。"①（《诗薮·内编》卷三，古体下）

又曰："仲默谓：'唐初四子，虽去古甚远，其音节往往可歌。子美词虽沈著，而调失流转，实诗歌之变体也。'此未尽然。歌行之兴，实自上古，《南山》、《易水》，隐约数言，咸足詠叹，至汉、魏乐府，篇什始繁，大都浑朴真至；既无转换之体，亦寡流畅之辞，当时以被管弦，供燕亨，未闻不可歌也。杜《兵车》、《丽人》、《王孙》等篇，正祖汉、魏，行以唐调耳。"②（《诗薮·内编》卷三，古体下）

又曰："凡诗诸体皆有绳墨，惟歌行出自《离骚》、乐府，故极散漫纵横。初学当择易下手者，今略举数篇：青莲《擣衣曲》、《百啭歌》，杜陵《洗兵马》、《哀江头》、……，崔颢《代闺人》、《行路难》、《渭城》、《少年》，皆脉络分明，句调婉畅。既自成家，然后博取李、杜大篇，合变出奇，穷高极远。又上之两汉乐府，落李、杜之纷华，而一归古质，又上之楚人《离骚》，镕乐府之气习，而直接商、周。七言能事毕矣。"③（《诗薮·内编》卷三，古体下）

又曰："短歌惟少陵七歌等篇，隽永深厚，且法律森然，极可宗尚。近献吉学之，置杜集不复辨，所当并观。李之《乌栖曲》、《杨叛儿》等，虽甚足情致，终是斤两稍轻，咏叹不足。"④（《诗薮·内编》卷三，古体下）

由此可见，胡应麟认为，七言歌行也是源自汉魏，演变到唐代当以李杜成就为高，两人各有千秋，其他则下之矣，并且还举诗为例证之。文曰："太白《捣衣篇》等，亦是初唐格调。《蜀道难》、《梦游天姥吟》、《远别离》、《鸣皋歌》，皆学骚者。《白头吟》、《等高丘》、《公无渡河》、《独漉》诸篇，出自乐府。《乌夜啼》、《杨叛

---

① （明）胡应麟：《诗薮·内编》卷三，上海古籍出版社1958年版，第47页。
② （明）胡应麟：《诗薮·内编》卷三，上海古籍出版社1958年版，第47页。
③ （明）胡应麟：《诗薮·内编》卷三，上海古籍出版社1958年版，第48页。
④ （明）胡应麟：《诗薮·内编》卷三，上海古籍出版社1958年版，第49页。

儿》、《白纻辞》、《长相思》诸篇，出自齐、梁。至《尧祠》、《单父》、'忆昔洛阳'之类，则太白己调耳。"①（《诗薮·内编》卷三，古体下）

还举例说："'长安城中头白鸟，夜飞延秋门上呼。又向人家啄大屋，屋底达官走避胡'，'车辚辚，马萧萧，行人弓箭各在腰。爷娘妻子走相送，尘埃不见咸阳桥'，二起语甚古质，类汉人。终是格调精明，词气跌宕，近似有意。两京歌谣，便自浑浑噩噩，无迹可寻。"②（《诗薮·内编》卷三，古体下）

还将初唐各个时期以及宋元的七言古诗进行对比，得出一个时代的诗歌兴盛，既与诗人才藻风神有关，还与时代盛衰息息相关。文曰："初唐七言古以才藻胜，盛唐以风神胜；李、杜以气概胜，而才藻风神称之，加以变化灵异，遂为大家。宋人非无气概，元人非无才藻，而变化风神，邈不复覩。固时代之盛衰，亦人事之工拙耶？"③（《诗薮·内编》卷三，古体下）

胡应麟的论述和例证都颇具说服力，基于此，我们再来看他除李、杜外其他诗人七言古诗的有关论述，其中就包括柳宗元的《杨白花》评论。文曰："李、杜外，短歌可法者，岑参《蜀葵花》《登邺城》，李颀《送刘昱》《古意》，王维《寒食》，崔颢《长安道》，贺兰进明《行路难》，郎士元《塞下曲》，李益《促促曲》《野田行》。王建《望夫石》《寄远曲》，张籍《节妇吟》《征妇怨》，柳宗元《杨白花》虽笔力非二公比，皆初学易下手者。但盛唐前，语虽平易，而气象雍容；中唐后，语渐精工，而气象促迫，不可不知。"④（《诗薮·内编》卷三，古体下）

我们先看岑参所作七言古诗，《蜀葵花》又名《蜀葵花歌》，与《登古邺城》都为岑参七言歌行的代表作。诗云："昨日一花开，今

---

① （明）胡应麟：《诗薮·内编》卷三，上海古籍出版社1958年版，第54页。
② （明）胡应麟：《诗薮·内编》卷三，上海古籍出版社1958年版，第55页。
③ （明）胡应麟：《诗薮·内编》卷三，上海古籍出版社1958年版，第55页。
④ （明）胡应麟：《诗薮·内编》卷三，上海古籍出版社1958年版，第51页。

日一花开。今日花正好，昨日花已老。始知人老不如花，可惜落花
君莫扫。人生不得长少年，莫惜床头沽酒钱。请君有钱向酒家，君
不见，蜀葵花。"诗歌通过描写蜀地葵花的花期时间长，新花尚未开
而旧花已老去的现象。感叹时光易逝，人生苦短，勉励世人当珍惜
光阴，努力成就自我。

　　而《登古邺城》："下马登邺城，城空复何见。东风吹野火，暮
入飞云殿。城隅南对望陵台，漳水东流不复回。武帝宫中人去尽，
年年春色为谁来。"此诗为岑参在开元二十七年（739）从长安到河
朔途经邺城所作。诗人登临邺城，但见荒草野火漫漫，一片荒凉苍
茫，顿生失落之叹，感喟昔日英雄纵使威武，也依旧在漫漫历史尘
埃中被淹没。

　　从这两首古诗可以看出，岑参擅长七言歌行，其歌行不用乐府
旧题，而自设新题，采用诗句长短变化和押韵形式变换，从而使歌
行古诗产生节奏旋律的多样化。

　　李颀的《送刘昱古意》又名《送刘昱》，诗云："八月寒苇花，
秋江浪头白。北风吹五两，谁是浔阳客。鸬鹚山头微雨晴，扬州郭
里暮潮生。行人夜宿金陵渚，试听沙边有雁声。"此诗乃李颀宦游江
南送别朋友刘昱所作。刘昱是谁？无从得知，但从诗中可以看出，
他与李颀关系并不特别亲密，属于一般的朋友。两人当时都在镇江
扬州一带，刘昱准备溯江西上到九江，李颀作诗送行。诗中，李颀
没有敷衍应酬，而是写美景抒真情。此诗第一段用节拍急促的五言
诗，配以短促的入声韵，抒写临别激烈情怀。第二段，则是激烈之
情转为舒展，声韵也随之转换，由五言而七言，化急促为缓慢，配
合悠扬平声韵，可谓情深意长。展示了李颀慷慨悲凉，风格豪放，
感情真挚的特点。

　　《寒食》又名《寒食汜上作》乃王维所作的一首七言绝句。诗
云："广武城边逢暮春，汶阳归客泪沾巾。落花寂寂啼山鸟，杨柳青
青渡水人。"唐玄宗开元十年（722），王维刚刚入仕不久，正欲大
展宏图，却被小人逸害，贬至僻远的济州府。开元十四年（726），

四年期满，诗人结束了济州司仓参军任职，启程走水路回京，准备接受新的任命。船行至广武城时，正值暮春寒食节，不由有感而发，写下了这首诗。此诗前两句叙述归途情形，后两句则前后对应开头暮春时节，百花飘零残落，诗人由景生情，怎不寂寞感伤？全诗对比鲜明，情景交融。故而清代黄叔灿在《唐诗笺注》中云："此春暮归途感时之作。落花寂寂，杨柳青青，伤春事之已阑，而归人之尚滞。末二句神致黯然。"①

《长安道》乃崔颢（约公元704—754）所作，崔颢才思敏捷，善为诗，诗歌激昂豪放，气势宏伟。然其宦海浮沉，终不得志。《长安道》诗云："长安甲第高入云，谁家居住霍将军。日晚朝回拥宾从，路傍拜揖何纷纷。莫言炙手手可热，须臾火尽灰亦灭。莫言贫贱即可欺，人生富贵自有时。一朝天子赐颜色，世上悠悠应始知。"针砭时弊，大胆运笔写就，对唐玄宗宠幸杨贵妃，杨氏家族飞黄腾达，专权误国，败坏朝纲，引起了朝野众多有识之士的不满，崔颢就是其中具有代表性的一位。其中"莫言炙手手可热，须臾火尽灰亦灭"的描写可谓讽刺尖锐，用语大胆，很好地运用了古风的特点。

《行路难》则是贺兰进明写作的拟乐府组诗，《乐府题解》"行路难，备言世路艰难及离别悲伤之意，多以君不见为首"，如李白的"君不见，黄河之水天上来"。

贺兰进明生卒年不详，约唐玄宗天宝前后在世。他博雅好学，有志复古，古诗乐府数十篇。其《行路难》共有五首，为清晰展示其拟乐府的情形，特列如下：

> 其一："君不见岩下井，百尺不及泉。君不见山上蒿，数寸凌云烟。人生相命亦如此，何苦太息自忧煎。但愿亲友长含笑，相逢莫吝杖头钱。寒夜邀欢须秉烛，岂得空思花柳年。"

---

① 陈伫海主编：《唐诗汇评（增订本）》，上海古籍出版社2015年版，第544—545页。

其二："君不见门前柳，荣曜暂时萧索久。君不见陌上花，狂风吹去落谁家。谁家思妇见之叹，蓬首不梳心历乱。盛年夫婿长别离，岁暮相逢色凋换。"

其三："君不见荒树枝，春华落尽蜂不窥。君不见梁上泥，秋风始高燕不栖。荡子从军事征战，娥眉婵娟空守闺。独宿自然堪下泪，况复时闻乌夜啼。"

其三："君不见云间月，暂盈还复缺。君不见林下风，声远意难穷。亲故平生欲聚散，欢娱未尽樽酒空。自叹青青陵上柏，岁寒能与几人同。"

其五："君不见东流水，一去无穷已。君不见西郊云，日多空氛氲。群雁徘徊不能去，一雁悲鸣复失群。人生结交在终始，莫为升沈中路分。"

从上述五首《行路难》，可见贺兰进明拟古乐府特征非常明显。接下来再看郎士元《塞下曲》，其诗云："宝刀塞下儿，身经百战曾百胜，壮心竟未嫖姚知。白草山头日初没，黄沙戍下悲歌发。萧条夜静边风吹，独倚营门望秋月。"郎士元，字君胄，诗才与钱起齐名，世称"钱郎"。当时有"前有沈宋，后有钱郎"的盛名（高仲武《中兴间气集》）。七古《塞下曲》感情悲壮激越，为边塞之作，被认为有李颀之风。

李益《促促曲》《野田行》的拟古之情更为明显，《促促曲》全称《效古促促曲为河上思妇作》，其诗云："促促何促促，黄河九回曲。嫁与棹船郎，空床将影宿。不道君心不如石，那教妾貌长如玉。"《野田行》诗云："日没出古城，野田何茫茫。寒狐啸青冢，鬼火烧白杨。昔人未为泉下客，行到此中曾断肠。"从这两首诗题和内容都可看出乃拟古风所作。

王建《望夫石》乃是依据古老民间传说创作的七言抒情古诗，诗云："望夫处，江悠悠。化为石，不回头。上头日日风复雨。行人归来石应语。"望夫石，据南朝宋刘义庆《幽明录》记载：武昌阳新县北山上有望夫石，其形状像人立。相传过去有个贞妇，其丈夫远去从军，她携弱子饯行于武昌北山，"立望夫而化为立石"，望夫石由此得名。此诗即为王建在武昌时根据这一传说及望夫石石像所作，全诗紧紧围绕望夫石的形状与人之情感来写。刻画了古代妇女神情感人的形象，揭示了其悲苦的命运。可谓语言质朴，感情真切。

《寄远曲》诗云："美人别来无处所，巫山月明湘江雨。千回相见不分明，井底看星梦中语。两心相对尚难知，何况万里不相疑。"此诗亦为拟乐府。

张籍《节妇吟》全称《节妇吟寄东平李司空师道》，为其自创乐府诗，诗云："君知妾有夫，赠妾双明珠。感君缠绵意，系在红罗襦。妾家高楼连苑起，良人执戟明光里。知君用心如日月，事夫誓拟同生死。还君明珠双泪垂，何不相逢未嫁时。"李师道为当时平卢淄青节度使，作为重要藩镇之一，李又被冠以检校司空、同中书门下平章事的头衔，可谓权倾天下，很多失意文人和官吏纷纷依附他，他也因此收买、招募、拉拢了许多文人和官吏。韩愈就对此极为不满，他在《送董邵南序》中就借劝阻董邵南并对此种现象进行了批判。作为韩愈门下大弟子，与其师持同样主张，张籍也是极力反对藩镇割据、维护国家统一的。因此，其《节妇吟寄东平李司空师道》就是拒绝李师道收买而作。此诗采用比兴手法委婉表明态度，文字表面描写一位忠于丈夫的妻子，经过一番思想斗争，婉拒一位男子的用情追求，最终守住了妇道。隐含其中的则是表明自己要忠于朝廷、不为藩镇利诱收买的决心。诗拟乐府民歌之风，描写人物传神细腻，语言通俗易懂，可谓拟写乐府民歌佳作。

《征妇怨》也是张籍拟写乐府的佳作，诗云："九月匈奴杀边将，汉军全殁辽水上。万里无人收白骨，家家城下招魂葬。妇人依倚子与夫，同居贫贱心亦舒。夫死战场子在腹，妾身虽存如昼烛。"唐代中后期，契丹大举入侵，唐代军队在辽河之战中全军覆没，给千万家庭带来了深重灾难。张籍面对如此社会惨状，感触良深，写下此诗控诉战争之苦。诗歌借描写一征妇的悲苦心境，展示了"城下招魂葬"的悲惨情景,控诉了边患给百姓带来的无尽痛苦。诗歌描写细致,语言直白,很好地掌握了乐府民歌的艺术手法,后世称"张王"乐府。

柳宗元《杨白花》即为拟乐府古诗。诗云:"杨白花,风吹渡江水。坐令宫树无颜色,摇荡春光千万里。茫茫晓日下长秋,哀歌未断城鸦起。"①此诗确切创作时间不知,大致在贬谪永州其间。杨白花乃北魏胡太后怀念的情人。《南史》卷六十三《王神念传》:"时复有杨华者,能作惊军骑,亦一时妙捷,帝深赏之。华本名白花,武都仇池人。父大眼为魏名将。华少有勇力,容貌环伟,魏胡太后逼幸之。华惧祸,及大眼死,拥部曲,载父尸,改名华,来降。胡太后追思不已,为作《杨白花歌辞》,使宫人昼夜连臂蹋蹄歌之,声甚凄断。华后位太子左卫率,卒于景侯军中。"②此诗从杨柳白花随风飘落,渡江而去,致使春光荡尽,宫中树花皆失春色,象征着因杨白花离开魏国降梁国后,魏太后美好愿望的落空。此诗采用比兴手法,委婉传达了原诗"阳春二三月,杨柳齐作花。春风一夜入闺闼,杨花飘荡入南家"的意思。

此诗采用乐府民歌形式抒发怀抱,颇得乐府遗韵。柳宗元从朝廷的角度,在诗中见景生情,借典抒怀,慨叹宫廷大肆贬谪有识之士,导致无人可用,呈现颓败悲凉之态。因此,许顗在《彦周诗话》曰:"子厚乐府杨白花,言婉而情深,古今绝唱也。"

王夫之诗论重含蓄隽永之美,其在《姜斋诗话》卷二(《夕堂永日绪论外编》)就称道:"有所谓'开门见山'者,言见远山耳,固以缥缈遥映为胜,若一山壁立,当门而峙,与面墙奚异?……抑有反此者,以虚冒笼起,至一二百字始见题面,此从苏、曾得来,韩、柳、欧阳修尚不尽然。"(其《唐诗评选》所选第一首《杨白花》在卷一乐府歌行)

---

① (唐)柳宗元:《柳宗元集》,中华书局1979年版,第1251页。
② (唐)李延寿:《南史》,中华书局1975年版,第1535—1536页。

　　柳宗元正是书写了对朝廷大肆贬谪人才的怨恨与悲叹之情，引起了王夫之的强烈共鸣，因而对此诗很是欣赏。他在《唐诗评选》中借明代顾璘之口赞曰："顾华玉称此诗更不浅露，反极悲哀。其能尔者，当由即景含情。"①

　　故而其在文中称："盛唐前，语虽平易，而气象雍容；中唐后，语渐精工，而气象促迫，不可不知。"如此评价还是具有说服力的。

　　由此也可见胡应麟特别看重时代气运对作家才情，对诗歌创作的重要影响，在七言近体诗创作中，他称道："元和如刘禹锡，大中如杜牧之，才皆不下盛唐，而其诗迥别。故知气运使然，虽韩之雄奇，柳之古雅，不能挽也。"②（《诗薮·内编》卷五，近体中）

　　在文中，胡应麟多次赞赏盛唐气象和诗人才情，曰："盛唐七言律称王、李。王才甚藻秀而篇法多重，'绛帻鸡人'，不免服色之讥；'春树万家'，亦多花木之累，'汉主离宫'、'洞门高阁'，和平闲丽，而斥两微劣。'居延城外'，甚有古意，与'卢家少妇'同，而音节太促，语句伤直，非沈比也。李律仅七首，惟'物在人亡'不佳。'流澌腊月'，极雄浑而不笨；'花宫仙梵'，至工密而不纤。'远公遁迹'之幽，'朝闻游子'之婉，皆可独步千载。岑调稳于王，才豪于李，而诸作咸出其下，以神韵不及二君故也。即此推之，七言律法，思过半矣。"③

　　对盛唐之后七律成就为何下降，胡应麟则从气象和才情两方面进行了分析。文曰："达夫歌行五言律，极有气骨。至七言律，虽和平婉厚，然已失盛唐雄赡，渐入中唐矣。"他认为，高适歌行五言律还是富有气骨的，但是，其七言律则变得平和婉转，醇厚起来，已经失去盛唐雄健富丽气象了。

　　接下来，胡对唐代七言律诗的发展进程进行了总结，文曰："唐

① （清）王夫之：《唐诗评选》，文化艺术出版社1997年版，第31页。
② （明）胡应麟：《诗薮·内编》卷五，上海古籍出版社1958年版，第82页。
③ （明）胡应麟：《诗薮·内编》卷五，上海古籍出版社1958年版，第84页。

七言律自杜审言、沈佺期首创工密，至崔颢、李白时出古意，一变也。高、岑、王、李，风格水备，又一变也。杜陵雄深浩荡，超忽纵横，又一变也。钱、刘稍为流畅，降而中唐，又一变也。大历十才子，中唐体备，又一变也。乐天才具泛澜，梦得骨力豪劲，在中、晚间自为一格，又一变也。张籍、王建略去葩藻，求取情实，渐入晚唐，又一变也。李商隐、杜牧之填塞故实，皮日休、陆龟蒙驰骛新奇，又一变也。许浑、刘沧角猎俳偶，时作拗体，又一变也。至吴融、韩渥香奁脂粉，杜荀鹤、李山甫委巷丛谈，否道斯极，唐亦以亡矣。"[1]

由上述可知，胡应麟何以说"元和如刘禹锡，大中如杜牧之，才皆不下盛唐，而其诗迥别。故知气运使然，虽韩之雄奇，柳之古雅，不能挽也"。纵使柳宗元的律诗风格古朴雅致，也不能挽回盛唐之雄浑气运。

并且还举例进行说明，文曰："盛唐脍炙佳作，如李顺：'朝闻游子唱离歌，昨夜微霜初度河。'颈联复云：'关城曙色催寒近，御苑砧声向晚多。'朝、曙、晚、暮四字重用，惟其诗工，故读之不觉。然一经点勘，即为白璧之瑕，初学首所当戒。又如右丞《早朝》诗，绛帻、尚衣、冕旒、衮龙。珮声，五用衣服字；《春望》诗，千门、上苑、双阙、万家、阁道，五用宫室字；《出塞》诗'暮雪空碛时驱马'、'玉靶宝弓珠勒马'，两用马字。柳州诗，衡山、洞庭、三湘、夏口、溢城、长沙，六用地名。虽其诗神骨泠然，绝出烟火，要不免于冗杂。高、岑即无此等，而气韵远输。兼斯二美，独见杜陵。然百七十首中，利钝杂陈，后来沾溉者无穷，注误者亦不少。"[2]（《诗薮·内编》卷五，近体中）

此处谈到七言诗重用字，王维诗中，"朝、曙、晚、暮"重用，又五用衣服字，五用宫室字，两用马字，这是诗家之忌。而文中所言"柳州诗，衡山、洞庭、三湘、夏口、溢城、长沙，六用地名"。

---

① （明）胡应麟：《诗薮·内编》卷五，上海古籍出版社1958年版，第85页。
② （明）胡应麟：《诗薮·内编》卷五，上海古籍出版社1958年版，第92—93页。

则需我们从两点上加以确认，首先文中所言此诗为柳宗元所作，实际是弄错了，根据文中所言诗中所写到的地名，我们可以明确认定此诗为《送杨少府贬郴州》，诗云："明到衡山与洞庭，若为秋月听猿声。愁看北渚三湘近，恶说南风五两轻。青草瘴时过夏口，白头浪里出溢城。长沙不久留才子，贾谊何须吊屈平。"作者为王维而不是柳宗元。

此诗为王维写给杨少府的赠别诗，杨少府其名不详，本在长安任职，因事受贬将去郴州。故王维在杨少府将要离开京城赴郴州之时，写诗赠别。此诗运用典故，通过丰富想象，既写出了贬所凄苦之状，又设想了友人美好前景，在表达对友人不幸的无限关切中，也让他看到希望。可谓情感真切，想象生动。因此胡应麟称其诗"神骨冷然绝出烟火"颇为贴切，然他称"高、岑即无此等，而气韵远输，兼斯二美，独见杜陵"。还是值得商榷，后面说"然百七十首中，利钝杂陈，后来沾溉者无穷，注误者亦不少"。其中"利钝杂陈"还是合适的，故而"沾溉者无穷"，才会导致"注误者亦不少"。胡应麟本人也会成为"注误者"之一。

胡应麟还有对柳宗元五言绝句的评价，关于绝句，他认为，"调古则韵高，情真则意远，华玉标此二者，则雄奇俊亮，皆所不贵。论虽稍偏，自是五言绝第一义。若太白之逸，摩诘之玄，神化幽微，品格无上，又不可以是泥也"①。(《诗薮·内编》卷六，近体下)

他强调"绝句最贵含蓄"，认为"青莲'相看两不厌，惟有敬亭山'，亦太分晓。钱起'始怜幽竹山窗下，不改青阴待我归'，面目尤觉可憎。宋人以为高作，何也？"②(《诗薮·内编》卷六，近体下)

在对李白、王维盛唐诗人的绝句评价之后，对柳宗元五绝《江雪》进行了评价。文曰："'千山鸟飞绝'二十字，骨力豪上，句格

---

① (明) 胡应麟：《诗薮·内编》卷五，上海古籍出版社 1958 年版，第 117 页。
② (明) 胡应麟：《诗薮·内编》卷五，上海古籍出版社 1958 年版，第 117 页。

天成，然律以辋川诸作，便觉太闹。青莲'明月出天山，苍茫云海间；长风几万里，吹度玉门关'。浑雄之中，多少闲雅。"①（《诗薮·内编》卷六，近体下）

《江雪》是柳宗元于永州创作的一首五言绝句。诗云："千山鸟飞绝，万径人踪灭。孤舟蓑笠翁，独钓寒江雪。"《江雪》作于柳宗元谪居永州其间（805—815）。因参加王叔文集团发起的永贞革新失败，柳宗元被贬为永州司马，流放十年过着被管制、软禁的"拘囚"生活。诗中运用典型的概括说法，以最能表现山林原野的典型物象"千山鸟飞绝，万径人踪灭"，描写了大雪纷飞、天寒地冻、人迹罕至情景下，独钓寒江渔翁的孤寂情怀。诗人仅用二十字，就描绘了一幅幽静凄寒的景象，透射出渔翁的孤傲清高，也借此了表达诗人遭受打击之后的孤寂不屈情绪。全诗构思独特，语言凝练，富含意蕴。宋代范希文在《对床夜话》中高度评价此诗云："唐人五言四句，除柳子厚《钓雪》一诗之外，极少佳者。"清代王尧衡在《古唐诗合解》中说："江寒而鱼伏，岂钓之可得？彼老翁独何为稳坐孤舟风雪中乎？世态寒冷，如钓寒江之鱼，终无所得。子厚以自寓也。"

胡应麟评价《江雪》"骨力豪上，句格天成"可谓恰当也。将其与李白《关山月》放在一起，称其为"浑雄之中，多少闲雅"。《关山月》诗云："明月出天山，苍茫云海间。长风几万里，吹度玉门关。汉下白登道，胡窥青海湾。由来征战地，不见有人还。戍客望边色，思归多苦颜。高楼当此夜，叹息未应闲。"《关山月》乃汉代乐府歌曲之一，属于"鼓角横吹曲"，为当时守边将士马上奏唱。李白沿用古乐府内容，翻新出奇，抒写了古代戍边将士的艰苦，谴责了征战带给人民的深重苦难。全诗起以阔大的万里边塞图景，来抒发戍边将士的思乡之情，表现了诗人关心民生的情怀。打破了传统离人思妇诗的纤弱与愁苦，显得气势磅礴、意境广阔，故而胡应

---

① （明）胡应麟：《诗薮·内编》卷五，上海古籍出版社1958年版，第120页。

麟称其"浑雄之中，多少闲雅"。

评价五言绝句成就，也称盛唐李白、王维为最，曰："唐五言绝，太白、右丞为最；崔国辅、孟浩然、储光羲、王昌龄、裴迪、崔颢次之；中唐则刘长卿、韦应物、钱起、韩翃、皇甫冉、司空曙、李端、李益、张仲素、令狐楚、刘禹锡、柳宗元。"① （《诗薮·内编》卷六，近体下）

对于中唐柳宗元和刘禹锡的五言绝句，胡应麟则将其与刘长卿、韦应物等并列。他还认为七言绝句也是李白为最，文曰："七言绝，太白、江宁为最，右丞、嘉州、舍人、常侍次之。中唐则随州、苏州、钟文、君平、君虞、梦得、文昌、绘之、清溪、广津，皆有可观处。"② （《诗薮·内编》卷六，近体下）

他还大为称道李白绝句与杜甫律诗为"天授神诣"，但对他们其他作品评价就不一样了，文曰："杜之律，李之绝，皆天授神诣。然杜以律为绝，如'窗含西岭千秋雪，门泊东吴万里船'等句，本七言律状语，而以为绝句，则断锦裂绘类也。李以绝为律，如'十月吴山晓，梅花落敬亭'等句，本七言律壮语，而以为绝句，则骈胟枝指类也。"③ （《诗薮·内编》卷六，近体下）

对柳宗元《渔翁》诗评价道："子厚'渔翁夜傍西岩宿'，除去末两句自佳。刘以为不类晚唐，正赖有此。然加此两句为七言古，亦何讵胜晚唐？故不如作绝也。"④ （《诗薮·内编》卷六，近体下）柳宗元《渔翁》诗云："渔翁夜傍西岩宿，晓汲清湘燃楚竹。烟销日出不见人，欸乃一声山水绿。回看天际下中流，岩上无心云相逐。"此诗取题渔翁，展现了渔翁在山水中由夜而晨辛劳不息的情景，勾勒出一幅令人神往的云雾山水晨景图。全诗以时间为序，分三个层次来刻画。"渔翁夜傍西岩宿，晓汲清湘燃楚竹"，描写从夜

---

①　（明）胡应麟：《诗薮·内编》卷五，上海古籍出版社 1958 年版，第 120 页。
②　（明）胡应麟：《诗薮·内编》卷五，上海古籍出版社 1958 年版，第 120 页。
③　（明）胡应麟：《诗薮·内编》卷五，上海古籍出版社 1958 年版，第 121 页。
④　（明）胡应麟：《诗薮·内编》卷五，上海古籍出版社 1958 年版，第 121 页。

晚到拂晓的景象，"烟销日出不见人，欸乃一声山水绿"，为全诗精华，清晨，山水随着天色变化，色彩由暗淡而明亮，诗中"绿"字，不仅是颜色的律动，更是心情的律动，可谓生机盎然，给人以强烈感染力。

"回看天际下中流，岩上无心云相逐"，则是描写渔船进入中流，回首骋目远望，山峰白云片片，无心无虑前后相逐，可谓悠闲恬静。对这一结尾，后世以苏东坡、严羽、刘辰翁、王世贞等人各呈己见，引发诸多争议。一方以苏轼、严羽为代表，他们认为末尾两句不必亦可。如：

（宋）苏轼《书柳子厚〈渔翁〉诗》云："诗以奇趣为宗，反常合道为趣。熟味此诗有奇趣。然其尾两句，虽不必亦可。"

其后，（宋）惠洪《冷斋夜话》中，东平评诗云："以奇趣为宗，反常合道为趣。熟味之，此诗奇趣。其尾两句，虽不必亦可。"

（宋）严羽《沧浪诗话》亦云："东坡删去后二句，使子厚复生，亦必心服。"

（清）沈德潜在《唐诗别裁》中也持如此观点，认为："东坡谓删去末二语，余情不尽。信然。"

还有一方就是以刘辰翁、高棅为代表，他们认为正是后两句，才使此诗气泽高于晚唐。如：

（宋）刘辰翁却认为："此诗气泽不类晚唐，下正在后两句。"

（明）王昌会在《诗话类编》中评点道："诗贵意，意贵远不贵近，贵淡不贵浓；浓而近者易识，淡而远者难知。……柳子厚'回看天际下中流，岩上无心云相逐'，坡翁欲删此二句，论诗者类不免矮人看场之病。余谓若止用前四句，则与晚唐何异？"

明朝高棅《唐诗品汇》亦云："刘云：或谓苏评为当，非知言者。此诗气浑，不类晚唐，正在后两句，非蛇安足者。"

由胡应麟的评点，可见其对柳宗元《渔翁》不同上述两种见解，而是既有认同之点，也有不认可之处。并且他还评价了刘辰翁的评诗之风，认为其有绝到之处，文曰"刘辰翁评诗，有绝到之见，然亦时溺宋人"。并且举其评杜诗证之曰："如杜题雁'翅在云天终不远，力微缯缴绝须防'，原非绝句本色，而刘大以为沈著遒深，且谓无意的之。此类是也。"①"翅在云天终不远，力微缯缴绝须防"为盛唐诗人杜甫所作绝句《官池春雁二首》，其一诗云："自古稻粱多不足，至今鸂鶒乱为群。且休怅望看春水，更恐归飞隔暮云。"其二诗云："青春欲尽急还乡，紫塞宁论尚有霜。翅在云天终不远，力微缯缴绝须防。"此诗作于广德元年（764），其时杜甫身在汉州（今四川广汉），对故乡甚是想念，故而称"青春欲尽急还乡"，言语朴实，感情真实，而"翅在云天"的比喻则形象贴切，生动地表达了盼归急切之情。正如其《闻官军收河南河北》："剑外忽传收蓟北，初闻涕泪满衣裳。却看妻子愁何在，漫卷诗书喜欲狂。……即从巴峡穿巫峡，便下襄阳向洛阳。"二者表达的惊喜和急切还乡之情甚为相似。

其后又曰："裴迪'舣舟一长啸，四面来清风'，语亦轩爽，而会孟鄙为不佳。子厚'日午睡觉无余声，山童隔竹敲茶臼'，意亦幽闲，而华玉短其无味。二语皆当领略。"②（《诗薮·内编》卷六，近体下）

此处则评点了裴迪和柳宗元的两首诗，其一为裴迪所作《辋川集二十首·欹湖》诗云："空阔湖水平，青荧天色同。舣舟一长啸，四面来清风。"裴迪乃唐代山水诗派诗人，与"诗佛"王维关系甚好，其诗风也颇受王维影响，诗作多为五绝，描绘之景也与王维山水诗所写幽深寂静之境相似。"舣舟一长啸，四面来清风"即为典型，描写之景可谓幽静寂阔也。然而却被批为"鄙为不佳"。

再看"日午睡觉无余声，山童隔竹敲茶臼"，乃柳宗元所作七绝《夏昼偶作》，全诗云："南州溽暑醉如酒，隐几熟眠开北牖。日午独觉无余声，山童隔竹敲茶臼。"此诗乃唐宪宗元和二年（807）柳

---

① （明）胡应麟：《诗薮·内编》卷六，上海古籍出版社1958年版，第121页。
② （明）胡应麟：《诗薮·内编》卷六，上海古籍出版社1958年版，第121页。

宗元作于永州贬所。诗的前两句写永州的夏天溽热难耐，催人昏睡。后两句写诗人午后独醒，周围乃一片清寂之景。采用了反衬手法，以有声衬无声，如同王籍《入若耶溪》所云"蝉噪林愈静，鸟鸣山更幽"，以细微声响的清晰可闻来反衬环境的寂静清冷，并且自然和谐，故而颇受好评。如：

（明）谢榛《四溟诗话》云："李洞《赠曹郎中崇贤所居》'药杵声中捣残梦'，不如柳子厚'日午睡觉无余声，山童隔竹敲茶臼'。"

（明）周珽《唐诗选脉会通评林》："周敬曰：好一幅山居夏景图。周珽曰：暑窗熟眠，一茶臼之外无余声，心地何等清静！惟静生凉，溽暑无能困之矣。曰'独觉'，见一种凉思，有人所不及知者。"

（清）黄叔灿《唐诗笺注》："柳州诗大概以清迥绝尘见长，同于王、韦，却是别调。"①（陈伯海《唐诗汇评》中）

胡应麟也是评价甚高，"意亦幽闲"的概括非常恰当，可是顾璘（华玉）却"短其无味"。这是为何呢？"华玉"即顾璘（1476—1545），字华玉，号东桥居士，长洲（今江苏吴县人），乃明代政治家和文学家。顾璘年少就颇有才名，尤以诗名著称，是明代中期颇具影响的诗人。其对盛唐诗歌特别喜爱，所学亦以盛唐为宗，诸家兼习，并且形成了自己独特的诗风。比如他喜欢"诗仙"李白的飘逸豪放，能改其狂放不羁个性；学习"诗圣"杜甫的沉郁顿挫，弃其悲苦愁凉之情，诗歌中融入自己的豪放乐观性格，从而多了俊朗豪放之气。其律诗以苍郁雄浑和清丽高华为美，绝句学盛唐名家，讲求清婉蕴藉之韵。因此顾璘认为，柳宗元"幽闲"之诗缺少含蓄蕴藉之韵，才"短其无味"。这样一来，我们就不难理解胡应麟所言"二语皆当领略"。

---

① 陈伯海：《唐诗汇评》，浙江教育出版社 1995 年版，第 1789 页。

第三节　《诗薮》外编关于柳宗元的评价

在《诗薮》外编中，也颇多关于柳宗元的评点，包括他们参加文学活动的作用、诗派、诗名等等，下面就此进行具体分析。

如其在外编第三卷中云："文宗欲置诗学士，固非急务，然非雅尚不能。李珏奏罢，未为无见。第以宪宗为诗，酿成轻薄之风，中间赘牙崛奇，讥讽时事，明指韩、柳、元、白诸公，此大是无识妄人。唐一代之文，所以能与汉并，正赖数君。岂俗子所解，乃宪宗兴起之风，可与汉武、唐文相次。淮蔡之勋，尚出此下，而史不略言，故余特详著焉。乐天有讽谏诗，元稹、李绅有新乐府。"[①]（《诗薮·外编》卷三，唐上）

此处言及唐中期宪宗、文宗时期的诗文风格之变。先言唐文宗之时，唐文宗李昂（809—840），原名李涵。唐朝第十四位皇帝，为人恭俭儒雅，在位期间，勤勉听政、革除奢靡之风，致力于大唐王朝的复兴。其听政余暇，则博览群籍，常请学士讨论经义，谈古论今，与宰相品评诗作优劣。李珏（785—853），字待价，为唐朝宰相之一，宪宗朝时即以敢谏直言闻名。文宗朝，授殿中侍御史。他精于儒学，善古乐章句，常陪同文宗赏阅《云韶乐》于庭，能谏言文宗。故而文中称"李珏奏罢，未为无见"。根据上述所言，可见文宗是主张复古诗文之风的，但其贬抑宪宗朝诗文则受到了胡应麟的否定。

唐宪宗李纯（778—820），贞元二十一年（805），李纯继承皇位，在位期间，奋发图强，重用贤臣，先后任用了一批年轻有为、忠直中有才能的宰相，如反对宦官操纵朝政、力谏攻打淮西的宰相李吉甫、坚决削除割据藩镇的宰相武元衡等。反对宦官挂帅出征的左拾遗白居易；谏止宪宗迎佛骨佞佛的刑部侍郎韩愈；纠劾不法的

---

① （明）胡应麟：《诗薮·外编》卷三，上海古籍出版社 1958 年版，第 173—174 页。

东台御史元稹。大力革除政治弊端，平定削藩，重振中央威望，开创了"元和中兴"的局面。

其间，以韩愈、柳宗元、元稹、白居易为代表，进行了诗文革新，韩愈之诗深险怪僻，构思想象奇特，并且遣词造句讲求文字推敲，不仅爱用古词奥语，也喜用俗字口语，以求"以文为诗"，具有雄奇险怪之美，成为韩孟诗派的代表。而元稹、白居易为代表则走了一条与韩孟诗派截然不同创作之路，其诗歌则重写实、尚通俗，强调诗歌的惩恶扬善，补察时政的功用，语言追求通俗易懂。他们发起了新乐府运动，形成了元白诗派。正如清人赵翼所言："中唐诗以韩、孟、元、白为最。韩、孟尚奇警，务言人所不敢言；元、白尚坦易，务言人所共欲言。"（《瓯北诗话》卷四）而韩愈、柳宗元发起古文运动，大倡古文，反对骈文，强调文以明道，以恢复古代儒学道统，既是文体革新，也是思想运动，影响深远，故而胡应麟称"唐一代之文所以能与汉并，正赖数君"。也正是如此，他高度评价宪宗，称其"逎宪宗兴起之风，可与汉武唐文相次"，而认为，"宪宗为诗，酿成轻薄之风，……明指韩、柳、元、白诸公"，胡应麟将保持这种观点的人称为"无识妄人"。

再看外篇所言：

> 太白于子美甚疏，子美惓惓，自是爱才之故。杜当时，高、岑、王、贾、李、郑等辈，靡不输心。又王季友、孟云卿皆汲引如弗及，而况李也。李、杜之称，当出身后，未必生前。退之、李观齐名。观早卒，乃并子厚。乐天、微之甚密，元没，复遇中山。他如孔门十哲，曾氏无闻，邺下七才，祢生不录。盖曾晚传道，祢早殒身。或以从非陈、蔡，迹限荆、衡，不可一端，必后世论始公也。①（《诗薮·外编》卷三）

---

① （明）胡应麟：《诗薮·外编》卷三，上海古籍年版社1958年版，第180页。

此处谈文坛诗人齐名或并称情况，言及韩柳并称原因。先言诗坛"李杜"并称之因，胡应麟认为是杜甫"爱李白才"之故，故称"李、杜之称，当出身后，未必生前"。

再说"韩柳"并称缘由，胡认为，开始为韩愈与李观齐名，后因李观早亡，才有"韩柳"之称的。李观（766—794），字元宾，生于唐代宗大历元年，卒于德宗贞元十年，年二十九岁。贞元八年与韩愈同等第，其为文与韩愈相类，不蹈袭前人，讲求独辟蹊径，时谓之与韩愈不相上下，韩愈称其"才高于当世，而行出于古人"（《李元宾墓铭》）。可见胡应麟如此说法还是有一定根据的。

"韩柳"并称则是因为韩愈和柳宗元共同在文坛上主张和倡导了一场影响巨大的古文运动。针对骈文重形式、轻内容，文辞华丽、空洞无物的弊病，提出"文以载道""文道合一"，提出文章内容要反映现实，能够革除时弊。形式上则主张文体革新，句式长短不拘，骈散结合，追求"务去陈言""词必己出""文从字顺"。并且两人在实践中大倡古文写作，从而创作了许多内容丰富、语言生动的精美散文。故而从宋初起，世人考量两人的文学成就，将其并列称为"韩柳"。

胡应麟又以"元白"并称为例加以佐证。元稹与白居易两人关系甚为亲密，可谓知己也。白居易长元稹七岁，两人于贞元十八年（802）同时为官，同授秘书省校书郎，就成为生活中的挚友，文学与政治上的知己。两人一同抨击权贵，一起发起新乐府运动，先后被贬。白居易被贬江州时，梦中经常出现元稹，"不知忆我因何事，昨夜三更梦见君"。元稹亦写诗和之，诗云"我今因病魂颠倒，唯梦闲人不梦君"。元稹离开长安往东川赴任时，路过梁州时梦见与白居易同游曲江，写下《梁州梦》："梦君同绕曲江头，也向慈恩院院游。"正所谓心有灵犀，巧合的是这一天白居易的确游了曲江，游玩时也想念元稹，写作了《同李十一醉忆元九》，诗云："忽忆故人天际去，计程今日到梁州。"两人相互赠答诗作多达九百余首，陈寅恪就以二人之诗为史料来证史，著有《元白诗笺证稿》，元白情谊之深由此可见一斑。

为了更具说服力，胡应麟又列举了曾子和祢衡之事。孔门十哲指的是孔子门下十位杰出学生，也是儒家学派早期的十位学者，分为"德行"：颜渊、闵子骞、冉伯、牛仲弓；"政事"：冉有、子路；"言语"：子我、子贡；"文学"：子游、子夏。出自《论语·先进》篇，孔门十哲受儒教祭祀，为历代儒客尊崇。曾子（前505—前435），曾氏，名参，作为春秋末年思想家，儒家学派的重要代表人物，与其父曾点（字皙）同师孔子。在儒学发展史上占有重要地位，后世尊为"宗圣"，成为配享孔庙的四配之一，仅次于"复圣"颜渊。然而由于其为孔子晚年弟子，故而未能入"孔门十哲"之列，故而胡应麟称其"曾晚传道"。接下来又谈到"邺下七才，祢生不录"，这是为何呢？"邺下"史书或称"邺城""邺都"，今址河北临漳邺镇，汉献帝建安时期，曹操据守邺城，掌握天下权柄。曹氏父子爱好文学，鼓励风雅，从而成为文坛中心，那些因社会动乱被迫流亡各地的文人学士，聚集在曹氏父子的周围，游宴欢娱，吟咏诗文，形成了慷慨悲凉，梗概而多气的建安风骨。邺下七子即建安七子，他们是孔融、陈琳、王粲、徐干、阮瑀、应玚、刘桢，始于曹丕的《典论·论文》，这七人大致代表了建安时期除曹氏父子之外的优秀诗人，得到了后世的普遍认可。

祢衡（173—198），字正平，年少即颇具文采和辩才，但是其性格恃才傲物，喜指摘时事、轻视别人。据《后汉书》卷八十下《文苑列传》记载，祢衡多轻视他人，惟与孔融及杨修交好。文曰："祢衡字正平，平原般人也。少有才辩，而尚气刚傲，好矫时慢物。兴平中，避难荆州。建安初，来游许下。始达颍川，乃阴怀一刺，既而无所之适，至于刺字漫灭。是时许都新建，贤士大夫四方来集。或问衡曰：'盍从陈长文、司马伯达乎？'对曰：'吾焉能从屠沽儿耶！'又问：'荀文若、赵稚长云何？'衡曰：'文若可借面吊丧，稚长可使监厨请客。'唯善鲁国孔融及弘农杨修。常称曰：'大儿孔文举，小儿杨德祖。余子碌碌，莫足数也。'融亦深爱其才。"① 从史书可见，其称孔融为大儿，杨修为小儿，其他人皆碌碌之辈，足见其狂傲。也正因他的恃才傲物，言语尖刻，故而遭曹操、刘表憎恨，遭黄祖所杀。纵使祢衡再有辩才和文采，然其过早殒身，事迹仅限荆州一代，都不录于邺下七才。如此说法，的确颇具说服力。

关于诗派、并称之事，胡应麟亦引《唐语林》加以证之。《唐语林》卷二《文学》载曰：

> "韩文公与孟东野友善，韩公文至高，孟长于五言，时号孟诗韩笔。元和中，后进师匠韩公，体大变。又柳柳州、李尚书翱、皇甫郎中湜、冯詹事定、祭酒杨公、李公，皆以高文为诸生所宗。而韩、柳、皇甫、李公，皆以引接后学为务。杨公尤深于奖善，遇得一句，终日在口，人以为癖。长庆以来，李封州甘以文至精，奖拔公心，亦类数公。甘出于李相国宗闵门下，时以为得人，然终不显。又元和以来，词翰兼奇者，有柳柳州宗元，刘尚书禹锡及杨公。刘、杨二人，词翰之外，别精篇什。又张司业籍善歌行，李贺能为新乐府，当时言歌篇者宗此二人。李相国程，王仆射起，白少傅居易兄弟，张舍人仲素，为场中词赋之最，言程试者宗此五人。"右纪载多隐僻，世所罕传，故备录之。杨祭酒即敬之，语项斯者，刘、柳二公初不名能书，仅见此。孟诗韩笔之云，本六朝沈诗任笔语，今骤听亦似骇耳也。李封州甘与杜牧齐名，载史紫微传中。冯詹事定余，婺人，宿之弟。李祭酒尚未详。中唐姓显者众，而此又不必杰，然难以臆料也。②（《诗薮·外编》卷三）

文中先说"韩孟"并称，然后再谈中唐古文运动、韩孟诗派及诗人

① （南朝宋）范晔：《后汉书》，中华书局1965年版，第2652—2653页。

② （明）胡应麟：《诗薮·外编》卷三，上海古籍出版社1958年版，第180—181页。

涌现现象。"韩孟"并称是因韩愈与孟郊关系友好，"文章巨公"韩愈"文至高"，孟郊长于五言诗，故时号"孟诗韩笔"。再言韩柳古文运动，解释何以"元和中，文体大变"。唐贞元后，政局较为稳定，经济有所恢复，出现了"中兴"局面。韩愈倡导古文运动，提出"文以载道"，后进师法韩愈者众多。再加上柳宗元、李翱、皇甫湜、冯定、杨敬之、李汉等人都以文章写得好成为后进者宗师，并且韩愈、柳宗元、皇甫湜、李汉都以培养提携后进为己任。其中提及杨敬之尤其善于琢磨语言，长庆以来，则李甘为文最为精美，如此一来，文体自然大变也。

"韩孟诗派"及其诗风形成则是建立在韩孟交好的基础上，诗派成员有两次大的交游，一是贞元十二年至十六年（796—800），韩愈先后入汴州董晋幕和徐州张建封幕，孟郊、张籍、李翱前来游从；另一次则是元和元年至六年间（806—811），韩愈先任国子博士于长安，后分管东都洛阳，大批诗派成员来会，孟郊、卢仝、李贺、马异、刘叉、贾岛先后到来，再加上张籍、李翱、皇甫湜等人也时常来往，于是诗派大多成员都相聚了。通过聚会、切磋和奖掖，韩孟诗派逐渐形成了较为一致的诗歌风格。

再言及元和年以来诗文、辞章皆奇妙者，则有柳宗元、刘禹锡和杨敬之。刘禹锡和杨敬之两人，除了辞章之外，还有别的精美篇什。加上张籍擅长歌行体，李贺能作新乐府，李程、王起、白居易兄弟和张仲素则是场中辞赋最佳者。这样，中唐以来，自然就涌现了大量的诗文才华出众者。如此分析，就颇为在行了。

论及诗风，胡应麟以"清"为贵，称："诗最可贵者清，然有格清，有调清，有思清，有才清。才清者，王、孟、储、韦之类是也。若调不清则凡，调不清则冗，思不清则俗。王、杨之流丽，沈、宋之丰蔚，高、岑之悲壮，李、杜之雄大，其才不可概以清言，其格与调与思，则无不清者。"[1]（《诗薮·外编》卷四）

---

① （明）胡应麟：《诗薮·外编》卷四，上海古籍出版社1958年版，第185页。

从文中可见，胡应麟称诗最可贵者"清"，即清新、清丽、清秀也，还分为"格清""调清""思清""才清"，如"不清"则"凡""冗""俗"了。并且还称王勃、杨炯诗风流丽，沈佺期、宋之问诗风丰蔚，高适、岑参诗风悲壮，李白、杜甫诗风雄大，这些皆因其"格、调、思"无不"清"者也。

接下来，胡应麟对"清"的诗人风格进行细分，曰：

> 靖节清而远，康乐清而丽，曲江清而澹，浩然清而旷，常建清而僻，王维清而秀，储光羲清而适，韦应物清而润，柳子厚清而峭，徐昌谷清而朗，高子业清而婉。[①]（《诗薮·外编》卷四）

他认为陶渊明诗风"清而远"（清新悠远），谢灵运"清而丽"（清新流丽），张九龄"清而澹"（清新淡雅），孟浩然"清而旷"（清新旷达），常建"清而僻"（清新僻远），王维"清而秀"（清新秀丽），储光羲"清而适"（清新闲适），韦应物"清而润"（清新恬淡），柳宗元则是"清而峭"，（清新俊爽），徐祯卿"清而朗"（清丽逸格），高叔嗣"清而婉"（清新婉约）。

胡应麟如此概括十分恰当，且以对柳宗元诗风概括为"清而峭"为例进行说明。柳宗元的诗作多为贬谪永州所作，叙事诗文笔质朴，描写生动；寓言诗形象鲜明，寓意深刻；抒情诗则文笔清新峻爽，抒情深曲委婉。概而言之，其诗精工密致，韵味深长，在简淡格调中见深厚感情。故而苏轼评价曰："所贵乎枯淡者，谓其外枯而中膏，似淡而实美，渊明、子厚之流也。"

关于时代与代表诗人的产生，胡应麟也有很多论述，其中也有多处涉及柳宗元。如其曰：

---

① （明）胡应麟：《诗薮·外编》卷四，上海古籍出版社1958年版，第186页。

元和而后，诗道浸晚，而人才故自横绝一时。若昌黎之鸿伟，柳州之精工，梦得之雄奇，乐天之浩博，皆大家材具也。今人概以中晚束之高阁，若根脚坚牢，眼目精利，泛取读之，亦足充扩襟灵，赞助笔力。① （《诗薮·外编》卷四）

此处即言及元和而后，出现了诸多大诗人，韩愈鸿伟、柳宗元精工、刘禹锡雄奇、白居易浩博，都是大家之才，可谓"人才横绝一时"，这就不能一概论之，将其视为中晚唐诗家而"束之高阁"。由此可见，胡应麟虽然赞赏元和而后的韩愈、柳宗元、刘禹锡、白居易等大家，但他推崇盛唐时期及其诗家之心也就显而易见了。

在后面，谈及每一时期代表作家或诗人，胡应麟也有其独特见解。如曰：

正声于初唐不取王、杨四子，于盛唐特取李、杜二公，于中唐不取韩、柳、元、白，于晚唐不取用晦、义山。非凌驾千古胆、超越千古识，不能。用修于此四者，政不能了了，宜其轻于持论也。② （《诗薮·外编》卷四）

此处"正声"即雅正诗篇，初唐为何不取初唐"四杰"，盛唐特取李白、杜甫，中唐不取韩愈、韩愈、元稹、白居易，晚唐不取许浑、李商隐。胡应麟认为，持如此看法需要卓越胆识，政治上不能通达，应该是他们轻视地提出主张。

接着胡应麟加以解释说："正声不取四杰，余初不能无疑。尽取四家读之，乃悟廷礼鉴裁之妙。盖王、杨近体未脱梁、陈；卢骆长歌，有伤大雅。律之正始，俱未当行。惟照邻、宾王二排律合作，则正声丞收之。至李、杜二集，以前诸公未有敢措手者，而廷礼去

①　（明）胡应麟：《诗薮·外编》卷四，上海古籍出版社 1958 年版，第 187 页。
②　（明）胡应麟：《诗薮·外编》卷四，上海古籍出版社 1958 年版，第 191 页。

取精覈，特惬人心。真艺苑功人，词坛伟识也。"①（《诗薮·外编》卷四）

正声不取初唐四杰的解释颇具说服力，我们从中也明显可见胡应麟推崇高棅（廷礼）之说。高棅（1350—1423）字彦恢，后改名廷礼，其论诗尊唐，所编《唐诗品汇》可谓明初诗歌复古崇唐思潮的重要表现。其诗学思想受严羽影响颇深，将严羽《沧浪诗话》以盛唐为尊（法）加以发挥，确立唐诗分为初唐、盛唐、中唐和晚唐四个时期，并且以盛唐为正宗，强调辨体之要。辨体标准为提倡"盛世之音"，艺术上崇尚"雅正冲澹"，且以李杜为盛唐诗的典范。前面所谈及胡应麟《诗薮》所持之论与高棅之说确有诸多相似之处。

谈到唐代作家创作诗文情况，胡应麟从初唐到中唐都进行了点评，文曰：

> 唐初王、杨、卢、骆、李百药、虞世南、陈子昂、宋之问、苏颋、李峤、二张辈，俱诗文并鸣，不以一长见也。开元李、杜勃兴，诗道大盛，孟浩然、沈千运等，遂独以诗称，而文不概见。王维、贾至，其文间有存者，亦诗之附庸耳。元和韩、柳崛起，文体复古。李习之、皇甫湜辈，遂独以文显，而诗不概见。李观、欧阳，其诗间有存者，亦文之骈拇耳。②（《诗薮·外编》卷四）

他称唐初诗人都是诗文并作，不以一技见长也，如王勃、杨炯、卢照邻、骆宾王、李百药、虞世南、陈子昂、宋之问、苏颋、李峤、张说、张九龄他们都是诗文并举的。到了盛唐开元年间，则诗道大盛，李白与杜甫蓬勃兴起，孟浩然、沈千运他们都独以诗著称，文则概略都见不到了。王维、贾至其文虽有存世之作，那也是依附其

---

① （明）胡应麟：《诗薮·外编》卷四，上海古籍出版社1958年版，第191页。
② （明）胡应麟：《诗薮·外编》卷四，上海古籍出版社1958年版，第197页。

诗罢了。到中唐元和时期，因为韩愈、柳宗元兴起倡导古文，因而文体渐趋复古。李翱、皇甫湜等人，就只以文显了，其诗就概略不见了。李观、欧阳詹等人，即使间或有诗存世，那也是文之多余罢了。

谈及盛唐散文发展，胡应麟称："盛唐萧颖士、李华、元结，文名皆藉甚当时，而湮没异代者，前掩于王、杨，后掩于韩、柳也。"①（《诗薮·外编》卷四）他指出了萧颖士、李华和元结，称其皆以文名于当世，可是由于他们处于异代之际，起着承上启下的作用，前有王勃与杨炯，后来则出现了韩愈、柳宗元这样的古文大家，故而萧李很快就埋没无闻了。

胡应麟推崇唐诗，对柳宗元大赞陈子昂之文，他认为柳赞太过了，并且还引马端临说加以证之。文曰：

> 柳仪曹曰："张燕公以著述之余，攻比兴而莫能极，张曲江以比兴之暇，攻著述而不克备。唐兴以来，称是选而不作者，梓潼陈拾遗。"马端临氏曰："拾遗诗语高妙，至他文则不脱偶俪，未见其异于王、杨、沈、宋也。"按昌黎"国朝盛文章，子昂始高蹈"中及李、杜而未言孟郊，其意盖专在于诗。柳言颇过，故应马氏有异论也。②（《诗薮·外编》卷四）

柳仪曹即柳宗元的别称，世称礼部郎官为仪曹，柳宗元曾任礼部员外郎，故称其柳仪曹。柳宗元认为，燕国公张说著述（即作文）之余作诗，故其诗未能达到顶点，张九龄写诗余暇来著述（作文）故而其文也不能成为美妙之作，只有陈子昂才是当之无愧的诗文大家。胡应麟不认同这一说法，他借用马端临评论加以反驳。马端临

---

① （明）胡应麟：《诗薮·外编》卷四，上海古籍出版社 1958 年版，第 197 页。

② （明）胡应麟：《诗薮·外编》卷四，上海古籍出版社 1958 年版，第 197—198 页。

认为陈子昂的诗语言高明巧妙，至于其为文则还是没有脱离骈俪之习，与王勃、杨炯、沈佺期、宋之问作文没有什么不同的。再按照韩愈所言"国朝盛文章，子昂始高蹈"，即称本朝文学兴盛，到陈子昂才开始大步前行的。此诗句出之韩愈《荐士》一诗，其中有云："齐梁及陈隋，众作等蝉噪。搜春摘花卉，沿袭伤剽盗。国朝盛文章，子昂始高蹈。勃兴得李杜，万类困陵暴。后来相继生，亦各臻阃奥。有穷者孟郊，受材实雄桀骜。冥观洞古今，象外逐幽好。"①（《韩昌黎诗系年集释》五卷）根据诗中表述其意言诗的发展，故而胡应麟说"柳言颇过"，马端临才有不同看法。可见胡应麟对待古人之论有理性自我分析，可谓不盲从也。

甚至对于自己推崇的司空图的评论，他也提出了异议。文曰：

> 司空图云："杜子美《祭房太尉文》，李太白《佛寺碑赞》，宏拔清丽，乃其歌诗也。张曲江五言沈郁，亦其文笔也。韩吏部歌诗驱驾气势，若掀雷挟电，撑决天地之垠，柳州探搜深远，俾其穷而克寿，抗精极意，则非琐琐可轻议其优劣。"盖自唐已有诗文各擅之说，图为此论以破之。②（《诗薮·外编》卷四）

司空图认为，杜甫所作《祭房太尉文》（全名《祭故相国清河房公文》）和李白所作《佛寺碑赞》为其歌诗，张九龄的五言诗也是其文笔。如此说法确有偏颇之处，前述杜甫、李白所作《祭房太尉文》《佛寺碑赞》本为文，张九龄五言诗风格深沉含蓄，怎成了其文笔呢？虽然后面称韩愈歌诗风格雄奇险怪，以"驱驾气势，若掀雷挟电，撑决天地之垠"为比，形象生动；柳宗元因贬谪寄情山水，其诗语言朴素，风格淡雅，意味深长。这些评价可谓精当，但还是掩盖其诗文混淆之弊。故胡应麟为其辩称，"盖自唐已有诗文各擅之

---

① （唐）韩愈：《韩昌黎诗系年集释》，上海古籍出版社 2007 年版，第 527 页。

② （明）胡应麟：《诗薮·外编》卷四，上海古籍出版社 1958 年版，第 199 页。

说，图为此论以破之"。

根据《唐诗纪事》卷三十四所载，我们就可以更好理解，文曰：

> 司空图云："金之精粗，考其声皆可辨也，岂清于磬而浑于钟哉！然则作者为文为诗，才格亦可见，岂当善于彼不善于此耶！"愚观文人之为诗，诗人之为文，始皆系其所尚，所尚既专，则搜研愈至，故能炫其功于不朽，亦犹力巨而斗者，所持之器各异，而皆能济以为勍敌也。愚尝览韩吏部歌诗累百首，其驱驾气势，若掀雷挟电，撑抉于天地之垠，物状其变，不得鼓舞而狥其呼吸也。其次皇甫祠部文集外所作，亦为遒逸，非无意于深密，盖或未遑耳。今于华下，方得柳诗，味其探搜之致，亦深远矣；俾其穷而克寿，抗精极意，则固非琐琐者轻可拟议其优劣。又尝睹杜子美《祭太尉房公文》，李太白《佛寺碑赞》，宏拔清厉，乃其歌诗也；张曲江五言沈郁，亦其文笔也，岂相伤哉！噫，后之学者褊浅，片词只句，未能自辨，已侧目相诋訾矣，痛哉！因题柳集之末，庶俾后之诠评者，罔惑偏说以盖其全工。

从文中可见，司空图以"磬清""钟浑"为喻，作者为文为诗由才格表现，文人之为诗，诗人之为文，皆"所尚既专"，只要功力才格高，其诗文都可不朽，犹如"力巨而斗者，所持之器各异，而皆能济以为勍敌也"。因此，从文人别集的编辑整理来看，也是如此情形，盛唐文才多，文集全，晚唐大多别集亡佚，则是由于"晚唐人才委琐，大半当是本书也"。故其曰：

> 今世传大家，惟李、杜、韩、柳、元、白诸集差全。王、杨、燕、许集动四十余卷，至高、岑、卢、贾卷亦不下十余，今皆寥寥染指。盖全集已亡，好事者从诸类书中钞录，以备一家耳。惟

晚唐人才委琐，大半当是本书。①（《诗薮·杂编》卷二）

第四节 《少室山房笔丛》关于柳宗元本人的评价

除了《诗薮》评点之外，《少室山房笔丛》作为胡应麟重要的文学史料著作，也有颇多关于柳宗元的评价。《少室山房笔丛》万历十七年（1589）孟秋刊行，本书以考据为主的笔记，全书共四十八卷，分为十二部，本书征引丰富，涉及范围相当广泛，举凡经籍、子史、艺文、释道，甚至社会杂闻，都有论列，议论亦多高明，为研究古籍提供了不少宝贵的资料和见解，对文学研究也颇具参考价值。因此，本书有关柳宗元的评点也是很值得关注的。

一 史论涉及柳宗元

如卷七文曰：

> 胡致堂云："中潭之战，李光弼不遗余力，仅而胜之，使郭子仪相与掎角，贼可平矣。"余谓非也，岂有二将共事能成大功者乎？谚曰：梢公多，舟必破。四公子弈棋必不胜。相州九节度之败，子仪、光弼俱在焉，以劳相埒而不相下也。儒者纸上之语，使之当国，岂不误苍生乎？或问予曰：郭、李之将齐名，使子仪当中潭之战何如？未可知也。子仪之持重、光弼之劲捷，各有所长。以诗喻之，郭如子美，李如太白。以文喻之，郭如韩、李如柳。论诗文雅正则少陵、昌黎；若倚马千言，雄辞追古则杜、韩恐不及太白、子厚也。②（《少室山房笔丛》卷七 续甲部《丹铅新录》三）

---

① （明）胡应麟：《诗薮·杂编》卷二，上海古籍出版社1958年版，第270—271页。
② （明）胡应麟：《少室山房笔丛》，上海书店出版社2009年版，第79页。

胡致堂（1099—1157）字明仲，即胡寅，学者称其致堂先生，作为二程的再传弟子，其说皆本于洛学，在理学发展史上有一定影响。坚守儒家传统思想，以"尊王攘夷"为宗旨，主张实现儒家内圣外王之路。基于此，胡寅才会假设李光弼和郭子仪互为犄角，那就可以平定贼乱。故而胡应麟对此质疑，"岂有二将共事，能成大功者乎？"先用谚语"艄公多，舟必破""四公子弈棋必不胜"证之。"艄公多，舟必破"后世俗曰"艄公多了打烂船"，意思就是艄公多了，没有专一的航行方向，船就会出事。与"四公子弈棋必不胜"同理，都是比喻主事人一多，就会多头指挥，结果办不好（成）事了。然后再以事实"相州九节度之败"加以说明，在九节度相州之败中，就有郭子仪、李光弼诸多名将，最终导致溃败，正因为没有负责首领。故而他认为，胡寅之说为纸上谈政，如让其治理国家，那将会误了苍生。接下来，回复假设郭子仪指挥中浑之战结果会怎样时，因郭子仪谨慎稳重，李光弼敏捷有力，各有所长，故胡应麟用诗为喻说明。郭如杜甫，李如李白，以文作比，则郭如韩愈，李如柳宗元。杜甫、韩愈诗文典雅端正，若论才思敏捷，气魄宏大，追随古人，那么杜甫、韩愈恐不及李白、柳宗元了。如此作比可谓形象生动，也易于理解，后面再加以史料证之，就更清楚，文曰："李、郭合策而成嘉山之功，安、史由是夺气。二将议擣范阳，贼几成擒，哥舒翰败遂旋军。相州之师，子仪与光弼已有成议，以鱼朝恩不从而溃。此皆史册大故、昭昭竹简者，用修不熟史学，信矣！"[1]（《少室山房笔丛》卷七续甲部《丹铅新录》三）

《史记》《汉书》二书各有千秋，无论在历史观、语言特点和撰写体例上都有较大差异。《史记》是中国历史上第一部纪传体通史，其史学核心观念为"究天人之际，通古今之变，成一家之言"，对此后纪传体史书影响深远，且书中文字生动，叙事形象，鲁迅评价其为"史家之绝唱，无韵之离骚"。而《汉书》历时四十年，前后历

---

① （明）胡应麟：《少室山房笔丛》，上海书店出版社 2009 年版，第 79 页。

经四人之手（班彪、班固、班昭及马续）完成，开创了我国断代纪传体史书，奠定了修正史的编例，尤以史料丰富，"文赡事详"著称。章学诚在《文史通义》中说："迁史不可为定法，固因迁之体，而为一成之义例，遂为后世不祧之宗焉。"

两书各有所长，同为史学名著，历来对二者评价不一。胡应麟就梳理了二者的评价，文曰："《史》、《汉》二书，魏、晋以还纷无定说，为班左祖盖十七焉。唐自韩、柳始一颂子长，孟坚稍诎。至宋郑渔仲、刘会孟又抑扬过甚，不足凭也。至明，诸论骘差得其衷。"[1]（《少室山房笔丛》卷十三乙部《史书佔毕一·内篇》）

从上文可见，在评价司马迁与班固长短时，韩愈和柳宗元具有重要历史地位。魏晋时期，维护班固者十成中占七成。自唐代韩愈、柳宗元则开始称颂司马迁，班固则微屈迁后。因韩柳大倡古文之道，强调"文以载道"，习学先秦、西汉之文，颂扬司马迁，略微轻屈班固可以理解，评价也是恰当的。而到了宋代郑樵（字渔仲）、刘辰翁（字会孟）由于过偏的喜好，故而对《史记》过于褒扬，而对《汉书》则贬抑过甚。如郑樵以"会通"为极致，延续司马迁"究天人之际，通古今之变，成一家之言"的通史家风，修史要据"仲尼、司马迁会通之法"，不赞同"后代与前代之事不相因依"的断代史，观点才会如此偏颇。故而胡应麟认为，其不足为凭。还认为，明代其他人评点《史记》《汉书》优劣的言论也难让人信服。由此可见，胡应麟认为《史记》《汉书》二书评价应根据实际加以区别，不因个人偏好而褒贬过甚。正如梁启超在《读书指南》所言："《史记》实为中国通史之创始者。自班固以下，此意荒矣！故郑渔仲（樵）、章实斋（学诚）力言《汉书》以后'断代史'之不当，虽责备或太过，然史公之远识与伟力，则无论何人不能否定也。"

谈到唐代文史之关系，胡应麟也有精当评论，文曰："唐以前作史者，专精于史，以文为史之余波。唐以后能文者，泛滥于文，以

---

[1] （明）胡应麟：《少室山房笔丛》，上海书店出版社2009年版，第131页。

史为文之一体。惟赋与诗亦然。故赋迄于左思，史穷于陈寿，皆汉之余也。故曹、刘、李、杜、韩、柳氏出，而宇宙耳目又一观矣。"①（《少室山房笔丛》卷十三乙部《史书佔毕一·内篇》）

胡应麟对前代至唐文史关系演变认识非常恰当，由于"六朝至唐为班氏学至众，著述传者殆数十家，《史记》次之"②。唐前作史者学班固，故而重史轻文，重史料之丰富翔实，以文为史之余波。唐后的文学家则一味让文过度滋长，以史成为文的一种体例，甚至连赋和诗也都如此了。因此，胡应麟称赋到左思就终了，史到陈寿也就完了，这都是汉代文史之剩余了。这样，三国曹植、刘桢，唐代李白、杜甫、韩愈、柳宗元，只有他们出现，才使得天地景致焕然一新。

为何如此说呢？胡应麟又进一步解释曰："唐以前史之人一而其业精，故史无弗成而无弗善；唐以后史之人二而其任重，故史有弗善而无弗成。唐之时史之人杂而其秩轻，其责小而其谤钜，故作者不必成，成者不必善。刘知几之启萧相，韩吏部之答柳州，噫！可想矣！"③（《少室山房笔丛》卷十三乙部《史书佔毕一·内篇》）

由于唐前作史为一人，故其精熟其业，史书成而善；唐后作史者两人，故其责任重大，史书亦善而成。而唐代史家杂多俸禄少，责任轻而议论大，如此一来，不一定成书，成书者也不一定好。并以刘知几和韩愈两人为例加以说明。

刘知几（661—721），唐代史学家，认为史家应兼具才、学、识三长，尤其重史识。强调直笔，主张"不掩恶、不虚美"，"爱而知其丑，憎而知其善"。从上文可见胡应麟对其并不赞同，还称道："刘知几之论史也，晰于史矣。吾于其论史而知其弗能史也，其文近浅猥而远驯雅，其识精琐屑而迷远大，其衷饶讦迫而乏端平。"④

---

① （明）胡应麟：《少室山房笔丛》，上海书店出版社 2009 年版，第 131 页。
② （明）胡应麟：《少室山房笔丛》，上海书店出版社 2009 年版，第 131 页。
③ （明）胡应麟：《少室山房笔丛》，上海书店出版社 2009 年版，第 131—132 页。
④ （明）胡应麟：《少室山房笔丛》，上海书店出版社 2009 年版，第 133 页。

（《少室山房笔丛》卷十三乙部《史书佔毕一·内篇》）

"甚矣，唐人之陋也。刘知几《史通》称舜囚尧、禹放舜、启诛益、太甲杀伊尹、文王杀季历、成汤伪让，仲尼饰智矜愚，斯数言者战国有之，然识者亡弗谓虚也，胡子玄骤以为实也？至谓舜、禹、汤、文同于操，懿、裕、衍，而《尚书》、《春秋》之妄过于沈约、王沈，斯名教之首诛矣。"①（《少室山房笔丛》卷十三乙部《史书佔毕一·内篇》）

"《史通》之为书，其文刘勰也而藻绘弗如，其识王充也而轻诋殆过。其所指摘虽多中昔人，然第文义之粗，体例之末，而自以穷王道，揉人伦，括万殊、吞千有，然哉？"②（《少室山房笔丛》卷十三乙部《史书佔毕一·内篇》）

"《史通》之所谓惑，若赤眉积甲，史氏弥文；文鸢飞瓦，委巷鄙说，皆非所惑者也。至《竹书》杀尹、汲冢放尧，则当惑而不惑。《史通》之所谓疑，若克明峻德，《帝典》所传；比屋可封，盛世之象，皆亡可疑者也。"③（《少室山房笔丛》卷十三乙部《史书佔毕一·内篇》）

基于上述解释，故胡应麟有此说，曰："余谓刘有诗学无史笔，有史裁无史识也。"④（《少室山房笔丛》卷十三乙部《史书佔毕一·内篇》）

纵使韩愈一代文坛大家，称为有史家之笔力，但是，他依旧受到胡应麟批评，称其《答柳柳州食虾蟆》不堪也。韩愈《答柳柳州食虾蟆》诗云：

> 虾蟆虽水居，水特变形貌。强号为蛙哈，于实无所校。虽然两股长，其奈脊皱皰。跳踯虽云高，意不离污淖。鸣声相呼

---

① （明）胡应麟：《少室山房笔丛》，上海书店出版社 2009 年版，第 133 页。
② （明）胡应麟：《少室山房笔丛》，上海书店出版社 2009 年版，第 133 页。
③ （明）胡应麟：《少室山房笔丛》，上海书店出版社 2009 年版，第 133—134 页。
④ （明）胡应麟：《少室山房笔丛》，上海书店出版社 2009 年版，第 134 页。

和，无理只取闹。周公所不堪，洒灰垂典教。我弃愁海滨，恒愿眠不觉。巨堪朋类多，沸耳作惊爆。端能败笙磬，仍工乱学校。虽蒙勾践礼，竟不闻报效。大战元鼎年，孰强孰败桡。居然当鼎味，岂不辱钧罩。余初不下喉，近亦能稍稍。常惧染蛮夷，失平生好乐。而君复何为，甘食比豢豹。猎较务同俗，全身斯为孝。哀哉思虑深，未见许回棹。①

此诗约作于元和十四年（819），这年韩愈因上书谏迎佛骨触怒宪宗，由刑部侍郎贬为潮州刺史。此诗通过描写虾蟆外形特征、生活习性，借以抒发自己不堪其扰的烦忧，寄予迁贬南荒之地的愁闷，由食虾蟆不能下咽到稍能入口，感慨自己不得不因时因地改变的内心，也以此劝慰柳宗元。此诗颇具韩诗奇崛之风，然诗中亦含戏谑自嘲，故而受到胡应麟批评。他还进一步举例证之，文曰：

> 昔人谓诗有别才，吾亦谓史有别才也。以昌黎毛颖之笔，而驰骤古人，奚患其不史也？而《顺宗录》有取舍之讥，曹王碑多轧茁之调。柳以中笔推韩，与书翊戴至矣，而韩弗任也。《段秀实传》一脔足珍，他绝不睹。李习之翔锐以史自居，第唐一代讵止高、杨两女子哉？宋王、曾、苏氏，重名居馆职，徒成故事。《隆平集》今传，非荀、袁匹也。史有别才，历较唐、宋诸子，益信矣。②（《少室山房笔丛》卷十三乙部《史书佔毕一·内篇》）

从上文可见，韩愈（昌黎）颇受柳宗元的推崇，称其"中笔"，以《毛颖传》手法纵横古人，但是，他的《顺宗实录》有取舍之讥，曹王碑又多佶屈聱牙之词，令人颇感晦涩难通。又称《段秀实

---

① （唐）韩愈：《韩昌黎集》，商务印书馆1933年版，第70页。

② （明）胡应麟：《少室山房笔丛》，上海书店出版社2009年版，第132页。

传》一脔足珍，故而胡应麟认为韩愈不能当"史有别才"。随后他又解释道：

> 退之之避史笔也，柳州诤之是矣，然其时故有说焉。《淮西碑》则以为失实而踣，而段文昌改撰之；《顺宗录》则以为不称而废，而韦处厚续撰之。《毛颖传》足继太史，乃当时诮其滑稽。裴晋公书后世訾其纰缪，使退之而任史，其祸变当有甚此者。柳徒责韩而莫能自奋，其时故不易也。①（《少室山房笔丛》卷十三乙部《史书佔毕一·内篇》）

韩愈避开史家记叙史实的笔法，受到了柳宗元直言相劝。然其何以如此是有缘由的。如《淮西碑》"失实而踣"，《顺宗录》"不称而废"，即使《毛颖传》足以称之继承太史公，但"当时诮其滑稽"，故而韩愈避史笔实为避祸也，这样解释何以韩愈文才之高，却不当"史家别才"，也就较为晓畅明白了。胡应麟并对韩愈与柳宗元等加以赞评，称："唐文章近史者三焉：退之毛颖之于太史也，子厚逸事之于孟坚也，紫薇燕将之于国策也。宋而下蔑闻矣。"②（《少室山房笔丛》卷十三乙部《史书佔毕一·内篇》）

此处言及柳宗元《段太尉逸事状》，因这篇传记文叙事谨严，写人生动，不着议论，冷静叙述，故胡应麟称其有班固之风。亦即高度赞扬柳宗元"史才"也。胡应麟还谈到了柳宗元与国别体史书《国语》之事，其中颇具曲折性，这里很有必要加以解释，其文曰：

> 柳宗元爱《国语》，爱其文也；非《国语》，非其义也。义诡僻则非，文杰异则爱，弗相掩也。好而知恶，宗元于《国语》有焉。论者以柳操戈入室，弗察者又群然和之。然则文之工者，

---

① （明）胡应麟：《少室山房笔丛》，上海书店出版社2009年版，第134页。
② （明）胡应麟：《少室山房笔丛》，上海书店出版社2009年版，第135页。

伤理倍道皆弗论乎？虞槃作《非非国语》，余欲作《非非非国语》为柳解嘲。①（《少室山房笔丛》卷十三乙部《史书佔毕一·内篇》）

《国语》是中国最早的一部国别体史书，又名《春秋外传》或《左氏外传》，相传为春秋鲁国左丘明所著。记录范围上起西周中期，下迄春秋战国之交，前后约五百年。包括各国贵族间朝聘、宴飨、讽谏、辩说、应对之辞以及部分历史事件和传说。内容上偏重记述历史人物的言论，通过言论反映事实，以人物之间的对话刻画人物形象，颇具文学价值，因此受到柳宗元喜爱，称"其文深闳杰异，固世之所耽嗜而不已也"。（《非国语》）即胡所言"文杰异则爱"，何以《非国语》，因柳宗元认为，"其说多诬淫，不概于圣。……惧世之学者溺其文采而沦于是非"。即胡所言"义诡僻则非"。二者不能相互掩盖，这就需要能知好恶，善分是非，但是，论者却认为，柳宗元引用《国语》论点反驳《国语》，那些不仔细观察的人又群起和之。于是胡应麟对柳宗元之说加以阐释，曰"文之工者，伤理倍道"，并且欲做《非非非国语》，为柳解嘲。

二　柳宗元学术之辩

胡应麟文才杰出，布衣一生，身处贫寒而志向坚若磐石，故而评点前代文士颇重才华和品行。如其曰：

文人无行，信乎？太史雪李陵，少陵拯房琯，戛戛乎难哉！陈思之忧国，韩愈之格君无论。白从永王，疎矣，然而非逆也；柳党叔文，躁矣，然而非奸也。②（《少室山房笔丛》卷十四乙部《史书佔毕二·外篇》）

① （明）胡应麟：《少室山房笔丛》，上海书店出版社2009年版，第135页。
② （明）胡应麟：《少室山房笔丛》，上海书店出版社2009年版，第149页。

胡应麟先是对"文人无行"提出疑问,"文人无行"即说文人作风不好或品行不端,胡以"信乎"表达不认同,然后以文人"有行"之例驳斥之。司马迁为李陵雪冤,杜甫拯救房琯,可谓艰难之极。曹植忧思魏国运势,韩愈限制君王行动,这更不用说。就是李白跟随永王李璘,属于疏忽,绝对不是叛逆。柳宗元承担王叔文集团革新大任,因为性急不冷静之举,绝对不是不忠国君。由此可见,胡应麟对柳宗元参与王叔文永贞革新持保留态度,但他并不因此否定柳的品行。

文坛"李杜""韩柳"并称,谈及二者究竟孰高孰低时,胡应麟也有独到评点。并以《太白子厚》为标题,加以阐述,文曰:

太白子厚

杜诗语及太白处无虑十数篇,而太白未尝假借子美一二语,以此知子美倾倒太白至难。晏元献公尝有言:韩退之扶道圣教,划除异端则诚有功,若其祖述坟典,宪章《骚》《雅》,上传三古、下笔百世,横行阔视于缀述之场者,子厚一人而已。考子美不但虚心太白,即高、岑辈无所不倾倒,然二子诗推毂杜者亦无几,遂谓子美出高、岑下,可乎?文人相轻,尚矣。子美揖让诸公,正其卓尔难及出,后世鸷奇之士遂为口实,奈何!杜以阴铿拟李,大似轻薄。①(《少室山房笔丛》卷十九续乙部《艺林学山》一,锦城丝管《诗话》上)

文中认为,诗歌"李杜"中,李当略高于杜。据"文人相轻"之理,杜诗有说到李白的地方,借李白以更扬其名,而李白未尝假借杜甫之语,故而杜甫想让李白佩服非常之难。晏殊论及"韩柳"时,认为二者各有千秋。在儒学式微,释、道盛行之际,韩愈力辟佛、老,致力复兴儒学可谓大有功劳,即文中所言"扶道圣教,划除异

---

① (明)胡应麟:《少室山房笔丛》,上海书店出版社 2009 年版,第 192 页。

端，则诚有功"。而柳宗元则在遵循效法儒家经典，继承《骚》《雅》传统，起到了"上传三古，下笼百世"的巨大作用，其著述可谓横行阔视也。这就充分说明"韩柳"是不分伯仲，各具特色的。

言及诸子百家的接受，胡应麟也有其见解，文曰：

　　子书盛于秦、汉，而治子书者错出于六朝、唐、宋之间，其大要二焉，猎华者纂其言，核实者综其指。纂其言者沈休文、庾仲容各有钞，并帙弗传，仅马氏《意林》行世，略亦甚矣。柳河东之辩，高渤海之略，宋太史、王长公之论，则皆序次其源流而参伍其得失者也。[①]（《少室山房笔丛》卷二十七丙部《九流绪论引》）

文中可见，胡应麟认为，诸子兴盛于秦汉时期，研究诸子著述则交错出现在六朝、唐、宋之间，主要分为两类，即重文辞和讲主旨。六朝以沈约、庾仲容各为代表。唐代则以柳宗元辩争，高适举其精要，明代则以宋濂、王长公论述，他们都是依次溯源，交互错杂比较其得失吧。

而对庄子和列子两家，后世对其优劣看法不一。柳宗元和洪迈是推崇列子的，而高似孙、林希逸则是推崇庄子。胡应麟故而认为二者皆有偏颇之处，各执一端，未能达其顶端。

　　文曰："庄、列二家，谈者优劣往往异同。柳子厚、洪景庐，左袒郑圃者也。高似孙、林希逸，左袒漆园者也。然率举一端，未极二家之造。"[②]（《少室山房笔丛》卷二十七丙部《九流绪论上》）

---

① （明）胡应麟：《少室山房笔丛》，上海书店出版社2009年版，第259页。
② （明）胡应麟：《少室山房笔丛》，上海书店出版社2009年版，第263页。

并且还阐释了庄、列二家之长，文曰：

> 大抵列之文法、庄之文奇，列犹丘明，庄犹司马，列规矩
> 驯而易人，庄崖岸峻而难攀。凌厉汪洋，杳冥超忽，乘风骑气，
> 出鬼入神者庄；简劲宏妙，平淡疏旷，周鼎商彝，朱弦疏越者
> 列。源流本始则列、庄之胚胎，震荡波澜则庄、列之极致。列
> 温纯典厚，尚有春秋前辈风；庄全是战国纵横之习，其文章则
> 妙极矣。读其书，二子气象亦可见。①（《少室山房笔丛》卷二
> 十七丙部《九流绪论上》）

柳宗元为何贬抑墨家之说，胡应麟也进行了论述。胡认为，墨与儒
家颇有渊源，墨翟是攻击孔的始作俑者。曰："退之读墨云：'孔子
必用墨子，墨子必用孔子，不相用不足为孔、墨'。余以退之未尝读
墨也。公孟子谓墨子曰：'昔圣王之列也，上圣立为天子，其次立为
公卿大夫。今《孔子》博于《诗》、《书》，察于礼乐，详于万物，
若孔子当圣王，岂不以为天子哉？'子墨子曰：'夫知者必尊天事
鬼，爱人节用，合焉为知矣。今子曰孔子博于《诗》、《书》，察于
礼乐，详于万物，而曰可以为天子，是数人之齿而以为富也。'凡翟
与其徒拟议概如此，使墨而过孔，必将为恒魋之要，为武叔之毁；
孔而遇墨，两观之诛，亡所事少正卯矣。"②（《少室山房笔丛》卷二
十七丙部《九流绪论上》）

又曰：

> 墨曰：子贡、季路辅孔悝乎卫，阳虎乱乎齐，佛肸以中牟
> 叛。夫为弟子后生，其师必修其言、法其行。力不足、知不及
> 而后已。今孔丘之行如此，儒士则可以疑矣。盖以阳虎、佛肸

---

① （明）胡应麟：《少室山房笔丛》，上海书店出版社 2009 年版，第 263 页。
② （明）胡应麟：《少室山房笔丛》，上海书店出版社 2009 年版，第 265 页。

皆仲尼弟子乎？胡妄之甚也。《非儒》一篇，始末皆斥吾夫子姓名，即庄周之诞不至是也。而诸家之论皆以近理乱真为辨，而忘其僭妄之大者。柳宗元掊击百氏不遗余力，顾于墨阙焉。岂昌黎氏故耶？余故详述其言著于篇。①（《少室山房笔丛》卷二十七丙部《九流绪论上》）

可见胡应麟极不认同韩愈"孔、墨"之说，认为柳宗元抨击墨家之说，也并不是因为韩愈的缘故，而是他对百家之说皆不遗余力抨击，故而墨家也是免不了的。如此解释，合乎情理。

论及唐代古文运动，胡应麟看到了古文运动为一个发展的过程，对韩柳之前的古文作家萧颖士、李华等人，尤其是元结的贡献给予了高度评价。文曰：

《元子》十卷，唐元结次山撰。高似孙极称其文英崛过柳柳州。唐文惟二公，似不省昌黎何代者。大概六代以还文尚俳偶，至唐李华、萧颖士及次山辈始解散为古文，萧、李文尚平典，元独矫峻艰涩，近于怪且迂矣，一变而樊宗师诸人，皆结之倡也。元自号琦玗子，以山名琦玗，《中兴颂》世推大体，然安、史叛臣，临文所当切齿而颂曰边将骋兵，殊失轻重，至非老于文学，其谁宜为？不惟矜夸靡当，岂穆如清风之致哉？因论《元子》漫及，若其人则卓卓矣。②（《少室山房笔丛》卷二十八丙部《九流绪论中》）

元结作为唐代古文运动先导者，受到后世诸多文士的高度评价，胡应麟引用宋代高似孙"其文英崛过柳柳州"，一并赞扬了元、柳的古文成就，认为"唐文惟二公"，并且结合元结的生平、个性，称其为

① （明）胡应麟：《少室山房笔丛》，上海书店出版社 2009 年版，第 265 页。
② （明）胡应麟：《少室山房笔丛》，上海书店出版社 2009 年版，第 279 页。

高超出众"卓卓"也。

萧颖士、李华、元结等盛唐后期至中唐前期古文家，历经叛乱之苦，他们对叛乱起因进行深刻反思，积极寻求救国救民之法。选择以仁义为基础的道德思想为解决社会危机的良方，则是他们痛定思痛、苦苦思索的结果。顺应这种社会革新需要，他们在文风上大力倡导复古，以复古主张促文风革新。经历安史之乱，在由盛而衰的转变中，盛唐后期到中唐前期儒士自发地希望改变当时盛行的骈俪之风，复习古文之道，以文风促进儒家伦理道德重建。

元结所作古文正值国家政局危难之际，再加上其狷介耿直的个性，从而形成了其古文如此的独特风格。因此前人评曰："次山于文，大约抗节励志，不可规随，读其书，可以想见其人。虽若矫励大过，矜失之廉，然而亦君子矣。……元则晚岁始达，中间浮沉乱世，既结主知，又多与时椎凿。其心切于愤世，故气尤亢，盖其所处然也。元之面目，出于诸子，人所共知，其根蕴本之骚人，而感激怨怼奇怪之作，亦自天问招魂扬其余烈。"（章学诚《章氏遗书卷十三》）

元结是一位伟大的文学家，在诗文革新上高举大旗，开创了文风质朴、关注现实的新局面，自唐以降，元结就受到了多方高度评价，其官德、哲学、思想、诗文主张与创作都对后世产生了极大的影响。同时代的杜甫对元结的地方治理才能、反映现实诗文评价颇高，《同元使君舂陵行》云："粲粲元道州，前圣畏后生。观乎舂陵作，欻见俊哲情。复览贼退篇；结也实国桢，……道州忧黎庶，词气浩纵横。两章对秋月，一字偕华星等语。其序文又有今盗贼未息，知民疾苦，得结辈数十公，落落然参错天下为邦伯，万物吐气，天下少安可得矣。"[1] 颜真卿作为元结好友，对元结更是从德行等方面进行了全面评价，《元君表墓碑铭》云："其心古，其行古，其言古，躬是三者而见重于今。……率性方直，秉心真纯，见危不挠，

---

① 杨家骆：《新校元次山集》，世界书局1984年版，第161页。

临难遗身，允矣全德，今之古人。"①

到了宋代，文坛领袖大文学家欧阳修则更强调了元结在文风复古中的作用，对其山水铭文写作缘由进行了总结，文云"唐自太宗致治之盛，几乎三代之隆，而惟文章独不能革五国之弊，既久而后韩柳之徒出，盖习俗难变，而文章变体又难也。次山当开元天宝时独作古文，其笔力雄健，意气超拔，不减韩之徒也。可谓特立之士哉"。又云"次山，喜名之士也，其所有为，惟恐不异于人，所以自传于后世者，亦惟恐不奇而无以动人之耳目也。视其辞翰，可以知矣。古之君子诚耻于无闻，然不如是之汲汲也"。还说"元结，好奇之士也。其所居山水，必自名之，惟恐不奇，而其文章用意亦然，而气力不足，故少遗韵，君子之欲著于不朽者，有诸其内而见于外者。必得于自然，颜子萧然，卧于陋巷，人莫见其所为，而名高万世，所谓得之自然也。结之汲汲于后世之名，亦已劳矣"。

孙望先生在《元次山年谱》中大力称赞元结所为："在中唐时代的文学改革运动中，元次山（结）是一个搴旗斩将的前道者，他在举世讲求声偶、竞为绮靡的习尚中，首先革陈去俗，改变创作的风格，这就开拓了韩愈、柳宗元、皇甫湜们大军前进的道路。他的性格高超，力持清议，敢于为民生疾苦发言，这也是应当称道的。"②

三　涉柳考辨古书之论

考证古书真伪，胡应麟作为文章大家是极其重视的。他称："赝书之防，防于西京乎？六籍既禁，众言淆乱；悬疣附赘，假托实繁。今其目存于刘氏《七略》、班氏九流者，亡虑什之六七。嘻！其甚矣。然率弗传于世，世故莫得名之。唐、宋以还，赝书代作，作者日传。大方之家第以挥之一笑，乃衒奇之夫往往骤揭而深信之，至或点圣经、厕贤撰、矫前哲，溺后流，厥系非眇浅也。余不敏，大

① 杨家骆：《新校元次山集》，世界书局1984年版，第168—169页。
② 孙望：《元次山年谱》，古典文学出版社1957年版，第1页。

为此惧，辄取其彰明较著者抉诬摘伪，列为一编。后之君子欲考正百家、统宗六籍，庶几嚄矢。即我知我罪，匪所计云。"①（《少室山房笔丛》卷三〇丁部《四部正讹引》）

由上文可见胡应麟对考证之重视，胡的考论中也涉及柳宗元的考证，故颇具研究性。如考辨《文子》一篇，文曰：

> 《文子》九篇，元魏李暹注，称老氏弟子，姓莘，葵丘濮上人。自柳子厚以为驳书，而黄东发直以注者唐人徐灵府所撰。余以柳谓驳书是也。黄谓徐灵府撰，则失于深考。②（《少室山房笔丛》卷三一丁部《四部正讹中》）

《文子》著者为文子，葵丘濮上人，姓辛氏，名文子，号计然。其先晋国亡公子。文子与孔子同时，学道早通，游学于楚。后又游学齐国，彭蒙、田骈、环渊等皆师事之，形成了齐国的黄老之学。《汉书·艺文志》著录《文子》九篇。《文子》成书后，在秦初即遭禁毁。汉武帝下诏"广开献书之路"，《文子》才又得以流传。唐代尊崇道教，《文子》得到重视，不断有人为之作注。《隋书·经籍志》著录《文子》十二篇。柳宗元认为，《文子》夹杂袭用了儒、墨、法、名诸家语句，来解释《道德经》，故称之为"驳书"，即驳杂之书。柳宗元此说影响深远。也得到了胡应麟的认同，"余以柳谓驳书是也"。并加以详细解释，使之更为清晰。文曰：

> 案，班史《艺文志》道家有《文子》九篇，注云："老子弟子，与孔子同时而称周平王问，似依讬者。"则汉世固已疑之，此注非刘向则班固自注者，凡颜注，自另有"师古曰"三字。及考梁目、《隋志》皆有此书，梁十篇，隋十二篇，并见《隋书》

---

① （明）胡应麟：《少室山房笔丛》，上海书店出版社 2009 年版，第 289 页。
② （明）胡应麟：《少室山房笔丛》，上海书店出版社 2009 年版，第 304 页。

中。则自汉历隋至唐固未尝亡，而奚待于徐氏之伪？……周氏谓平王是楚平王。案，文子《汉书》不注姓名，而马总《意林》有《范子计然》十三卷，云计然姓辛，字文子，李暹所注盖实因之。然《意林》别出《文子》十二卷，其语政与今传本同，则计然之书非此明甚，而暹辈直以名字偶合当之，故历世承其讹，至洪野处、宋景濂而后定。嘻！甚矣。第两公言犹有未尽。余以不直文子非计然，即计然名文子吾弗敢信也。《汉志》惟兵家《范子》二篇，而农、杂、道家并亡称计然者，今《意林》所录乃阴阳历数之书，必魏、晋处士因班传依托为此。其姓名率乌有类，恶足据哉。① （《少室山房笔丛》卷三一丁部《四部正讹中》）

对《鬼谷子》的真伪问题，胡应麟根据前人观点，也给予了必要论述，其中也涉及柳宗元的观点。文曰：

《鬼谷》，纵横之书也。余读之，浅而陋矣，即仪、秦之师，其术宜不至猥下如是。柳宗元谓刘氏《七略》所无，盖后世伪为之者，学者宜其不道。而高似孙辈辄取而尊信之，近世之耽好之者又往往而是也。甚矣，邪说之易于入人也。宋景濂氏曰："《鬼谷》所言揣阖、钩箝、揣摩等术，皆小夫蛇鼠之智，家用之则家亡，国用之则国偾，天下用之则失天下。其中虽有'知性寡累'等话，亦庸言耳。学士大夫所宜唾去而宋人爱且慕之，何也？"其论甚卓，足破千古之讹。② （《少室山房笔丛》卷三一丁部《四部正讹中》）

《鬼谷子》为鬼谷子所著，鬼谷子（约前400—约前270），王氏，

---

① （明）胡应麟：《少室山房笔丛》，上海书店出版社2009年版，第304—305页。
② （明）胡应麟：《少室山房笔丛》，上海书店出版社2009年版，第305页。

名诩，一作王禅。战国时期传奇人物，著名谋略家，纵横家的鼻祖，兵法集大成者。被后世尊为"谋圣"，在文化史上，鬼谷子是与孔子、老子并列的学术大家。作为纵横家游说经验的总结，《鬼谷子》最早见于《隋书·经籍志》，共二十一篇，被人们称为"智慧禁果，旷世奇书"。由于书中崇尚谋略、权术和言谈、辨论，思想与儒家仁义教义大相径庭，故而多遭禁毁，受到后世诸多儒家文士贬抑。胡应麟即持贬抑态度，他认为此书"浅而陋"。

而柳宗元根据刘歆《七略》上无目录，就判断《鬼谷子》为后世伪作。《七略》是西汉刘歆汇录的中国第一部官修目录学著作。作品分为辑略、六艺略、诸子略、诗赋略、兵书略、数术略、方技略等七部。分为三十八类，共著录当时可见的五百九十六家，一万三千二百六十九卷图书。《七略》第一次展示了我国古代的图书分类方法，以学术性质为分类标准，在著录上确立了较为完全的方法，对我国图书馆目录的发展产生了深远影响。柳宗元根据《七略》判断《鬼谷子》为后世伪作，由于《鬼谷子》多遭禁毁，柳得出如此结论尚属情有可原。而宋濂阐述论断则明显是儒家立场贬抑《谷鬼子》，属于偏颇之言，胡应麟大赞宋濂之论，可见其观点也是偏颇的。故而其赞同柳宗元认为《鬼谷子》为后世伪作，其文曰：

> 《鬼谷子》，《汉志》绝无其书，文体亦不类战国。晋皇甫谧序传之。案，《隋志》纵横家有《苏秦》三十一篇、《张仪》十篇，隋《经籍志》"已亡"，盖东汉人本二书之言会萃益附益为此，或即谧手所成而讬名鬼谷，若子虚、亡是云耳。《隋志》占气家又有《鬼谷》一卷，今不传。又关尹传亦称鬼谷，见《隋志》。① （《少室山房笔丛》卷三一丁部《四部正讹中》）

后世对《鹖冠子》的真伪辩争也是颇为尖锐，胡应麟梳理了这些观

---

① （明）胡应麟：《少室山房笔丛》，上海书店出版社 2009 年版，第305页。

点，并加以阐述，其中也涉及柳宗元的观点。《鹖冠子》是先秦典籍，其说大抵本于黄老而杂以刑名，作者不详，《汉书·艺文志》称"楚人"，"居深山，以鹖为冠"。应劭《风俗通义》佚文亦称："鹖冠氏，楚贤人，以鹖为冠，因氏焉。鹖冠子著书。"可见鹖冠子乃其别号。鹖冠子发挥天道哲学与人君南面之术，认为世界上一切事物知识都在不停变化，人要不断学习，国家需要大家来治理。他将其政治主张和哲学思想著述成书，名为《鹖冠子》，由于其书思想进步，文笔雄健，后世影响很大。

胡应麟先是指出《鹖冠子》何以被后世视为伪作之因，文曰：

> 《鹖冠子》汉《艺文志》有二，一道家、一兵家。兵家任宏所录，班氏省之，则今所传盖伪讬道家者尔。然道家所列《鹖冠子》仅一篇，而唐韩愈所读有十九篇，宋《四库书目》乃三十六篇，晁氏《读书志》则称八卷，与《汉志》俱不合，而唐、宋又自相矛盾。晁、顾谓《四库》篇目与昌黎所读同，何也？说者以《鹖冠》、《亢仓》、《子华》皆因前代有其名而依讬为伪，然中实不同，《鹖冠》则战国有其书而后人据《汉志》补之，《亢仓》则《庄子》有其文而后人据《南华》益之，若《子华》既无其书又无其文，特好事者因倾盖一言而伪撰以欺世耳。[①]（《少室山房笔丛》卷三一丁部《四部正讹中》）

从上文可见胡的阐述非常具有说服力。先是指出《鹖冠子》有二，班固《汉书·艺文志》省略了兵家，于是出现所传盖伪讬道家。而道家《鹖冠子》所列仅仅只有一篇，而后世则出现了不同的篇目，韩愈所读十九篇，宋《四库书目》有三十六篇，晁公武《读书志》又称八卷，就出现了前后不一的矛盾情形，于是就逐渐坐实了依讬为伪书了。胡应麟并不认同《鹖冠》与《亢仓》《子华》一样，指

---

① （明）胡应麟：《少室山房笔丛》，上海书店出版社2009年版，第306页。

胡应麟称颂宋濂的同时，也表达了自己看法。他认为，《鹖冠子》其书杂乱不顺服，很难据此断为战国时期的文字，但是，文中词气瑰丽，古雅深奥，又不是东汉时代所能做到的。由于其书残逸断缺，后世之人根据自己的意思增加补充，所以造成了"文义多不可训，句读者遂益不复究心"。可见其亦处于非伪与伪作之间也。

《亢仓子》（《洞灵真经》）为亢仓子所作。亢仓子，春秋时期陈国人，为亢桑子，又名亢仓子、庚桑子。又传说为《庄子》中的寓言人物，姓庚桑，名楚，陈国人，能视听不用耳目。《亢仓子》主要继承发展了道家之"道"。谈到前人皆以《亢仓子》为赝书，胡应麟对此大加驳斥，认为其并非赝书也。文曰：

> 《亢仓子》赝书也，世无弗知。然而非赝也，《汉志》无《亢仓子》，唐号亢仓子《洞灵真经》，求弗获，而王士元取《庚桑楚》篇杂引道家以补之。士元襄阳人，见孟浩然集序及晁公武论甚悉。河东之驳允矣，失不考其实事，今犹纷纷以为赝书。《亢仓子》出王士元，尚有可疑。夫畏垒虚，太史明谓空言，兼《隋志》弗载，则唐前固绝不闻此书，曷从而号之而访之？岂士元既补之后，明皇好道，特取而宠异其名，此遂相沿为实，子厚亦无从考与？[①]（《少室山房笔丛》卷三一丁部《四部正讹中》）

对《亢仓子》的真伪之辨，胡应麟明确其非赝书。然为何会被认为是赝书呢？胡解释道，由于《汉书·艺文志》目录无《亢仓子》，而唐代将其名为《洞灵真经》，其书难以获得。王士元于是取《庚桑楚》篇加以道家言论补充之。这样柳宗元驳斥其为赝书也就非常适当了，由此可见，胡应麟认可柳宗元的驳论。

但他反对他那个时代多以《亢仓子》为赝书，认为他们没有考

---

① （明）胡应麟：《少室山房笔丛》，上海书店出版社2009年版，第309—310页。

证其实事。其一他怀疑《亢仓子》是否出自王士元之手；其二他认为《隋书·经籍志》没有记载，唐前则不能听闻此书，那又怎么为之取名访求呢？故而他反问难道是王士元补充后，唐明皇好道家之说，就特地取宠异其名（即《洞灵真经》），后来相沿变成了实事，连柳宗元也无法考辨了吗？

《龙城录》为轶事小说集，又名《河东先生龙城录》，旧题柳宗元撰，历来学者均持异议。如陈振孙《书录解题》、张邦基《墨庄漫录》等都认为，乃宋代王铚伪托；洪迈《容斋随笔》则认定为宋刘焘所作，然证据皆不充分。柳宗元生平善于考论古书真伪，但也免不了被托名，成为笑资，胡应麟故以《龙城录》证之。文曰：

> 《龙城录》，宋王铚性之撰，嫁名柳河东。铚本意假重行其书耳，今其书竟行而子厚受诬千载。余尝笑河东生平抉驳伪书，如《鬼谷》《鹖冠》等千百载上无遁情，真汉庭老吏，日后乃身为宋人诬蠛不能辩，大是笑资，然亦亡足欺识者也。①（《少室山房笔丛》卷三十二丁部《四部正讹》下）

前面我们已知胡应麟论诗宗盛唐，却不知他还认为唐亦为禅道释最为兴盛的时期。文曰：

> 世知诗律盛于开元，而不知禅教之盛实自南岳、青原兆基，考之二大士正与李、杜二公并世，嗣是列为五宗。千支万委莫不由之。韩、柳二公亦当与大寂、石头同时，大颠即石头高足也。世但知文章盛于元和，而不知尔时江西、湖南二教周遍寰宇。唐世人才之众迺尔，宋时诗文固不及唐，然禅门亦止临济一宗，较之唐世终有未及处。余常疑汉儒训经、宋儒明道各极

① （明）胡应麟：《少室山房笔丛》，上海书店出版社 2009 年版，第 319 页。

宗趣，代自名家，独唐儒者不兢，乃释门炽盛至是，焉能两大哉？①（《少室山房笔丛》卷四十八癸部《变树幻钞》下）

从上文可见，胡应麟认为，诗律盛于开元，以"李杜"二公并称于世，其间禅教列为五宗了；文章则以韩柳二公并称于元和时期，其间释家也是周遍寰宇，与宋代相较，唐代可谓全面超越也。如此持论，胡应麟宗唐情结可谓发自内心，溢于言表。

---

① （明）胡应麟：《少室山房笔丛》，上海书店出版社2009年版，第493页。

第六章　"后七子"领袖王世贞
全面批评柳宗元

　　王世贞（1526—1590），生于嘉靖五年，卒于万历十八年，字元美，号凤洲，又号弇州山人。王世贞与李攀龙、徐中行、梁有誉、宗臣、谢榛、吴国伦合称"后七子"。王世贞与李攀龙为"后七子"领袖，李攀龙故后，王世贞独领文坛二十年，可见其在明代中后期文坛影响之大。作为"后七子"的领袖和理论家，王世贞倡导复古主张，《艺苑卮言》集中了其复古理论，也成为"后七子"诗文理论的重要著作。

第一节　王世贞批评柳宗元的考辨

　　作为明代重要的文学家、史学家，王世贞博览群书，对古书旧史评点甚多，其中也多处涉及柳宗元批评，不仅可以清晰梳理柳宗元的学术和历史影响，还有助我们具体了解柳宗元在明代的接受情形，可见其研究价值凸显。

一　《读列子》批评柳宗元"辨其所不必辨"

　　《列子》又名《冲虚真经》或《冲虚经》，是战国早期列子、列子弟子及其后学所著，属于道家的一部经典著作。其思想主旨接近老庄，追求冲虚自然境界。西汉初年流行于世，汉武帝罢黜百家后，则散落民间，西晋又有所发展，唐宋时期形成高峰。由于历代《列子》研究很多，且列子学著作大多没有流传下来，因而对《列子》的讨论也一直存在。王世贞在《读列子》中也进行了辨别，其中就涉及了柳宗元对《列子》的评点。《读列子》文曰：

> 吾始好《列子》文，谓其与《庄子》同叙事，而独简劲有力，以为差胜之。于鳞亦以为然。而柳子厚故谓《列子》辞尤质厚，少伪作。最后稍熟《庄子》，始知《列子》之不如《庄子》远甚。凡《列子》之谈理，引喻皆明浅，仅得其虚泊无为，以幻破□□于胃膜之间。而《庄子》则往往深入而探得其髓，其出世处世之精妙，有超于揣摩意见之表者。至其措句琢字，出鬼入神，固非《列子》之所敢望也。吾意《列子》非全文，其文当缺而后有附会之者。凡《庄子》之所引微散漫，而《列子》之所引则简劲，疑附会之者，因《庄子》之文而加磨琢者也。柳柳州《列子辨》，独举刘向所称为郑穆公时人，以穆公在孔子前百余岁，而历举列子在缪公时与其相驷子阳证其非。夫《列子》引孔子，不一而足，是可知已。又何必别引子阳以为证？且向宁不自知其非郑穆公？"穆"之一字，当由传录者讹，柳州之辨其所不必辨，尤可笑也。（《读书后》卷一）

在文中，王世贞先表明观点，开始他与李攀龙一样，喜欢《列子》文章，但相较《庄子》而言，《列子》还是略差一些。然后引出柳宗元的观点，柳认为《列子》文辞质朴敦厚，因而伪作少。后来熟读《庄子》以后，发现《列子》谈论道理，引喻明白浅显，仅得其虚泊无为，而《庄子》思想博大精深，深入人髓，且文辞瑰丽神奇，汪洋恣肆，出神入化，远非《列子》所敢望。于是觉得《列子》并非全文，其文缺失之后，有人则加以附会。尤其是《庄子》所引细微散漫之处，到《列子》所引之处就变得简洁有力，因此怀疑附会之人仔细研读琢磨了《庄子》。王世贞从多个角度来阐释，如此论述可谓层层深入，逻辑性较强，颇具说服力。

接下来王世贞评析柳宗元的《列子辨》，称其“独举刘向所称为郑穆公时人”，就柳宗元考辨列子为何时之人，单独选取刘向之言加以反证，指出其论证方法不当。“以穆公在孔子前百余岁，历举列子在缪公时与其相驷子阳证其非。”其证如下：列子在孔子前百余年，其所著《列子》怎会引孔子之言。既然已知列子为穆公时人，又为何另引子阳等人来为证呢？进一步说，果真如此情形的话，难道博极群书的刘向会不知道吗？据此，王世贞认为“穆”应当是传录者弄错了。柳宗元之辨为“辨其所不必辨”，故而显得尤为可笑了。

为更便于详细了解柳宗元辨论，特列《列子辨》对照说明，《列子辨》亦名《辨列子》，文曰：

> 刘向古称博极群书，然其录《列子》，独曰郑穆公时人。穆公在孔子前几百岁，《列子》书言郑国，皆云子产、邓析，不知向何以言之如此？《史记》：郑缪公二十五年，楚悼王四年，围郑，郑杀其相驷子阳。子阳正与列子同时。是岁，周安王四年，秦惠公、韩烈侯、赵武侯二年，魏文侯二十七年，燕釐公五年，齐康公七年，宋悼公六年，鲁穆公十年。不知向言鲁穆公时遂误为郑耶？不然，何乖错至如是？其后张湛徒知怪《列子》书言穆公后事，亦不能推知其时。然其书亦多遭增窜，非其实。要之，庄周为放依其辞，其称夏棘、狙公、纪渻子、季咸等，皆出《列子》，不可尽纪。虽不概于孔子道，然其虚泊寥阔，居乱世，远于利，祸不得逮乎身，而其心不穷。《易》之“遁世无闷”者，其近是欤？余故取焉。其文辞类《庄子》，而尤质厚，少为作，好文者可废耶？其《杨朱》《力命》疑其杨子书。其言魏牟、孔穿皆出列子后，不可信。然观其辞，亦足通知古之多异术也，读焉者慎取之而已矣。[①]

---

① （唐）柳宗元：《柳宗元集》，中华书局1979年版，第106—108页。

从《辨列子》文中看，柳宗元是基于刘向所言"独曰郑穆公时人"而辨的。古称刘向博览群书，其观点宜为正确，可是柳却发现《列子》书中言及郑国人物竟然多说子产、邓析。子产（？—公元前522），郑穆公之孙，春秋时期著名政治家和思想家。邓析（前545—前501），子产执政时曾任郑国大夫，具有法家思想萌芽的政治家和思想家。由此可见叙说人物时间点为矛盾的，于是柳宗元反问"不知向何以言之如此"？按理来说，刘向不能犯如此简单的常识性错误啊。因此，柳不得不仔细进一步加以论证。于是就引《史记》所载"郑缮公二十四年，楚悼王四年，围郑，郑杀其相驷子阳"。而子阳正与列子同时，于是又根据以下情况，"是岁，周安王四年，秦惠公、韩烈侯、赵武侯二年，魏文侯二十七年，燕釐公五年，齐康公七年，宋悼公六年，鲁穆公十年。"联系前言，估推出刘向将鲁穆公误成了郑穆公，不然也不会"错至如是"。柳宗元如此推论前后联系起来还是言之有理的。这样的话，王世贞批评柳"辨其所不必辨"就有点武断了。

柳宗元还指出"张湛徒知怪《列子》书言穆公后事，亦不能推知其时"。比较《庄子》和《列子》二书后，提出《列子》"尤质厚，少为作，好文者可废耶？"称其"足通知故之多异术"，总结肯定了《列子》作为道家学派的经典之一，其书展示了黄老哲学的幽隐自由，对冲虚自然的追求，富有睿智和哲理，需要读者慎重对待。

后来还有《列子辨》（二卷）不著撰人名氏。前有康熙后壬寅自序，署其号曰复堂，不知何许人也。其注用林希逸口义本稍为删削，而间附以刘辰翁评。并且《四库提要》还对《列子辨》进行了评析，也可见《列子》辨伪何以如此纷繁的缘由。《四库提要》其文曰：

> 卷首凡例称，《列子》刻本，书肆绝少。此特借抄，其中必多讹字云云。则亦寒乡之士，罕睹旧籍者矣。其辨论大旨，谓

《汉·艺文志》载《列子》八篇，典午之祸，典籍荡然。六朝清谈之士，依傍《艺文志》所云而妄托之。然其所证据，特以文句臆断之耳。考《柳宗元集》有《辨列子》一篇，摘其言魏牟、孔穿皆出《列子》后，然特谓其不免增窜，不以为伪也。高似孙《纬略》颇以《史记》无传为疑，又疑其出于后人之荟萃，然未敢定为谁氏作也。是编漫无所据，竟毅然断其出于六朝。极诋其文词之恶，以朱笔勒其旁者，不一而足。文词工拙，姑置无论。第考东晋光禄勋张湛所注，已疑其言郑穆公以后事，与刘向所云郑穆公时人者不合，则书在东晋以前审矣。作者未见湛注，遂以为出六朝耳。观其批篇首将嫁于卫句云，嫁字诸书所无，但此书率多讹字，嫁或家字之讹。不知《尔雅释诂》曰：嫁，往也。郭璞注引方言曰：自家而出谓之嫁，犹女出为嫁。古训炳然，乃横生揣度，其空言臆断可知矣。

二 《读楚论语》批评柳宗元"儒者之好持论"

《读楚论语》为王世贞读《国语·楚语上》后，对柳宗元和苏轼评点的辨论。其文曰：

> 屈到嗜芰，有疾，召其宗老而属之曰："祭我必以芰。"及祥，宗老将荐芰，屈建命去之。君子曰，"不违而道。"柳宗元非之曰："《礼》有齐之日，思其所乐，思其所嗜。子木去芰，安得为道？"苏子复非之曰："甚矣，柳子之陋也！赫赫楚国，若敖氏之贤，闻于诸侯，身为正卿，死不在民，而口腹是尤，亦甚矣！使子木行之，国人诵之，太史书之，天下后世，不知夫子之贤，而唯陋是闻，子木其忍为此乎？"余则曰："甚矣屈建之忍也，而苏子之好异也。今夫取《礼》之轻者与食之重者比，奚啻食重。然则礼而轻也，当其身尚不以废食，而况于其亲乎哉？从治命，不从乱命，恒也。屈到之命荐芰乱也否也？且夫芰与蔬藿等耳！若非邑之疴、长孺之爪甲，腥秽而不可登

席，又非若铜雀之伎之淫侈也，临穴之殉之酷也。宗老言之，建领之，撤一蔬可以易，益一豆不为多，国人何所诵，太史何所书，而天下后世何所知乎？今以建之却之，又不能为之讳，而国人之媚新令尹者，以为不违道，而书之太史，传之天下后世，是扬先人之过者，建之却也，不在荐。夫不忍于一荐之小礼，而弃忘其父之嗜好，其不孝小也。急于扬己之名，而不讳其父之误，其不孝大也。夫建也挟左右广之甲而欲无礼于盟主之上卿，弃诸侯之信而不之顾，此夷狄也，而何有于小礼也。其父生不得志与鼎俎，而又衔建之鸷桀，故示微于宗老，而建卒弁髦之，宁不违道也？或云：屈到之芰，建可荐也。建之不荐，左氏可无称也。左氏之称，柳子可无非也。柳子之非，苏子可无讥也。苏子之讥，子可无哀也。甚矣！儒者之好持论也。吾无以对。"（《读书后》卷一）

文中首先说"屈到嗜芰"与"屈建去之"之事，引出柳、苏评议。这就需要了解史情，屈到和屈建为两父子，屈到为春秋时楚国人，字子夕，屈荡之子。楚康王时任莫敖，其嗜食芰，生病临死时，嘱咐其宗人祭祀必用芰。等其死后周年之祭时，宗人于是用芰来祭祀。其子屈建（字子木）却说不能因为私欲而冒犯国典，命人去之不用。故君子称其"不违而道"。

柳宗元却反对如此评价，说："《礼记》有庄重之期（即对死者的尊重），那就应该考虑其喜欢和爱好的。子木（屈建）去除其父嗜好的芰，怎么能够称得上道义呢？"可见柳宗元的评价是根据《礼记》中孝道礼仪而言，如此反驳也合乎逻辑。

而苏子（苏轼）对柳宗元之论又提出了反驳，并且称柳"甚矣，柳子之陋也！"苏轼称柳宗元"陋"（见闻少），他是从儿子维护父亲贤者名望角度考虑的。其理由为：若敖家族好名声闻于诸侯。屈到身为正卿，死时不考虑百姓，而特别在意自己的饮食，那就太过分了！如果其子屈建照办，那就会被国人议论，太史记载于史书，这样就不知屈到美好名声，而只能听到其不好的方面了。其子屈建怎么忍心为之呢？

柳宗元和苏轼辩驳的角度不同，故而观点也就相左了。王世贞根据史书，对柳宗元和苏轼的观点都进行了辨析，认为"甚矣屈建之忍也，而苏子之好异也"。何以有此言论？王世贞采用的假设推理论证：假如将《礼》之轻者与食之重者相比较，为什么只看重食呢？既然礼节为轻，对其本人尚且不能因此而停止吃食物，况且对其亲人呢？通常而言，听从治命，而不听从乱命。屈到遗嘱用芰祭祀又不是乱命。何况芰与蔬簌等也类似，不像刘邕嗜好的疮痂，权长儒癖好的爪甲那样，腥臊肮脏不可登上筵席。也不像铜雀之伎极度浪费，临穴之殉惊恐残酷。那么宗老说，屈建同意，祭祀时撤换一种蔬菜很容易，增加一豆也不为多，国人怎么会议论，太史又怎么可能记录，天下人后世人又怎么可能知道呢？从王世贞如此分析来看，祭祀用"芰"也就可行了。

如今屈建去除了芰，又不能为其父避讳，国人为了讨好屈建（新令尹），认为这样不违背（正义）道德礼仪，让太史记录于史书，流传天下后世，这是在宣扬（揭发）先人的过失（过错）。因此屈建去除芰的行为不值得推荐。然后王世贞进一步指出屈建之错，称其不忍小礼，而弃忘其父的嗜好（嗜芰），属于小不孝。而其急切宣扬自己的名声，而不避讳父亲的失误，这就属于大不孝了。

王世贞还认为屈建依仗楚国国君所属的亲兵部队（左右广），想对盟主的上卿无礼，背弃诸侯盟约之信而不顾，简直为异族行为，怎么会有小礼。其父亲在生不能实现祭祀器具（盛放芰）的愿望，而屈建又内心倔强，故意把微小的事物让宗老知道，屈建最后又以帽子遮住毛发般掩饰，难道不是违背道德吗？王世贞这样剖析可谓层层深入，后面再引用前人所言，认为"柳子可无非也"，而"柳子之非，苏子可无讥"。这一切皆因"儒者之好持论也"。

第二节　王世贞评点柳宗元诗文

王世贞作为明代后七子的领袖人物，文学上明确提到了复古主张。针对明代台阁体的平庸富贵，以及拟古派的模拟抄袭，王世贞还提倡"真情说"，对于纠正虚假文风起到了重要作用，其文学创作也成为世人竞相效法的典范，由此可见王世贞在当时文坛影响之大。他对柳宗元诗文评价，代表了其间文坛对柳宗元的评价，也可以反映柳宗元在当时文坛的接受情形。

一　王世贞评点柳宗元之文

王世贞对前代文人诗文研读颇多，也包括研读柳文，他还对比分析评点了他们的长处与不足。如《书柳文后》就从比较韩柳文才高下，再到比较文章优劣长短。其文曰：

> 柳子才秀于韩而气不及，金石之文亦峭丽，与韩相争长。而大篇则瞠乎后矣。《封建论》之胜《原道》，非文胜也，论事易长论理易短故耳。其他驳辨之类，尤更破的。永州诸记，峭拔紧洁，其小语之冠乎！独所行诸书牍，叙述艰苦，酸鼻之辞，似不胜楚；摇尾之状，似不胜屈。至于他篇，非掊击则夸毗，虽复斐然，终乖大雅。似此气质，罗池之死，终堕神趣，有以也。吾尝谓柳之早岁多弃其日于六季之学，而晚得幽僻远地，足以深造；韩合下便超六季而上之，而晚为富贵功名所分，且多酬应，盖于益损各中半耳。（《读书后》卷三）

王世贞首先指出柳宗元才华灵巧方面比韩愈要强，但精气神却不及韩愈，其金石之文也写得遒劲秀丽，可以与韩愈相较高下，但是其长篇大论则落在韩愈之后了。然后举例证之，虽说柳宗元《封建论》要胜出韩愈《原道》篇，王世贞认为并不是文采胜出，而是论述事情易长论而论理则易简短罢了，其他驳论之类则更易扼要中理。柳宗元的诸多永州游记，笔力雄健接近简洁，乃小语之冠。唯独他所写的书牍文，文中叙述的艰苦之状，令人鼻酸的文辞，似乎承受不了楚地之苦；其对统治者摇尾乞怜的样子，好像又比不了屈原的高尚精神。至于其他的文章，不是抨击就是夸耀辅助，虽仍属文采斐然，但终究背离大雅了。像这样的气质，柳宗元死于罗池（柳州柳侯祠东），终究还是少了神韵趣旨。

王世贞进一步分析了韩柳经历对其文学成就的影响，他认为柳宗元早年放弃时日于"六季之学"，即缺少学习锤炼，晚年贬谪幽静僻远之地，得以不断进步，达到了精深境地。而韩愈当初便超过了"六季之学"颇多，即学识渊博，但是晚年却为富贵功名分心了，且多酬应之作，一人增加提高，一人减少降低，故而就各自对半了。可见，王世贞对柳宗元分析颇为全面，对于韩柳文学成就评价也是适当的。

对唐宋重要文学家的文章风格，王世贞也进行了评价，如《书欧阳文后》曰："欧阳之文，雅浑不及韩，奇峻不及柳，而雅靓亦自胜之。"（《读书后》卷三）文中就比较了欧阳修、韩愈与柳宗元的文章优缺点。欧阳修（1007—1072）字永叔，号醉翁，晚年号六一居士，在宋代文学史上最早开创一代文风，领导了北宋诗文革新运动，继承并发展了韩愈的古文理论。是唐宋八大家之一，并与韩愈、柳宗元、苏轼并称"千古文章四大家"。[①] 欧阳修自幼喜爱韩柳古文，写作古文也以韩柳为学习典范，他取法韩柳古文文从字顺，摒弃了韩柳古文的奇险深奥倾向。这样，欧阳之文在韩文的雄肆、柳文的峻切之外，形成了语言简洁流畅，文气纡徐委婉，平易自然的新风格。故而王世贞评价称欧阳之文雅致雄浑上不及韩愈之文，语言严正不同凡俗上不及柳宗元之文，然"雅靓亦自胜之"。欧阳修散文平易自然的文风更易为人接受，从而开创了一代文风。可见，王

---

① 袁行霈、莫砺锋、黄天骥：《中国文学史》，高等教育出版社2009年版。

世贞对韩文雄肆、柳文峻切、欧阳之文平易风格把握非常准确。

王世贞在评价三苏散文的同时，也顺带比较了"千古文章四大家"的才学。其《书三苏文后》曰："子由稍近理，故文彩不能如父兄；晚益近理，故益不如，然而不失为佳子弟也。四家之文无论已，其学则子瞻最博，子厚次之，退之又次之，永叔狭矣。"（《读书后》卷四）

他认为苏辙，字子由，散文文采不如其父兄，主要原因为其文接近事理。苏辙生平学问受其父兄影响深，其散文擅长政论与史论，以论理为主，追求淳朴，故而文采稍逊其父兄也。韩柳欧苏四家散文的比较，王世贞认为文采难较高下，但从学识学问上，他认为苏轼最为博学，其次则是柳宗元、韩愈，欧阳修最浅学。这样看法和排序相对而言较为合理，可以让读者接受。

因王世贞主张复古唐代及其前之文，他也大致阐述了理由。文曰：

> 李献吉劝人勿读唐以后文，吾始甚狭之，今乃信其然耳。记闻既杂，下笔之际，自然于笔端搅扰，驱斥为难。若模拟一篇，则易于驱斥，又觉局促，痕迹宛露，非斫轮手。自今而后，拟以纯灰三斛，细涤其肠，日取《六经》《周礼》《孟子》《老》《庄》《列》《荀》《国语》《左传》《战国策》《韩非子》《离骚》《吕氏春秋》《淮南子》《史记》班氏《汉书》，西京以还至六朝及韩柳，便须铨择佳者，熟读涵泳之，令其渐渍汪洋，遇有操觚，一师心匠。气从意畅，神与境合，分途策驭，默受指挥，台阁山林，绝迹大漠，岂不快哉！世亦有知是古非今者，然使招之而后来，麾之而后却，已落第二义矣。[①]（《艺苑卮言》卷一）

---

① （明）王世贞：《艺苑卮言》，凤凰出版社 2009 年版，第 14—15 页。

王世贞先借李攀龙之口说出"勿读唐以后文"。然后指出要想写好一篇文章，"记闻既杂，笔端搅扰，驱斥为难"。模拟写作则"易于驱斥"，但"痕迹宛露，非斫轮手"，这就需要"以纯灰三斛，细涤其肠"，选择古代佳作熟读研习。他还列举了先秦两汉的具体作品，从汉之后，六朝到唐，他则主要提到韩柳散文，由此可见其鲜明倾向。并且还要学会甄别，选取佳作，熟读品味，让其在汪洋书海中浸润感化，这样到写作的时候，就会有独特的构思，气势与文意都很顺畅，精神与意境相互交合。然后"分途策驭，默受指挥"，得心应手，或写台阁山林，或是绝迹大漠，岂不为快！但也有人是古非今，他们是"招之而后来，麾之而后却"，功利模拟用之，而不是熟读品味，谙熟于心，这就处于下风了。

王世贞还称韩柳二人创作师承前人，故而其诗文都有前人的影子。文曰："退之《海神庙碑》，犹有相如之意；《毛颖传》，尚规子长之法；子厚《晋问》，颇得枚叔之情；《段太尉逸事》，差存孟坚之造，下此益远矣。"①（《艺苑卮言》卷四）王世贞各选取了韩柳两篇说明，他认为韩愈《海神庙碑》有司马相如之意；《毛颖传》还能依照司马迁之法；柳宗元的《晋问》颇得枚乘情意，《段太尉逸事》则勉强保留了班固的作文之法。

王世贞还说道："子厚诸记，尚未是西京，是东京之洁峻有味者；《梓人传》，柳之懿乎？然大有可言。相职居简握要，收功用贤，在于形容梓人处已妙。只一语结束，有万钧之力，可也，乃更喋喋不已。夫使引者发而无味，发者冗而易厌，奚其文？奚其文？"②（《艺苑卮言》卷四）王世贞认为柳宗元诸多传记，没有西汉散文成就，但已有了东汉散文神气轩昂的情趣，然后以柳宗元的传记佳作《梓人传》说明之。《梓人传》为柳宗元早期长安为官所作。柳宗元以博学宏词授集贤殿正字，后调蓝田尉，因初入仕途，对当

---

① （明）王世贞：《艺苑卮言》，凤凰出版社 2009 年版，第 59 页。
② （明）王世贞：《艺苑卮言》，凤凰出版社 2009 年版，第 60 页。

时朝廷政出多门、吏治混乱的现象甚为不满，故作此文以喻之。认为要改变这种状况，关键在于执政者必须知晓为相之道，能统揽全局，善用其人。文章结尾曰："余谓梓人之道类于相，故书而藏之。梓人，盖古之审曲面势者，今谓之'都料匠'云。余所遇者，杨氏，潜其名。"最后补出梓人及姓名，文章戛然而止，令人回味，引发深思。因此王世贞评价称："相职居简握要，收功用贤，在于形容梓人处已妙。只一语结束，有万钧之力，可也"，如此评价可谓当也。清代张伯行亦有如此评价，文曰："相臣之道，备于此篇。末端更补出以道事君不可则止意，是古今绝大议论。"（《唐宋八大家文钞》卷四）

王世贞不喜六朝文，但其对六朝文人才华却颇为认同，认为"非直时代为累，抑亦天授有限"。文曰：

> 吾于文虽不好六朝人语，虽然，六朝人亦那可言。皇甫子循谓："藻艳之中，有抑扬顿挫。语虽合璧，意若贯珠，非书穷五车，笔含万花，未足云也。"此固为六朝人张价，然如潘、左诸赋，及王文考之《灵光》，王简栖之《头陀》，令韩、柳受觚，必至夺色。然柳州《晋问》，昌黎《南海神碑》《毛颖传》，欧、苏亦不能作，非直时代为累，抑亦天授有限。[①]（《艺苑卮言》卷三）

王世贞借皇甫子循为六朝文辩解"张价"，称其"藻艳之中，有抑扬顿挫"，并且称潘、左以及王延寿《鲁灵光殿赋》、王简栖《头陀寺碑文》都是佳作。如果让韩愈、柳宗元来写作，必定更出色。并且还称柳宗元《晋问》、韩愈《南海神碑》《毛颖传》皆为杰作，欧阳修、苏轼却不能为之。可见，王世贞不仅赞唐代之文，还尤为赞赏韩柳天赋文才。

---

① （明）王世贞：《艺苑卮言》，凤凰出版社2009年版，第50页。

故而他称韩柳为振兴唐文者,曰:"文至于隋唐而靡极矣,韩、柳振之,曰敛华而实也。至于五代而冗极矣,欧、苏振之,曰化腐而新也。然欧、苏则有间焉,其流也使人畏难而好易。"①(《艺苑卮言》卷四)韩柳发起古文运动,收敛奢华变为充实之风。欧苏继续推动诗文革新运动,改五代冗繁之极,可谓化腐为新。

又曰:"韩柳氏,振唐者也,其文实;欧苏氏,振宋者也,其文虚;临川氏法而狭。南丰氏饫而衍。"②(《艺苑卮言》卷三)如此评价简明扼要,特点概括准确,对比鲜明。

二 王世贞评点柳宗元诗赋

除了点评柳宗元的散文之外,王世贞还评点了柳宗元的诗才和作品。如其云:"韦左司平淡和雅,为元和之冠。至于拟古,如'无事此离别,不如今生死'语,使枚、李诸公见之,不作呕耶?此不敢与文通同日,宋人乃欲令之配陶陵谢,岂知诗者!柳州刻削虽工,去之稍远,近体卑凡,尤不足道。"③(《艺苑卮言》卷四)从文中可见王世贞对韦应物的"平淡和雅"诗风评价甚高。韦应物世称"韦苏州""韦左司""韦江州",为唐代山水田园诗派诗人,其诗受陶、谢、王、孟等前辈诗人影响。其五古成就最高,风格冲淡闲远,语言简洁朴素。这非常吻合王世贞诗风追求,故而王称韦为"元和之冠"。但对其拟古诗作,王世贞却不认同,认为"使杜、李诸公见之,不作呕耶"?而宋人认为其诗匹配陶渊明,超过谢灵运,那是极为不当,为不知诗者的看法罢了。

王世贞认为柳宗元诗歌雕刻虽然精巧,但相较韦应物则稍显远了,其近体诗则卑微平庸,更加不值得称道了,这实际上是对王世贞的误解。柳宗元的诗歌现存140余首,在唐代诗坛上是存世较少

---

① (明)王世贞:《艺苑卮言》,凤凰出版社2009年版,第68页。
② (明)王世贞:《艺苑卮言》,凤凰出版社2009年版,第35页。
③ (明)王世贞:《艺苑卮言》,凤凰出版社2009年版,第59页。

的，其诗多为贬官永州之后的作品。其中叙事诗文笔质朴，描写生动，寓言诗形象鲜明，寓意深刻，抒情诗用清新峻洁的文笔，委婉抒写深沉感情。无论哪种体裁，柳宗元都写得精工密致，王世贞称"刻削虽工"还是可行的。但柳诗韵味深长，在简淡中蕴含深沉情感，则是韦应物等人无法相提并论的。柳宗元在自己独特的生活经历和思想感受基础上，借鉴前人艺术经验，发挥创作才华，从而创造出了独特的艺术风格。苏轼评价曰："所贵乎枯淡者，谓其外枯而中膏，似淡而实美，渊明、子厚之流是也。"将柳宗元与陶渊明并题，可见苏轼对柳诗评价之高也。

评价柳宗元之诗，往往离不了评价韩愈之诗，王世贞亦曰："韩退之于诗本无所解，宋人呼为大家，直是势利他语。子厚于风、雅、《骚》赋，似得一斑。"①（《艺苑卮言》卷四）从言语中我们可见王世贞对韩愈诗歌极为看轻，这也是因为韩诗"奇绝险怪"风格不为王所喜欢，故而称"宋人呼为大家，直是势利他语"说。同时，他还认为柳宗元在风雅《骚》赋方面皆有成就，称其为"似得一斑"。柳的辞赋继承和发扬了屈原辞赋的传统，可谓感情真挚，内容充实。欧阳修称道："天于生子厚，禀予独艰哉。超凌骤拔摧。苦其危虑心，常使鸣心哀。投以空旷地，纵横放天才，山穷与水险，上下极沿洄。故其于文章，出语对崔嵬。"由此可见欧阳修对其处境和辞赋特征分析极为得当。严羽更为大胆评价："唐人惟子厚深得骚学。"

说到古今删减诗句之事，王世贞也有其独到论断，文曰：

> 王勃："河桥不相送，江树远含情。"杜荀鹤："承恩不在貌，教妾若为容。"皆五言律也。然去后四句作绝，乃妙。天宝妓女唱高达夫"开箧泪沾臆"，本长篇也，删作绝唱；白居易"曾与情人桥上别"一首，乃六句诗也，亦删作绝：俱妙。独苏氏欲去柳宗元"遥看天际"，朱氏欲去谢玄晖"广平听方籍"

---

① （明）王世贞：《艺苑卮言》，凤凰出版社2009年版，第59页。

二语，吾所未解耳。①（《艺苑卮言》卷四）

王勃、杜荀鹤、高适、白居易的诗作删作绝，俱妙，也与我们的论题关联不大，故而略而不言。现在重点看柳宗元的《渔翁》诗后两句究竟删之是否适当。诗云："渔翁夜傍西岩宿，晓汲清湘燃楚竹。烟销日出不见人，欸乃一声山水绿。回看天际下中流，岩上无心云相逐。"② 此诗为柳宗元贬谪永州期间所作。因参加永贞革新遭受贬谪，柳宗元满腔抱负付之流水，身心俱疲，于是他寄情永州奇山异水，通过渔翁山水间获得内心宁静，来表达自己寂寞的心境寄托。全诗共六句，按照时间顺序分为三个层次。"渔翁夜傍西岩宿，晓汲清湘燃楚竹"写的是从夜晚至拂晓情景，从时空两个层面为全诗奠定了活跃清新的基调。"烟销日出不见人，欸乃一声山水绿。"这是全诗的精华所在，也是最见诗人功力的佳句，通过发挥语言艺术特长，把握了最有活力，最富生机的日出瞬间，将生活中常见的自然景象表现得比真实更为美好生动，给人以强烈的感染力。故而颇受后世好评，如明代桂天祥《批点唐诗正声》称道："'烟销日出不见人'二句，古今绝唱。"

"回看天际下中流，岩上无心云相逐。"所写为日出之后，画面更为开阔。此时，渔船已经进入河的中流，渔翁回首眺望，只见山峰上片片白云飘浮，好像无忧无虑在相互追逐，诗境颇为悠闲恬淡。正是这一结尾从苏轼开始引发了诸多热议，形成了两派鲜明的观点。宋代以苏轼、严羽为代表，认为可以删去结尾两句。

宋惠洪《冷斋夜话》引东坡评诗云："以奇趣为宗，反常合道为趣。熟味之，此诗有奇趣。其尾两句，虽不必亦可。"

宋严羽《沧浪诗话》大赞苏轼，云："东坡删去后二句，使子厚复生，亦必心服。"

---

① （明）王世贞：《艺苑卮言》，凤凰出版社 2009 年版，第 62 页。
② （唐）柳宗元：《柳宗元集》，中华书局 1979 年版，第 1252 页。

而明清则逐渐认识后两句价值，认为不应删去。如：

明高棅《唐诗品汇》中刘云："或谓苏评为当，非知言者。此诗气浑，不类晚唐，正在后两句，非蛇安足者。"

明邢昉《唐风定》云："高正在结。欲删二语者，难与言诗矣。"

明王昌会《诗话类编》云："诗贵意，意贵远不贵近，贵淡不贵浓，浓而近者易识，淡而远者难知。……柳子厚'回看天际下中流，岩上无心云相逐'，坡翁欲削此二句，论诗者类不免矮人看场之病。余谓若止用前四句，则与晚唐何异？"

由上所述，可谓众说纷纭，但其争论局限于艺术趣味，却很少知人论世，结合柳宗元作诗的心情和处境来深入探究。由于贬谪永州后，其心情极度压抑悲愤，身处贬谪荒僻之地，还受人监管，没有太多的人身自由。因此，他迫切向往陶渊明《归去来兮辞》中"云无心而出岫"自由闲适境界。因此，写下"烟销日出不见人，欸乃一声山水绿"奇妙佳句之后，柳宗元不甘罢休，宕开诗境，如此结尾，可见其艰难的处境中对自由闲适的渴望之情。结尾两句从艺术趣味上不能删去，从思想感情的理解上也是颇为重要的。故而王世贞称"独苏氏欲去柳宗元'遥看天际'，朱氏欲去谢玄晖'广平听方籍'二语，吾所未解耳"。

对于前人言唐诗称雄，唐以诗取士，王世贞极不赞同，并且举例证之，文曰：

> 人谓唐以诗取士，故诗独工，非也。凡省试诗，类鲜佳者。如钱起湘灵之诗，意不得一；李肱霓裳之制，万不得一。律赋尤为可厌。白乐天所载玄珠斩蛇，并韩、柳集中存者，不啻村学究语。杜牧《阿房》，虽乖大雅，就厥体中，要自峥嵘擅场。惜哉，其乱数语，议论益工，面目益远。（以上所录第四则至此第九则，曾收入《学海类编》第五十九册王世贞《全唐诗说》）

王世贞在文中提出"凡省试诗,类鲜佳者",认为钱起《省试湘灵鼓瑟》"意不得一",其诗云:"善鼓云和瑟,常闻帝子灵。冯夷孔自舞,楚客不堪听。苦调凄金石,清音入杳冥。苍梧来怨慕,白芷动芳馨。流水传潇浦,悲风过洞庭。曲终人不见,江上数峰青。"本诗为古代应试诗中屈指可数的佳作。试帖诗因有诸多限制,往往束缚士人才思发挥。钱起在此诗中却不然,他驰骋想象,极力描绘了湘灵鼓瑟的神奇力量。成为公认的试帖诗的范本,传诵一时,奠定了钱起诗坛不朽声名。

又称"李肱霓裳之制,万不得一"。所指唐代李肱《省试霓裳羽衣曲》,诗云:"开元太平时,万国贺丰岁。梨园献旧曲,玉座流新制。凤管递参差,霞衣竞摇曳。宴罢水殿空,辇余春草细。蓬壶事已久,仙乐功无替。讵肯听遗音,圣明知善继。"李肱,祖籍陇西成纪。唐文宗开成二年(837)丁巳科状元及第。该科进士四十人,同榜有李商隐等。考官:礼部侍郎高锴。试题为:《琴瑟合奏赋》和《霓裳羽衣曲诗》。据《云溪友议》所载,开成元年秋,高锴复司贡籍。上曰:"夫宗子维城,本枝百代。封爵使宜,无令废绝。常年宗正寺解送人,恐有浮薄,以忝科名。在卿精拣艺能,勿妨贤路。其能试赋,则准常规,诗则依齐梁体格。"乃试琴瑟合奏赋、霓裳羽衣曲诗。"主司先进五人诗,其最佳者李肱,次则王收。日斜见赋,则《文选》中《雪月赋》也。况肱宗室,德行素明,人才俱美,敢不公心,以辜圣教。乃以榜元及第。"高锴对李肱试卷极为欣赏,在其奏折中称李肱"最为迥书,更无其比,词韵既好,人才俱美。臣前后吟咏近三五十遍,虽使何逊复生,亦不能过……旧文亦好,人物奇绝……他日必为卿相"。此奏深合文宗之意,遂取为状元。

王世贞对于唐代科考律赋亦持贬抑态度,如其称"白乐天所载玄珠斩蛇,并韩、柳集中存者,不啻村学究语"。公元803年,吕灵、王起以博学宏词科登第,试《汉高祖斩白蛇赋》《谒先师闻雅乐》诗。白居易、李复礼、元稹、崔玄亮等以书判萃科登第,试

《毁方瓦合判》。时吏部侍郎郑珣瑜领选事。元稹《白氏长庆集序》："明年，拔萃甲科。由是《性习相近远》《求玄珠》《斩白蛇》等赋及百道判，新进士竞相传于京师矣。"

王世贞对韩愈、柳宗元文集中的律赋也持贬抑态度，甚至认为杜牧《阿房宫赋》"虽乖大雅，就厥体中，要自峥嵘擅场"。《阿房宫赋》运用多种艺术手法，骈散结合，语言精练，工整而不堆砌，富丽而不浮华，气势雄健，风格豪放。不仅思想力量震撼人心，还具有很高的艺术价值。好评如潮，如清代金圣叹《天下才子必读书》卷十二云："方奇极丽，至矣尽矣，都是一篇最清出文字。文章至此心枯血竭矣。逐字细细读之。"清代吴楚材、吴调侯《古文观止》卷七云："前幅极写阿房之瑰丽，不是羡慕其奢华，正以骄横敛怨之至，而民不堪命也，便伏有不爱六国之人意在。所以一炬之后回视向来瑰丽，亦复何有！以下因尽情痛悼之，为隋广、叔宝等人炯戒，尤有关治体。不若《上林》《子虚》，徒逢君之过也。"由此可见《阿房宫赋》评价之高。而王世贞如此评价，也表明其明显的宗古赋、复古赋的情结。

正如其在《池北偶谈》卷十二云："杜牧之《阿房宫赋》，文之奇不必言，然于事实殊戾。按《史》：始皇三十五年，营造朝宫渭南上林苑中，先作前殿阿房。阿房宫未成，二世元年，还至咸阳，曰：'先带为咸阳朝廷小，故营阿房为堂室。今释阿房宫弗就，是彰先帝举事过也。'复作阿房宫。二年冬，右丞相去疾、左丞相斯、将军冯劫谏止作阿房宫作者。二世怒，下去疾等吏。去疾、劫自杀，斯就五刑。是终秦之世，阿房宫未成也。又考《史》：二十六年，秦每破诸侯，写放其宫室，作之咸阳北坂上，南临渭，自雍门以东，殿屋复道，周阁相属。所得美人钟鼓以充入之。则牧之所赋'妃嫔媵嫱，王子皇孙，辞楼下殿，辇来于秦。朝歌夜弦，为秦宫人'者，指此。此实不名阿房宫，而谓'有不见者三十六年'，非阿房事实矣。予既辨此，后读程大昌《雍录》、赵与时《宾退录》皆已辨之，大略相同。聊存之。"

对于古人所言"穷而后工",王世贞极为赞同,并且还以柳宗元为例,称其"山川之胜,与精神有相发"。文曰:

> 古人云:"诗能穷人"。究其质情,诚有合者。今夫贫老愁病,流窜滞留,人所不谓佳者也,然而入诗则佳;富贵荣显,人所谓佳者也,然而入诗则不佳,是一合也。泄造化之秘,则真宰默仇;擅人群之誉,则众心未厌。故呻占椎琢,几于伐性之斧;豪吟纵挥,自传爱书之竹。矛刃起于兔锋,罗网布于雁池,是二合也。……韩愈、柳宗元、李绅、白居易、刘禹锡、吕温、陆贽……穷则穷矣,然山川之胜,与精神有相发者。①(《艺苑卮言》卷八)

从古人云"诗能穷人",提出"究其质情,诚有合者"。从其对一合、二合的论述来看,王世贞是极为认同"穷而后工"观点的。他还根据历代情形,提出了文章九命。曰:"循览往匠,良少完终,为之怆然以慨,肃然以恐。曩与同人戏为文章九命,一曰贫困,二曰嫌忌,三曰玷缺,四曰偃蹇,五曰流窜,六曰刑辱,七曰夭折,八曰无终,九曰无后。"②(《艺苑卮言》卷八)而将柳宗元等人归入第五类流贬类,流徙则屈原起,到明则谢缙、王慎中辈,俱所不免,正是因为其不得志,精神上才能与山川之胜相发也。

第三节 王世贞评价柳宗元参与革新运动

王世贞不仅是文学家,还是史学家,其治史方法以国史辨野史;以家史、野史互较,取其可信者;以事理、情理作为撰史的重要标准。因而其评柳宗元生平重大事迹也有其可取性。如其《书王叔文

---

① (明)王世贞:《艺苑卮言》,凤凰出版社 2009 年版,第 134 页。
② (明)王世贞:《艺苑卮言》,凤凰出版社 2009 年版,第 130 页。

传后》，文曰：

　　王叔文以永贞元年之二月顺宗即位，自东官而拜起居舍人翰林学士，王伾为左散骑常侍，依前翰林待诏。三月，伾亦为翰林学士，叔文为度支盐铁转运副使。五月，加户部侍郎，使如故。三五日一入翰林，去学士名。叔文母丧去位，伾得风疾。八月，上传位皇太子，之明日，叔文贬渝州司户，伾贬开州司马。又二日，上即位。九月，出其党韩泰、韩晔、柳宗元、刘禹锡、吕温等为外州刺史，伾死贬所。明年，赐叔文死，泰等复贬远州司马。嗟乎！叔文以不良死，而史极意苛谪以当权奸之首，至与李训辈齐称，抑何冤也？伾，贫不足道也。叔文以一言而合顺宗，然亦未为非深远虑，而至顺宗即位，之所注措如罢官市贡献，召用陆贽、阳城，贬李实，相杜佑、贾耽诸耆硕，皆能革德宗大敝之政，收已涣之人心，而其所最要而最正者，用范希朝为神策行营节度使，而韩泰为司马，夺宦官之兵，而授之文武大吏。卒为宦官所持，不能全身，亟贬而至砒死。盖其事之最要且正，而祸之烈实由之。即刘辟为韦皋求三川而许以死相助，金钱溢于进奏之邸，叔文小有欲，宁不为所饵？顾叱而欲斩之，抑何壮也！皋时已逆知叔文之失宦官心，故敢抗疏直言其失，而亡所顾。且神策诸将尚为启以辞，宦官使之知而激其怒，何况裴均、严绶辈也。均、绶素附中人者也。其所用韦执谊、韩泰等固不能尽当。执谊鄙亡论，然亦以文学为德宗之宠臣，而泰等则天下之所谓名俊有才识者也。观柳宗元寄所知书，谓"与罪人交十年，"则必不趋势而后合。又云"早岁与负罪者友善，始奇其能，谓可以共立仁义，兴教化"。则又不必为富贵而求显。独史所云，互相推奖，曰伊与周、曰管、曰葛，倜然自得，谓天下无人。又云，叔文及其党十余家，昼夜车如市。候见叔文、伾者，至宿其坊中，饼肆酒鑪，一人得千钱乃容之。此事则丑不可掩，而宗元又云："素卑贱，暴起领事，人所不信，射利求进，填门排户百不得，一旦快意，更造怨讟。"此最为实录，而苟非贤人君子，则亦势之所必至也。嗟乎！叔文诚非贤人君子，然其祸自宦官始，不五月而身被天下之恶名以死，死又至与李训辈伍，宁不冤也！夫训非叔文比也，即使幸而胜之，□□失一仇士良而得一仇士良，何益也？（《读书后》卷三）

上文详细叙述了王叔文"永贞革新"，较为中肯评价了革新运动中王叔文等人的为人。文中称"伾，贫不足道也"。"叔文以不良死，而史极意苛谪以当权奸之首，至与李训辈齐称，抑何冤也？"认为王叔文失败后的遭际是恰当的，不应有怨恨。王世贞认为"王叔文以一言而合顺宗，然亦未为非深远虑"。其"所最要而最正者，用范希朝为神策行营节度使，而韩泰为司马，夺宦官之兵，而授之文武大吏"。然其有贪欲，"金钱溢于进奏之邸，叔文小有欲，宁不为所饵？"加之用人不当，"其所用韦执谊、韩泰等固不能尽当"。"执谊鄙亡论，然亦以文学为德宗之宠臣，而泰等则天下之所谓名俊有才识者也。"为了更好说明，王世贞引柳宗元所言证之，其一为《寄许京兆孟客书》，文曰："宗元早岁，与负罪者亲善，始奇其能，谓可以共立仁义，裨教化。……加以素卑贱，暴起领事，人所不信。射利求进者，填门排户，百不一得，一旦快意，更造怨讟。以此大罪之外，诋诃万端，旁午构扇，尽为敌仇，协心同攻，外连强暴失职者以致其事。"而史书则独云王叔文集团人员自相推荐奖掖，以伊与周自居，谓天下无人。有称王叔文及其党人十余家，"昼夜车如市。候见叔文、伾者，至宿其坊中，饼肆酒罏，一人得千钱乃容之。此事则丑不可掩"，如此一来，最后王世贞虽有为王叔文鸣不平之意，但列举诸多事实，也是认为其难辞其咎也。

而在《书佛祖统载后》中还评价了柳宗元生平遭际与信佛之关系，文曰："柳子厚少年急功名不自检，犹无害。晚途远宦，邑郁侘傺，至死而为神，以恐喝求祀，望阿修罗趣且不可得，岂可以其作绮语赞僧媚佛而谆谆录之也。"(《读书后》卷六)认为柳宗元年轻时急功近名而不知加以自我反省，犹且无害。晚年贬谪远宦，抑郁失意，死后被封神（柳子），这都是因为其真心向佛信佛的福报，不是简单的赞佛媚佛可以做到的，故而其称"赞僧媚佛而谆谆录之"。

第七章 清初诗坛盟主钱谦益批评柳宗元

钱谦益，号牧斋，在清初学界具有宗主地位，他对柳宗元的批评在清初具有代表性。由于他自身思想行为颇为复杂，因此他对柳宗元的接受也颇为复杂。主要表现在他高度评价柳宗元的诗文成就，认同其对儒释思想融合，但对其参与永贞革新却持否定态度。

第一节 钱谦益思想行为的矛盾性

钱谦益（1582—1664），字受之，号牧斋，晚号蒙叟，东涧老人，学者称其虞山先生。他是明末清初诗坛的盟主之一，与吴伟业、龚鼎孳并称为"江左三大家"，在学界文坛具有宗主地位。明末清初著名思想家和文学家黄宗羲称其"四海宗盟五十年"，视其为"平生知己"。[黄宗羲：《八哀诗（其五，钱宗伯牧斋）》]另一清代著名史学家、文学家徐鼒亦评价曰："谦益负文章重望，羽翼东林，主持坛坫；百年后，文人犹艳称之。"（《小腆纪年》）

同时，钱谦益的性格、思想和行为非常复杂，颇受后世非议。他既是东林党的领袖之一，保持了"清流"之风，站在了传统道德高点，颇为重视仁义孝道。但他却热衷功名、贪生怕死，屡次陷入政治争斗之中，生平留下了谄事阉党、降清失节的污点，后又想在传统道德观上重新建立自己的声望，降清后又多次参加反清复明活动。这样，他的身上就打上了进退维谷、反复无常的烙印，人品受到后世非议。

尤其是清朝乾隆帝的谕令，可谓彻底否定了钱谦益的人品，甚至还连带否定了他的文章和学问。令曰："（钱）平生谈节义，两姓事君王，进退都无据，文章那有光。真堪覆酒瓮，屡见咏香囊，末路逃禅去，原是孟八郎。"（"孟八郎"禅林用语。指不依道理行事者。孟，孟浪；八郎，乃排行之次序。禅林中，常以孟八郎形容强横暴戾之粗汉。《景德传灯录》卷八《南泉普愿章》大五一·二五七下："孟八郎又恁么去也！"[《碧岩录》第二十八则]）

又曰："至钱谦益之自诩清流，腼颜降符；及金堡、屈大均等之幸生畏死，诡托缁流：均属丧心无耻！若辈果能死节，则今日亦在予旌至列。乃既不能舍命，而犹假语言文字以自图掩饰其偷生，是必单明斥其进退无据之非，以隐殛其冥漠不灵至魄。"（《钦定胜朝殉节诸臣录》）这样，钱谦益被评价为："首鼠两端，居心反复。"历史学家吴晗就非常鄙视其为人，曾这样评价："人品实在差得很，年轻时是个浪子，中年是热衷的政客，晚年是投清的汉奸，居乡是土豪劣绅，在朝是贪官污吏。一生翻翻覆覆没有立场，没有民族气节，除了想作官以外，从没有想到别的。"然而对于钱谦益的学问学识，吴晗与前述学者一样非常推崇，"就钱牧斋对明初史料的贡献说，我是很推崇这个学者的。二十年前读他的《初学集》《国初群雄辨证》诸书，觉得他的学力见解，实在比王弇州、朱国祯高"①。

类似这样的评价还有很多，可见钱谦益的人生真的颇为复杂。其文学成就和文坛地位是令人称赞的，但是其政治行为和思想品性却是让人无法苟同，尤其他降清又反清，与柳如是的风流逸事（老夫娶少妻）让人诟病不已。钱谦益思想行为如此矛盾的确值得后世深思研究，这种矛盾性也是明清之际一些其他文人无奈的两难人生抉择。

---

① 吴晗：《"社会贤达"钱牧斋》，《中国建设》1948 年第 6 卷第 5 期。

第二节　钱谦益批评柳宗元具体情形

由于钱谦益人生复杂的思想行为，因此他在批评前代文士时，也表现出复杂性。其中对柳宗元的批评，就是其思想行为复杂性的典型反映。柳宗元既参与了政治活动，在永贞革新失败之后遭受贬谪；同时他还是唐代古文运动的领袖之一，诗文创作成就极高；另外，柳宗元思想儒释交融颇为复杂。诸如此类的多种现象都成为钱谦益批评的主要内容。

一　赞赏柳宗元诗文成就

作为明末清初的文学领袖之一，钱谦益主持诗坛多年。因此，他对于唐宋文学大家的批评颇有影响力，也代表了一种诗文创作风向。钱谦益对柳宗元文学成就评价极高，认为柳宗元与韩愈之文乃唐代最高成就者。在《彭达生晦农草序》说："有唐之文，莫盛于韩、柳，而皆出元和之世。圣德之《颂》，淮西之《雅》，铿锵其音，灏汗其气，晔然与三代同风。"（《牧斋有学集》卷十九）这种观点与明代唐宋派的归有光、茅坤等人看法较为一致。序文所言"圣德之《颂》，淮西之《雅》"乃韩愈所作《元和圣德诗》和柳宗元的《平淮夷雅》。

韩愈主张"以文为诗"，作诗力求新奇，多发议论。韩愈历经多年远贬岭外荒僻之地后，于元和元年（806）初，迁移湖北江陵府任参军，不久召入京任国子博士。从贬到擢，含冤得洗，自是心怀感恩，躬逢盛世，诗人更是激情高涨，于是在元和二年（807）旧历正月，写下了这首流传千古的奇诗。正如《元和圣德诗序》所言："臣愈顿首再拜言：臣见皇帝陛下即位已来，诛流奸臣，朝廷清明，无有欺蔽。外斩杨惠琳、刘辟以收夏、蜀，东定青、徐积年之叛，海内怖骇，不敢违越。郊天告庙，神灵欢喜，风雨晦明，无不从顺。太平之期，适当今日。臣蒙被恩泽，日与群臣序立紫宸殿下，亲望穆穆之光。而其职业，又在以经籍教导国子，诚宜率先作歌诗以称道盛德，不可以辞语浅薄，不足以自效为解。辄依古作四言《元和圣德诗》一篇，凡千有二十四字，指事实录，具载明天子文武神圣，以警动百姓耳目，传示无极。"① 诗人以文为诗，采用古文之法，叙述了一年中发生的军事政治大事，以四言体例和叙事手法，歌颂了唐宪宗的圣德之举，可谓奇之又奇也，可谓开创了一代新的诗风。

　　说到柳宗元的《平淮夷雅》，还得先看其《平淮西碑》。《平淮西碑》颇为有名，其一碑文出于韩愈之手，可谓大手笔，乃是文坛佳话；其二是一碑二文，天下少有，并由此引发了一场惊动朝野的官司。《平淮西碑》写的是唐宪宗元和十二年（817）平定淮西（今河南省东南部）藩镇吴元济的战事。安史之乱平定之后，唐王朝进入了长期藩镇割据的局面。当时吴元济手握重兵，盘踞蔡州据地千里，时间已达 50 年之久，对大唐威胁极大。为了平定淮西，唐宪宗下令讨伐叛贼。由于用兵不利，平淮之战虽连打几年，却收获甚微。最后，才在朝中重臣裴度统领下，由部将李愬在元和十二年（817）十月乘敌不备，采用掏心战术，以三千兵勇，借风雪一夜，突袭吴元济老巢，在蔡州活捉了吴元济，结束了长达 5 年的平叛，消灭了蔡州 52 年的割据局面，裴度、李愬可谓一战成名。此战也震骇了河北、山东的藩镇，纷纷输诚效忠，中央政府权威得以重建，大唐基业得以稳定。此等大事，自当树碑记功，撰写碑文重任宪宗钦点由韩愈完成。于是韩愈"公退斋戒坐小阁，濡染大笔何淋漓。点窜尧典舜典字，涂改清庙生民诗"。（李商隐《平淮西碑》）碑文千八百字，如行云流水，气势恢宏，一挥而就。此文可谓古意盎然，被国人视为奇文，竞相观诵。至于引发的官司因与本论题无关，也就不赘述了。

　　柳宗元所作《平淮夷雅》时间亦为元和十二年（817）平定淮西吴元济叛乱时；柳宗元写作其文的背景则与韩愈截然不同。《平淮

①　（唐）韩愈：《韩昌黎集》，商务印书馆 1933 年版，第 7—8 页。

夷雅》作于柳宗元从永州司马谪任柳州刺史时期，也是他第二次外放，其心情也更为复杂。贞元二十一年（805）即永贞元年，永贞革新仅仅180多天就宣告失败。九月，柳宗元被贬为邵州刺史，十一月，在赴任途中，被加贬为永州司马。永州司马十年，柳宗元饱受母丧之悲，心愁之闷，幸而永州山水寄托了他的寂寞愁苦之情，儒佛思想的融合消解了他的愁怨愤懑之气。

元和十年（815）柳宗元离开了生活十年的永州，正月，接到诏书要求其立刻回京，二月，经过1个多月的跋涉，柳宗元满怀期待回到长安。然而在长安柳宗元还是没有受到重用，由于武元衡等人的仇视，不同意重新启用。三月十四日，柳宗元被改贬为柳州刺史。仅仅在长安暂留了一个月时间，三月底，柳宗元从长安出发奔赴柳州，六月二十七日抵达。那个时期唐代的柳州相较永州而言，地理位置更加偏僻，发展也更加荒凉落后，可以想见柳宗元的心情是何等低沉失落。其《登柳州城楼寄漳汀封连四州》诗云："城上高楼接大荒，海天愁思正茫茫。惊风乱飐芙蓉水，密雨斜侵薜荔墙。岭树重遮千里月，江流曲似九回肠。共来百越纹身地，犹自音书滞一乡。"① 从诗中所言可以明显感受到其"愁苦"之情。

然而作为有思想有作为的政治改革家，柳宗元并没有因此消沉逃避，相反他针对当地经济文化习俗的落后状况，开展革除弊习，大力发展经济。如"释放奴婢"就很受当地百姓欢迎，当时柳州沿袭一种残酷的风俗，"以男女质钱，约不时赎，子本相侔，则沦为奴婢"。柳宗元针对此弊陋习俗，发布政令，"革其乡法"，使得那些沦为奴婢者，仍可以出钱赎回。政令中制定了一系列行之有效释放奴婢的办法，规定已经沦为奴婢的人，在为债主服役期间，都可以按劳动时间折算工钱，工钱抵完债后立即恢复人身自由，回家与亲人团聚。这一举动受到广大贫困百姓的热烈欢迎，后来这一办法还被推行到柳州之外的州县。

---

① （唐）柳宗元：《柳宗元集》，中华书局1979年版，第1164页。

又如"开荒建设"，柳州城外有着大量荒芜之地，柳宗元以父母官的身份，组织闲散劳动力，开垦荒地，栽树种菜，号召大家发展生产。在柳宗元的大力鼓励下，柳州耕地大增，百姓也逐渐摆脱了饥荒和贫寒。另外，柳宗元还在柳州兴办学堂，传播知识，提高柳州百姓的文化素质，致力改变百姓陈旧落后的思想观念和思维方式。

柳宗元这一系列政治经济文化革新措施，使柳州的经济文化得到了提高发展，受到了柳州人民的爱戴，也激起了他久违的更高政治激情，期望能够参与到朝廷亟待解决的藩镇割据、节度使"小朝廷"政治问题。现在得知裴度、李愬两人带领军队，平定了吴元济的叛乱，怎不令柳宗元心潮澎湃，政治热情高涨？因此，出于对国家政局安危的高度关切，对裴、李二人功绩发自内心的赞美，以个人身份献诗朝廷《平淮夷雅》。在两篇《平淮夷雅》中，柳宗元展开了丰富的想象空间，描写了平叛战役的雄伟壮观，颂扬了裴度、李愬的伟大功绩，同时也表达了自己从政的积极心态。

在其《献平淮夷雅表》一文中，这种情怀表达可谓诚恳动人。表文曰：

> 臣宗元言：臣负罪窜伏，违尚书赎奏十有四年。圣恩宽宥，命守遐壤，怀印曳绂，有社有人。臣宗元诚感诚荷，顿首顿首。
>
> 伏惟睿圣文武皇帝陛下，天造神断，克清大憝，金鼓一动，万方毕臣。太平之功，中兴之德，推校千古，无所与让。臣伏自忖度，有方刚之力，不得备戎行，致死命，况今已无事，思报国恩，独惟文章。伏见周宣王时称中兴，其道彰大，于后罕及。然征于《诗》大、小雅：其选徒出狩，则《车攻》《吉日》；命官分土，则《嵩高》《韩奕》《烝人》；南征北伐，则《六月》《采芑》；平淮夷，则《江汉》《常武》。铿锽炳耀，荡人耳目。故宣王之形容与其辅佐，由今望之，若神人然。此无他，以《雅》故也。
>
> 臣伏见陛下自即位以来，平夏州，夷剑南，取江东，定河

北。今又发自天衷，克翦淮右，而《大雅》不作。臣诚不佞，然不胜愤懑。伏以朝多文臣，不敢尽专数事，谨撰《平淮夷雅》二篇。虽不及尹吉甫、召穆公等，庶施诸后代，有以佐唐之光明。谨昧死再拜以献。臣宗元诚恐诚惧，顿首顿首，谨言。①

从其表文中，我们还可以看出颇多对宪宗的赞颂之辞，"天造神断，……。太平之功，中兴之德，推校千古，无所与让"，诸如此类的溢美之词，似有谀主之嫌。但却正是柳宗元期望通过献诗和称颂，得到宪宗的赏识，从而重新得到重用。另外，《平淮夷雅》也正好体现了"雅"诗多为赞美，赞颂帝皇贵族功德，风格雍容典雅，庄重华美。因此，章士钊曾比较韩、柳二人的"平淮西"之作，曰："综而言之，韩、柳同于平淮西有述作，而其所以自信，相距何啻霄渊之比？"②

柳宗元的《平淮夷雅》和韩愈《元和圣德诗》都是复古之作，很好地传承了《诗经》四言诗的风格，颇具影响力。明人胡震亨曰："柳州之《平淮西》（即《平淮夷雅》），最章句之合调；昌黎之《元和圣德》，亦长篇之伟观。一代四言有此，未觉《风》《雅》坠绪"（《唐音癸签》卷九）。故钱谦益认为《元和圣德诗》《平淮夷雅》乃"颂""雅"的典范之作，并用"铿锵其音，灏汗其气"八个字概括韩愈柳宗元诗文情感浓郁、气势磅礴的特点，可谓精准贴切。从其对"有唐之文，莫盛于韩、柳""晔然与三代同风"的评价，可见钱谦益对柳宗元散文艺术成就的极大肯定。

另外，钱谦益不仅简概了柳宗元的散文艺术成就，还选取了其他文体具体篇目，来分析柳宗元的为文特点。如他在《张益之先生存笥集序》中说："柳子厚作《石表先友记》，凡六十有七人。考之于传，卓然知名者，盖二十人。则二十人之外，皆藉子厚之《记》

---

① （唐）柳宗元：《柳宗元集》，中华书局 1979 年版，第 1—2 页。
② 章士钊：《柳文指要》，文汇出版社 2000 年版，第 11 页。

以传者也。"（《牧斋初学集》卷三十三）就指出了柳宗元传记文抓住人物典型事例，予以简明生动描写，写出了人物的鲜明特征，从而得以传于后世。《石表先友记》全名为《先君石表阴先友记》所记乃其先父所交的朋友，人数多达六十七人，大多籍籍无名，难以为人了解。柳宗元抓住人物的主要特征，用白描手法勾勒出鲜明形象，让人印象深刻。文中所载人物性格与事迹都是简明扼要，特征鲜明。如文中记曰：

> "刘公济，河间人。厚宽硕大，与物无忤。为渭北节度，入为工部尚书，卒。"
>
> "严郢，河南人，刚厉好杀，号忠能。为京兆、河南尹，御史大夫。善举职，为邪险构扇，以贬死。"
>
> "杜黄裳，京兆人，弘大人也，善言体要，为相，有墙仞，以谋克蜀，加司空，出为河中节度。"
>
> "陈京，泗上人。始为谏官，数谏诤。有内行，文多诂训。为给事中。上方以为相，会惑疾，自刃，废痼卒。"
>
> "李益，陇西姑臧人。风流有文词。少有僻疾，以故不得用。年老常望仕，非其志，复为尚书郎。"
>
> "苏弁，武功人。好聚书，至三万卷。与先君通书。以户部侍郎贬，复为刺史。崔芃，博陵人。善言名理。为御史尚书郎。"
>
> "郑元均，荥阳人。强抗，少所推让，然以此多怨，困不得位。"①

文中所记人物性格特征突出，事迹简要，可谓形象鲜明。故柳宗元曰："孤宗元曰：先君之所与友，凡天下善士举集焉。信让而大显，道博而无杂。今至世言交者以为端。敢悉书所尤厚者，附兹石

---

① （唐）柳宗元：《柳宗元集》，中华书局 1979 年版，第 300—303 页。

以铭于背如右。"

由上述所选柳宗元诗文的批评用语可见，钱谦益是主张文学复古的，重视现实、用语质朴的儒家诗学，也就是他所说的"儒者之诗"。

钱谦益还在给别人的诗序中以柳宗元、韩愈的诗文为例，对儒家诗学阐述详细，对时下的诗文"邪僻"即浮华世俗之风表示明确不满。如其《顾麟士诗集序》云：

> 万历之季，时文日趋于邪僻。娄江顾麟士、虞山杨子常，申明程、朱之绪言，典型先民，以易天下，海内谓之杨、顾。麟士殁，遂以儒行祭于瞽宗，而其子湄请余为其诗序。余惟世之论诗者，知有诗人之诗，而不知有儒者之诗。《诗三百篇》，巡守之所陈，太师之所系，采诸田畯红女途敂巷谣者，列国之风而已；曰雅曰颂，言王政而美盛德者，莫不肇自典谟，本于经术。……唐之诗人，皆精于经学，韩之《元和圣德》，柳之《平淮夷雅》，雅之正也，玉川子之《月蚀》，雅之变也。……麟士于有宋诸儒之学，沈研钻极已深，知《六经》之指归，而毛、郑之诗专门名家，故其所得者为尤粹。其为诗，蒐罗杼轴，耽思旁讯，选义考辞，各有来自。虽其托寄多端，激昂俛仰，而被服谁雅，终不诡于经术，目之曰儒者之诗，殆无愧焉。……余故特为之论著，庶几后之论诗者，于经学芜秽、雅颂废坏之后，而犹知有儒者之诗，则自余之目麟士始也。（《牧斋有学集》卷十九）

明代文学发展以嘉靖年间（1522—1566）为界，呈现明显的先抑后扬态势，钱谦益在上文中也说得很明确。明初由于经济复苏，人民生活相对安定，士人忧患意识逐渐减淡；思想文化专制主义和政治高压态势，增添了士人创作上的不安全感。无奈文人更多选择平稳和谐、雍容典雅之风，儒家文学观得以复兴。明代中叶，随着城市商业经济的繁荣，市民阶层的逐渐壮大，统治集团思想控制弱化，以及王学兴起，创作主题精神高扬，文学很快复苏并大步迈进，迎来文学的全面繁荣和突变，俗文学（通俗化）逐渐取代雅文学（雅化）的地位。这也使得重儒家诗风文人的不满，钱谦益所言"万历之际，时文日趋于邪僻"，正是俗文学发展成为时代趋势。万历年间是明朝很有特点的时期，也是后世学者颇多关注的一个时段。万历（1573—1620）是明神宗朱翊钧（1563—1620）的年号，明朝使用此年号共48年，为明朝使用时间最长的年号，其影响仅次于开国皇帝明太祖朱元璋的"洪武年间"。明神宗在位前十年，因为年幼（十岁即位），由其母李太后代为听政，太后则将一切军政大事都交由张居正主持裁决，张居正实行了一列列改革措施，如清丈全国土地，推行一条鞭法，治理黄河等有效的措施，从而促进了经济繁荣，国力日趋强大，国内出现了资本主义萌芽，开创了万历中兴的局面。可是明神宗亲政后，不常视朝荒废朝政，大肆营造宫室，沉迷后宫酒色，从而使明王朝开始走向衰亡。由上可见万历年间文学为何"日趋邪僻"了。

钱谦益持儒家诗学，因而他对当时的俗诗之风极为不满。故而称"世之论诗者，知有诗人之诗，而不知有儒者之诗"。然后再从"儒家诗风"的源起《诗经》开始，按照时间先后依次例证加以阐释。强调了儒家之诗中风、雅、颂的特点。"列国之风乃采诸田畯红女途歈巷谔者"，"雅""颂"则是"言王政而美盛德者，莫不肇自典谟，本于经术"。在陈述到唐代"儒家之诗"时，又特别指出，"韩之《元和圣德》，柳之《平淮夷雅》，雅之正也"。从这篇诗序中，钱谦益复古儒家诗学主张可见一斑了，也可见他对柳宗元诗文成就敬仰之情。

故而他对柳宗元文集能在高丽刻印精美的赞美也就不难理解了，他在《跋高丽板柳文》称："高丽国刻唐柳先生集，茧纸坚致，字画瘦劲，在中华亦为善本。"（《牧斋有学集》四十六）

二　鄙视永贞革新中"二王"品性

后世关于"永贞革新"的说法很多，在流传接受中，人们对其评价褒贬不一。因此，必须真切了解"永贞革新"的背景、过程和结果，才能得出合乎理性的评判。永贞革新又称"二王八司马"事件，是在唐顺宗在位期间，由王叔文、王伾等人领导的政治革新运动。"二王"即王叔文、王伾，"八司马"指的是韦执谊、韩泰、陈谏、柳宗元、刘禹锡、韩晔、凌准、程异，他们在改革失败后都被贬为州司马，故得名。

"永贞革新"是唐王朝在面临宦官专权、藩镇割据以及朋党之争的严重危机下进行的。宦官专权，始于唐玄宗的高力士，经过唐肃宗、代宗两朝，专权更甚。到了唐德宗晚年，甚至连京师的精锐部队神策军都交由宦官掌握。安史之乱后，皇帝不太信任朝臣，宦官逐渐得以干政。肃宗时的李辅国，代宗时的程元振、鱼朝恩，都是以宦官执掌兵符，权力甚大。唐德宗出奔奉天，由于窦文场、霍仙鸣护驾有功，返朝之后，德宗以二人为神策中尉，宦官执掌禁军成为制度。这样，宦官手握军权，胆大妄为，干政更加厉害，使得朝政日益腐败。因此，如何抑制宦官势力，成为唐王朝亟待解决的大问题。

藩镇割据出现在安史之乱后，中央逐渐失去了地方的控制，遂形成了藩镇割据的局面。唐德宗时期，藩镇割据的形势日益严峻。建中四年（783）泾原兵奉卢龙节度使朱泚为主，大举造反，唐德宗被迫出奔奉天，转走梁州，直到兴元元年（784）七月，才得以重返都城长安。此后，长安还多次遭到藩镇的围困。因此，如何抑制藩镇势力，加强中央集权，也成为唐王朝迫切需要解决的问题。

另外，朋党之争也是需要解决的尖锐矛盾。唐代统治阶级在武则天未破坏"关中本位政策"以前，主要是关陇集团、山东士族以及外廷士大夫参政。武则天执政后，专尚进士科，提拔了一批寒门才俊。到唐德宗末年、唐顺宗时，则形成了南方寒门才俊与原来关中、山东士族相抗衡的朋党相争局面，并且矛盾越来越尖锐，成为急需解决的问题。

在如此深重危机之下，以"二王"为首的革新派发动了政治革新运动。试图抑制藩镇割据，加强中央集权；企图削弱宦官势力，取回禁军军权；惩治贪鄙，举贤任能，免除苛政，体恤百姓。这些革新举措针对性极强，也取得了一定效果。但是改革仅仅只持续了100多天，就在以俱文珍为首的宦官势力反扑下发动政变，幽禁唐顺宗，拥立太子李纯（即为唐宪宗）改元永贞，永贞革新以失败告终。唐朝政治也更加黑暗，宦官拥立皇帝，朝官朋党分争也更加严重。正是因为革新运动时间短，效果不明显，造成了人们对革新派成员行为、革新运动的认识看法不一。尤其韩愈在《永贞行》《顺宗实录》诗文中对王叔文等人以及永贞革新的评价，对后世的永贞革新批评影响很大。

永贞革新时期，韩愈贬谪在外，没有待在长安，没有见证或者亲历革新运动，自然也就与永贞革新没有实质性联系。另外从《顺宗实录》的记载可见，韩愈对革新的诸多措施是赞同的，如释放宫女与女妓、禁止官市与五坊小儿的横行、罢盐铁进奉和百姓所欠租税等，韩愈称其为"善政"。就连历史上为王叔文集团彻底翻案的清人王鸣盛亦曰："叔文行政，首贬京兆尹李实为通州长史，而实乃毁韩愈者也；赠故忠州别驾陆贽兵部尚书……而贽乃愈之座主也；罢官市与五坊小儿，而此事乃愈所谏止也；愈与叔文，事事吻合如此。"① 由此可见，韩愈的政治主张与王叔文集团有一致之处，他针对王叔文集团的攻击，主要是对其思想行为极其不满；以及对王叔文不仅没有任用自己，相反将其外贬的不满。

唐德宗贞元十九年（公元803）十二月因为"上疏"弹劾李实，韩愈由监察御史贬为阳山县令，永贞元年正月顺宗即位大赦天下，韩愈才于当年春、夏之际离开阳山赴郴州待命；同年八月，宪宗即

---

① 转引自吴文治《韩昌黎资料汇编》，中华书局2006年版，第1271页。

位再赦天下后，韩愈离郴州赴江陵任法曹参军。因此，韩愈认为自己贬谪阳山和江陵乃王叔文集团排除异己，对他的诬陷和迫害。另外，他对王叔文、王伾、韦执谊等人的思想品性是有看法的，尤其对王伾的大肆收受贿赂更是鄙视，故而他在诗文中多方揭露讨伐王叔文集团，如《永贞行》中表露就非常尖锐明确，其诗曰："君不见太皇谅阴未出令，小人乘时偷国柄。北军百万虎与貔，……狐鸣枭噪争署置，睗睒跳踉相妩媚。夜作诏书朝拜官，超资越序曾无难。公然白日受贿赂，火齐磊落堆金盘。"诗中"小人""狐鸣枭噪""白日受贿赂"等词语极富贬低语气。

韩愈批判王叔文集团的观点和态度对后世影响极大，尤其是传统士大夫受其影响很深，钱谦益批评王叔文集团就颇受韩愈观点的影响。其《湘言三十首（录一首）》云：

> 王伾、王叔文之用事也，罢宫市，禁五坊小儿，停监铁使进献，追故相陆贽、前谏议大夫阳城赴京师，收神策诸军兵柄，中外相庆，以为伊、周再出。其所与谋者十数人，皆于时豪俊有名之士。一旦事败，狼藉诛谴，天下后世，与郑注、李训同类而共贬之，未有怜而冤之者也。此其故何也？史称伾、叔文及诸朋党之门，车马填凑，伾门尤盛。珍玩贿遗，岁时不绝。室中为无门大柜，唯开一窍，受藏金宝，妻或寝卧其上。韩愈《永贞行》曰："狐鸣枭噪争署置，睗睒跳踉相妩媚。夜作诏书朝拜官，超资越序曾无难。公然白日受贿赂，火齐磊落堆金盘。"呜呼！伾、叔文之时何时也，乘时多僻，欲斡运六合，斟酌万机，革弊政，举遗逸，夺中人之权，轩然以伊、周为任，此何等事也。天下之善事美名之所集，造物之所忌也。洁白以居之，慎密以待之，犹惧不克，而况以宠赂乎？夫安得不败？伊、周之盛也，有格天之勋绩足以持之，故不败；梁、窦之横也，有弥天之怨谤亦足以消之，故久而后败。伾、叔文窃伊、周之誉而市梁、窦之权，名利并收，天人交怨，其败不旋踵，

宜也。《易》曰：天之所助者顺也，人之所助者信也。负且乘，致寇至，小人而乘君子之器，盗思夺之矣。语曰，桑霍为我戒，岂不厚哉！（《牧斋初学集》卷二十三）

文章首先肯定王叔文集团永贞革新的功绩，"罢宫市""禁五坊小儿""停监铁使进献""收神策诸军兵柄"，这些都是颇得民心的举措，受到大家的称赞，"中外相庆"。将王伾、王叔文比做"伊尹""周公"再世，的确评价甚高。"伊尹"（前1649—前1550），夏末商初政治家、思想家，商朝开国元勋、道家学派创始人之一、中华厨祖。他用"以鼎调羹""调和五味"的理论治理天下，积极整顿吏治洞察民心国情，推动经济繁荣、政治清明。历事成汤、外丙、仲壬、太甲、沃丁五代君主，辅政五十余年，为商朝富强兴盛立下了汗马功劳。后世奉祀为"商元圣"，还被称为"千古第一名相"。"周公"即姬旦，周武王姬发之弟。是西周初期杰出的政治家、军事家、思想家、教育家。他曾两次辅佐周武王东伐商纣王，其摄政七年，提出了各方面的带根本性的典章制度，完善了宗法制度、分封制、嫡长子继承法和井田制，七年归政成王，正式确立了周王朝的嫡长子继承制。为周朝八百年的统治奠定了基础。被尊为"元圣"和儒家先驱。如此之比，的确有太多夸张成分，他还将参与革新者皆视为当世豪俊有名之士。

钱谦益将王叔文等人的功绩看得如此之高，为何王叔文等人革新失败之后，遭受天下后世谴责贬抑，却没有同情为其鸣冤者呢？钱谦益则更多从传统士大夫品行思想的角度来解读，认为王伾、王叔文等人因为思想品行不良，在得势主政期间，"史称伾、叔文及诸朋党之门，车马填凑"，尤其是王伾更甚，"伾门尤盛。珍玩贿遗，岁时不绝。室中为无门大柜，唯开一窍，受藏金宝，妻或寝卧其上"。如此行径，不知谨小慎微，修身自好，反而是大肆受贿贪鄙，怎不令后世士人嗤之以鼻？

干大事者，必有高行大德才能担当，否则就是德不配位，导致失败。钱谦益论曰："天下之善事美名之所集，造物之所忌也。洁白以居之，慎密以待之，犹惧不克，而况以宠赂乎？夫安得不败？"然后比较"伊、周之盛"与"梁、窦之横"，"伊尹""周公"则是"有格天之勋绩足以持之，故不败"。而"梁、窦"指的是东汉"梁冀""窦宪"，都是骄奢横暴的权臣，由于他们威权骄横，纵然"有弥天之怨谤亦足以消之"，但久而久之必然招致失败结局。再回到王叔文、王伾等人身上，钱谦益认为他们是窃取了伊尹、周公的美好声誉，获得了梁冀、窦宪的权势，从而名利双收，导致天人交相怨恨，他们的失败不久就到了。王叔文行事专断恣肆，为人张扬跋扈，王伾贪婪钱财，大肆受贿。钱谦益对王叔文、王伾等人的道德修为极为不满，革新失败后的悲惨遭际也是他们的报应。如此评价，大约也是受韩愈影响很深了。

三　慨叹柳宗元儒释思想交融

柳宗元不仅是优秀的文学家，还是伟大的思想家。他不仅传承了先秦以来传统儒家思想，还很好地融进了佛教思想，从而形成了其特有的儒释交融思想，也对后世思想产生了深远影响。钱谦益作为明末清初的思想大家，他既是儒家思想的忠实拥护者，同时也是佛家思想的信奉者，主张儒释思想的融合。因此，他对柳宗元融合儒释思想非常赞同，从一定程度上说，他的思想也是受到了柳宗元思想影响。

钱谦益对柳宗元的思想批评主要如下，我们先列出，然后从文本出发，再结合钱谦益本人思想，加以分析。

一、《阳明近溪语要序》曰：吾尝读柳子厚之书，其称浮图之说，推离还源，合于生而静者，以为不背于孔子，其称大鉴之道，始以性善，终以性善，不假耘锄者，以为不背于孟子。然后恍然有得于儒释门庭之外，涉猎先儒之书。而夷考其行事，其持身之严，任道之笃，以毗尼按之，殆亦儒门之律师也。……

若夫以佛合孔，以禅合孟，则非余之言而柳子之言也。（《牧斋初学集》卷二十八）

二、《一树斋集序》曰：余观有宋诸儒辞辟佛氏之说，心窃疑之。至于张无尽、李纯甫之徒，张皇禅学，掊击儒宗，亦未敢以为允也。柳子厚之称大鉴曰，其教人，始以性善，终以性善，不假耘锄，合所谓生而静者。吾读之而快。然以为儒与禅之学皆以见性，性善之宗本于孟氏，而大畅于大鉴，推离还源，如旅人之归其乡井也，自东自西，一而已矣。禅师大弘大鉴之道，苞并禅律，其书满家，推离还源，要不出于子厚所云。（《牧斋初学集》卷三十三）

三、《徐巨源哀词》曰：昔韩退之《哀独孤申叔》曰："众万之生，孰非天耶？""将下民之好恶苍茫无端而暂寓于其间耶？"柳子厚《哭张后余》，谓激者曰："天之杀恒在善人，而佑不肖。"是二者，其论皆不及孟子。孟子论天下无道有道，德力相役，而蔽之曰：是二者，天也，顺天者存，逆天者亡。有道无道皆天，岂暂寓耶？顺存而逆亡，岂但杀善耶？孟子之论则通矣。（《牧斋有学集》卷三十七）

从上述所引钱谦益对柳宗元批评的三篇文章来看，他对柳宗元的儒家以及儒释融合思想高度赞同。钱谦益作为士大夫代表，接受了传统儒学思想的教育熏陶，他也是坚定的儒家思想传承者，因此他极为赞同柳宗元接续的孔孟儒道思想。他在《徐巨源哀词》中就谈到韩愈、柳宗元作为复兴儒学之道的领袖人物，但他们所推崇的儒学之道还是有不同的。

韩愈始终坚持孔孟之道，自称儒家道统传人，大力弘扬儒学。他认为"己之道，乃夫子、孟轲、扬雄所传之道也"①（《重答张籍书》）并且始终高举复兴儒学大旗，贬抑排斥佛老之道。如他在

---

① （唐）韩愈：《韩昌黎全集》，中国书店1998年版，第55页。

《与孟尚书书》曰："释老之害，过于杨墨；韩愈之贤，不及孟子。孟子不能救之于末亡之前，而韩愈乃欲全之于已坏之后。……使其道由愈而粗传，虽灭死万万无恨。"① 韩愈鼓吹儒家思想，复兴仁义道德的圣人之道（即孔孟之道）由此可见一斑，同时为了复兴儒家思想，他极力抨击佛老异端思想。如其在《原道》中从政治、经济、功能等多个方面指出佛老之弊端危害，应加以取缔。因此，他才会在好友"独孤申叔"去世后，说出："众万之生，谁非天耶？明昭昏蒙，谁使然耶？行何为而怒，居何故而怜耶？胡喜厚其所可薄，而恒不足于贤耶？将下民之好恶与彼苍悬耶？抑苍茫无端而暂寓其间耶？死者无知，吾为子痛而已矣；如有知也，子其自知之矣。正是因为排斥佛老，所以他才说无论人之好坏，都是苍茫天地之间的暂居过客。

柳宗元从小接受了正统儒家思想教育，他在学习的过程中，认为有些出自儒家的学说过于隐晦曲折、令人无法把握，有的又过于严苛烦琐、不留余地。同时有的还充斥神异色彩，不能真正经世致用。于是，为了实现儒学的复兴，柳宗元就剥离了历代经学家披在儒道之上的神异外衣，用更加理性的态度解释儒家经典，将儒道称为"尧、舜、孔子之道"，认为儒道的核心"中"既是指形而上的"大公之道"，又指形而下的"生人之意"。正是因为"圣人之道，不穷异以为神，不引天以为高，故孔子不语怪与神"，柳宗元认为天就是自然，天与人是相分而不相预的。本着这种理念，"圣人之道"落到现实重民本，利民生。钱谦益所说"柳子厚《哭张后余》，谓激者曰：'天之杀恒在善人，而佑不肖。'"表面看来颇为偏激，若翻阅全文《哭张后余辞》（并序）后，则可以全面了解柳宗元的"儒道"，它正是基于天即自然，天人相分而言的。

《哭张后余辞》序中"张后余"可谓仁德君子，对家人孝悌，对朋友忠信，修身治学闻道严谨，"孝其家，忠其友，为经术甚邃而

---

① （唐）韩愈：《韩昌黎全集》，中国书店1998年版，第36页。

文"。如此仁德之人，如果按经学家带有神异色彩来说，那他应该得到上天的眷顾，得高官享高寿。"博实宏裕，宜为大官者老"，可是他却在得进士的第二年就"疽发髀卒"。怎不令人痛惜，反问"天之礼善人而杀是子，何也?"更有偏激之人说出"天之杀恒在善人，而佑不肖。"如果按照"老庄"道家学说来解释，"以为人之君子，天之小人"，张君则因天之小人而早亡，那种解释就更令人无法接受。在诸多解释都不行之后，柳宗元提出"善与恶、夭与寿、贵与贱，异道而出者也，无取喜怒于其中。道之出者多，其合焉固少，是以君子之难贵且寿也"。如此天人相分理论下的阐释，则合情合理了。于是再结合张后余之死来谈也就更能理解仁德君子的意义了，"后余不与谄冒者同贵，不与悖乱者同寿，归洁乎身，闻道而死，虽勿哭焉可也"。故而柳宗元在"哭辞"中赞扬道："嗟嗟张君! 宠不必贵。尊严为仁，早服高位。淫谀肆欲，银艾沦弃。子之崇高，无愧三事。"①

从后文钱谦益对孟子之说的评价，"孟子论天下无道有道，德力相役，而蔽之曰：是二者，天也，顺天者存，逆天者亡"。"二者，其论皆不及孟子。""孟子之论则通矣。"孟子是通过"天命之性"打通天道与人性，将人性归于天性与天命。正所谓"尽其心者，知其性也。知其性，则知天矣。存其心，养其性，所以事天也。夭寿不贰，修身以俟令，所以立命也"②。(《孟子·尽心上》) 这正是孟子"性善论"的核心内容。张岱年先生评论道："性在于心，尽其心则能知性；人之性乃受于天者，实亦即天之本质，故知性则亦知天。天性一贯，性不外心。"③ 这就是天人相通，"天之根本性德，即含于人之心之中；天道与人道，使一以贯之。宇宙本根，乃人伦道德之根源；人伦道德，乃宇宙本根之流行发现。本根有道德的意

---

①　(唐) 柳宗元：《柳宗元集》，中华书局 1979 年版，第 1077 页。

②　(宋) 朱熹：《四书章句集注》，中华书局 1983 年版，第 349 页。

③　张岱年：《中国哲学大纲》，中国社会科学出版社 1982 年版，第 173 页。

义，而道德亦有宇宙的意义。人之所以异于禽兽，即在认知心性与
天相通。人是禀受天之性德以为其根本性德的"①。孟子认为人受之
性德即为"四德"："恻隐之心，仁之端也；羞恶之心，义之端也；
辞让之心，礼之端也；是非之心，智之端也。"②（《孟子·公孙丑
上》）这"四端"乃人受之于天的善良本性，也是孟子性善论的立
论基础。这样，"人之性实际上也就是天的本质属性，所以确认人的
本性是善的，也就体认了天命与天道了"③。天道与人道就相通了，
"性善"，就是指人在本质上是一种善在，即"善因""善端""善
根"。对于"善因""善端""善根"，则要"因循之""扩充之"
"浇灌之"。即使在外在名利欲望的干扰或引诱下，也要"不忘初
心"，必要的时候甚至可以"杀身成仁""舍生取义"，以避免丧失
做"人"的资格，完成做"人"的使命。因此对于人之"存"与
"亡"都是天意，也就容易理解了。这就是为何钱在文中说："是二
者，天也，顺天者存，逆天者亡。有道无道皆天。……孟子之论则
通矣。"可见钱谦益更为赞同孟子"性善论"以及"天道"与"人
道"之间的天人相通说。

　　作为中唐时期真正领悟佛教教义的思想家，柳宗元从儒家思想
为基础，提出了统和儒释的佛教融合观。柳宗元曾说："余知释氏之
道且久"，"吾自幼好佛，求其道积三十年"。柳宗元受其母信奉佛
教的影响，幼年就开始接触佛教，长安时期又加深了对禅宗认识，
贬官永州、柳州时，与禅僧接触频繁，对禅宗教义理解更为深透。
其时，禅宗南北纷争不断，柳宗元对此批评甚多，他曾说："由迦叶
至师子，二十三世而离，离而为达摩。由达摩至忍，五世而益离，
离而为秀为能。南北相訾，反戾斗狠，其道遂隐。"（《龙安海禅师
碑》）尖锐地指出了禅宗南北对立，抛弃经纶研修，甚至以"空"

---

① 张岱年：《中国哲学大纲》，中国社会科学出版社 1982 年版，第 173 页。
② （宋）朱熹：《四书章句集注》，中华书局 1983 年版，第 238 页。
③ 白奚：《孟子对孔子仁学的推进及其思想史意义》，《哲学研究》2005 年第 3 期。

来否定儒家伦理道德，造成了儒佛对立，关系紧张。柳宗元为了更好地调和这些关系，大力倡导"中道""性善"，从而实现了会通禅宗南北、融和儒释的宗旨。

钱谦益乃当时居士领袖，他主张儒佛融合，其家室渊源有着经世致用的传统，早年亲近东林党人主张务实，反对空谈；之后又拜管东溟为师，管主张儒释调和，其原则也是实用致上。钱谦益融合儒佛思想目的，就是在经世致用前提下，批驳当时儒、释的狂、伪行为，批判"俗学"来挽救世道人心。

由此可见，钱谦益对柳宗元融合儒释思想是大为赞同的。因此，在《阳明近溪语要序》认同柳宗元建立在儒家理论基础上的融合儒佛说，"推离还源，合于生而静者，以为不背于孔子；其称大鉴之道，始以性善，终以性善，不假耘锄者，以为不背于孟子"。融合儒道要以孔孟之道为基础，尤其以孟子所倡导的"性善"论为主导。只有这样才能修身严、求道笃，才能"以佛合孔，以禅合孟"。为了能更好地批驳当时儒、释对立的不当，特最后推出此乃"非余之言而柳子之言"。

正是基于儒佛融合的理念，钱谦益对宋代以来的儒士辟佛，禅教人士抨击儒学的行为进行了批判。特以"张无尽、李纯甫"两位极端人士为例，加以驳斥。"张无尽"即张商英（1043—1121），北宋大臣，字天觉，号无尽，官至尚书右仆射，他是宋徽宗朝宰相，也是著名的护法居士，号"无尽居士"，他曾经著《发愿文》云："思此世界，五浊乱心，无正观力，无了因力，自性唯心不能悟达，谨遵释迦世尊金口之教，专念阿弥陀佛，求彼世尊愿力摄受。待报满时，往生极乐，如顺水乘舟，不劳自力而至矣。"他就是极端的抨击儒宗者。

而"李纯甫"作为金代哲学思想的主要代表人物之一，身为儒学大家，儒释道兼修，主张三教合一。少时自负其才，以诸葛亮、王景略自喻。然而权贵却说他迂阔，极力压制他。故仕途不畅，中年纵酒自放，不拘礼法。日与禅僧士子游，以文酒为乐，或饮数月不醒。晚年喜佛，力探其奥义。与张无尽一样，他也是抨击儒宗。但钱谦益对他们的行为并不赞同，"心窃疑之""未敢以为允也"。然后再次以柳宗元本于孔孟之道的儒禅融合说加以佐证，来阐述自己的儒佛调和说。钱谦益多次引柳宗元之说为证，也恰好说明了他们两人在儒释思想融合上的一致性。

第三节　钱谦益批评柳宗元的复杂背景

钱谦益推崇柳宗元的文学成就，对其儒释融合思想也是大为赞赏，对柳宗元的务实儒家民本思想也是极为赞同，但在柳宗元参加革新运动的思想行为上，他为何持贬斥态度？对于这样的复杂情形，我们需结合钱谦益本人思想以及经历来讨论，方可以意逆志、知人论世以及文如其人考察中得出实事求是的结论。

如前所述，钱谦益一生性格矛盾、思想复杂、经历曲折。在尖锐的政治斗争中，在风云变幻的朝代更替中，这些复杂矛盾性在他的身上展示得非常充分。钱谦益作为东林党人的领袖之一，他以士大夫自居，时常表现维护传统道德的道貌岸然，但是他又热衷功名并屡次陷入政治漩涡，可谓官场不顺。柳宗元二十一岁进士及第，名声大振，三十二岁就成为政治集团重要人员。钱谦益对柳宗元等参加革新的青年才俊可谓既羡慕又嫉妒，称其"新贵"，认为革新政治集团思想人品不行，故而革新失败，遭受贬谪是不良之举的报应。

另外，钱谦益作为士大夫，忠君观念深入骨髓，虽然他因贪生怕死、不能以身殉国，降清失节被人耻笑，留下了"水太冷，不能下""头皮痒得厉害""两朝领袖"的笑柄，但他却又从事反清活动，力图重新证明自己是忠君报恩的。因此，他对于永贞革新中王叔文、王伾等人仅仅依靠拥废最高皇帝、太子来推行政治革新，并不是十分赞同。正是基于上述多种原因，故而才会有对柳宗元等人的复杂批评。

第八章 清初王夫之柳宗元诗歌接受

——以《唐诗评选》为考察中心

柳宗元作为中唐著名的诗人、古文家和政治家，其文学成就和政治思想对后世影响颇为深远，其诗文中承载的思想与情感在不同时代也有着不一样的理解和评价。清初王夫之对柳宗元诗歌的接受现象就很有代表性，他的《唐诗评选》仅选入柳宗元两首不同体裁的诗。由于身处明末清初朝代更替的特殊时期，王夫之与柳宗元有相似的忠君情结，因此，他非常同情柳宗元的不幸贬谪遭际。从其诗选和诗评中，我们可以较为清楚地感受到王夫之赞同柳宗元的忠君报国之情，但同时对于柳宗元参与政治革新谋划和行动则是持否定态度的。

第一节 王夫之诗论与《唐诗评选》

王夫之（1619—1692）字而农，号姜斋，湖南衡阳人。明崇祯举人，曾从永历桂王举兵抗清，南明灭亡之后隐遁归山，埋首著述，博通经学、史学和文学，贡献卓著，学者称船山先生。他生于"屈子之乡"，受楚辞影响，步武《离骚》，用香草美人寄托抒怀，如《绝句》："半岁青青半岁荒，高田草似下田荒。埋心不死留春色，且忍罡风十夜霜。"借舒草之心"不死"，喻坚忍不拔之志和恢复故国"春色"的理想。《落花诗》《补落花诗》《遣兴诗》《读指南集》等，缠绵悱恻，寓意深刻。表现"孤愤"是其诗突出的内容，如

《补落花诗》九首之一："乘春春去去何方，水曲山隈白昼长。绝代风流三峡水，旧家亭榭半斜阳。轻阴犹护当时蒂，细雨旋催别树芳。唯有幽魂消不得，破寒深醱土膏香。"以落花飘魂抒写胸中郁结的亡国之恨，含蓄蕴藉，深沉瑰奇。七绝《走笔赠刘生思肯》："老觉形容渐不真，镜中身似梦中身。凭君写取千茎雪，犹是先朝未死人。"以诗明志，直到"垂死病中魂一缕，迷离唯记汉家秋"。（《初度日占》），仍然不忘故国岁月，于凄楚里见其高风亮节。

王夫之评选诗歌深受其诗学观点影响。其诗论贯穿在《唐诗评选》评语之中，王夫之继承了儒家以"兴观群怨"论诗的传统，注重诗歌的思想内容和社会作用，因此他强调"兴观群怨"四者的关系。他在《诗译》中说："诗可以兴，可以观，可以群，可以怨，尽矣。辨汉、魏、唐宋之雅俗得失以此，读《三百篇》必此也。可以云者，随所以而皆可也；于所兴而可观，其兴也深；于所观而可兴，其观也审；以其群者而怨，怨愈不忘。""以其怨者而群，群乃益挚。出于四情之外，以生起四情，游于四情之中，情无所窒。作者用一致之思，读者各以其情而自得。"①

王夫之认为诗作乃"一致之思"，要求诗作是一个浑然统一的整体，其兴寄则是外物对内心的触动，形成于无意与有意之间的，不是有意为之。其意在评杜甫《野望》中表述十分明白，其文曰："如此作自是野望，绝佳写景诗，只咏得现量分明，则以之怡神，以之寄怨，无所不可，方是摄兴观群怨于一炉锤，为风雅之合调。"只要即景动心，有感而发，则是天籁之音，上佳之作也。因此，王夫之在诗评中看重那些兴象悠远、浑然飘忽，不着痕迹的的诗作，而对直言铺述、着意抒情的作品则持贬抑之态。正如其在《读通鉴论》中所言："以诋讦为直，以歌谣讽刺为文章之乐事；言出而递相流传，蛊斯民之忿懥以诅咒其君文。"② 因此，其选诗也不选那些现实

---

① （清）王夫之：《姜斋诗话笺注》，人民文学出版社1981年版，第4页。
② （清）王夫之：《读通鉴论》，中华书局1975年版，第979页。

性、针对性、评判性很强的作品。

另外，由于王夫之受明代诗坛复古主义影响较多，其诗论也较多复古主义的倾向。他认同《诗经》和汉魏的诗歌。文曰："平、桓之天子，齐、晋之诸侯，荆、吴、徐、越之僭伪，其视六代、十六国，相去无几，事不必废也，而诗亦如之。卫宣、陈灵，下逮乎溱洧之士女，葛屦之公子，亦奚必贤于曹、刘、沈、谢乎？……故汉、魏已还之比兴，可上通于风雅；桧、曹而上之条理，可近译以三唐。元韵之机，兆在人心，流连跌宕，一出一入，均此情之哀乐，必永于言者也。故艺苑之上，不原本于《三百篇》之律度，则为刻木之桃李；释经之儒，不证合于汉、魏、唐、宋之正变。"①

本着如此诗论，王夫之在唐诗中更加喜好延续了汉魏诗风的初唐诗歌，于诗体中也更喜好乐府诗和五言古体诗。其诗选中，初唐入选诗比重更大就是明证。而中唐以后的乐府诗、五言古体诗很少入选，也很好地反映了王夫之的诗论主张。

《唐诗评选》是王夫之诗论在唐诗选本的集中表现。《唐诗评选》约编著于1690年。他本人曾在《夕堂永日绪论》中称："余自束发受业经义，十六而学韵语，阅古今人所作诗不下十万，经义亦数万首。既乘山中孤寂之暇，有所点定，因论其大约如此。可言者，言及之；有不可言者，谁其知之？庚午补天穿日。"② 序文写于庚午年即1690年，从文意中可见其所点评的诗文也在此时。

王学太曰："《唐诗评选》一直作为稿本，被人保存，直到辛亥革命前后，刘人熙（谭嗣同的老师）在长沙排印曾国藩所刻《船山丛书》中未收的船山遗著时，此书才得以问世。但流传不广，直到民国二十二年（1933）上海太平洋书店用铅字重印《船山遗书》收入《唐诗评选》，此书才得以广泛流传。"③

---

① （清）王夫之：《姜斋诗话笺注》，人民文学出版社1981年版，第1页。
② （清）王夫之：《姜斋诗话笺注》，人民文学出版社1981年版，第36页。
③ （清）王夫之：《唐诗评选》，文化艺术出版社1997年版，第235页。

《唐诗评选》的编排次序如下：卷一为乐府歌行，卷二为五言古，卷三为五言律，并且在五言律之后附有五言排律；卷四为七言律。从其编排的次序以及选入的篇目来看，王夫之在体裁上更重乐府和五言古诗，在作家作品选择上则更重初、盛唐，对中唐及其后的作家作品相对而言重视不够，这也是与其诗论相一致的表现。为了更直观了解《唐诗评选》的编排，特制下表：（附文后）从此表可以较为明显地看出王夫之选诗的偏好，初、盛唐诗人的作品入选相较中、晚唐更多。盛唐尤其以李白、杜甫入选诗居多，而晚唐的李商隐诗作相对入选较多。

第二节　《唐诗评选》中柳宗元诗选与诗评

从表中可以看出，《唐诗评选》中柳宗元的诗入选只有两首，相对初盛唐诗人而言是较少的，就是与中唐时期的诗人相较也是不多的，且柳宗元入选的诗篇也并不是大家耳熟能详的，不具典型代表性。何以如此？且先看《唐诗评选》中柳宗元诗选及柳诗评论。

所选第一首《杨白花》在卷一乐府歌行第 31 页；其诗曰：

杨白花

杨白花，风吹渡江水。坐令宫树无颜色，摇荡春光千万里。茫茫晓日下长林，哀歌未断城鸦起。

杨白花乃乐府杂曲歌辞名。《杨白花歌辞》最早见于《梁书》与《南史》。《南史》载曰：

时复有杨华者，能作惊军骑，亦一时妙捷，帝深赏之。华本名白花，武都仇池人。父大眼为魏名将。华少有勇力，容貌环伟，魏胡太后逼幸之。华惧祸，及大眼死，拥部曲。载父尸，改名华，来降。胡太后追思不已，为作《杨白花歌辞》，使宫人昼夜连臂蹋蹄歌之，声甚凄断。华后位太子左卫率，卒于侯景军中。①

此事在《梁书》②中也有记载，歌辞则载于《乐府诗集》卷七三。根据诗意，该诗当是柳宗元作于贬谪永州之时。诗中前半部分写景，杨白花随风吹散千万里，一直飘落到江南，被风吹走的不仅仅是杨华，更是宫中的无限春光。因为宫中树木都已凋落，竟无一点春的颜色残留。但江南却是柳色青青，柳絮飘飞，千万里的大好春光。后半部分则是抒情，借典抒怀。"茫茫晓日下长秋，哀歌未断城鸦起"，朝阳刚刚照进长秋宫，哀怨歌声尚未停歇，又听到城头寒鸦哀鸣声起。

柳宗元从朝廷的角度，在诗中见景生情，借典抒怀，慨叹宫廷大肆贬谪有识之士，导致无人可用，呈现颓败悲凉之态。因此，许顗在《彦周诗话》曰："子厚乐府杨白花，言婉而情深，古今绝唱也。"王夫之诗论重含蓄隽永之美，其在《姜斋诗话》卷二（《夕堂永日绪论外编》）（四一、四二）就称道："有所谓'开门见山'者，言见远山耳，固以缥缈遥映为胜；若一山壁立，当门而峙，与而墙奚异？……抑有反此者，以虚冒笼起，至一二百字始见题面，此从苏、曾得来，韩、柳、欧阳修尚不尽然。"柳宗元正是书写了对朝廷大肆贬谪人才的怨恨与悲叹之情，引起了王夫之的强烈共鸣，因而对此诗很是欣赏。他在《唐诗评选》中借明代顾璘之口赞曰："顾华玉称此诗更不浅露，反极悲哀。其能尔者，当由即景含情。"③

《唐诗评选》选入柳宗元第二首诗为《别舍弟宗一》，编排在卷四·七言律中，诗曰：

---

① （唐）李延寿：《南史》卷六三，中华书局1975年版，第1535—1536页。
② （唐）姚思廉：《梁书》卷三九，中华书局1973年版，第556—557页。
③ （清）王夫之：《唐诗评选》，文化艺术出版社1997年版，第31页。

别舍弟宗一

零落残魂倍黯然，双垂别泪越江边。一身去国六千里，万死投荒十二年。桂岭瘴来云似墨，洞庭春尽水如天。欲知此后相思梦，长在荆门郢树烟。①

《别舍弟宗一》作于元和十一年（816）春夏之交。韩醇《训诂柳集》卷四十二："'万死投荒十二年'，自永贞元年（805）乙酉至元和十一年（816）丙申也。诗是年春作。"柳宗元再贬柳州时，他的从弟柳宗直和柳宗一也随同前往，宗直到柳州后不久就因病去世，年仅二十三岁，柳宗元伤悼不已，为其撰写《志从父弟宗直殡》。亲人中间，除了从弟宗直，老母亲卢氏、爱妻杨氏、娇女和娘等人都相继弃世。柳宗一在柳州大约住了半年时间，又要离开柳州前往江陵。在从弟离别之际，柳宗元回想十余年来的艰辛与磨难，亲人离散，同来的从弟一死一别，不禁潸然泪下。于是写下此诗为柳宗一送别。

诗的一、三、四联着重反映兄弟之间的骨肉情深，"零落残魂倍黯然，双垂别泪越江边。柳江河畔双垂泪，兄弟涕泣依依情"。写送别兄弟来到越江边，临别之际，回想之前二弟宗直暴病身亡，现在又要送别大弟宗一到湘鄂之地安家，自然倍感凄凉无依。贬谪之苦与别离之伤双重交织，依依惜别之际，怎不令人黯然神伤，潸然泪下？

第二联则集中表达了柳宗元贬谪南荒之地的愤懑和凄苦。"一身去国六千里，万死报荒十二年"。"去国""六千里""万死""投荒""十二年"等词语，隐含着诗人的抑郁与愤懑之情。因为"一心向国"，却被流放到偏僻的蛮荒之地，怎不令人愤慨？这两句诗，可谓字字血泪，饱含悲戚。

此诗这般情真意切，深得后世好评，南宋严羽在《沧浪诗话》

---

① （清）王夫之：《唐诗评选》，文化艺术出版社1997年版，第201页。

中说："唐人好诗，多是征戍、迁谪、行旅、别离之作，往往能感动激发人意。"① 又如薛雪在《一瓢诗话》更是以"无出其右"赞此，其文曰："殊不知别手足诗，辞直而意哀，最为可法。观此一首，无出其右！"②《瀛奎律髓》《竹坡诗话》《批选唐诗》《唐诗别裁》《唐诗笺注》等诗评都对此诗有高度评价。

王夫之与柳宗元《别舍弟宗一》中的悲戚深情形成了强烈共鸣，因此他在《唐诗选评》以"情深文明"概括其诗的特点，可谓言简意赅。"情深文明"出之《礼记·乐记》，其文曰："诗言其志也，歌咏其声也，舞动其容也。三者本于心，然后乐气从之。是故情深而文明，气盛而化神。"其意为："情感深厚就会文彩鲜明，气度宏大就会变化神奇。"王夫之用"情深文明"可谓言简意赅高度评价了此诗。正是柳宗元融浓厚悲戚情感于其中，才使得此诗文采斐然，感人至深。

第三节　王夫之选评柳宗元诗歌及其接受缘由

柳宗元生平所作诗歌 154 首，诗歌表达情感多种多样，为何王夫之选评柳宗元的这两首诗呢？柳宗元这两首诗都是表达报国无门及自己不幸遭际的悲愤之情，它们入选《唐诗评选》，定然与王夫之的遭遇情感有某些相似之处，或者说感同身受。这样，穿越历史时空，王船山才会在情感上引起强烈的共鸣，对这两首诗格外看重。王夫之的生平遭际怎样，他又是怎样看待历史上的柳宗元呢？且看其本人传记与评柳言论。

据《清史稿·王夫之传》载曰：

　　王夫之，字而农，衡阳人。与兄介之同举明崇祯壬午乡试。

----

① （宋）严羽：《沧浪诗话校释》，人民文学出版社 1961 年版，第 198 页。

② （清）薛雪：《一瓢诗话》，人民文学出版社 1979 年版，第 94 页。

张献忠陷衡州，夫之匿南岳，贼执其父以为质。夫之自引刀遍刺肢体，舁往易父。贼见其重创，免之，与父俱归。明王驻桂林，大学士瞿式耜荐之，授行人。时国势阽危，诸臣仍日相水火。夫之说严起恒救金堡等，又三劾王化澄，化澄欲杀之。闻母病，间道归。明亡，益自韬晦。归衡阳之石船山，筑土室曰观生居，晨夕杜门，学者称船山先生。

……康熙十八年，吴三桂僭号于衡州，有以劝进表相属者，夫之曰："亡国遗臣，所欠一死耳，今安用此不祥之人哉！"遂逃入深山，作《祓禊赋》以示意。三桂平，大吏闻而嘉之，嘱郡守馈粟帛，请见，夫之以疾辞。未几，卒，葬大乐山之高节里，自题墓碣曰"明遗臣王某之墓"。

……兄介之，字石子。国变，隐不出。先夫之卒。①

根据《清史稿·王夫之传》所载，王夫之非常看重个人气节，对明王朝十分忠诚，不愿为贰臣贼子。当"贼人"张献忠攻陷衡州，以其父为人质要挟王船山"投贼"。正乃"士不可不弘毅"，王夫之视名节重于生命，为了名节，他以刀自创而不愿跟随贼人，"自引刀遍刺肢体"，如果没有气节，重创自身的行动可不是那么容易的。

王夫之生活于明末清初，在明王朝末期，局势危难，诸臣却依旧相互争斗，势同水火。王夫之为了大明江山，不仅游说官员去救危解困，还冒着生命危险，三次检举揭发国舅王维恭族弟王化澄的"结奸误国"之举，"化澄欲杀之"。明亡后，王夫之则隐居不出，"归衡阳之石船山，筑土室，晨夕杜门"。当吴三桂过衡州，有人劝其出山，他严词拒绝，逃入深山。"亡国遗臣，所欠一死耳，今安用此不祥之人"，既表达自己的忠君之志，亦讥讽了吴三桂贰臣之为，此等言语如匕首刺人心胸也。即使死了，他依旧只愿为明朝臣民，

---

① 赵尔巽：《清史稿》卷四八〇《王夫之传》，中华书局1977年版，第13016—13018页。

甚至还自题墓碣曰"明遗臣王某之墓"。从忠于君王、关心朝政上来说，王夫之与柳宗元的心态是一样的。

柳宗元一生历经代宗、德宗、顺宗和宪宗四朝，主要活动于贞元、元和时期。历经了安史之乱后，盛唐繁盛局面已不复存在。这个时期，地主阶级和农民阶级的矛盾、地主阶级内部各各个阶层和各个集团之间的矛盾，不仅没有缓和，而且还进一步激化。另外，藩镇割据进一步扩大，这些藩镇跨州连县，"由是方镇相望于内地，大者连州十余，小者犹兼三四。故兵骄则逐帅，帅强则叛上"。"兵之始重于外也，土地、民赋非天子有；既其盛也，号令、征伐非其有；又有甚也，至无尺土，而不能庇其妻子宗族，遂以亡灭。"①（《新唐书》卷五十）俨然成了与朝廷分庭抗礼的小朝廷。再加之朝中宦官专权也日甚一日，他们掌握中央禁军，左右朝政，威慑皇帝，权倾海内。在多重危机交织下，工商业凋敝，土地兼并严重，农民破产流亡，各地起义不断爆发。作为有识之士的柳宗元，为了维护以皇帝为首的中央集权和国家的统一，革除一些丧失民心的弊政，使劳动人民的沉重负担有所减轻，以利于社会的安定和生产的恢复发展。他积极参与王伾、王叔文领导的"永贞革新"，成为革新的核心人物，实行了一系列革新措施，打击了以宦官和藩镇为代表的腐朽势力，具有积极的意义。但由于宦官和藩镇势力的勾结和联合反扑，革新运动很快夭折。革新派受到残酷迫害。王叔文被杀，王伾被逼死，柳宗元、刘禹锡等八人都被贬谪为偏远诸州的司马，造成了历史上著名的"二王八司马事件"。王夫之对柳宗元忠君为国的政治革新精神十分赞同，因为他自己也是忠君为国的。

另外，柳宗元在政治革新遭受了重大的挫折，被贬谪到永州的经历更是与王夫之也有几分相似点。永州与衡州紧邻，地理上的亲缘关系使得王夫之对柳宗元贬谪永州的遭遇更加同情，加之他自己在政治局势危难，遭到排挤与"欲杀之"时，他也是选择了韬晦归

---

①　（宋）欧阳修、宋祁：《新唐书》卷五十，中华书局1975年版，第1329—1330页。

隐，这种情形也与柳宗元的贬谪永州生活颇有相似之处，因此，柳宗元在永州贬谪的心情颇能引起王夫之情感上的共鸣，因此他以"情深文明"概括柳宗元的《别舍弟宗一》。

从诗评中可以看出王夫之同情柳宗元的遭际，敬佩其忠君报国之情，但他并不完全赞同柳宗元等人的做法。他在《读诗二十七首》《读通鉴论》中，他都以"愚""可哀"评价柳宗元等人的政治行为，其态度是十分明确的。

王夫之在《读诗二十七首》（其二十二）曰："子厚悬崖题壁，昌黎华岳投书；小人可使有勇，君子其弊也愚。"①

"悬崖题壁""华岳投书"乃迂腐之举，虽说昌黎华岳投书乃华山传说，但其实际操作性的确太小，因此王夫之称二人之举为"君子其弊也愚"。王夫之不仅在咏史诗中对韩、柳之举不赞同，他还在《读通鉴论》中对王伾、王叔文等的政治革新活动进行了评述，在文中表达了自己的见解，其文曰：

> 王伾、王叔文以邪名古今，二韩、刘、柳皆一时之选，韦执宜具有清望，一为所引，不可复列于士类。恶声一播，史氏极其贬誚，若将与赵高、宇文化及同其凶逆者。平心以考其所为，亦何至此哉！自其执政以后，罢进奉、官市、五坊小儿，贬李实，召陆贽、阳城，以范希朝、韩泰夺宦官之兵柄，革德宗末年之乱政，以快人心，清国纪，亦云善矣。顺宗抱笃疾，以不定之国储嗣立，诸人以意扶持而冀求安定，亦人臣之可为者也。所未审者，不能自量其非社稷之器，而仕宦之情穷耳，初未有移易天位之奸也。于是宦官乘德宗之危病，方议易储以危社稷。顺宗瘖而不理，非有夹辅之者，则顺宗危，而宪宗抑且不免。代王言，颁大政，以止一时邪谋，而行乎不得已，亦权也。……《易》曰："不出户庭，无咎"，慎之于心也。不出

---

① （清）王夫之：《姜斋文集·姜斋诗集》卷一，岳麓书社 2011 年版，第 14 页。

门庭则凶矣。门内之密谋，门外之所疑为叵测者也。流俗之所谓深入，君子之所谓浅夫也。读柳宗元谪后之书，匪舌是出。其愚亦可哀也已！①（《读通鉴论》卷二十五顺宗）

王夫之对史家"极其贬诮"王伾、王叔文等人，将其"与赵高、宇文化及同其凶逆者"等同表达了不同之见。他先论永贞革新之成效，"自其执政以后，革德宗末年之乱政，以快人心、清国纪"，"以不定之国储嗣立，诸人以意扶持而冀求安定，亦人臣之可为者也"。他又从史实出发，切实地指出了王伾、王叔文等的不当之处，"所未审者，不能自量其非社稷之器"；"得志自矜，身危不悟"，因而导致"激盈之怨，寡不敌众，谤毁腾于天下"。然后他根据王伾、王叔文等政治革新活动，总结其历史教训，文曰："由此以观，士之欲有为当世者，可不慎哉！天下之事，昭昭然揭日月而行者，与天下共之。其或几介危疑，事须密断者，则缄之于心，而制之以独。"并且还引《易经》"不出户庭，无咎"为戒，认为"门内之密谋，门外之所疑为叵测者也"。由此而言，无怪乎王夫之称柳宗元"其愚亦可哀也已"。

附：

《唐诗评选》编排表

作家	乐府歌行	五言古	五言律	五言排律	七言律	合计
王 绩	1	1	1			3
王 勃	1	1	6			8
卢照邻	1					1
崔 融	1					1
刘庭芝	2					2
蔡 孚	1					1

---

① （清）王夫之：《读通鉴论》，中华书局1975年版，第873—875页。

续表

作家	乐府歌行	五言古	五言律	五言排律	七言律	合计
宋之问	1	3	4	4		12
宋璟				1		1
杨师道				1		1
陈子昂	1	1	2	1		5
杜审言				5	3	8
李峤					2	2
张谔	1				2	3
庾光先					1	1
李憕					1	1
玄宗皇帝	1		2			3
张若虚	1					1
王维	2	4	12	3	4	25
丘为				1		1
王昌龄	2					2
孟浩然	1		3		2	6
高适	2	2	2	1	1	8
崔颢	2		1		2	5
岑参	7	2	2	2	5	18
李颀	1					1
李白	16	17	7	1	2	43
杜甫	12	19	19	4	37	91
刘方平					1	1
郭受					1	1
李嘉祐	1		5		1	7
韩翃					1	1
李益	2					2
王建	3		1			4
柳宗元	1				1	2
张籍	4		2			6
李贺	5					5
太宗皇帝		1	4			5

续表

作家	乐府歌行	五言古	五言律	五言排律	七言律	合计
邢象玉		1				1
崔 液		1				1
薛 稷		1				1
张 说		1	3		1	5
苏 颋					5	5
张九龄		7	1	2		10
王 丘		1				1
储光羲		6	2		1	9
卢 象		1				1
王 建					8	8
贾 至		1			1	2
崔国辅		1				1
崔 曙		2	1			3
李 巎		3				3
元 结		1				1
李 华		1				1
刘 复		1				1
吴 筠		1				1
刘长卿		1		2		3
李 绪		1				1
韦应物		14	1		3	18
郎士元					3	3
刘禹锡					8	8
韩 愈					1	1
德宗皇帝		1				1
张 羿		1				1
虎丘鬼		2				2
曹 邺		5				5
赵 嘏		1			4	5
郭利正			1			1
顾 况					1	1

续表

作家	乐府歌行	五言古	五言律	五言排律	七言律	合计
杨 炯			1			1
骆宾王			3			3
马 周			1			1
王 湮			1			1
沈佺期			3	5	7	15
李 乂					1	1
宗楚客			1			1
郭 震			1		1	2
郑 愔					1	1
马怀素					1	1
姚 崇			1			1
孙 逖			2	1		3
武平一					1	1
刘 宪					2	2
赵彦昭					1	1
韦元旦					1	1
韦 济			1			1
王 湾			1			1
张子容			1			1
綦毋潜			2			2
丁仙芝			2			2
张 均			1			1
张 巡			1			1
寒山子			1			1
刘长卿			3		3	6
张志和					1	1
钱 起			2	1	3	6
包 何					1	1
卢 纶					1	1
鲍 防					1	1
李 益					1	1

作家	乐府歌行	五言古	五言律	五言排律	七言律	合计
郑　审				1		1
司空曙					2	2
窦叔向			1			1
王无竞			1			1
李　端			1			1
窦　巩					1	1
戎　昱			1			1
贾　岛			2			2
李　约			1			1
张　祜			1			1
李宣远			1			1
周　贺			1			1
僧灵彻			1		1	2
僧灵一			1			1
僧处默			1			1
僧无可				1		1
李　冶			1			1
杜　牧			1		5	6
李商隐			2		13	15
薛　能			2		3	5
韩　琮					1	1
马　戴			3	1		4
李　频			1		1	2
司空图			1			1
郑　遨			3			3
李　洞			1			1
僧齐己			1			1
张　乔				1		1
李　适					1	1
元　结					1	1
张　谓					1	1

续表

作家	乐府歌行	五言古	五言律	五言排律	七言律	合计
杨巨源					6	6
白居易					3	3
元稹					1	1
李绅					1	1
王初					1	1
温庭筠					1	1
许浑					1	1
刘沧					2	2
来鹏					1	1
崔橹					2	2
李郢					2	2
皮日休					2	2
郑谷					1	1
吴融					2	2
韩偓					1	1
韦庄					1	1
廖匡图					1	1
谭用之					1	1

第九章 乾隆"大才子"纪晓岚 批评柳宗元

纪昀作为乾隆朝的官方学术的带头人，对自己才华颇为自信，对古代文学家的批评具有正统性，从其对柳宗元诗文批评就可见一斑，批评柳宗元诗歌主要在其撰写的《瀛奎律髓刊误》中。

第一节 纪晓岚及其文学成就略举

纪昀（1724—1805），字晓岚，清乾隆十九年（1754）考中进士，官至礼部尚书、太子少保。纪昀作为 18 世纪中后期的学者、文学家，一直都是官方学术的主导者，他一生领导和参与了多部重要典籍的编修。其中《四库全书》倾注其一生心血，学术影响深远。乾隆三十八年（1773）起，开《四库全书》馆，大学士刘统勋举纪昀和郎中陆锡熊为总纂，至乾隆五十二年（1787）关闭《四库全书》馆，历时 14 个年头。分经、史、子、集四部，故名"四库"，收录 3462 种图书，共计 79338 卷，36000 余册，约 8 亿字，可谓对中国古典文化进行了一次最系统全面的总结。并对誊录入库的 3400 余种图书（著录书）和抄存卷目的 6793 种图书（存目书）全部写出提要，形成《四库全书总目提要》。成为我国收书最多的目录，写有内容体要和评论，为学者研究中国古代政治、经济、文化的历史，提供了翔实书目。

另外，受蒲松龄《聊斋志异》笔记体小说影响，纪晓岚晚年

"追录旧闻，姑以消遣岁月"，有意模仿笔记小说，写成随笔杂记
《阅微草堂笔记》，语言质朴淡雅，风格亦庄亦谐，与《聊斋志异》
一起被誉为清代笔记小说的"双璧"。

　　嘉庆十年（1805），纪昀病逝，嘉庆帝御赐碑文"敏而好学可
为文，授之以政无不达"谥号"文达"。

第二节　纪昀与《瀛奎律髓刊误》

　　纪昀批评柳宗元诗歌主要在其撰写的《瀛奎律髓刊误》中，必
须联系到元代方回编选的《瀛奎律髓》。《瀛奎律髓》专选唐宋两代
五、七言律诗，故名"律髓"，又称取十八学士登瀛洲、五星照奎之
意，故名"瀛奎"。共选唐宋五、七言律诗三百八十五家，三千零十
四首（其中重出二十二首，实为二千九百九十二首）。其中，唐代
164 家、1264 首，宋代 221 家、1765 首，成唐、宋五七言律诗总
集。全书按诗歌题材分类编排，先五言后七言分为登览、朝省、怀
古、风土、升平、宦情、寄赠、迁谪、疾病、感旧、侠少、释梵、
仙逸、伤悼等共计 49 类，以题解说明此类诗的性质与特点。每类中
又按先五言后七言，时代先后为序编为一卷，每卷之首则有小序简
述该卷旨要。对入选诗作，方回多加圈点和批评，每诗之后附以评
语。其圈点主要指明着眼、句眼，批评则是对作品进行详解，总体
评论，有的还记录逸闻，考证本事，甚至借题发挥，阐述自己诗学
主张。正如方回在自序中称："所在，诗话也。"可见，全书批点类
似一部唐、宋律诗专题诗话。

　　《瀛奎律髓》选本荟萃了唐、宋律诗精华，全面展示了唐、宋时
期律诗创作发展和流变情形，评点多精辟之论，故颇受后世学者赞
许。《四库全书总目提要》即曰："是书兼选唐宋二代之诗，分四十
九类。所录皆五七言近体，故名'律髓'。……然宋代诸集不尽传于
今者，惟赖以存。而当时遗闻旧事亦往往多见于其注，故厉鹗作
《宋诗纪事》所采最多。"龙遵在《瀛奎律髓》序中赞许曰："今一

且得之，又何其幸耶？先生自序，谓诗之精者为律。今观其所选之精严，所评之当切，涵泳而隽永之，古人作诗之法，讵复有馀蕴哉？诚所谓'律髓'也。"① 宋至在《瀛奎律髓》序中称："夫方虚谷熟精诗律，因博综三唐、五代、南北宋诸名家所作，探其宾奥。立为法程。而其成书乃取义于'髓'者，无他，禅家授受，首重得'髓'，'髓'既得，则一切皮毛俱属可略。……能照见古人精神血脉于千百载之上，而与之同堂品骘。其合者，几如拈花之笑；即不合者，亦不至有背触之疑。"②

但因方回宗"诗圣"杜甫，"大旨排'西昆'，而主'江西'，倡为'一祖三宗'之说，一祖者杜甫，三宗者黄庭坚、陈师道、陈与义也。""说以生硬为健笔，以粗豪为老境，以炼字为句眼，颇不谐于中声。其去取之间，如杜甫《秋兴》，惟选第四首之类，亦多不可解。"故而也遭到不少批评，纪昀即为尤著者。他在《瀛奎律髓刊误》序中称："文人无行，至方虚谷而极。"认为方回"骋其私意，率臆成篇。"指出其选诗之弊有三："一曰矫语古淡；一曰标题句眼；一曰好尚生新。"纪昀与方回亦宗杜甫，但其作为官方正统，主张"温柔敦厚"诗教，作诗当冲淡古朴，追求韵外之味，"兴象深微，寄托高远"。认为方回"以生硬为高格，以枯槁为老境，以鄙俚粗率为雅音，名为遵奉工部，而（与）工部之精神面目迥相左也，是可以为古淡乎？"又称"虚谷置其本原，而拈其末节。每篇标举一联，每句标举一字。……所谓'温柔敦厚'之旨，蔑如也；所谓文外曲致，思表纤旨，亦茫如也"。还指出"虚谷以长江'武功'一派，标为写景之宗。一虫、一鱼、一草、一木，规规然摹其性情，写其形状，务求为前人所未道。……骚、雅之本意果若是耶？"并且将其选诗之弊归为宗江西诗派，"皆'江西'一派先入为主，变本加厉，遂偏驳而不知返"。

---

① （清）纪昀：《瀛奎律髓刊误》，武汉出版社2008年版，第24页。
② （清）纪昀：《瀛奎律髓刊误》，武汉出版社2008年版，第27页。

纪昀将其论诗之弊端也归为三:"一曰党援;一曰攀附;一曰矫激。""党援"则指方回"坚持一祖三宗之说,一字一句莫敢异议。虽茶山之粗野,居仁之浅滑,诚斋之颓唐,宗派苟同,无不祖庇"。"是门户之见,非是非之公也。""攀附"则是指方回"本为诗品,置而论人,是依附名誉之私,非别裁伪体之道也"。故而将"元祐之正人,洛闽之道学,不论其诗之工拙,一概引之以自重"。"矫激"是说方回"不问其人之贤否,并不计其语之真伪,是直诡托清高,以自掩其秽行耳",其"词涉富贵,则排斥立加。语类幽栖,则吹嘘备至"。这怎么是论诗之道?但其书却颇受欢迎,"行世有年,村塾既奉为典型,莫敢訾议,而知诗法者又往往不屑论之。"导致"谬种"更加蔓延开来。纪昀称"凡此数端,皆足以疑误后生,瞀乱诗学,不可不亟加刊正"。故而其"于暇日,细为点勘,别白是非,各于句下笺之,命曰《瀛奎律髓刊误》"①。

宋泽元在《瀛奎律髓刊误》序中对纪昀之功大为肯定,曰:"河间纪文达公以其专主'江西',流于偏驳,且举其论诗三弊:曰党援。曰攀附,曰矫激。'皆足以疑误后生'。因为之逐章批释,别白是非,点勘加严,而持论至当。戛戛乎!诗律之绳尺,后学之津梁也。"②纪昀弟子李光垣在《瀛奎律髓刊误》序中更是对其师大赞曰:"盖师于是书自乾隆辛巳至辛卯评阅至六七次。细为批释,详加涂抹,使读者得所指归,不至疑误。其谆谆启发,岂浅鲜哉!"③

由此可见,方回《瀛奎律髓》影响之大,纪昀批评之重,不乏偏颇之处。但在具体的诗评中,纪昀则对方回既有否定,也有肯定之处,二者可谓异中有同,各有所长。为了更直接说明,下面则以柳宗元诗歌评点为例,加以佐证。

---

① (清)纪昀:《瀛奎律髓刊误》,武汉出版社2008年版,第17—18页。
② (清)纪昀:《瀛奎律髓刊误》,武汉出版社2008年版,第14页。
③ (清)纪昀:《瀛奎律髓刊误》,武汉出版社2008年版,第15页。

第三节　《瀛奎律髓刊误》评点柳宗元律诗

柳宗元诗歌选入《瀛奎律髓刊误》首先在卷四"风土"类，方回对"风土"的解释为："广谷大川异制，民生其间异俗。读《禹贡》、《周官》、《史记》所纪，不如读此所选诗，亦'不出户而知天下'之意也。"① 如此解题还是合理的，尤其是"异制"与"异俗"的解释。然纪昀批之为"语套而陋"，可见纪不认同方之解释。

其一评点为柳宗元七言律诗《登柳州城楼寄漳、汀、封、连四州》，诗云："城上高楼接大荒，海天愁思正茫茫。惊风乱飐芙蓉水，密雨斜侵薜荔墙。岭外重遮千里目，江流曲似九回肠。共来百越文身地，犹自音书滞一乡。"这首七律为柳宗元于唐宪宗元和十年（815）所作，并寄给与其相同被贬遭际的韩泰、韩晔、陈谏、刘禹锡四人。据《旧唐书·宪宗本纪下》载："乙酉（元和十年）三月，以虔州司马韩泰为漳州（今福建漳州）刺史，以永州司马柳宗元为柳州（今广西柳州）刺史，饶州司马韩晔为汀州（今福建长汀县）刺史，朗州司马刘禹锡为播州刺史，台州司马陈谏为封州（今广东封川县）刺史。御史中丞裴度以禹锡母老，请移近处，乃改授连州（今广东连州市）刺史。"②

柳宗元与韩泰、韩晔、陈谏、刘禹锡等因参加王叔文、王伾领导的革新运动，因为宦官和保守派联合反对，革新运动招致失败，他们都被贬至蛮荒僻远之所，这就是历史上的"二王八司马"事件。元和十年（815），柳刘等人循例被召回京师，柳宗元也特期待能够留在京师，大臣中也有人主张重新起用，可是终因有人从中作梗，他们还是再度被贬为边州刺史。多年的贬谪让柳宗元备受打击，深感仕途险恶，因此，到达柳州后，他登楼远眺，满目异乡风光，"惊

---

① （清）纪昀：《瀛奎律髓刊误》，武汉出版社 2008 年版，第 87 页。
② （后晋）刘昫：《旧唐书》，中华书局 1975 年版，第 452 页。

风乱飐""芙蓉水""密雨斜侵""薜荔墙"，岭树重重遮挡，不禁令诗人心生感慨，感叹世事难料，身世坎坷，也就更加思念朋友，但却天各一方，难以相见，怎不忧恐苦闷？于是百感交集，写就此作。此诗可谓情景交融，凄楚感人，故而深受后世好评，如沈德潜评曰："从高楼起，有百端交集之感。'惊风'、'密雨'，言在此而意不在此。"①

在《瀛奎律髓》中，方回批曰："韩泰为抚州，韩晔为池州，陈谏为封州，刘禹锡为连州。"批语中未见对诗的思想内容和艺术风格的评价，只说四人的贬谪地，略显不足，且还称韩泰为抚州，韩晔为池州，更是不妥。

纪昀《瀛奎律髓刊误》批曰："一起意境阔大，倒摄四州有神无迹。通篇情景俱包得起。三、四赋中之比不露痕迹。旧说谓借寓震撼危疑之意，好不着相。"② 二者相较，高下立现。纪昀批语很好地把握了《登柳州城楼寄漳、汀、封、连四州》一诗的艺术特点，那就是意境阔大，情景交融，赋中有比，不着痕迹。并且还批驳了"借寓震撼危疑"之说，将其视为"好不着相"。这也是与纪昀主张"温柔敦厚"的儒家诗教相一致的，故而其批点生动形象，准确到位。

俞陛云在《诗境浅说》中评价此诗曰："子厚柳州诗，多哀怨之音。起笔音节高亮，登高四顾，有苍茫百感之慨。三、四言临水芙蓉，覆墙薜荔，本有天然之态，乃密雨惊风横加侵袭，致嫣红生翠，全失其度。以风雨喻谗人之高张，以薜荔芙蓉喻贤人之摈斥，犹楚词之以兰蕙喻君子，以雷雨喻摧残，寄慨遥深，不仅写登城所见也。五、六言岭树云遮，所思不见，临江迟客，肠转车轮，恋阙怀人之意，兼而有之。收句归到寄诸友本意，言同在瘴乡，已伤谪宦，况音书不达，雁渺鱼沉，愈悲孤寂矣。"③ 由上可见俞陛云的批评详细

①　（清）沈德潜：《唐诗别裁集》卷十五，上海古籍出版社1979年版，第488页。
②　（清）纪昀：《瀛奎律髓刊误》，武汉出版社2008年版，第106页。
③　俞陛云：《诗境浅说》丙编。

形象，纪昀之批颇为在理了。

其二为《柳州寄丈人周韶州》，诗曰："越绝孤城千万峰，空斋不语坐高春。印文生绿经旬合，砚匣留尘尽日封。梅岭寒烟藏翡翠，桂江秋水露鲥鳙。丈人本自忘机事，为想年来憔悴容。"①

此诗亦为柳宗元作于柳州，描写出了其无尽孤寂。身处荒远，即使为刺史，亦觉被弃，故而所见之景皆空寂，"孤城""千万峰""空斋不语"；再加之官事冷清，"印文生绿经旬合""砚匣留尘尽日封"。寒烟升起，"鲥鳙"浮现，怎不令其心生忧惧，怀念老友，面容憔悴？故而曰"丈人本自忘机事，为想年来憔悴容"。此诗由景及情，层层深入，情理自然。

《瀛奎律髓》只是选入该诗，没有批点。《瀛奎律髓刊误》中纪昀批点曰："'梅岭'二句，指'周'一边说，然突入觉无头绪，又领不起第七句，殊不妥。适传颂口熟不觉耳。"②批点针对"梅岭寒烟藏翡翠，桂江秋水露鲥鳙"这两句，纪昀认为这两句用在此不妥当，一则觉得是"周韶州"所言；二则是突然加入显得没有头绪，不能领起下一句。据前面分析，这两句当为柳宗元所言，紧接前述，由眼望之景到清闲政事再到怪异事物，然后引出对"丈人"的劝慰，同时也是对自己的安慰。可谓顺其自然，承接连贯。故而纪昀所批"殊不妥"偏颇，值得商榷。不过其认为其诗适合传诵，朗朗上口，还是有一定道理的。

其三为《得卢衡州书因以诗寄》，诗曰："临蒸且莫叹炎方，为报来秋雁几行。林邑东迴山似戟，牂牁南下水如汤。蒹葭淅沥含秋雾，橘柚玲珑透夕阳。非是白苹洲畔客，还将远意问潇湘。"③

据宋人韩醇《诂训柳集》卷四十二考证，此诗作于元和十一年（816）秋。因收到曾任衡州刺史的卢姓友人来信，向其抱怨衡州天

---

① （清）纪昀：《瀛奎律髓刊误》，武汉出版社2008年版，第106页。
② （清）纪昀：《瀛奎律髓刊误》，武汉出版社2008年版，第106页。
③ （清）纪昀：《瀛奎律髓刊误》，武汉出版社2008年版，第107页。

气酷热难受。故而柳宗元以其所在柳州的环境恶劣与衡州比较,在宽慰友人的同时,也表达了自己谪居僻远之地的愁苦之情。此诗写景生动,情感含蓄。

《瀛奎律髓》只选其诗,没有批点。《瀛奎律髓刊误》中纪昀加入了批点,曰:"一说谓卢以衡州为炎,其地犹雁所到;若我所居则林邑牂牁之间,更为远矣。于理较通,而不免多一转折。存以备考。六句如画。"① 纪昀所批将卢居之衡州与柳所居柳州比较特意写出,且还称"多一转折"。可见纪对柳此诗特点把握准确,批点精要。

其四为《岭南江行》,诗曰:"瘴江南去入云烟,望尽黄茆是海边。山腹雨晴添象迹,潭心日暖长蛟涎。射工巧伺游人影,飓母偏惊旅客船。从此忧来非一事,岂容华发待流年。"②

此诗为柳宗元作于唐宪宗元和十年(815),因谗害远放柳州刺史,柳宗元溯湘江入岭南,然后经灵渠到达柳州任所。因心情沮丧,深感官场险恶,故其所见景象亦为怪异的,"瘴江""黄茆""象迹""蛟涎""射工""飓母"等都为特异风物,既是当地荒凉落后环境的象征,也是遭贬后恶劣政治环境的隐喻,可谓景语与情语的谐和。然而柳宗元并没有因此消沉,而是希望能在任内有所作为,发出"从此忧来非一事,岂容华发待流年"。

对此诗《瀛奎律髓》中方回没有批点,而《瀛奎律髓刊误》中纪昀批阅:"虽亦写眼前现景,而较元白所叙'风土',有仙凡之别。此由骨韵之不同。五六旧说借比小人,殊穿凿。"③ 纪批对柳诗特点认识到位,既看到了因为古韵不同,柳写眼前现景与元白所写"风土"有仙凡之别,也看到了柳所写景物的借比"小人"的手法。

这种手法也颇受其他学者关注。如薛雪《一瓢诗话》:"诗有通

① (清)纪昀:《瀛奎律髓刊误》,武汉出版社2008年版,第107页。
② (清)纪昀:《瀛奎律髓刊误》,武汉出版社2008年版,第107页。
③ (清)纪昀:《瀛奎律髓刊误》,武汉出版社2008年版,第107页。

首贯看者，不可拘泥一偏。如柳河东《岭南江行》一首之中，瘴江、黄茆、海边、象迹、蛟涎、射工、飓母，重见叠出，岂复成诗？殊不知第七句云：'从此忧来非一事'。以见谪居之所，如是种种，非复人境，遂不觉其重见叠出，反若必应如此之重见叠出者也。"①

《唐诗鼓吹注解》曰："此叙岭南风物异于中国，寓迁谪之愁也。言瘴江向南，直抵云烟之际，一望皆是海边矣。雨晴则象出，日暖则蛟游，射工之伺影，飓母之惊人，皆南方风物之异者。是以所愁非一端，而华发不待流年耳。"② 从这两种评点可见纪昀所批颇为恰当。

其五为《柳州峒氓》，诗曰："郡城南下接通津，异服殊音不可亲。青箬裹盐归洞客，绿荷包饭趁墟人。鹅毛御腊缝山罽，鸡骨占年拜水神。愁向公庭问重译，欲投章甫作文身。"

《柳州峒氓》为柳宗元作于柳州刺史任上，正如前言"从此忧来非一事，岂容华发待流年"。柳宗元了解民生疾苦，希望有所作为，于是他走近洞氓，关心其生活习惯和民俗风情，帮助其改善生活条件。因此他写出了洞氓生活习俗，"青箬裹盐""绿荷包饭""鸡骨占年""鹅毛御腊"，描写出了柳州洞氓的贫寒生活和风俗迷信，颇具地方特色，柳宗元称其"异服殊音不可亲"。然通过深入了解，他的看法改变了，竟希望抛却繁杂政务，与洞氓过一样的生活，发出"愁向公庭问重译，欲投章甫作文身"。

对这首诗，方回批曰："柳柳州诗精绝工致，古体尤高。世言'韦柳'。韦诗淡而缓，柳诗峭而劲。此五律诗比老杜，则尤工矣。杜诗哀而壮烈，柳诗哀而酸楚，亦同而异也。又《南省搂令具注国图风俗》有云：'《华夷图》上应初识，《风土记》中殊未传。'非孔子不陋九夷之义也。年四十七卒于柳州，殆哀伤之过欤？然其诗实可法。"

① （清）薛雪：《一瓢诗话》，人民文学出版社 1979 年版，第 146 页。

② （明）廖文炳：《唐诗鼓吹注解》。

从其所批"精绝工致",指出韦诗"淡而缓",柳诗"峭而劲",对二者诗歌特点把握准确。他甚至将柳五律比老杜,指出杜诗"哀而壮烈",柳诗"哀而酸楚"。可见方回对柳诗评价甚高。并且对柳宗元同情关心洞氓生活表示赞同,虽然其年四十七卒于柳州,与哀伤相关。但其诗法可取。

纪昀在《瀛奎律髓刊误》中批曰:"全以鲜脆胜,三四如画。"① 则是简洁明了,认为柳诗所写内容新鲜干脆,并且如画呈现。"胜于"此亦为恰当的评价。

《瀛奎律髓》选入柳宗元第二类诗为"晨朝类"。方回对其类说明为:"闻鸡而起,戴月而行,以勤学、以综务,有不同。惟闲者乃云:'高卧晚起,亦各有其志也'。"② 从其说明可见其将"晨朝"分为两类不同的生活,一类为忙人早起晚行,"勤学""综务";另一类为闲者"高卧晚起"。

如此分法有其合理之处,但纪昀在《瀛奎律髓刊误》却批曰:"字语謇涩,此为伪古意注闲适,亦是习气,诗不必定以山林为高,学者溯风骚之本原,则知所见之偏小矣。"③ 从批语可见,纪不赞同方之分类与说明,站在官方学术角度,自视高于方回,故而认为"诗不必定以山林为高",学者当"溯风骚之本原",觉得方"所见偏小",见识不够远大。

所选为五言律诗《旦携带谢山人至愚池》,诗云:"新沐换轻帻,晓池风露清。自谐尘外意,况与幽人行。霞散众山迥,天高数雁鸣。机心付当路,聊适羲皇情。"④ 此诗为柳宗元于唐宪宗元和五年(810)贬谪永州后所作。他移居永州潇水西边的冉溪之畔,因为喜爱冉溪之境,对其情有独钟。仿道州刺史元结之取名浯溪,将冉溪更名愚溪。元结在《浯溪铭并序》(大历二年间作):"浯溪在

①　(清)纪昀:《瀛奎律髓刊误》,武汉出版社2008年版,第108页。
②　(清)纪昀:《瀛奎律髓刊误》,武汉出版社2008年版,第317页。
③　(清)纪昀:《瀛奎律髓刊误》,武汉出版社2008年版,第317页。
④　(清)纪昀:《瀛奎律髓刊误》,武汉出版社2008年版,第320页。

湘水之南，北汇于湘。爱其胜异，遂家溪畔。溪，世无名称者也。为自爱之，故命曰浯溪。铭于溪口。铭曰：湘水一曲，渊洄傍山。山开石门，溪流漭漭。山开如何，巉巉双石。临渊断崖，夹溪绝壁。水实殊怪，石又尤异。吾欲求退，将老兹地。溪古荒溪，芜没盖久。命曰浯溪，旌吾独有。"①

　　虽然没有明示，但我们还是明显可以找到二者相似之处。柳宗元亦寄情于溪，将冉溪更名为愚溪，购地建宅，并在附近设计修建了愚丘、愚泉、愚沟、愚亭、愚堂、愚岛等八处"愚景"。正如其在《愚溪诗序》所言："灌水之阳，有溪焉，东流入于潇水。……余以愚触罪，谪潇水上，爱是溪，入二三里，得其尤绝者家焉。古有愚公谷，今予家是溪，而名莫定，土之居者犹断断然，不可以不更也，故名之为愚溪。愚溪之上，买小丘为愚丘。自丘东北行六十步，得泉焉，又买居之，为愚泉。愚泉凡六穴，皆出山下平地，盖上出也。合流屈曲而南，为愚沟。遂负土累石，塞其隘为愚池。愚池之东为愚堂。其南为愚亭。池之中为愚岛。嘉木异石错置，皆山水之奇者，以余故，咸以愚辱焉。……今余遭有道，而违于理，悖于事，故凡为愚者莫我若也。夫然，则天下莫能争是溪，余得专而名焉。溪虽莫争利于世，而善鉴万类，清莹秀澈，锵鸣金石，能使愚者喜笑眷慕，乐而不能去也。余虽不合于俗，亦颇以文墨自慰，……超鸿蒙，混希夷，寂寥而莫我知也。于是作八愚诗，纪于溪石上。"② 诗序中清晰表明了柳宗元的爱溪之情，愚溪之意，成为心灵的栖息地和寄寓所。

　　因此《旦携带谢山人至愚池》写自己与谢山人晨游愚池，所见之景清秀幽静，所述之情闲适恬淡。尤其颈联"霞散众山迥，天高数雁鸣"，描写了天高气清，高远开阔之景，也表达了诗人胸襟豁达，心情舒坦。在自己情有独钟的环境中，与朋友一起游玩，则不

① （唐）元结：《元次山集》，中华书局1960年版，第151—152页。

② （唐）柳宗元：《柳宗元集》，中华书局1979年版，第642—643页。

生出隐逸之心？故而吟出"机心付当路，聊适羲皇情"。陆时雍评曰："起调迥仄。'霞散'二韵，气韵高标。"①

在《瀛奎律髓》中方回批曰："诗不纯于律，然起句与五、六乃律诗也。幽而光不见其工，而不能忘其味，与韦应物同调。韦达，故淡而无味。"②方回批点非常好地把握了此诗"淡而无味"的特点，称"幽而光不见其工，而不能忘其味"。准确描述了此诗情景交融，物我合一的"无我之境"。而纪昀《瀛奎律髓刊误》批曰："七句太激，便少蕴藉。"③批点不仅没有写出此诗的特点，还称"太激""少蕴藉"，就不如方回之批了。

在卷十七晴雨类中也有柳诗入选。晴雨类的说明（序）曰："雨而晴，晴而雨，《洪范》所谓'时若恒若'，而天地之丰凶异焉。诗人有喜有感，斯可以观。"④

柳宗元入选《瀛奎律髓》"晴雨"类为五律《梅雨》，诗曰："梅实迎时雨，苍茫值晚春。愁深楚猿夜，梦断越鸡晨。海雾连南极，江云暗北津。素衣今尽化，非为帝京尘。"⑤

梅雨在农历四五月间，江南一带常为阴雨连绵天气，期间正是杨梅成熟，故称为梅雨季节。下的雨就叫梅雨，也叫黄梅雨。因为连续长时间的阴雨绵绵，空气潮湿，衣物生霉，故而人多烦闷。连南方人都颇郁闷，梅雨时节北方人来到南方的心情那就可以想象了。柳宗元所作《梅雨》即为此情。唐顺宗永贞元年（805），柳宗元因参与王叔文永贞革新，被贬为永州司马。政治上的失意，贬谪地的僻远，再加上连绵的阴雨，则不令诗人苦闷至极？诗中写了苍茫梅雨，猿猴夜悲啼，晨鸡扰断梦等一系列朦胧愁苦的意象，以象征的手法，抒发了自己无边的愁苦，无尽的思乡。沈德潜《唐诗别裁》

---

① （明）陆时雍：《唐诗镜》。
② （清）纪昀：《瀛奎律髓刊误》，武汉出版社2008年版，第320页。
③ （清）纪昀：《瀛奎律髓刊误》，武汉出版社2008年版，第320页。
④ （清）纪昀：《瀛奎律髓刊误》，武汉出版社2008年版，第415页。
⑤ （清）纪昀：《瀛奎律髓刊误》，武汉出版社2008年版，第424页。

评曰："活用陆士衡语，所以念帝乡、伤放逐也。"①

薛雪《一瓢诗话》曰："诗有通首贯看者，不可拘泥一偏。如柳河东《岭南郊行》一首之中，瘴江、黄茆、海边、象迹、蛟涎、射工、飓母，重见叠出，岂复成诗？殊不知第七句云：'从此忧来非一事'。以见谪居之所，如是种种，非复人境，遂不觉其重见叠出，反若必应如此之重见叠出者也。"②

方回在《瀛奎律髓》批曰："谓衣生醭也。醭，匹卜切。老杜在蜀曰'南京犀浦道，四月熟黄梅'，子厚在永州曰'梅实迎时雨，苍茫入晚春'。今江浙间以五月芒种节后逢壬，为入梅，夏至后逢庚，为出梅，定有大雨，惟北土无之，或谓蜀亦无。梅雨，杜以为四月，柳以为三月，岂梅有先后之异乎？"③

方回此批先解"醭"义和读音，"谓衣生醭也"。醭，本指酒液等表面的霉变层，亦泛指东西受潮所生的霉斑。然后则是分析比较杜甫与柳宗元所写梅雨为何时间不同。杜甫所写《梅雨》亦入选"晴雨"卷，诗曰："南京犀浦道，四月熟黄梅。湛湛长江去，冥冥细雨来。茅茨疏易湿，云雾密难开。竟日蛟龙喜，盘涡与岸回。"④诗中所写景为蜀地四月风光，既有"湛湛长江去""竟日蛟龙喜"的壮美阔大之景，又有"冥冥细雨""茅茨疏湿"的秀丽细微描写。其情感是喜悦的，意境是壮阔的。与柳宗元所写之景，所述之情可谓大不相同。

然后杜甫在蜀曰"四月熟黄梅"，柳宗元在永州曰"梅实迎时雨"，"江浙间以五月芒种节后逢壬，为入梅，夏至后逢庚，为出梅，定有大雨，惟北土无之"。以这两例说明梅雨时节，并且说杜认为梅雨时节为四月，柳宗元以为三月，提出"岂梅熟有先后之异乎？"如此批语就错了，一则柳没有称梅雨时节为三月，二者梅子成

①　（清）沈德潜：《唐诗别裁集》，上海古籍出版社 1979 年版，第 396 页。
②　（清）薛雪：《一瓢诗话》，人民文学出版社 1979 年版，第 146 页。
③　（清）纪昀：《瀛奎律髓刊误》，武汉出版社 2008 年版，第 424 页。
④　（清）纪昀：《瀛奎律髓刊误》，武汉出版社 2008 年版，第 418 页。

熟因地域纬度气候不同，成熟自会有先后之别。可纪昀在《瀛奎律髓刊误》中并未对此提出异议，只称柳《梅雨》"末二句点化得妙"。柳诗末两句"素衣今尽化，非为帝京尘"，化用了陆机诗中典故，"京洛多风尘，素衣化为缁"，本意为京洛多灰尘，白衣皆染黑，而柳诗则是反其意用之。身上白衣被梅雨染黑，却不是京城尘埃所致，而是边地气候。言外之意为——从此入京难，前途渺茫，心中怎不愁苦呢？的确属于妙化用典。

卷二十七"着题类"也选入了柳宗元的律诗。其序曰："着题诗即'六义'之所谓'赋而有比'焉。极天下之最难。石曼卿《红梅》诗有曰'认桃无绿叶，辨杏有青枝'，不为东坡所取。故曰'题诗'，必此诗定知非诗人。然不切题，又落汗漫。今除'梅花''雪''月''晴雨'为专类外，凡杂赋体物肖形，语意精到者选诸此。"① 如此解题略显繁杂，且"着题"也不太恰当。故纪昀批曰："此语是，此论亦是。"

选入卷二十七"着题类"的为柳宗元在柳州所作的《柳州城北种柑》，诗曰："手种黄柑二百株，春来新叶遍城隅。方同楚客怜皇树，不学荆州利木奴。几岁开花闻喷雪，何人摘实见垂珠？若教坐待成林日，滋味还堪养老夫。"② 从诗题可见此诗作于柳州刺史任上，首联"手种黄柑"说明诗人对柑橘的重视与喜爱，"新叶遍城隅"则写出柑叶的嫩绿和繁茂，也反映出诗人内心的愉悦。颔联则说明缘由，希望如"楚客"屈原那样"怜皇树"。屈原在《橘颂》曰："后皇嘉树，橘徕服兮。受命不迁，生南国兮。"不仅描写出橘树俊逸动人的外在形象美，也讴歌了橘树内在精神美，借以表达自己对美好品质和崇高理想追求的坚定决心。刘勰《文心雕龙·颂赞》："三闾橘颂，情采芬芳，比类寓意，又覃及细物矣。"③ 而不是

---

① （清）纪昀：《瀛奎律髓刊误》，武汉出版社 2008 年版，第 777 页。
② （清）纪昀：《瀛奎律髓刊误》，武汉出版社 2008 年版，第 793 页。
③ （梁）刘勰：《文心雕龙·颂赞》，中华书局 2012 年版，第 98 页。

学三国时丹阳太守李衡，想通过种植橘树来发家致富，给子孙留财产，成为"利木奴"。柳宗元寄情橘树，心向古人，不慕名利心迹跃然纸上。颈联"几岁开花闻喷雪，何人摘实见垂珠？"则是从橘树春花"喷雪"奇观，联想到"垂珠"硕果累累的景象。由眼前橘树开花热闹气氛，对比自身的孤寂状况，不禁发问，将来谁来摘果，我难道要在此等到柑橘结果吗？尾联"若教坐待成林日，滋味还堪养老夫"。故意以平缓语调发感喟，聊以自我宽慰。故姚鼐曰："结句自伤迁谪之久，恐见甘之成林也。而托词反平缓，故佳。"①

《瀛奎律髓》方回批："'后皇嘉树'，屈原语也，摘出二字以对'木奴'，奇甚，终篇字字缜密。"不仅总结出了柳诗的象征性主旨，还指出了其缜密的逻辑性，可谓批点恰当。而《瀛奎律髓刊误》纪昀批："语亦清切，惟格不高耳。"看到了柳诗清切的语言特点，却称其"格不高"，估计是指其最后聊表宽慰心态，"滋味还堪养老夫"，说明纪只见其表层意思，而没有看到其内蕴之情。

在卷四十三"迁谪"类中也选入了柳宗元两首诗，"迁谪类"序曰："迁客流人之作，唐诗中多有之。伯奇摈、屈原放，处人伦之不幸也。或实有咎责，而献靖省循；或非其罪，而安之若命。惟东坡之黄州、惠州、儋州，尤伟云。"②

入选"迁谪"类的为柳宗元所作的《衡阳与梦得分路别赠》，诗曰："十年憔悴到秦京，谁料翻为岭外行。伏波故道风烟在，翁仲遗墟草木平。直以疏慵招物议，休将文字占时名。今朝不用临河别，垂泪千行便濯缨。"③此诗为柳宗元写给其一生挚友刘禹锡的。柳宗元与刘禹锡于贞元九年（793）同为赐进士及第，一同走上仕途，一起参与王叔文领导的永贞革新，同时被贬边地，两人志趣相投，相互关心，始终患难与共，肝胆相照，留下了许多令后世感喟的友

---

① （清）姚鼐：《唐宋诗举要》卷五引。

② （清）纪昀：《瀛奎律髓刊误》，武汉出版社2008年版，第1047页。

③ （清）纪昀：《瀛奎律髓刊误》，武汉出版社2008年版，第1058页。

情故事,世称二人为"刘柳"。

元和十年(815)二月,二人奉旨返京,分别从永州、朗州回到长安,柳宗元在《诏追赴都二月至灞亭上》写道:"十一年前南渡客,四千里外北归人。诏书许逐阳和至,驿路开花处处新。"① 十年边地贬谪,终于接到诏书可回长安,以为朝廷已经赦免,对前途和命运也满怀期待。因此其喜悦之情可见相见,所见驿路开花处处新鲜。

可是没有料到,新的权贵们并未善罢甘休,一再造谣中伤,朝廷也再次疏远他们,一月以后被外放至更加荒僻的远州任职。二人东山再起的美好愿望被残酷的现实无情粉碎,即使他们愿作"邻舍翁"和"耦耕"者,大大降低了期望,看淡了功名前途。柳宗元在《重别梦得》写道:"二十年来万事同,今朝歧路忽西东。皇恩若许归田去,晚岁当为邻舍翁。"② 刘禹锡《重答柳柳州》曰:"弱冠同怀长者忧,临歧回想尽悠悠。耦耕若便遗身世,黄发相看万事休。"他们还是不得不再次扶老携幼,凄然远走僻远南方之地,这怎不令二人愤懑感伤?

到了衡阳之后,一人往西南到了柳州,另一人往南到了连州,好友再次依依惜别,其情形自是凄惨感人。正如《衡阳与梦得分路赠别》序介绍:"刘梦得集有重至衡阳伤柳仪曹诗,引云:元和乙未岁,与故人柳子厚临湘水为别,柳浮舟适柳州,余登陆赴连州。后五年,予从故道出桂岭,至前别处,而君殁于南中,因赋诗以投吊。诗云;'忆昨与故人,湘江岸头别。我马映林嘶,君帆转山灭。马嘶循故道,帆灭如流电。千里江蓠春,故人今不见。'元和乙未,即十年也。"③

《衡阳与梦得分路赠别》首联"十年憔悴到秦京"一句,就高

---

① (唐)柳宗元:《柳宗元集》,中华书局1979年版,第1154页。
② (唐)柳宗元:《柳宗元集》,中华书局1979年版,第1161—1162页。
③ (唐)柳宗元:《柳宗元集》,中华书局1979年版,第1159页。

度凝炼概述了刘柳两人十多年来的坎坷命运。永贞革新失败后，柳宗元贬谪边地永州十年。这十年时间里，过着囚徒般的日子。身为司马，却是虚职，生活艰辛，水土不服，身体不适，心情郁闷。再加上老母离世，爱女不幸夭折，居所屡遭火灾。故而身心疲惫，憔悴不堪。"谁料翻为岭外行"写出了内心的震惊和失望。奈何圣旨来，顷刻间一切愿望都落空，他们被外放到更为荒僻的州郡为刺史，这种失意悲哀让其更加"憔悴"。

颔联"伏波故道风烟在，翁仲遗墟草树平"。以两个典故来感叹内心的愤懑和悲凉。遥想伏波将军马援当年率军南征到此，那是何等威风和受人景仰，后人将其铸成石像，立在湘水西岸将军庙前，如同巨人翁仲的铜像立在咸阳宫门外一样，供人瞻仰，何其荣耀。可是如今他走这条古道时，将军庙前却是荒草丛生，残垣颓壁，破败不堪，令人神伤。此处借景抒情，明写伏波将军风采，暗叹自己身世凄惨。

颈联"直以慵疏招物议，休将文字占时名"。可谓正话反说，调侃解嘲中表明自己要坚守操守，不趋炎附势，绝不与新贵同流。尾联"今朝不用临河别，垂泪千行便濯缨"，引用典故"临河别""垂泪千行"将全诗感情引向高潮。"临河别"本为汉代苏武返汉，与李陵相互赠别的诗中情景。苏武李陵可谓一生知己，但是因为选择道路不同，李陵被迫降匈奴，也永远留在了大漠草原。而苏武则是历经艰辛，持汉节牧羊，宁死不屈，终于获释归汉。

《苏武李陵赠答诗》认为是汉代李陵与苏武之间相互赠答的组诗，最早见于南朝梁萧统《文选》，其卷二十九收录《李少卿与苏武》诗三首，表达出感伤、失落等多样复杂的离别之情。《李少卿与苏武诗三首》诗曰：

其一：良时不再至，离别在须臾。屏营衢路侧，执手野踟蹰。仰视浮云驰，奄忽互相逾。风波一失所，各在天一隅。长当从此别，且复立斯须。欲因晨风发，送子以贱躯。

其二：嘉会难再遇，三载为千秋。临河濯长缨，念子怅悠悠。远望悲风至，对酒不能酬。行人怀往路，何以慰我愁。独有盈觞酒，与子结绸缪。

其三：携手上河梁，游子暮何之。徘徊蹊路侧，恨恨不得辞。行人难久留，各言长相思。安知非日月，弦望自有时。努力崇明德，皓首以为期。

这三首诗融离别之情于"衢路""浮云""临河""河梁"等景物，描写了"执手野踟蹰""对酒不能酬""徘徊蹊路侧"的分别情景，从而刻画出妻友分别的哀伤，可谓凄婉缠绵，感人至深。故而柳宗元借用诗中典故，既表达出与刘禹锡的知己之情，也抒发了复杂的离别之感，因而此诗也颇受后世关注。

《瀛奎律髓》方回批曰："柳子厚永贞元年乙酉自礼部员外郎谪永州司马，年二十三矣。是时未有诗，元和十年乙未诏追赴都，三月出为柳州刺史，刘梦得同贬朗州司马，同召又同出为连州刺史。二人者，党王叔文得罪，又才高，众颇忌之，宪宗深不悦此二人。'疏慵招物议'既不自反，尾句又何其哀也，其不远到可觇。梦得乃特老寿，后世亦鄙其人云。"①

从刘柳二人参与永贞革新失败遭受贬谪开始，再到元和十年二人再为柳州和连州刺史。方回并没有评点诗歌特点，也没有谈刘柳的情感。而是紧紧揪住二人被贬主观原因，先是"党王叔文得罪""又才高"故而遭到众人忌恨，甚至"宪宗深不悦此二人"。再到"疏慵"，因懒散粗疏故而招批评指责，其尾句所写哀情的确可怜，其不远的结局可以察觉到。他还认为刘禹锡的长寿而遭到后世鄙视其为人，如此批点的确带有很强的个人主观性，故而也受到了纪昀批评。

《瀛奎律髓刊误》纪昀批曰："五六乃规之以谨慎韬晦，言已往

---

① （清）纪昀：《瀛奎律髓刊误》，武汉出版社 2008 年版，第 1059 页。

以戒将来，非追叙得罪之由。虚谷以为'不自反'，失其命词之意。"① 纪昀批点就针对方回的"不自反""失其命词"，也就是说方回搞错了柳诗中五六句的用意，五六句为自我调侃，正话反说，寓庄于谐。认为五六句乃"谨慎韬晦""言以往戒将来"，并不是追叙得罪之由。由此可见纪昀对柳诗特点的认识准确，批点合理。

在"迁谪"类中还选入了柳宗元的另一首诗《别舍弟宗一》，诗曰："零落残魂倍黯然，双垂别泪越江边。一身去国六千里，万死投荒十二年。桂岭瘴来云似墨，洞庭春尽水如天。欲知此后相思梦，长在荆门郢树烟。"②

《别舍弟宗一》为柳宗元作于元和十一年（816）春夏之交。韩醇《训诂柳集》卷四十二："'万死投荒十二年'，自永贞元年乙酉至元和十一年丙四月。诗是年春作。"柳宗元外放为柳州刺史，其从弟宗直和宗一也随同其到了柳州。柳宗直到柳州后没过多久就因病去世，年仅二十三岁，柳宗直性格刚健，疾恶如仇，又勤奋好学，才俊早逝，令柳宗元哀伤不已，在《志从父弟宗直殡》中曰："从父弟宗直，生刚健好气，自字曰正夫。闻人善，立以为己师；闻恶，若己仇；……元和十年，宗元始得召为柳州刺史。七月，南来从余。道加疟寒，数日良已。又从谒雨雷塘神所，还戏灵泉上，洋洋而归，卧至旦，呼之无闻，就视，形神离矣。呜呼！天实析余之形，残余之生，使是子也能无成！"③

除了从弟宗直，还有其老母卢氏、妻子杨氏、娇女和娘相继辞世。柳宗元对于亲人去世非常自责，或是觉得自己连累了他们，或是对他们照顾不妥。如其在《先太夫人河东县太君归祔志》曰："先太夫人姓卢氏，讳某，世家涿郡，寿止六十有八，元和元年，岁次丙戌，五月十五日，弃代于永州零陵佛寺。……其孤有罪，衔哀

---

① （清）纪昀：《瀛奎律髓刊误》，武汉出版社 2008 年版，第 1059 页。
② （清）纪昀：《瀛奎律髓刊误》，武汉出版社 2008 年版，第 1059 页。
③ （唐）柳宗元：《柳宗元集》，中华书局 1979 年版，第 322—323 页。

待刑，不得归奉丧事以尽其志，……呜呼天乎！太夫人有子而不令而陷于大僇，徙播疠土，医巫药膳之不具，以速天祸，非天降之酷，将不幸而有恶子以及是也。今又无适主以葬，天地有穷，此冤无穷。既举葬紼，尤以不肖之辞，拟述先德，且志其酷焉。"① 文中满是自怨自责之词。

《亡妻弘农杨氏志》写道："呜呼痛哉！以夫人之柔顺淑茂，宜延于上寿；端明惠和，宜齿于贵位；生知孝爱之本，宜承于余庆。是三者皆虚其应，天可问乎？衰门多疊，上天无祐，故自辛未，逮于兹岁，累服齐斩，继缠哀酷。"② 对杨氏如此温顺贤淑，知书达理的女子的早逝有无限哀婉，认为自己"衰门多疊，上天无祐"，故而有此哀也。

《下殇女子墓塼记》曰："下殇女子生长安善和里，其始名和娘。既得病，乃曰：'佛，我依也，愿以为役。'更名佛婢。既病，求去发为尼，号之为初心。元和五年四月三日死永州，凡十岁。其母微也，故为父子晚。性柔惠，类可以为成人者，然卒夭。敛用缁褐，铭用塼甓，葬零陵东郭门外第二岗之西隅。铭曰：孰致也而生？孰召也而死？焉从而来？焉往而止？魂气无不之也，骨肉归复于此。"③

其小女"和娘"下殇如此详细记述，可见柳宗元对其十分怜爱，可是无论更名、去发，都没有留住其生命，故而柳宗元更加宿命，更加无奈。母亲、小女在永州去世，从弟死于柳州，这让他对贬谪生活深感凄惨无助。可是柳宗一在柳州住了没有多长时间，约半年之后就要离开柳州到江陵（湖北江陵县）去。柳宗元一路送行，回想自己十余年来满是艰辛和不平的贬谪生涯，亲人逝去，同来的两个从弟一死一别，怎不令其倍感凄凉辛酸？到了江边依依惜别，双

① （唐）柳宗元：《柳宗元集》，中华书局 1979 年版，第 325—326 页。
② （唐）柳宗元：《柳宗元集》，中华书局 1979 年版，第 340 页。
③ （唐）柳宗元：《柳宗元集》，中华书局 1979 年版，第 341—342 页。

双落泪，感伤不已，于是便写下了这首诗。诗中不仅表现了兄弟之间的情谊，还表达了自己被贬南荒的愁苦与愤懑。尤其是"一身去国六千里，万死投荒十二年"这两句集中表现出了长期郁积的抑郁怨愤之情。在不堪往事的回首中，满是无奈的感伤，可谓字字血泪悲戚。

此诗如此真情感人，深受后世好评，如《唐诗鼓吹注解》曰："此言即遭迁谪，残魂黯然，又遇兄弟暌离，故临流而挥泪也。去国极远，投荒极久，幸一聚会，未儿又别，而瘴气之来，云黑如墨，春光之尽，水溢如天，气候若此，能不益增离恨乎？"

《一瓢诗话》对此诗评价更高：薛雪还是在反驳他人时提出的，文曰："讲解切不可穿凿傅会，议论切不可歆刻好奇。未能灼见，不妨阙疑。如竹坡老人驳柳子厚别弟宗一诗末句云'欲知此后相思梦，长在荆门郢树烟'，谓：'梦中见郢树烟？只当用"边"字。盖前有"江边"故耳'。此语已属梦中说梦。后又改云：'欲知此后相思处，望断荆门郢树烟。'是魇不醒矣。殊不知别手足诗，辞直而意哀，最为可法。观此一首，无出其右。"①

可见后世对此诗情景交融艺术评价甚高。

《瀛奎律髓》方回批曰："此乃到柳州后，其弟归汉郢间作此为别。'投荒十二年'其句哀矣！然自取之也。为太守尚怨如此，非大富贵不满愿，亦躁矣哉！"②方赞同诗中"凄凉"之情的描写，认为"投荒十二年"此句甚哀。但是他对柳宗元何以哀情的缘由分析却是偏颇的。他认为此乃柳宗元咎由自取，并且还称柳宗元做了太守还如此怨恨，"非大富贵不满愿"，也属于浮躁之类。如此解释那就大为不当，仅从自己理解出发，没有设身处地从柳宗元的身世、经历出发综合考虑。

而《瀛奎律髓刊误》纪昀批曰："语意浑成而真切，至今传颂口

---

① （清）薛雪：《一瓢诗话》，人民文学出版社 1979 年版，第 94 页。

② （清）纪昀：《瀛奎律髓刊误》，武汉出版社 2008 年版，第 1059 页。

熟，仍不觉其滥。"①纪批则从艺术特点分析，准确概括为"语意浑成而真切"，还从接受的角度，称其"至今传诵口熟"，可见其后世影响大，受众多，受人欢迎程度高。

第四节　关于柳宗元的文献考证

关于柳宗元的文献考，主要在纪昀主编的《四库全书总目提要》中，《四库全书》分经、史、子、集四大类，大类下又分小类，小类下又分子目。每大类与小类前面均有小序，子目后面有按语，简要说明此类著作的源流以及划分类、目的理由。这样就涉及了柳宗元及其作品的考证。

其一为《韩柳年谱八卷、韩文类谱七卷》，文曰：

> 宋魏仲举撰。仲举建安人，庆元中书贾也。尝刊韩集五百家注，辑吕大防、程俱、洪兴祖三家所撰谱记，编为此书，冠于集首。《柳子厚年谱》一卷，宋绍兴中知柳州事文安礼撰。亦附刊集中。近时祁门马曰璐，得宋椠《柳集》残帙，其中《年谱》完好，乃与《韩谱》合刻为一编，总题此名云。②

这是关于柳宗元与韩愈年谱何以合刻的梳理。魏仲举，名怀忠，以字行，宋代建安人。庆元六年（1200）自编自刻《五百家注音辨昌黎先生文集》四十卷，书前题庆元六年刻于家塾。首列评论、训诂、音释诸儒名氏一篇，自唐燕山刘氏，迄颍人王氏共一百四十八家。又附以新添集注五十家、补注五十家、广注五十家、释事二十家、补音二十家、协音十家、正误二十家、考异十家，统计只三百六十八家，不足五百之数。而所云新添诸家，皆不著名氏。大抵虚

---

① （清）纪昀：《瀛奎律髓刊误》，武汉出版社 2008 年版，第 1059 页。

② 《四库全书总目提要》卷五九《史部传记类存目一》。

构其目，务以炫博，非实有其书。但其辑洪兴祖等的考证音训者，凡数十家。原书世多失传，犹赖此以获见一二，亦不可谓非仲举之功也。因此《四库全书总目提要》也特意提及"辑吕大防、程俱、洪兴祖三家所撰谱记，编为此书，冠于集首"。接着陈述《柳子厚年谱》为何与《韩谱》合刻，因《柳子厚年谱》仅一卷，为宋代文安礼所撰，也附刊于《韩集》，加上近时马曰璐得宋椠《柳集》残帙，只有年谱是完好的，于是将柳宗元年谱与韩愈年谱合刻为一编，总题为《韩柳年谱八卷、韩文类谱七卷》，如此解释合理可行。

魏仲举还编刻了《五百家注音辨柳先生文集》二十一卷，书中所引，仅有集注、补注，有音释、解义及孙氏、童氏、张氏、韩氏诸解，此外罕所征引，不及韩集之博，取五百家之名亦与韩集相配吧。其体例与韩集略异。虽然编次丛杂，不无繁赘，而旁搜远征，宁冗毋漏，亦有足资考订者。且其本椠镂精工，在宋版中亦称善本。

其二关于《鹖冠子》的源流梳理，其中也涉及柳宗元所作题为《鹖冠子辨》的内容，《鹖冠子三卷》文曰：

> 按《汉书·艺文志》载《鹖冠子》一篇，注曰楚人居深山，以鹖为冠。刘勰《文心雕龙》称鹖冠绵绵，亟发深言。韩愈集有《读鹖冠子》一首，称其《博选篇》四稽五至之说，《学问篇》一壶千金之语，且谓其施于国家，功德岂少。柳宗元集有《鹖冠子辨》一首，乃祗为言尽鄙浅，谓其《世兵篇》多同《鵩赋》，据司马迁所引贾生二语，以决其伪。然古人著书，往往偶用旧文；古人引证，亦往往偶随所见。如"谷神死"四语，今见《老子》中，而《列子》乃称为黄帝书；"克己复礼"一语，今在《论语》中，《左传》乃谓仲尼称志有之；"元者善之长也"八句，今在《文言传》中，《左传》乃记为穆姜语。司马迁惟称贾生，盖亦此类，未可以单文孤证，遽断其伪。惟《汉志》作一篇，而《隋志》以下皆作三卷，或后来有所附益，则未可知耳。其说虽杂刑名，而大旨本原于道

德，其文亦博辨宏肆。自六朝至唐，刘勰最号知文，而韩愈最号知道，二子称之，宗元乃以为鄙浅，过矣。此本为陆佃所注，凡十九篇。……殆后来反据此书以改《韩集》，犹刘禹锡《河东集序》称编为三十二通，而今本《柳集》，亦反据穆修本改为四十五通也。佃所作《埤雅》，盛传于世，已别著录。此注则当日已不甚显，惟陈振孙《书录解题》载其名，晁公武《读书志》则但称有八卷。一本前三卷全同《墨子》，后两卷多引汉以后事。公武削去前后五卷，得十九篇，殆由未见佃注，故不知所注之本先为十九篇欤！①

《鹖冠子》为先秦典籍，其说大抵本于黄老之学并杂以刑名。鹖冠子为赵人，流于楚国。鹖冠子生于战国时期，终生不仕，以大隐著称。其所提"元气"，上承老子道气关系论，下启两汉"元气"说，成为先秦黄老学派学术发展的重要力量。鹖冠子学派在战国晚期影响非常大。《鹖冠子》行为古奥典雅，用辞古雅含蓄。此书历代著录，篇数颇有异同。《汉书·艺文志》著录仅一篇，并称"居深山，以鹖为冠"。《隋书·经籍志》则作三卷。唐代韩愈《读鹖冠子》云十六篇。宋代陆佃作注、序云十九篇，今传陆注本即为三卷十九篇。故《四库全书总目提要》云："佃所作《埤雅》，盛传于世，已别著录。……公武削去前后五卷，得十九篇，殆由未见佃注，故不知所注之本先为十九篇欤。"其内容为《博选》第一言君道以得人为本。《著希》第二言贤者处乱世必自隐。《夜行》第三言天文地理等。《天则》言天然与人治。《环流》第五言宇宙、人事与自然。《道端》言治世之法。《近迭》第七言生存竞争。《度量》第八言度量法度。《王鈇》第九言治道与治法。《泰鸿》第十言天地人事。《泰录》第十一言宇宙自然。《世兵》第十二言用兵之事。《备知》第十三言备知者能究一世。《兵政》第十四言兵必合道方能胜。

① 《四库全书总目提要》卷一一七《子部杂家类》。

《学问》第十五言全体通贯，学问有成。《世贤》第十六借医为喻，言治于未乱。《天权》第十七言自然之道与用兵。《能天》第十八言安危存亡与自然之理。《武灵王》第十九亦论兵事。

《鹖冠子》内容丰富，思想进步，文笔雄俊，颇受后世关注。如南朝刘勰在《文心雕龙·诸子》评价曰："鹖冠绵绵，亟发深言。"概括了其语言特点和思想深度。到唐代鹖冠子影响更大，从作者隐世到作品内容都引人注意了。如陈子昂就非常欣羡鹖冠子的隐逸生活，他在《秋日遇荆州府崔兵曹使宴》诗中云："辎轩凤凰使，林薮鹖鸡冠。江湖一相许，云雾坐交欢。"

杜甫对鹖冠既有同病相怜之情，也有几分向往鹖冠子的隐逸之情。如其在《耳聋》一诗中写道："生年鹖冠子，叹世鹿皮翁。眼复几时暗，耳从前月聋。猿鸣秋泪缺，雀噪晚愁空。黄落惊山树，呼儿问朔风。"诗中描写的自己凄凉老境真的令人感伤：老眼昏花，耳聋不聪，猿鸣令人愁，雀噪让人烦，再加北风呼呼，落叶簌簌，则不令人感叹鹖冠子的壮年病，耳失聪，居深山的孤寂凄凉，杜甫借鹖冠子来抒己情。

杜甫还作了《小寒食舟中作》述及鹖冠子，诗云："佳辰强饮食犹寒，隐几萧条戴鹖冠。春水船如天上坐，老年花似雾中看。娟娟戏蝶过闲幔，片片轻鸥下急湍。云白山青万余里，愁看直北是长安。"此诗作于唐代宗大历五年（770）春，因严武去世，杜甫离开成都，生活困顿，四处漂泊。此时坐船停留在潭州（今长沙），时值小寒食节，强起饮酒，更觉孤寂，不禁想起"鹖冠"，这就更加凸显了自己的穷愁潦倒，满怀感伤。故《唐诗详注》评曰："时逢寒食，故春水盈江；老景萧条，故看花目暗，须于了无蹊径处，寻其草蛇灰线之妙。"

韩愈则在《读鹖冠子》文曰："《鹖冠子》十有九篇，其词杂黄老、刑名。其《博选篇》'四稽''五至'之说当矣。使其人遇时，援其道而施于国家，功德岂少哉？《学问篇》称'贱生于无所用，中流失船，一壶千金'者。余三读其词而悲之。文字脱谬，为之正三十有五字，乙者三，灭者二十有二，注十有二字云。"① 不仅指出了《鹖冠子》为十九篇，对篇目进行了指正，并称"援其道而施于国家，功德岂少"，指出了《鹖冠子》对于治国理政的重要意义。

由此可见，后世对《鹖冠子》的评价甚高。可柳宗元却提出了不同的看法，称其为"伪作"，认为出于《鵩赋》，评价甚低，这就值得我们仔细分析。

柳宗元《辨鹖冠子》文曰：

> 予读贾谊《鵩赋》，嘉其辞，而学者以为尽出《鹖冠子》。予往来京师，求《鹖冠子》，无所见。至长沙，始得其书。读之，尽鄙浅言也，唯谊所引用为美，余无可者。吾意好事者伪为其书，反用《鵩赋》以文饰之，非谊有所取之，决也。太史公《伯夷列传》称贾子曰："贪夫殉财，烈士殉名，夸者死权。"不称《鹖冠子》。迁号为博极群书，假令当时有其书，迁岂不见耶？假令真有《鹖冠子》书，亦必不取《鵩赋》以充入之者。何以知其然耶？曰：不类。②

柳宗元是从贾谊《鵩赋》引出的，读后觉得文辞优美，可学者却认为全都出之《鹖冠子》，就想找此书进行比对。往来京师间没有找到，到长沙才找到此书。可是读后却发现全都是"鄙浅"之言，与"奇言奥旨"大不相同。只有贾谊所引之言值得称美，于是就心生疑惑，认为乃好事者有意"伪为其书"，转而以《鵩赋》之文加以掩饰，并不是贾谊引用《鹖冠子》。柳宗元还认为司马迁博览群书，假如当时有了《鹖冠子》此书，那司马迁岂能不看到呢？司马迁称贾子："贪夫殉财，烈士殉名，夸者死权。"如果真的有《鹖冠子》其书，也就不会以《鵩赋》充入了。

---

① （唐）韩愈：《韩昌黎集》，商务印书馆 1933 年版，第 73 页。
② （唐）柳宗元：《柳宗元集》，中华书局 1979 年版，第 116 页。

《鵩赋》即为《鵩鸟赋》，乃西汉文学家贾谊谪居长沙所作，借与鵩鸟对话，抒发忧愤之情。书中较多老庄道家的等祸福思想，文中曰："万物变化兮，固无休息。……祸兮福所倚，福兮祸所伏；忧喜聚门兮，吉凶同域。""祸之与福兮，何异纠缠；命不可说兮，孰知其极。"还谈到了道家生死等量观，曰："天地为炉兮，造化为工；阴阳为炭兮，万物为铜。合散消息兮，安有常则？千变万化兮，未始有极！"这样，不同的人就有不同的追求，曰："小智自私兮，贱彼贵我；达人大观兮，物无不可。贪夫殉财兮，烈士殉名。夸者死权兮，品庶每生。"故而有德行的人"不以生故自宝兮，养空而浮；德人无累兮，知命不忧"。如此解释，身心自然获得了解脱。司马迁读后也颇受启发，曰："余读《离骚》、《天问》、《招魂》、《哀郢》，悲其志。适长沙，观屈原所自沉渊，未尝不垂涕，想见其为人。及见贾生吊之，又怪屈原以彼其材，游诸侯，何国不容，而自令若是。读《鵩鸟赋》，同死生，轻去就，又爽然自失矣！"①

据上所述，贾谊《鵩鸟赋》与《鹖冠子》都有老庄思想的阐述，柳宗元仅从书中文字"尽鄙浅言"，遂认为《鹖冠子》为伪书，这是不恰当的。可是因为柳宗元文坛影响大，几乎没有人敢于发声为《鹖冠子》翻案，后世也多认同柳宗元的看法。纪昀批曰："祗为言尽鄙浅，谓其《世兵篇》多同《鵩赋》，据司马迁所引贾生二语，以决其伪。"然后举出诸多学术案例进行反驳，并称"司马迁惟称贾生，盖亦此类，未可以单文孤证，遽断其伪"。如此论证有理有据，颇有说服力，并且还梳理了历代搜集整理《鹖冠子》的卷本情况，很有学术价值。

其二则是《毗陵集二十卷》介绍中涉及唐代古文运动发展。文曰：

> 唐独孤及撰。及字至之，洛阳人。官至司封郎中，常州刺

---

① （汉）司马迁《史记》卷八四《屈原贾生列传》，中华书局 1959 年版，第 2503 页。

史。卒谥曰宪。事迹具《唐书》本传。权德舆作及谥议，称其立言遣词，有古风格，濬波澜而去流宕，得菁华而无枝叶。皇甫湜《谕业》，亦称及文如危峰绝壁，穿倚霄汉，长松怪石，颠倒岩壑。王士祯《香祖笔记》，则谓其序记尚沿唐习，碑版叙事，稍见情实。《仙掌》、《函谷》二铭，《琅琊溪述》、《马退山茅亭记》、《风后八阵图记》，是其杰作。《文粹》略已载之，颇不以湜言为然。考唐自贞观以后，文士皆沿六朝之体。经开元天宝，诗格大变，而文格犹袭旧规。元结兴及，始奋其湔除，萧颖士、李华左右之。其后，韩、柳继起，唐之古文，遂蔚然极盛。斲雕为朴，数子实居首功。《唐实录》称韩愈学独孤及之文，当必有据。特风气初开，明而未融耳。士祯于筚路蓝缕之初，责以制礼作乐之事，是未尚论其世也。集为其门人安定梁肃所编，李舟为之序。凡诗三卷，文十七卷。旧本久湮。明吴宽自内阁钞出，始传于世。其中如《景皇帝配天议》，郭知运、吕諲等谥议，皆粹然儒者之言，非徒以词采为胜，不止士祯所举诸篇。至《马退山茅亭记》，乃柳宗元作。后人误入及集。士祯一例称之，尤疏于考证矣。①

《毗陵集二十卷》为唐代独孤及（725—777）所撰，提要首先简介其生平事迹。然后介绍其文章风格，用了权德舆和皇甫湜的评价。权德舆评曰："立言遣词，有古风格，濬波澜而去流宕，得菁华而无枝叶。"皇甫湜也称"文如危峰绝壁，穿倚霄汉，长松怪石，颠倒岩壑"。后世清代王士祯则认为其"序记"尚唐习，"碑版叙事"逐渐走向情实。由此可见，独孤及的文风尚古。作为与萧颖士齐名的古文家，独孤及主张习儒家经典，不讲辞采，追求质朴的文风。

　　接下来介绍唐代古文运动的发展，尤其是讲述了开元天宝这一阶段，以萧颖士、李华、元结等盛唐古文家引领的文风革新，及

---

① 《四库全书总目提要》卷一五〇《集部别集类三》。

"诗格大变，而文格犹袭旧规"。正如陈寅恪在《元白诗笺证稿》中说："古文运动之初起，由于萧颖士、李华、独孤及之倡导与梁肃之发扬。此诸公者，皆身经天宝之离乱，而流寓于南土，其发思古之情，怀拨乱之旨，乃安史变叛之反应也。唐代当时之人既视安史之变，为戎狄之乱华，不仅同于地方藩镇之抗拒中央政府，宜乎尊王必先攘之理论，成为古文运动之一要点矣。"①

独孤及（725—777）在《检校尚书吏部员外郎赵郡李公中集序》对这一时期文风之变论述道：

> 帝唐以文德敷祐于下，民被王风，俗稍丕变。至则天太后时，陈子昂以雅易郑，学者浸而向方。天宝中，公与兰陵萧茂挺、长乐贾幼几勃焉复起，振中古之风，以宏文德。公之作本乎王道，大抵以五经为泉源，抒情性以讬讽，然后有歌咏；美教化，献箴谏，然后有赋颂；悬权衡以辩天下公是非，然后有论议；至若记序编录、铭鼎刻石之作，必采其行事以正褒贬，非夫子之旨不书。故风雅之指归，刑政之本根，忠孝之大伦皆见于词。于时文士驰骛，飙扇波委，二十年间，学者稍厌《折杨》、《皇华》而窥《咸池》之音者十五六，识者谓之文章中兴，公实启之。②

独孤及分析天宝中期文风之变颇为在理：他认为陈子昂在文风之变中"浸而向方"，为后世作家文风革新明确了方向；而天宝中主要作家李华、萧颖士、贾至等勃兴而起，振"中古之风，以宏文德"，形成了一股很强的文学复古力量。独孤及称赞李华"公之作本乎王道，大抵以五经为源泉"，实际也是天宝中其他古文家的写照。他们以儒

---

① 陈寅恪：《元白诗笺证稿》，上海古籍出版社 1978 年版，第 145 页。
② 周祖譔：《隋唐五代文论选》，人民文学出版社 1990 年版，第 131 页；独孤及：《检校尚书吏部员外郎赵郡李公中集序》，见《全唐文》卷 388。

家"王道"思想为本，儒家经典"五经"为源，讲求"美教化，献箴谏"，要求文章写作应有现实针对性，因此"风雅之指归，刑政之本根，忠孝之大伦"都反映在字里行间。且响应之文士驰骛，"飚扇波委"，这样，文风逐渐变化，"稍厌《折杨》、《皇华》而窥《咸池》之音者十五六"，从而形成了文章繁盛的"中兴"局面。

经历"安史之乱"的惨痛遭遇之后，许多关心国家社会局势的有识之士深入思考，纷纷出谋划策，积极探寻国家社会秩序重建之路。经过多方求证与比较，大家共同地将目光投射到儒道上。盛唐古文家在积极思索伦理道德重建中更是如此，他们在诗文中倡导宗经明道、大力复兴儒学。由于对朝政腐败、世风颓靡的社会现状感触良深，这也促使他们肩负起改良世风的重担。加之当时盛行骈俪和藻饰之风，于是他们大力倡导文章内容要宗经明道，发挥教化功能，力图恢复三皇五帝时的淳朴世风，从而再现太平盛世之辉煌。盛唐古文家逐渐清醒地意识到骈俪浮华文风的危害，从为文实用目的出发，针对当时的骈俪文风，大力提倡古文写作以对抗骈文盛行，对骈俪文风弊端进行了无情的批判。他们大赞两汉及先秦之文，而对屈宋以降，那些讲究修辞文采的文章颇多贬抑之辞，表现出明显的厚古薄今倾向。

其中李华在《质文论》中主张为文质朴，反对藻丽之风论述最为详细，在盛唐古文家中颇具典型性。其文曰：

> 天地之道易简，易则易知，简则易从。先王质文相变，以济天下。易知易从，莫尚乎质，质弊则佐之以文，文弊则复之以质。不待其极而变之，故上无暴，下无从乱。《记》曰："国奢则示之以俭，国俭则示之以礼。"……《记》云："周之人强仁穷赏罚，"故曰殷周之道，不胜其弊。考前后而论之，夏衰失于质而无制，周弱失于制而过烦故也。愚以为将求致理，始于学习经史。《左氏》、《国语》、《尔雅》、《荀》、《孟》等家，辅佐五经者也。及药石之方，行于天下，考试仕进者宜用之。其

余百家之说、谶纬之书，存而不用。至于丧制之缛、祭礼之繁，不可备举者以省之，考求简易、中于人心者以行之，是可以淳风俗，而不泥于坦明之路矣。学者局于恒教因循，而不敢差失毫厘，古人之说，岂或尽善？……其或曲书常言，无裨世教，不习可也。则烦溃日亡，而易简日用矣。海内之广，兆民之多，无聊于烦，弥世旷久。今以简质易烦文而便之，则晨命而夕周，逾年而化成。蹈五常，享五福，理必然也。孔子言"以约失之者鲜矣"、"与其不逊也宁固"，《传》曰"以欲从人则可"，《记》曰"大乐必易，大礼必简"，颜子曰"无施劳"，经义可据也。如是为政者，得无以为惑乎？①

文章从天地之道出发，将质文区别、二者相变及作用进行对比分析，从而得出质、简为制文、治国的根本。"易知易从，莫尚乎质，质弊则佐之以文，文弊则复之以质。不待其极而变之，故上无暴，下无从乱。"然后引用《礼记》之言"国奢则示之以俭，国俭则示之以礼"，将"质"与"国俭"、"文"与"国奢"相连，从朝代变迁来论述俭之兴国、奢之亡国的道理，得出文章之"质"关系到世之教化，可见其对国家、民风的重要性。因而，国欲繁盛、世风欲淳，就必须强调"质朴"。其文从史实和古代圣君、贤人为例，非常详细地阐明了为文"朴""简"的重要作用。

独孤及是李华的忠实追随者和弟子，非常赞同李华的为文主张，对于为文骈俪之风，他亦极为反对，并在文论中多次表明了这一态度。他在《唐故左补阙安定皇甫公集序》中云："以今揆昔，则有朱弦疏越、太羹遗味之叹。历千余岁，至沈詹事、宋考功，始裁成六律，彰施五色，使言之而中伦，歌之而成声，缘情绮靡之功，至是乃备。虽去《雅》寝远，其丽有过于古者，亦犹路鼗出于土鼓、

---

① （清）董诰编：《全唐文》卷三一七，中华书局1983年版，第3213页。

篆籀生于鸟迹也。"① 文中对宋之问、沈佺期"缘情绮靡"之风极力否定。

在《检校尚书吏部员外郎赵郡李公中集序》中的阐释更为清晰，其文曰："自《典》、《谟》缺，《雅》、《颂》寝，世道陵夷，文亦下衰，故作者往往先文字，后比兴。其风流荡而不返，乃至有饰其词而遗其意者，则润色愈工，其实愈丧。及其大坏也，俪偶章句，使枝对叶比，……天下雷同，风驱云趋。文不足言，言不足志，亦犹木兰为舟、翠羽为楫，玩之于陆而无涉川之用，痛乎流俗之惑人也旧矣。"② 独孤及在文章指出骈俪之文乃"世道陵夷"之后，失去了根本，故作者只得追求文辞和形式以掩饰内容的苍白空虚，正所谓"饰其词而遗其意者"，长此以往，恶性循环之后就变成了"润色愈工，其实愈丧"。如此分析，确实针砭骈俪之风弊端，看到了骈俪之风实质，故而才感喟"痛乎流俗之惑人也旧矣"。

由此可见，盛唐古文家在为文形式上注重质朴，反对藻丽之气，这与赞同三代之文，否定其后文章在总体精神上是相一致的。他们针对当时文坛盛行追求骈俪之风，忽视内容要求，使得朝政、世风日渐衰颓的情形，大力倡导复古之风，即复兴上古三代之风，主张以质朴代替华丽，期望从文风革新来推动世风好转。

因此后世对此评论道："历史似乎又来了一次回旋，质朴否定绮靡，功利的目的要取代单纯的文学技巧。形式的追求，一个大的变革似乎就要到来了，一种不可阻拦的发展趋势正在自然地发展着。一种很有意思的现象是：这个发展过程并没有出现过理论上的争议，一切好像是天经地义的，名正言顺的。认识虽略有差异，但就两种文学思想而言，却没有发现有过争论。这个时期重功利的文学思想的出现，似乎并没有遭到过反抗。③ 这一论述正好说明了盛唐古文家

---

① （清）董诰编：《全唐文》卷三八八，中华书局1983年版，第3940页。
② （清）董诰编：《全唐文》卷三八八，中华书局1983年版，第3946页。
③ 罗宗强：《隋唐五代文学思想史》，中华书局2003年版，第134页。

何以为文形式上追求较为一致的重要缘由，同时也较好地反映出盛唐古文家积极入世的思想与关心现实的精神。

在古文创作上，盛唐古文家大力实践使得古文文体逐渐走向成熟，也为韩柳中唐古文家的创作提供了丰富的作品以资借鉴，从而使得古文创作更为繁荣。由此也可以看出二者在创作上的传承与借鉴关系。正如刘熙载所言："韩文起八代之衰，实集八代之成。盖惟善用古者能变古，以无所不包，故能无所不扫也。八代之衰，其文内竭而外侈。昌黎易之以'万怪惶惑，抑遏蔽掩'，在当时真为补虚消肿良剂。"① 韩愈集前代之大成，可谓文备众体者也。

林纾在《春觉斋论文》中也如是说："韩之长，亦不止出于孟子；专以孟子绳韩，则碑版及有韵之文亦出之孟子乎？韩者集古人之大成，实不能定以一格。后人极力追古人而力求其肖，则万万不能不出于剽袭。剽袭即死法也，一落死法则不能生于吾言之外。何者？心醉古人之句法段法篇法，处处为之拘挛耳。……昌黎之'迎而拒之，平心察之'，此便是不存成心去就古人。"② 不仅充分肯定了韩愈散文集古人之大成的高度成就，也总结了其之所以能集古人之大成的主要原因。

另外，为了更加细致说明，特选取对其影响尤大的古文作家元结进行比较。元结、柳宗元两人分别作为盛唐古文家和"韩柳"古文家中具有代表性的作家，二者在文体作品与创作风格上都有较多相似之处。柳宗元的古文作品，众体兼善，无论山水游记、人物传记、政事论述、哲理阐释，都能形容尽致，辨析入微，他在创作上也较多学习借鉴了盛唐古文家元结的创作。另外，两人都在永州生活过较长时间，元结先后两次为官道州刺史将近六年时间，而柳宗元则贬谪永州司马时间长达十年之久。共同的地域环境以及长期寓

① （清）刘熙载：《艺概》卷一《文概》，《刘熙载论艺六种》，巴蜀书社1990年版，第23页。

② （清）林纾：《春觉斋论文·忌剽袭》，人民文学出版社1998年版，第91页。

居的生活感受，让柳宗元对元结的文学作品有了更多的心理认同，因而在创作上也有较多借鉴。

盛唐古文家不仅有较为成熟的为文理论，提出了明确的主张，并且还在实践中进行了大量的文体创作，留存了大量的作品。他们在表、书、笺、序、记、论、说、言、文、传、谏、祭文、制、册、疏、颂、议、策、碑志、铭等文体上都有较多作品留存，其中还有一些作品成为传世名篇。盛唐古文家创作了大量文体作品，使部分文体形式更为成熟，这也为后世作家提供了可资借鉴的作品。正是盛唐古文家在理论和实践上的努力，才使古文运动逐渐走向发展，也为后世文学运动提供了较为成功，值得借鉴的经验。后来韩愈、柳宗元以及宋代散文家的创作也大多以古文作家群的作品为借鉴对象，不过他们更注重艺术性和审美性而已。

因而《四库总目提要》曰："考唐自贞观以后，文士皆沿六朝之体。经开元天宝，诗格大变，而文格犹袭旧规。元结兴及，始奋起湔除，萧颖士、李华左右之。其后，韩、柳继起，唐之古文，遂蔚然极盛。斲雕为朴，数子实居首功。"这一概述颇为中肯。另外，他还说到《马退山茅亭记》一文本为柳宗元所作，乃后人误入独孤及集，而王士祯一例称之，亦为独孤及所作，是疏于考证。

我们先看《马退山茅亭记》一文，在《柳宗元集》中篇名为《邕州柳中丞作马退山茅亭记》，文曰：

> 冬十月，作新亭于马退山之阳。因高丘之阻以面势，无横栌节棁之华。不斫椽，不剪茨，不列墙，以白云为藩篱，碧山为屏风，昭其俭也。
>
> 是山崒然起于莽苍之中，驰奔云矗，亘数十百里，尾蟠荒陬，首注大溪，诸山来朝，势若星拱，苍翠诡状，绮绾绣错。盖天钟秀于是，不限于退裔也。然以壤接荒服，俗参夷徼，周王之马迹不至，谢公之屐齿不及，岩径萧条，登探者以为叹。
>
> 岁在辛卯，我仲兄以方牧之命，试于是邦。夫其德及故信

孚，信乎故人和，人和故政多暇。由是尝徘徊此山，以寄胜概。
迺堅迺涂，作我攸宇，于是不崇朝而木工告成。每风止雨收，
烟霞澄鲜，辄角巾鹿裘，率昆弟友生冠者五六人，步山椒而登
焉。于是手挥丝桐，目送还云，西山爽气，在我襟袖，八极万
类，揽不盈掌。

夫美不自美，因人而彰。兰亭也，不遭右军，则清湍修竹，
芜没于空山矣。是亭也，僻介闽岭，佳境罕到，不书所作，使
盛迹郁埋，是贻林涧之愧。故志之。①

其"校勘记"云："邕州柳中丞作马退山茅亭记，《英华》列此
篇为独孤及作，'马'上无'邕州柳中丞作'六字。按：陈景云柳
集点勘：'按《文苑》此记乃独孤及作。编者误入而注家仍其误。'
《何焯义门读书记》亦云：'《英华》作独孤常州文者近之。'陈何二
说近是。"可见其对《邕州柳中丞作马退山茅亭记》的作者究竟为
谁没有详细考证，只是引了类书和前人研究进行说明。由于文中所
写人与事都不甚明晰，就给后人留下了疑点。

如文中云："岁在辛卯，我仲兄以方牧之命，试于是邦。"陈景
云《柳集点勘》曰："案辛卯为元和六年。考唐史，元和五年，擢
登州刺史崔詠为邕州刺史兼邕管经略使，至八年，始自邕移桂，足
知辛卯邕州未尝缺守，不当复有试官。又'仲兄'，旧注柳宽。据宽
志，卒于辛卯八月，而是亭作于十月，则非宽明矣。"②

据柳宗元为柳宽作《故大理评事柳君墓志》曰："其嗣曰宽，字
存谅，读其世书，扬于文辞，南方之人多讽其什。颇学礼而善为容，
修吏事。始仕家令主簿，进左骁卫兵曹，试大理评事，为岭南节度
推官、荆南永安军判官。府罢，为游士，出桂阳，下广州，中厉气

---

① （唐）柳宗元：《柳宗元集》，中华书局 1979 年版，第 730 页。
② （唐）柳宗元：《柳宗元集》，中华书局 1979 年版，第 731 页。

呕泄，卒于公馆，元和六年八月七日也，年四十七。"①

通过核对二者，尤其是"岁在辛卯"以及"柳宽"的卒年月，我们也不由对《邕州柳中丞作马退山茅亭记》的作者是谁产生怀疑。直至今日还有学者对《邕州柳中丞作马退山茅亭记》的作者究竟为柳宗元还是独孤及争论不休。纪昀的结论缺乏扎实的考证，仅凭误入一词就认为柳宗元所作，这一结论有点根基不牢，不能令人信服。

《四库全书总目提要》还对柳宗元文集的不同版本进行了阐述，如《诂训柳先生文集四十五卷、外集二卷新编外集一卷》曰：

> 唐柳宗元撰；宋韩醇音释。醇字仲韶，临邛人，其始末未详。宗元集为刘禹锡所编。其后卷目增损，在宋时已有四本：一则三十三卷，为元符间本。按陈振孙《书录解题》曰刘禹锡作序，称编次其文为三十二通，退之之志若祭文，附第一通之末。今世所行本皆四十五卷，又不附志文，非当时本也。考今本所载禹锡序，实作四十五通，不作三十二通，与陈振孙所说不符。或后人追改禹锡之序，以合见行之卷数，亦未可知。要之，刻韩、柳集者自穆修始，虽非禹锡之旧，第诸家之本，亦无更古于是者矣。政和中胥山沈晦，取各本参校，独据此本为正，而以诸本所余者，别作外集二卷，附之于后，盖以此也。至淳熙中，醇因沈氏之本，为之笺注，又搜葺遗佚，别成一卷，附于外集之末，权知珍州事王咨为之序。醇先作《韩集全解》，及是又注柳文，其书盖与张敦颐《韩柳音辨》同时并出，而详博实过之。魏仲举五百家注，亦多引其说，明唐觐《延州笔记》尝摘其注《南霁云碑》，不知"汧城凿穴之奇"句本潘岳《马汧督诔》，是诚一失，然不以害其全书也。②

---

① （唐）柳宗元：《柳宗元集》，中华书局1979年版，第274页。
② 《四库全书总目提要》卷一五〇《集部别集类三》。

又如《增广注释柳集四十三卷》曰：

旧本题宋童宗说注释，张敦颐音辩，潘纬音义。宗说南城人，始末未详。敦颐有《六朝事迹》，已著录。纬字仲实，云间人，据乾道三年吴郡陆之渊序，称为乙丑年甲科，官潜山广文，亦不知其终于何官也。之渊序，但题《柳文音义》，序中所述，亦仅及韩仿祝允《韩文音义》。传柳氏《释音》不及宗说与敦颐，书中所注，各以童云张云潘云别之，亦不似纬自撰之体例。盖宗说之《注释》，敦颐之《音辩》，本各自为书，坊贾合纬之《音义》刊为一编，故书首不以《柳文音义》标目，而别题曰《增广注释音辩唐柳先生集》也。其本以宗元本集、外集合而为一，分类排次，已非刘禹锡所编之旧。而不收王铚伪《龙城录》之类，则尚为谨严。其《音释》虽随文诠解，无大考证，而于僻音难字，一一疏通，以云详博则不足，以云简明易晓以省检阅韵之烦，则于读柳文者，亦不为无益矣。旧有明代刊本，颇多伪字。此本为麻沙小字版，尚不失其真云。①

还有《五百家注音辨柳先生文集二十一卷、外集二卷、新编外集一卷、龙城录二卷、附录八卷》曰：

宋魏仲举编。其版式广狭，字画肥脊，与所刻《五百家注昌黎集》，纤毫不爽，盖二集一时并出也。前有评论训诂诸儒姓氏，检核亦不足五百家。书中所引，仅有集注有补注有音释有解义，及孙氏童氏张氏韩氏诸多解，此外罕所征引，又不及《韩集》之博，盖诸家论韩者多，论柳者较少，故所取不过如此。特姑以五百家之名，与《韩集》相配云尔。书后外集二卷，新编外集一卷，乃原集未录之文，共二十五首。附录二卷，则

① 《四库全书总目提要》卷一五〇《集部别集类三》。

《罗池庙牒》及崇宁、绍兴加封诰词之类，而《法言注》五则，亦在其中。又附以《龙城录》二卷，序传碑记共一卷，后序一卷。而柳文纲目，文安礼《年谱》，则俱冠之卷首，其中如《封建论》后附载程敦夫论一篇，又扬雄《酒箴》、李华《德铭》、屈原《天问》、刘禹锡《天论》之类，亦俱采掇附入，其体例与《韩集》稍异。虽编次丛杂，不无繁赘，则旁搜远引，宁亢毋漏，亦有足资考订者。且其本椠锲精工，在宋版中亦称善本。今流传五六百年，而纸墨如新，神明焕发，复得与《昌黎集注》先后同归秘府，有类乎珠还合浦，剑会延津，是尤可为实贵矣。

可以看出，作者对三个版本的编者、注释以及流变情况都进行了较为清晰的梳理和考证，对于后世学者了解研究颇有价值。

第十章 金圣叹评点柳宗元诗文

金圣叹文学成就主要在文学批评，他通过深入细致评点小说与戏曲，开创了文本细读的文学批评方法，极大地提高了小说与戏曲的文学地位，尤其在小说评点上开创了文本细读的批评方法。金圣叹还借鉴了明代士人评点古文、史书的方法，评点了唐诗和八股文，其评点扩充旧有评点之法，他自视为权威，夸自己的点评无与伦比，大胆改动原文，认为文学评点的目的就是方便与后人交流，解读作品，不需要与作者原意相同。如此评点颇具个性，从其对柳宗元的文章批点可见一斑。

第一节 金圣叹其人轶事

金圣叹（1608—1661），名采，明亡后改名人瑞，字圣叹。作为明末清初著名的文学家和文学批评家，其人极有个性，金圣叹以才子自居，为人孤傲，狂放不羁，任性而为，既有佛道的自由放任，又想有用于世。敢于批评明末官府苛政，同情被压迫的百姓，主张官逼民反，但又认为王命和礼法必须遵守，不可违反，对盗匪行为大肆批评。

金圣叹生平诸事颇具传奇性。如为其舅父题联"一个文官小花脸，三朝元老大奸臣"。其舅父钱谦益原为明崇祯朝礼部尚书，李自成进京，他投靠南明小王朝奸相马士英，清兵南下时，他又屈膝投降，做了清朝的礼部侍郎。如此行为很是令金圣叹反感。一天，钱谦益生日作寿,其母命金圣叹前去祝寿。金本不愿去,但母命难违,他只得勉强前往。寿宴上,众宾客一个个喜笑颜开,弹冠相庆,只有金圣叹坐在旁边默然不语。酒过三巡,一位宾客走到钱谦益面前说:"钱大人,令甥乃江南才子,今日佳宴盛会,正好让我等见识见识。"一时间众人附和叫好,只见金圣叹站起来,拱手笑道:"盛名难担,今天就献丑题写一贺联吧。"然后手握斗笔,蘸满浓墨,写道:"一个文官小花脸,三朝元老大奸臣。"钱谦益气得一句话都说不出来,众人也是惊得目瞪口呆。

顺治十八年(1661),吴县新任县令任维初为了追缴欠税,亏空常平仓的漕粮,还鞭打百姓,引起了苏州士人义愤。三月初,金圣叹连同一百多个士人在孔庙聚会,哀悼顺治帝驾崩,并借机泄愤,到衙门上呈状纸给江苏巡抚朱国治,控诉县令任维初的暴政,请求罢免其职。可朱国治回护包庇任维初,下令逮捕了领头的十一人,并上报京城称诸士带头抗税,惊动先帝之灵。清王朝正有意要震慑江南的士大夫,于是再次逮捕金圣叹等七人,在江宁会审,对其严刑拷打,并以叛逆罪处以极刑,于七月十三日行刑,这就是史上的"哭庙案"。

第二节 金圣叹的文学成就

金圣叹的文学成就主要在文学批评,他通过深入细致评点小说与戏曲,开创了文本细读的文学批评方法,极大地提高了小说与戏曲的文学地位,尤其在小说评点上开创了文本细读的批评方法。他的评点注重思想内容的阐发,经常借题发挥,评议政事,表达他的看法。其评语具有独创性,个性鲜明,情趣盎然,且细致入微、清晰准确,为中国文学批评史上前所未有。

其在小说批评上超越了王世贞、李贽和钟惺等诸多大家,清人如冯镇峦、毛庆臻都赞赏金圣叹《水浒传》评语匠心独运。正如其在《读第五才子书法》中云:"大凡读书,先要晓得作书之人是何心胸。如《史记》须是太史公一肚皮宿怨发挥出来，所以他于《游侠》、《货值传》特地着精神，乃至其余诸记传中，凡遇挥金杀人之事，他便啧赏叹不置。一部《史记》只是'缓急人所时有'六个字，是他一生著书旨意。《水浒传》却不然，施耐庵本无一肚皮宿怨要发挥出来，只是饱暖无事，又值心闲，不免伸纸弄笔，寻个题目，写出自家许多锦心绣口，故其是非皆不谬于圣人。后来人不知，却于《水浒》上加上'忠义'，遂并比于史公发愤著书一例，正是使不得。"① 如此解释便将《史记》与《水浒》的写作旨意清晰区分，虽然这一说法也受到人的批评。

金圣叹继续说："别一部书，看过一遍即休。独有《水浒传》，只是看不厌，无非为他把一百八个人性格，都写出来。《水浒传》写一百八个人性格，真是一百八样。若别一部书，任他写一千个人，也只是一样；便只写得一两个人，也只是一样。《水浒传》章有章法，句有句法，字有字法。人家子弟稍识字，便当反覆细看，看得《水浒传》出时，他书便如破竹。江州城劫法场一篇，奇绝了；后面却又有大名府劫法场一篇，一发奇绝。潘金莲偷汉一篇，奇绝了，后面却又有潘巧云偷汉一篇，一发奇绝，景阳冈打虎一篇，奇绝了；后面却又有沂水县杀虎一篇，一发奇绝。真正其才如海。劫法场，偷汉，打虎，都是极难题目，直是没有下笔处，他偏不怕，定要写出两篇。《宣和遗事》具载三十六人姓名，可见三十六人是实有。只是七十回中许多事迹，须知都是作书人凭空造谎回来。如今却因读此七十回，反把三十六个人都认得了，任凭提起一个，都似旧时熟识，文字气力如此。"②

正因金圣叹小说评点如此特色鲜明，故而颇受后世推崇。林语堂称其为"十七世纪伟大的印象主义批评家"。周作人说"小说的批，第一自然要算金圣叹"。

---

① （清）《金圣叹全集》（一），江苏古籍出版社 1985 年版，第 17 页。
② （清）《金圣叹全集》（一），江苏古籍出版社 1985 年版，第 19—20 页。

金圣叹在戏剧评点上也是匠心独运，《贯华堂第六才子书西厢记》中对其高度评价，称其为"天地妙文"。

如卷之一《序一曰恸哭古人》，文曰："或问于圣叹曰：《西厢记》何为而批之刻之也？圣叹悄然动容，起立而对曰：嗟乎！我亦不知其然，然而于我心则诚不能以自己也。……嗟乎！是则古人十倍于我之才识也，我欲恸哭之，我又不知其为谁也，我是以与之批之刻之也。我与之批之刻之，以代恸哭之也。夫我之恸哭古人，则非恸哭古人，此又一我之消遣法也。"①

卷之二《读第六才子书〈西厢记〉法》曰："一、有人来说《西厢记》是淫书。此人后日定堕拔舌地狱。何也？《西厢记》不同小可，乃是天地妙文，自从有此天地，他中间便定然有此妙文。不是何人做得出来，是他天地直会自己劈空结撰而出。若定要说是一个人做出来，圣叹便说，此一个人即是天地现身。"②

"二、《西厢记》断断不是淫书，断断是妙文。……今后若有人说是淫书，圣叹都不与做理会。文者见之谓之文，淫者见之谓之淫耳。"

"三、人说《西厢记》是淫书，他止为中间有此一事耳。细思此一事，何日无之，何地无之？不成天地中间有此一事，便废却天地耶！细思此身自何而来，便废却此身耶？一部书有如许纚纚洋洋无数文字，……从何处来，到何处去，如何直行，如何打曲，如何放开，如何捏聚，何处公行，何处偷过，何处慢摇，何处飞渡，至于此一事直须高阁起不复道。"

"四、若说《西厢记》是淫书，此人只须扑，不必教。何也？他也只是从幼学一冬烘先生之言，一入于耳，使牢在心；他其实不曾眼见《西厢记》。扑之还是冤苦。"

"八、圣叹《西厢记》只贵眼照古人，不敢多让，至于前后著语，悉是口授小史，任其自写，并不更曾点窜一遍，所以文字多有

---

① （清）《金圣叹全集》（三），江苏古籍出版社1985年版，第7—9页。
② （清）《金圣叹全集》（三），江苏古籍出版社1985年版，第10页。

不当意处。盖一来虽是圣叹天性贪懒，二来实是《西厢》本文，珠玉在上，便教圣叹点窜杀，终复成何用。普天下后世，幸恕仆不当意处，看仆眼照古人处。"

"九、圣叹本有才子书六部，《西厢记》乃是其一。然其实六部书，圣叹只是用一副手眼读得。如读《西厢记》，实是用读《庄子》《史记》手眼读得。便读《庄子》《史记》，亦只用读《西厢记》手眼读得。如信仆此语时，便可将《西厢记》与子弟作《庄子》《史记》读。"

"十、子弟至十四、五岁，如日在东，何书不见，必无独不见《西厢记》之事，今若不急将圣叹此本与读，便是真被他偷看了《西厢记》也。他若得读圣叹《西厢记》，他分明读了《庄子》《史记》。"

"十一、子弟欲看《西厢记》，须教其先看《国风》。盖《西厢记》所写事，便全是《国风》所写事。然《西厢记》写事，曾无一笔不雅驯，便全学《国风》写事，曾无一笔不雅驯；《西厢记》写事，曾无一笔不透脱，便全学《国风》写事，曾无一笔不透脱：敢疗子弟笔下雅驯不透脱、透脱不雅驯之病。"

"十八、文章最妙，是此一刻被灵眼觑见，便于此一刻放灵手捉住。盖于略前一刻亦不见，略后一刻亦不见，恰恰不知何故，却于此一刻忽然觑见，若不捉住，便更寻不出。今《西厢记》若干文字，皆是作者于不知何一刻中灵眼忽然觑见，便疾捉住，因而直传到如今。细思万千年以来，知他有何限妙文，已被觑见，……捉得住，遂统付之泥牛入海，永无消息。"

"十九、今后任凭是绝代才子，切不可云此本《西厢记》我亦做得出也。便教当时作者而在，要他烧了此本，重做一本，已是不可复得。纵使当时作者他却是天人，偏又会做得一本出来，既然是别一刻所觑见，便用别样捉住，便是别样文心，别样手法，便别是一本，不复是此本也。"①

---

① （清）《金圣叹全集》（三），江苏古籍出版社 1985 年版，第 13 页。

从其极力否定《西厢记》为淫书，推其为天地间的妙文，可见其思想的进步。从其评点《水浒传》《西厢记》中强调"文心""手法"，也可见其探索文学创作规律的创见。金圣叹开创的文本细读批评方法，使其成为中国文学史上最具创意的批评家之一，从而奠定其文学批评的重要地位。

第三节　金圣叹评点柳宗元诗文

金圣叹还借鉴了明代士人评点古文、史书的方法，评点了唐诗和八股文，其评点扩充旧有评点之法，他自视为权威，夸自己的点评无与伦比，大胆改动原文，认为文学评点的目的就是方便与后人交流，解读作品，不需要与作者原意相同。如此评点颇具个性，从其对柳宗元的文章批点就可见一斑。下面就从其评点柳宗元文章篇目来具体分析，为了便于对照，还将柳宗元原诗文列出，从而对金圣叹的评点特点了解更为直观。

如其评《邕州马退山茅亭记》曰："奇在起笔。斗地先写茅亭，以后逐段写山，乌人写作亭，写作记，皆一定自然之法度也。"（《古文评注补证》卷七评柳文）

因《邕州马退山茅亭记》前有原文列出，这里就不赘列。金圣叹评点"奇在起笔"，称文章起头很有特点。"奇在起笔"，起笔即写茅亭"冬十月，作新亭于马退山之阳"。后写山"高丘之阻以面势，"再写作亭"无槽枥节棁之华。不斫椽，不列墙，以白云为藩篱，碧山为屏风，昭其俭也"。如此作亭的确俭朴，也令人好奇。于是接下来叙述为何作记？"夫美不自美，因人而彰。兰亭也，不遭右军，则清湍修竹，芜没于空山矣。是亭也，僻介闽岭，佳境罕到，不书所作，使盛迹郁堙，是贻林涧之愧。故志之。"如此写作，逻辑思路层次感强，自然递进，可谓"自然之法度"。可见金圣叹评点之恰当。

又曰："《永州新堂记》逐段写地，写人，写起工，写毕工，乃

至写筵客起贺，皆一定自然之法度。奇特在起笔，斗地作二反一落，
如槎枒怪树，不是常观。"（《古文评注补证》卷七评柳文）

《永州新堂记》又名《永州韦使君新堂记》，文曰：

> 将为穹谷嵁岩，渊池于郊邑之中，则必辇山石，沟涧壑，
> 凌绝险阻，疲极人力，乃可以有为也。然而求天作地之状，咸
> 无得焉。逸其人，因其地，全其天，昔之所难，今于是乎在。

> 永州实惟九疑之麓，其始度土者，环山为城。有石焉，翳
> 于奥草；有泉焉，伏于土涂。蛇虺之所蟠，狸鼠之所游，茂树
> 恶木，嘉葩毒卉，乱杂而争植，号为秽墟。韦公之来既逾月，
> 理甚无事，望其地，且异之。始命芟其芜，行其涂，积之丘如，
> 蠲之浏如。既焚既酾，奇势迭出，清浊辨质，美恶异位。视其
> 植，则清秀敷舒；视其蓄，则溶漾纤余。怪石森然，周于四隅，
> 或列或跪，或立或仆，窍穴逶邃，堆阜突怒。乃作栋宇，以为
> 观游。凡其物类，无不合形辅势，效伎于堂庑之下。外之连山
> 高原，林麓之崖，间厕隐显，迤延野绿，远混天碧，咸会于谯
> 门之外。

> 已乃延客入观，继以宴娱。或赞且贺，曰："见公之作，知
> 公之志。公之因土而得胜，岂不欲因俗以成化？公之择恶而取
> 美，岂不欲除残而佑仁？公之蠲浊而流清，岂不欲废贪而立廉？
> 公之居高以望远，岂不欲家抚而户晓？夫然，则是堂也，岂独
> 草木土石水泉之适欤？山原林麓之观欤？将使继公之理者，视
> 其细，知其大也。"宗元请志诸石，措诸屋漏，以为二千石
> 楷法。①

金圣叹对《永州新堂记》的评点与《邕州马退山茅亭记》颇为相
似，称道其清晰的行文逻辑顺序，"皆一定自然法度"。并且认为其

---

① （唐）柳宗元：《柳宗元集》，中华书局 1979 年版，第 732—733 页。

起笔奇特，"斗地作二反一落"，先说两事，"将为穹谷……，沟涧壑，凌绝险阻，疲极人力，乃可以有为也"，即"无限风光在险峰"，必须历经艰难险阻，才可"有为"。否则"求天作地"那都是不可能的事情。要"逸其人，因其地，全其天"，从古至今都是非常难的。

这就是"斗地作二"，"反一落"则是落于"九疑之麓"的永州，"环山为城"，有石、泉"翳于奥草""伏于土途"，"虵虺""狸鼠"，弄得"茂树恶木""嘉葩毒卉""乱杂争植"，永州"号为秽墟"，却因韦公到来改变了此前所言的"逸其人，因其地，全其天"。"韦公之来踰月，""芟其芜"，"既焚既酾，奇势迭出，清浊辨质，美恶异位"。变成了奇异美景之地。怎不令金圣叹惊奇称赞？

再看金圣叹评点《上李夷简相公书》，文曰："沉困既久，其言至悲，与昌黎《应科目时与人书》绝不同。盖彼此段段句句字字，迫蹙掩抑，则所处之地不同也。看他拉拉杂杂，将'坠者'字、'乌获'字、'千寻之绠'字、'千仞之艰'字、'不可遇'字、'幸遇'字、'号'字、'望'字、'呼愤自毙'字，如桃花红雨，一齐乱落，便成绝妙收煞。"（《山晓阁选唐大家柳柳州全集》卷一评柳文）

《上李夷简相公书》在《柳宗元集》题为《上门下李夷简相公陈情书》，文曰：

月日，使持节柳州诸军事守柳州刺史柳宗元，谨再拜献书于相公阁下：宗元闻有行三途之艰，而坠千仞之下者，仰望于道，号以求出。过之者日千百人，皆去而不顾。就令哀而顾之者，不过攀木俯首，深暌太息，良久而去耳，其卒无可奈何。然其人犹望而不止也。俄而有若乌获者，持长绠千寻，徐而过焉。其力足为也，其器足施也，号之而不顾，顾而曰不能力，则其人知必死于大壑矣。何也？是时不可遇而幸遇焉，而又不逮乎己，然后知命之穷，势之极，其卒呼愤自毙，不复望于上矣。

宗元曩者齿少心锐，径行高步，不知道之艰以陷于大阨，

穷踬殒坠，废为孤囚。日号而望者十四年矣，其不顾而去与顾
而深瞬者，俱不乏焉。然犹仰首伸吭，张目而视曰：庶几乎其有
异俗之心，非常之力，当路而垂仁者耶？及今阁下以仁义正直，
入居相位，宗元实拊心自庆，以为获其所望，故敢致其辞以声
其哀。若又捨而不顾，则知沉埋踣毙无复振矣；伏惟动心焉。

宗元得罪之由，致谤之自，以阁下之明，其知之久矣。繁
言蔓辞，祇益为黩。伏惟念坠者之至穷，锡乌获之余力，舒千
寻之缳，垂千仞之艰，致其不可遇之遇，以卒成其幸。庶号而
望者得毕其诚，无使呼愤自毙，没有余恨，则士之死于门下者
宜无先焉。生之通塞，决在此举，无任战汗陨越之至。不宜。
宗元惶恐再拜。①

金圣叹对《上李夷简相公书》一文行文特点的评点，则是根据柳宗
元贬谪永州十年，时间长久，心情郁闷，故而其言语自责悲伤，"沉
困既久，其言至悲"。并且还举韩愈《应科目时与人书》来对比说
明，此文乃韩愈于贞元九年（793）应博学鸿词科考试写就。采用
怪物自喻，"其得水，变化风雨，上下于天不难也。其不及水，盖寻
常尺寸之间耳"。又以有力者喻当朝权贵，表现身处困境中的士人积
极进取，也抒发了自己怀才不遇的郁闷。由于作者设喻奇特合理，
生动形象，虽为求人相助，但却显得不卑不亢、理直气壮、颇具
气势。

相较之下，柳宗元则完全不同，贬谪永州对于颇富政治抱负的
柳宗元来说，可谓毁灭性的打击。政治理想的破灭，由政治革新红
人变成了戴罪之身的闲官司马；僻远之地的贬谪；南方湿热气候的
不适；再加之家庭的变故，慈母卢氏不幸病故永州，这对于政治失
意的柳宗元来说，无疑是雪上加霜，这怎不令柳宗元心情低落至极？
如此处境，让其颇感悲哀无奈，回到长安的愿望更为迫切，于是他

---

① （唐）柳宗元：《柳宗元集》，中华书局1979年版，第891—892页。

多方请求长辈、朋友为其求情，故其言"沉困既久，其言至悲"，"段段句句字字，迫蹙掩抑"遣词用句也就如"拉拉杂杂，将'坠者'字、'乌获'字、'千寻之绠'字、'千仞之艰'字、'不可遇'字、'幸遇'字、'号'字、'望'字、'呼愤自毙'字"。反复用语"拉拉杂杂"，更加准确地呈现了柳宗元的无奈、悲伤哀怜之情。也由此可见金圣叹评点之恰当。

金圣叹评点柳宗元《答韦中立论师书》之语也是非常奇特，曰："《答韦中立论师书》此为恣意恣笔之文。恣意恣笔之文，最忌直，今看其笔笔中间皆作一折。后贤若欲学其恣，必须学其折也。"（《山晓阁选唐大家柳柳州全集》卷一评柳文）

《答韦中立论师书》文曰：

二十一日，宗元曰：辱书云欲相师，仆道不笃，业甚浅近，环顾其中，未见可师者。虽常好言论，为文章，甚不自是也。不意吾子自京师来蛮夷间，乃幸见取。仆自卜固无取，假令有取，亦不敢为人师。为众人师且不敢，况敢为吾子师乎？

孟子称"人之患在好为人师"。由魏、晋氏以下，人益不事师。今之世，不闻有师，有辄讥笑之，以为狂人。独韩愈奋不顾流俗，犯笑侮，收召后学，作《师说》，因抗颜而为师。世果群怪聚骂，指目牵引，而增与为言辞。愈以是得狂名，居长安，炊不暇熟，又挈挈而东，如是者数矣。屈子赋曰："邑犬群吠，吠所怪也。"仆往闻庸蜀之南，恒雨少日，日出则犬吠，余以为过言。前六七年，仆来南，二年冬，幸大雪，逾岭被南越中数州，数州之犬，皆苍黄吠噬狂走者累日，至无雪乃已，然后始信前所闻者。今韩愈既自以为蜀之日，而吾子又欲使吾为越之雪，不以病乎？非独见病，亦以病吾子。然雪与日岂有过哉？顾吠者犬耳。度今天下不吠者几人，而谁敢衒怪于群目，以召闹取怒乎？

仆自谪过以来，益少志虑，居南中九年，增脚气病，渐不喜闹，岂可使呶呶者早暮咈吾耳，骚吾心？则固僵仆烦愦，愈不可过矣。平居望外，遭齿舌不少，独欠为人师耳。

抑又闻之，古者重冠礼，将以责成人之道，是圣人所尤用心者也。数百年来，人不复行。近有孙昌胤者，独发愤行之。既成礼，明日造朝至外庭，荐笏言于卿士曰："某子冠毕。"应之者咸怃然。京兆尹郑叔则怫然曳笏却立，曰："何预我耶？"廷中皆大笑。天下不以非郑尹而快孙子，何哉？独为所不为也。今之命师者大类此。

吾子行厚而辞深，凡所作，皆恢恢然有古人形貌，虽仆敢为师，亦何所增加也？假而以仆年先吾子，闻道著书之日不后，诚欲往来言所闻，则仆固愿悉陈中所得者。吾子自择之，取某事去某事，则可矣。若定是非以教吾子，仆材不足，而又畏前所陈者，其为不敢也决矣。吾子前所欲见吾文，既悉以陈之，非以耀明于子，聊欲以观子气色诚好恶何如也。今书来，言者皆大过，吾子诚非佞誉诬谀之徒，直见爱甚故然耳。

始吾幼且少，为文章，以辞为工。及长，乃知文者以明道，是固不苟为炳炳烺烺，务采色、夸声音而以为能也。凡吾所陈，皆自谓近道，而不知道之果近乎，远乎？吾子好道而可吾文，或者其于道不远矣。故吾每为文章，未尝敢以轻心掉之，惧其剽而不留也；未尝敢以怠心易之，惧其驰而不严也；未尝敢以昏气出之，惧其昧没而杂也；未尝敢以矜气作之，惧其偃蹇而骄也。抑之欲其奥，扬之欲其明，疏之欲其通，廉之欲其节，激而发之欲其清，固而存之欲其重，此吾所以羽翼夫道也。本之《书》以求其质，本之《诗》以求其恒，本之《礼》以求其宜，本之《春秋》以求其断，本之《易》以求其动，此吾所以取道之原也。参之谷梁氏以厉其气，参之《孟》《荀》以畅其支，参之《庄》《老》以肆其端，参之《国语》以博其趣。参之《离骚》以致其幽，参之太史公以著其洁，此吾所以旁推交通而以为之文也。凡若此者，果是耶，非耶？有取乎，抑其无取乎？吾子幸观焉择焉，有余以告焉。苟亟来以广是道，子不有得焉，则我得矣，又何以师云尔哉？取其实而去其名，无招越、蜀吠怪，而为外廷所笑，则幸矣！宗元白。①

《答韦中立论师书》写于元和八年（813），为柳宗元贬谪永州期间给韦中立写的一封回信。全文紧紧围绕"取其实而去其名"的中心论点，分两个部分论述，前论师道，后论写作。为了去"师者"之名，柳宗元在文中以"雪""日""冠礼"为喻，形象地反映了社会的不良现象。由于作者感触良深，心里怨愤颇多，跟晚辈书信来往就没有那么多顾忌，故而尽情泼墨，恣肆其情。当然，如果一味写感慨，述悲苦，发牢骚，难免为晚辈不理解甚至遭到非议，于是柳宗元描写和抒情到一定程度时，就会及时收住，然后回到"师者"和"为文"的传统之道上。故而金圣叹称"其笔笔中间皆作一折。后贤若学其恣，必须学其折也"。

此文特点也引起后世奇特学者注意，如清林云铭《古文析义》评曰："是书论文章处，曲尽平日揣摩苦心，虽不为师而为师过半矣。其前段雪、日、冠礼诸喻，把末世轻薄恶态，尽底描写，嬉笑怒骂，兼而有之。想其落笔时，因平日横遭齿舌，有许多愤懑不平之气，故不禁淋漓酣恣乃尔。"②

正因柳宗元"平日横遭齿舌，有愤懑不平之气"，故而"淋漓酣恣"也就可以相见了。类似这样的不平之气在其他的诗文中也较多呈现，也受到了后世文士的关注，《答贡士廖有方论文书》即如此。

《答贡士廖有方论文书》文曰：

　　三日，宗元白：自得秀才书，知欲仆为序。然吾为文，非

① （唐）柳宗元：《柳宗元集》，中华书局1979年版，第871—874页。
② 尚永亮：《柳宗元诗文选注》，上海古籍出版社2003年版，第119页。

苟然易也。于秀才，则吾不敢爱。吾在京都时，好以文宠后辈，后辈由吾文知名者，亦为不少焉。自遭斥逐禁锢，益为轻薄小儿謔嚻，群朋增饰无状，当途人率谓仆垢污重厚，举将去而远之。今不自料而序秀才，秀才无乃未得向时之益，而受后事之累，吾是以惧。洁然盛服而与负涂者处，而又何赖焉？然观秀才勤恳，意甚久远，不为顷刻私利，欲以就文雅，则吾曷敢以让？当为秀才言之。然而无显出于今之世，视不为流俗所扇动者，乃以示之。既无以累秀才，亦不增仆之诟骂也，计无宜于此。若果能是，则吾之荒言出矣。宗元白。①

廖有方字秦都，唐大历八年（773）出生在交州的一个官宦人家，其曾祖父出任过潮州刺史，祖父曾在衡阳为官，父亲为严州刺史。从小就接受了传统儒家教育，为了更好求学，廖有方举家北迁长安。途中，廖有方专门前往湖南永州拜访柳宗元，向其请教。柳宗元看了廖有方诗文后，赞其"大雅之道"，文曰："今廖生刚健重厚，孝悌信让，以质乎中而文乎外。为唐诗有大雅之道，夫固重于阳德者耶？"（《送诗人廖有方序》）

可见柳宗元对廖有方颇为器重，可他又为何不愿为其做序呢？其《答贡士廖有方论文书》表述非常明确"吾为文，非苟然易也。于秀才，则吾不敢爱"。这与《答韦中立论师书》中所言不敢为人师的情形极为相似。一则害怕遭受更多讥议，"自遭斥逐禁锢，益为轻薄小儿謔嚻"；二则担心对廖有方不利，"未得向时之益，而受后事之累"。如此陈述，可谓合乎情理，发自肺腑也。

金圣叹与柳宗元有相似的遭人非议境遇，他对柳宗元的处境非常理解，故而其评点也就更为入情入理。《答贡士廖有方论文书》："吾细读其通篇笔态，并不是写自家不肯轻易为人作序，亦不是写今日独肯为廖秀才作序；乃是刻写当时无一人不要其作序，今则更无

---

① （唐）柳宗元：《柳宗元集》，中华书局1979年版，第883页。

一人要其作序，以为痛愤。"（《山晓阁选唐大家柳柳州全集》卷一评柳文）

尤其是"当时无一人不要其作序，今则更无一人要其作序"之状，他感同身受，深表哀痛，极为愤慨。

金圣叹对《上大理崔大卿应制举启》则换成对其写作特点的分析，《上大理崔大卿应制举不敏启》文曰：

> 古之知己者，不待来求而后施德，举能而已。其受德者，不待成身而后拜赐，感知而已。故不叩而响，不介而合，则其举必至，而其感亦甚。斯道遁去，辽阔千祀，何为乎今之世哉！
>
> 若宗元者，智不能经大务、断大事，非有恢杰之才，学不能探奥义、穷章句，为腐烂之儒。虽或真力于文学，勤勤恳恳于岁时，然而未能极圣人之规矩，恢作者之闻见，劳费翰墨，徒尔拖逢掖、曳大带，游于朋齿，且有愧色，岂有能乎哉？阁下何见待之厚也。始者自谓抱无用之文，戴不肖之容，虽振身泥尘，仰睎云霄，何由而能哉？遂用收视内顾，颓首绝望，甘以没没也。今者果不自意，他日琐琐之著述，幸得流于衽席，接在试听，阁下乃谓可以蹈远大之途，及制作之门，决然而不疑，介然而独德，是何收采之特达，而顾念之勤备乎？且阁下知其为人何如哉？其貌之美陋，质之细大，心之贤不肖，阁下固未知也。而一遇文字，志在济拔，斯盖古之知己者已。故曰：古之知己者，不待来求而后施德者也。然则亟来而求者，诚下科也。
>
> 宗元向以应博学宏词之举，会阁下辱临考第，司其升降。当此之时，意谓运合事并，适丁厥时，其私心日以自负也。无何，阁下以鲲鳞之势，不容尺泽，悠尔而自放，廓然而高迈，其不知我者，遂排逐而委之。委之，诚当也，使古之知己犹在，岂若是求多乎哉！夫仕进之路，昔者窃闻于师矣。太上有专达之能，乘时得君，不由乎表著之列，而取将相，行其政焉。其

次，有文行之美，积能累劳，不由乎举甲乙、历科第，登乎表著之列，显其名焉。又其次，则曰吾未尝举甲乙也，未尝历科第也，彼朝廷之位，吾何修而可以登之乎？必求举是科也，然后得而登之。其下，不能知其利，又不能务其往，则曰：举天下而好之，吾何为独不然？由是观之，有爱锥刀者，以举是科为悦者也；有争寻常者，以登乎朝廷曰悦者也；有慕权贵之位者，以将相为悦者也；有乐行乎其政者，以理天下为悦者也。然则举甲乙、历科第，固为末而已矣。得之不加荣，丧之不加忧，苟成其名，于远大者何补焉？然而至于感知之道，则细大一矣，成败亦一矣。故曰：其受德者，不待成身而后拜赐。然则幸成其身者，固末节也。盍不知来求之下者，不足以收特达之士；而不知成身之末者，不足以承贤达之遇，审矣。

伏以阁下德足以仪世，才足以辅圣，文足以当宗师之位，学足以冠儒术之首，诚为贤达之表也。顾视下辈，岂容易而收哉！而宗元朴野昧劣，进不知退，不可以言乎德；不能植志于义，而必以文字求达，不可以言乎才；秉翰执简，败北而归，不可以言乎文；登场应对，刺缪经旨，不可以言乎学，固非特达之器也。忖省陋质，岂容易而承之哉！叨冒大遇，秽累高鉴，喜惧交争，不克宁居。窃感苟蕃如实出己之德，敢希豫让国士遇我之报。伏候门屏，敢俟招纳。谨奉启以代投刺之礼，伏惟以知己之道，终抚荐焉。不宣。宗元谨启。①

按常理来说，一个参加科举考试失意落第者，写信给考官举荐自己，会常带有几分自卑心怀，也会对举荐者表示奉承赞美之辞。作为一个第一年博学鸿词科的落榜者，柳宗元第二次再试，他求举荐却不是这样，故而其行文特点受到金圣叹关注和称赞。文曰："通篇斜风斜雨，枝干离披文字。乃细细分之，却是两扇对写到底，于极严整

----

① （唐）柳宗元：《柳宗元集》，中华书局 1979 年版，第 912—914 页。

中，故作恣意；于极恣意中，故就严整，真乃翰墨之奇观也。通篇将求感知，两两分写到底，起双提立柱。中后，将求知感知，分写四大段，两两作应。但中二段，就古人说，后二段，方入崔大理自己身上说，文字便觉不重不复。"（《山晓阁选唐大家柳柳州全集》卷一评柳文）

从柳宗元其文看，他起首就提出了古之"知己者"要主动"举能"；"受德者"则需"感知"。也就是一方面举荐者主动，被举荐者要懂得感恩。"古之知己者，不待来求而后施德，举能而已"，"其受德者，不待成身而后拜赐，感知而已"。也就是后来常言道，伯乐要主动慧眼识千里马，千里马当报"知遇之恩"。可现实却是"斯道遁去，辽阔千祀"。

正因如此，柳宗元接下来用两段文字表明自己期望"求知感知"，文中"娓娓道来"，没有表现丝毫怨愤之意，倒是为崔大卿何以未"举能"作了解释和开脱，然后再向其提出"感知举能"之情。真的如金圣叹所言"通篇斜风斜雨，枝干离披"，"于极严整中，故作恣意；于极恣意中，故就严整，真乃翰墨之奇观也"。

我们再看金圣叹评点柳宗元的《谤誉》一文，曰："不过只是'乡人之善者好之'二句意，看他无端变出如许层折，如许转接，如许幽秀历落。"（《山晓阁选唐大家柳柳州全集》卷二评柳文）为更直接对照赏析，这里也将《谤誉》原文列出。《谤誉》文曰：

　　凡人之获谤誉于人者，亦各有道。君子在下位则多谤，在上位则多誉；小人在下位则多誉，在上位则多谤。何也？君子宜于上不宜于下，小人宜于下不宜于上，得其宜则誉至，不得其宜则谤亦至。此其凡也。然而君子遭乱世，不得已而在于上位，则道必合于君而害义及于人，由是谤行于上而不及于下，故可杀可辱而人犹誉之。小人遭乱世而后得居于上位，由是谤行于上而不及于下，由是誉行于上而不及于下，故可宠可富而人犹谤之。君子之誉，非所谓誉也，其善显焉尔。小人之谤，非所谓谤也，其不善彰焉尔。

　　然则在下而多谤者，岂尽愚而狡也哉？在上而多誉者，岂尽仁而智也哉？其谤且誉者，岂尽明而善褒贬也哉？然而世之人闻而大惑，出一庸人之口，则群而陲之，且置于远迩，莫不以为信也。岂惟不能褒贬而已，则又蔽于好恶，夺于利害，吾又何从而得之耶？孔子曰："不如乡人之善者好之，其不善者恶之。"善人者之难见也，则其谤君子者为不少矣，其谤孔子者亦为不少矣。传之记者，叔孙武叔，时之贵显者也。其不可记者，又不少矣。是以在下而必困也。及乎遭时得君而处乎人上，功利及于天下，天下之人皆欢而戴之，向之谤之者，今从而誉之矣。是以在上而必彰也。

　　或曰："然而闻谤誉于上者，反而求之，可乎？"曰："是恶可，无亦征其所自而已矣！其所自善人也，则信之；不善人也，则勿信之矣。苟吾不能分于善不善也，则已耳。如有谤誉乎人者，吾必征其所自，未敢以其言之多而举且信之也。其有及乎我者，未敢以其言之多而荣且惧也。苟不知我而谓我盗跖，吾又安取惧焉？苟不知我而谓我仲尼，吾又安敢荣焉？知我者之善不善，非吾果能明之也，要必自善而已矣。"①

　　"谤誉"意为毁谤与称誉。文章乃柳宗元身处逆境，遭受贬谪和非议，于是他写下《谤誉》一文，既是对俗世"谤誉"的情况的阐释，也是对自己遭受颇多诽谤的解释。

　　不像韩愈在《原毁》中那样，不平则鸣，能够抒发自己的愤懑之气。从古代君子之与人为善谈起，"古之君子，其责己也重以周，其待人也轻以约。重以周，故不怠；轻以约，故人乐为善"。再对比"今之君子"则不然，"其责人也详，其待己也廉"。其文对比"古之君子"与"今之君子"的不同待人方式，鲜明地表达了自己的观

─────────────

　　① （唐）柳宗元：《柳宗元集》，中华书局 1979 年版，第 558—559 页。

点：毁谤之风根源在"怠"和"忌"。态度可谓严肃恳切，批评颇具力度。柳宗元遭受贬谪则是心情沮丧，非常自卑，深感世事凶险，故而文中颇多无奈无助之叹。因此行文也就没有那种严肃诚恳之情，也不敢过于大胆披露。只能委婉曲折表达，正如金圣叹所言的"无端变出如许层折，如许幽秀历落"了。

对于柳宗元的赠序文，金圣叹评点又不一样，有的是针对其写作风格，有的则是点评其情感。如《送薛存义之任序》曰："无多十数句，看其笔势，如蛇夭矫不就捕。"（《山晓阁选唐大家柳柳州全集》卷二评柳文）

《送薛存义之任序》文曰：

> 河东薛存义将行，柳子载肉于俎，崇酒于觞，追而送之江之浒，饮食之。且告曰："凡吏于土者，若知其职乎？盖民之役，非以役民而已也。凡民之食于土者，出其十一傭乎吏，使司平于我也。今受其直怠其事者，天下皆然。岂惟怠之，又从而盗之。向使傭一夫于家，受若直，怠若事，又盗若货器，则必甚怒而黜罚之矣。以今天下多类此，而民莫敢肆其怒与黜罚何哉？势不同也。势不同而理同，如吾民何？有达于理者，得不恐而畏乎！"
>
> 存义假令零陵二年矣。早作而夜思，勤力而劳心，讼者平，赋者均，老弱无怀诈暴憎，其为不虚取直也的矣，其知恐而畏也审矣。
>
> 吾贱且辱，不得与考绩幽明之说，于其往也，故赏以酒肉而重之以辞。[①]

《送薛存义之任序》为柳宗元贬谪永州所做，作为永州司马外置同正员，柳宗元送永州零陵县令薛存义到别处赴任，深感"贱且辱"，不

---

① （唐）柳宗元：《柳宗元集》，中华书局 1979 年版，第 616—616 页。

能为薛存义说上话，"不得与考绩幽明之说"，他还是对其勤政爱民，平息讼事，安抚民心等政事活动进行了颂扬，"假令零陵二年矣。早作而夜思，勤力而劳心，讼者平，赋者平，老弱无怀诈暴憎，其为不虚取直也"。按照正常的行文顺序就是介绍送行赠序之由，然后再说赠序内容。

柳宗元却不相同，文章仅仅一百三十二字，以送别开始，以送别结束。却在江边饯别后，转入对吏治职责的阐述，设问"吏于土者，若知其职乎？"提出"盖民之役，非以役民而已"。即具有进步意义的"官为民役"主张。然后在引出百姓对官吏的要求，"民之食于土者，出其十一佣乎吏，使司平于我也"。百姓将其收入的十分之一用来雇用官吏，希望官吏能为其办事。然为官者多不能尽其职，怎不令百姓反对？故而柳宗元大力批判当时为官者，"受其直""怠其事"，违背了"官为民役"，更有甚者，"从而盗之"。百姓却"莫敢肆其怒与黜罚"，原因何在？柳宗元大胆指出因为"势不同"。"势不同而理同，如吾民何？""有达于理者，得不恐而畏乎"！如此层层深入剖析，可谓入理在行，令人称叹。故而金圣叹称其"看其笔势，如蛇夭矫不就捕"。清人刘熙载也称赞："文莫贵于精能变化。昌黎《送董邵南游河北序》，可谓变化之至；柳州《送薛存义序》，可谓精能之至。"①

而在《送僧浩初序》中的评点则是以下棋为喻，将柳宗元与韩愈对佛的不同态度和行为生动分析。《送僧浩初序》文曰：

> 儒者韩退之与余善，尝病余嗜浮图言，訾余与浮图游。近陇西李生礎自东都来，退之又寓书罪余，且曰："见送元生序，不斥浮图。"浮图诚有不可斥者，往往与易论语合，诚乐之，其于性情爽然，不与孔子异道。退之好儒未能过扬子，扬子之书于庄、墨、申、韩皆有取焉。浮图者，反不及庄、墨、申、韩

---

① （清）刘熙载：《艺概·文概》，上海古籍出版社1978年版，第25页。

之怪僻险贼耶？曰："以其夷也。"果不信道而斥焉以夷，则将友恶来、盗跖，而贱季札、由余乎？非所谓去名求实者矣。吾之所取者与《易》《论语》合，虽圣人复生不可得而斥也。

退之所罪者其迹也，曰："髡而缁，无夫妇父子，不为耕农蚕桑而活乎人。"若是，虽吾亦不乐也。退之忿其外而遗其中，是知石而不知韫玉也。吾之所以嗜浮图之言以此。与其人游者，未必能通其言也。且凡为其道者，不爱官，不争能，乐山水而嗜闲安者为多。吾病世之逐逐然唯印组为务以相轧也，则舍是其焉从？吾之好与浮图游以此。

今浩初闲其性，安其情，读其书，通《易》《论语》，唯山水之乐，有文而文之；又父子咸为其道，以养而居，泊焉而无求，则其贤于为庄、墨、申、韩之言，而逐逐然唯印组为务以相轧者，其亦远矣。

李生礎与浩初又善。今之往也，以吾言示之。因北人寓退之，视何如也。①

柳宗元自小受其母亲信奉佛教影响，再加上贬谪永州司马，居住过龙兴寺、华法寺，与寺庙长老交情颇深。由于南宗禅学主张人在自然的融合中获得永生，这让身处苦闷与失意中的柳宗元看到了希望，感受到了心灵慰藉，也增加了其对南宗禅学的兴趣。

可是以韩愈为代表的文士致力于儒学"复古"，极力反对佛、道。如他在《论佛骨表》中称："佛本夷狄之人，与中国言语不通，衣服殊制；口不言先王之法言，身不服先王之法服，不知君臣之义，父子之情。"柳宗元却认为佛教不仅具有一定济世功用，还能让人"乐山水而嗜闲安"。韩愈虽为柳宗元好友，但对柳宗元"嗜浮图言""与浮图游"给予责备，并托人送书信批评柳"不斥浮图"。在"反佛"与"护法"的激烈争斗情形下，柳宗元写下了《送僧浩初

---

① （唐）柳宗元：《柳宗元集》，中华书局1979年版，第673—674页。

序》一文。文虽为赠序，但其中心则是针对"浮图"与韩愈发起的一场辩论。

柳宗元认为佛教与《易》和《论语》有契合之处，曰："浮图诚有不可斥者，往往与《易》《论语》和，诚乐之，其于性情爽然，不与孔子异道。"真正乐于奉佛，则精神上可以自由无碍，因而佛教与孔子之说不相矛盾，二者可以融合。前已说韩愈以佛教为外来的，应该加以反对，柳宗元则认为"退之好儒，未能过扬子，扬子之书于庄、墨、申、韩皆有取焉。浮图者，反不及庄、墨、申、韩之怪僻险贼耶？"在这里，柳宗元采用对比的方法，强调从本质上看问题，不能因为事物是外来的，就一概盲目排斥拒绝。

当然，柳宗元对佛教不合理的方面也是反对的。韩愈从儒家传统思想入手，指斥佛教徒剃发入空门，不婚不育，不干活却靠别人养活。在这一点上，柳宗元与韩愈态度一致，"退之所罪者其迹也，曰：'髡而缁，无夫妇父子，不为耕农蚕桑而活乎人。'若是，虽吾亦不乐也"。然而韩愈"忿其外而遗其中，是知石而不知韫玉也"。意思为因怨恨其外表而丢弃其内在，这就如同只见璞石表面而不知里面还蕴藏着美玉。柳宗元信奉佛教也正基于此，"嗜浮图之言"，"与其人游者，未必能通其言"，并且他们"凡为其道者，不爱官，不争能，乐山水而嗜闲安者为多"。这就与世间为争权夺利而相互排挤倾轧者形成鲜明对比。他与浩初交往，也正因其"乐山水而嗜闲安"。"闲其性，安其情，读其书，通《易》《论语》，唯山水之乐，……泊焉而无求，则其贤于为庄、墨、申、韩之言，而逐逐然唯印组为务以相轧者，其亦远矣。"以此结尾，既赞扬了浩初，照应题面，又强化了两种不同人格境界，重申了自己的信佛态度，回应了韩愈的责备。如此写作，可谓条理清晰，循序渐进，首尾照应。

故而金圣叹评曰："通篇如与退之辩难，殊不知都是凭空起波。前'嗜浮图言'、'与浮图游'二句，如棋之势子，中二大幅如下棋，后入浩初，如棋劫也。"（《山晓阁选唐大家柳柳州全集》卷二评柳文）前以"嗜浮图言""与浮图游"阐述自己的态度与观点，再以"浩初"之事强调重申。"打劫",本为围棋术语。简称"劫",对局双方从开劫、提劫、找劫、应劫、再提劫,直至消劫的整个过程,均可概括成为"打劫"。金圣叹以下棋、势子、旗劫为喻,形象生动地说明柳宗元与韩愈的"反佛""护法"之辩争,令人称奇。

　　对柳宗元的山水景物描写,金圣叹大加赞扬,读《小石城山记》后称:"笔笔眼前小景,笔笔天外奇情。"(《山晓阁选唐大家柳柳州全集》卷二评柳文)

　　《小石城山记》文曰:

> 　　自西山道口径北,踰黄茅岭而下,有二道:其一西出,寻之无所得;其一少北而东,不过四十丈,土断而川分,有积石横当其垠。其上为睥睨梁欐之形,其旁出堡坞,有若门焉。窥之正黑,投以小石,洞然有水声,其响之激越,良久乃已。环之可上,望甚远,无土壤而生嘉树美箭,益奇而坚,其疏数偃仰,类智者所施设也。

> 　　噫!吾疑造物者之有无久矣。及是,愈以为诚有。又怪其不为之中州,而列是夷狄,更千百年不得一售其伎,是故劳而无用,神者傥不宜如是,则其果无乎?或曰:'以慰夫贤而辱于此者。'或曰:'其气之灵不为伟人,而独为是物,故楚之南少人而多石。'是二者,余未信之。①

《小石城山记》为《永州八记》的最后一篇,作于元和七年(812),由于贬谪永州后,柳宗元还不断受到统治者的诽谤和攻击,心情极为郁闷。永州幽奇险胜之地甚多,柳宗元放情山水,在寻幽访奇中暂时忘却内心的苦楚,寄情于地处僻远而鲜为人知的幽奇山水景物,获得精神上的慰藉,《永州八记》就是在这样的心境下创作出来的。

　　《小石城山记》以作者游踪为线索,记叙自己旅途所见景物和感

① (唐)柳宗元:《柳宗元集》,中华书局1979年版,第772—773页。

受。先写小石城山的方位"自西山道口径北，逾黄茅岭而下，有二道：其一西出，寻之无所得；其一少北而东，不过四十丈，土断而川分，有积石横当其垠。"既写出了自己贬谪的抑郁心情，也表现了寻幽访奇遣怀的意愿。交织着复杂的情绪，自然景物也就笼罩了幽静奇异的色彩。然后再简笔描写"小石城山"的外貌，"其上睥睨梁欐之形"，"其旁出堡坞"还有城门样。如此之山形如同一座石城，显得非常奇特。此后还有诸多奇特之处的描写，如山上有洞，洞中有泉，"窥之正黑，投以小石，洞然有水声，其响之激越，良久乃已"。更加令人称奇的是"无土壤而生嘉树美箭，"如此描写，就写出了小石城山的奇幽美境，可谓"造化钟神秀"，故而柳宗元感喟"其疏数偃仰，类智者所施设也"。

可是如此美景却少人知晓观赏，只能埋没于荒僻之野，也引发了柳宗元的同病之怜，可谓借石遣怀，抒发自己的痛楚愤懑，"怪其不为之中州，而列是夷狄，"感喟"以慰夫贤而辱于是者"。金圣叹故而称其为"笔笔眼前小景，笔笔天外奇情。"明代唐宋派茅坤在《唐宋八大家文钞》卷四中称："借石之瑰玮，以吐胸中之气"。

对柳宗元所写《桐叶封弟辩》，金圣叹评论曰："裁幅甚短，而为义弘深，斟酌不尽。不惟文字顿挫入妙，虽处人伦之至道，亦全于此。"（《山晓阁选唐大家柳柳州全集》卷二评柳文）

《桐叶封弟辩》文曰：

古之传者有言，成王以桐叶与小弱弟，戏曰："以封汝。"周公入贺。王曰："戏也。"周公曰："天子不可戏。"乃封小弱弟于唐。吾意不然。王之弟当封耶？周公宜以时言于王，不待其戏而贺以成之也；不当封耶？周公乃成其不中之戏，以地以人与小弱者为之主，其得为圣乎？且周公以王之言，不可苟焉而已，必从而成之耶？设有不幸，王以桐叶戏妇寺，亦将举而从之乎？凡王者之德，在行之何若。设未得其当，虽十易之不为病；要于其当，不可使易也，而况以其戏乎？若戏而必行之，是周公教王遂过也。

吾意周公辅成王，宜以道，从容优乐，要归之大中而已，必不逢其失而为之辞。又不当束缚之，驰骤之，使若牛马然，忽则败矣。且家人父子尚不能以此自克，况号为君臣者耶？是直小丈夫缺缺者之事，非周公所宜用，故不可信。

或曰：封唐叔，史佚成之。①

文章从"古之传者有言"入手，然后对"成王以桐叶封弟"但否进行分析，柳宗元认为"吾意不然"。批判了"天子无戏言"的荒谬，表明了自己对"君王为圣"的否定态度。然后进一步反诘，假若成王以桐叶给妇人或者宦官，"亦将举而从之乎？"由此得出"古之传者"所言不可信的结论。宋代吕祖谦在《古文关键·总论看文字法》评价此文曰："此篇文字，一段好如一段。大抵做文字，须留好意思在后，令人读一段好一段。"可见金圣叹的点评也是颇为在理，"为义弘深，斟酌不尽"，正是如此也。

金圣叹还对比点评了《祭十郎文》《祭十二郎》两篇祭文名篇特点，他认为："《祭十二郎》，摇曳；《祭十郎》，荒促。其摇曳也，盖为得之讣闻；若其荒促也，乃为万里炎荒，躬亲抚殓。盖彼自有不得不摇曳之情，此又有更摇曳不得之情也。若其痛毒，直是一种。"（《山晓阁选唐大家柳柳州全集》卷二评柳文）我们先看《祭十郎文》，又为《祭弟宗直文》，文曰：

维年月日，八哥以清酌之奠，祭于亡弟十郎之灵。吾门凋丧，岁月已久，但见祸谪，未闻昌延，使尔有志，不得存立。延陵已上，四房子姓，各为单子，惴惴早夭，汝又继终，两房祭祀，今已无主。吾又未有男子，尔曹则虽有如无。一门嗣续，不绝如线。仁义正直，天竟不知，理极道乖，无所告诉。

① （唐）柳宗元：《柳宗元集》，中华书局1979年版，第105—106页。

　　汝生有志气，好善嫉邪，勤学成癖，攻文致病，年才三十，不禄命尽。苍天苍天，岂有真宰？如汝德业，尚早合出身，由吾被谤年深，使汝负才自弃。志愿不就，罪非他人，死丧之中，益复为丑。汝墨法绝代，知音尚稀，及所著文，不令沉没，吾皆收录，以授知音。文类之功，更亦广布，使传于世人，以慰汝灵。知在永州，私有孕妇，吾专优恤，以俟其期。男为小宗，女亦当爱，延子长大，必使有归。抚育教示，使如己子，吾身未死，如汝存焉。

　　炎荒万里，毒瘴充塞，汝已久病，来此伴吾。到未数日，自云小差，雷塘灵泉，言笑如故。一寐不觉，便为古人。茫茫上天，岂知此痛！郡城之隅，佛寺之北，饰以殡帏，寄于高原。死生同归，誓不相弃，庶几有灵，知我哀恳。①

　　《祭十郎文》为柳宗元为其早逝堂弟柳宗直所作。"炎荒万里，毒瘴充塞"，柳宗直以久病之体来到永州陪伴贬谪中的柳宗元，自然令他感动不已，来永没过多久就因病去世，这怎不令柳宗元内心凄凉无助，一则感喟家世不幸，"吾门凋丧，岁月已久"，"四房子姓，各为单子"；二则哀叹自身不幸，"吾被谤年深，使汝负才自弃"。"茫茫上天，岂知此痛"！如此情景，内心肯定是慌忙急迫又无助的。故而金圣叹称"万里炎荒，躬亲抚殓。盖彼自有不得不摇曳之情，此又有更摇曳不得之情也"。

　　《祭十二郎文》为韩愈为其侄子韩老五即十二郎写的祭文，韩愈从小为其兄嫂抚养成长，与其侄子十二郎一起长大，故而感情深厚，可是成年之后，韩愈因在外漂泊，很少有机会与十二郎见面。眼看自己官运好转，可是却突然传来十二郎死去的噩耗，这怎不令韩愈深感悲痛，"摇曳"既是身世飘零之叹，也是人生无常，世事难料之叹。

---

　　① （唐）柳宗元：《柳宗元集》，中华书局1979年版，第1100—1101页。

　　两篇祭文都是发自肺腑，感情真挚之作，因为处境不同，故而情感也不一样。由此可见金圣叹分析合乎情理。

　　另外，柳宗元所写《又祭崔简旅榇归上都文》也得到金圣叹的好评，曰："一篇短短招魂文字，妙在对崔简柩，滴自己泪。"（《山晓阁选唐大家柳柳州全集》卷二评柳文）文曰：

　　　　嗟乎崔公之柩！嘻乎崔公！楚之南，其土不可以室。或坋而颓，或确而峚，阴流泄漏，瀽没渝溢。硕鼠大蚁，傍穿侧出，亏疎脆薄，久乃自窒。不如君之乡，式坚且密。嘻乎崔公！楚之南，其鬼不可与友，躁戾佻险，睒眒欺苟，胜贱暗忽，轻罬妄走，不思已类，好是群丑，不如君之乡，式和且偶。
　　　　日月甚良，子姓甚勤，具是舟舆，宁君之神。去尔夷方，返尔故邻，奕奕其归，宜乐且欣。君死而还，我生而留，远矣殊世，曷从之游？酹觞于座，与涕俱流。①

　　文中所写崔简为柳宗元的姐夫，崔简去世后，柳宗元分别作了《故永州刺史流配驩州崔君权厝志》《祭姊夫崔使君简文》《又祭崔简旅榇归上都文》三篇文章以示纪念，可见柳宗元重亲情，与崔简交情颇深。在祭文中，柳宗元为崔简招魂归乡，述说楚之南环境的恶劣，"其土不可以室"，"硕鼠大蚁，傍传侧出，亏疎脆薄，久乃自窒"。楚之南，人情的险恶，"其鬼不可与友，……不思已类，好是群丑"。表达了强烈的返乡之情，"不如君之乡，式坚且密""不如君之乡，式和且偶"。从字里行间可以读出柳宗元既是为崔简招魂归乡，更是诉说自己贬谪蛮荒僻壤的悲苦。在"君死而还，我生而留"的对比中，"与涕俱流"既是为崔简流，更是为自己的悲哀滴泪，金圣叹的点评真是精当。

---

　　① （唐）柳宗元：《柳宗元集》，中华书局 1979 年版，第 1104—1105 页。

参考文献

一 著作

（唐）元结、孙望校：《元次山集》，中华书局 1960 年版。

（清）王先谦：《荀子集解（上、下）》，中华书局 1988 年版

（汉）贾谊：《贾谊集》，上海人民出版社 1976 年版。

（清）郭庆藩：《庄子集释（一、二、三、四）》，中华书局 1961 年版。

（后晋）刘昫：《旧唐书》，中华书局 1975 年版。

（宋）欧阳修、宋祁：《新唐书》，中华书局 1975 年版。

（宋）王溥：《唐会要》，上海古籍出版社 1991 年版。

（宋）王定保：《唐摭言》，古典文学出版社 1957 年版。

（宋）司马光：《资治通鉴》，中华书局 1987 年版。

（宋）王说：《唐语林》，中华书局 1987 年版。

（清）赵翼：《廿二史札记》，中国书店 1987 年版。

（清）平步青：《霞外捃屑》，中华书局 1959 年版。

（宋）李昉：《文苑英华》，中华书局 1966 年版。

（宋）姚铉：《唐文粹》，四部丛刊初编本。

（清）董诰：《全唐文》，中华书局 1975 年版。

（清）董诰：《全唐文》，中华书局 1983 年版。

（清）刘熙载：《艺概》，上海古籍出版社 1978 年版。

（唐）白居易：《白居易集（全四册）》，中华书局 1979 年版。

（清）高步瀛：《唐宋文举要》，上海古籍出版社 1982 年版。

（唐）独孤及：《毗陵集》，四部丛刊初编本。

（唐）杜佑：《通典》，中华书局1982年版。

（宋）朱熹：《四书章句集注》，中华书局1983年版。

（唐）柳宗元：《柳宗元集（1—4册）》，中华书局1979年版。

（唐）韩愈：《韩昌黎全集》，中国书店1991年版。

（清）何文焕：《历代诗话（上、下）》，中华书局1981年版。

（唐）郑处诲：《明皇杂录》，中华书局1994年版。

（宋）范祖禹：《唐鉴》，上海古籍出版社1984年版。

（清）姚鼐、王先谦：《续正古文辞类纂》，浙江古籍出版社1998
　　年版。

（明）吴讷：《文章辨体序说》，人民文学出版社1998年版。

（明）徐师曾：《文体明辨序说》，人民文学出版社1998年版。

（汉）司马迁：《史记》，中华书局1959年版。

（宋）范晔：《后汉书》，中华书局1965年版。

（唐）姚思廉：《梁书》，中华书局1973年版。

（梁）萧子显：《南齐书》，中华书局1972年版。

（唐）房玄龄：《晋书》，中华书局1974年版。

（明）叶子奇：《草木子》，中华书局1959年版。

（明）谢榛：《四溟诗话》，人民文学出版社1961年版。

（明）李贽：《藏书》，中华书局1961年版。

（明）李贽：《焚书》，中华书局1961年版。

（明）胡应麟：《诗薮》，中华书局1958年版。

（明）胡应麟：《少室山房笔丛》，上海书店出版社2009年版。

（明）胡震亨：《唐音癸签》，中华书局1957年版。

（清）吴景旭：《历代诗话》，中华书局1958年版。

（清）王夫之：《姜斋诗话》，人民文学出版社1961年版。

（清）蒋骥：《楚辞余论》，中华书局1958年版。

（清）袁枚：《随园诗话》，人民文学出版社1960年版。

（清）章学诚：《文史通义》，中华书局1956年版。

（清）吴德旋：《初月楼古文绪论》，人民文学出版社 1959 年版。

（清）方东树：《昭昧詹言》，人民文学出版社 1961 年版。

（清）金圣叹：《金圣叹全集》，江苏古籍出版社 1957 年版。

（清）陈衍：《石遗室诗话》，商务印书馆 1929 年版。

（清）钱谦益：《牧斋初学集》，上海古籍出版社 1985 年版。

（清）钱谦益：《牧斋有学集》，上海古籍出版社 1996 年版。

林纾：《春觉斋论文》，人民文学出版社 1959 年版。

林纾：《韩柳文研究法》，商务印书馆 1914 年版。

刘师培：《论文杂记》，人民文学出版社 1959 年版。

孙望：《元次山年谱》，古典文学出版社 1957 年版。

胡大浚：《梁肃文集》，甘肃人民出版社 2000 年版。

杨伯峻：《论语译注》，中华书局 1980 年版。

杨伯峻：《孟子译注（上、下）》，中华书局 1960 年版。

宁俊红：《20 世纪中国古代文学研究史（散文卷）》，东方出版中心
  2006 年版。

郭预衡：《中国散文史（上、中）》，上海古籍出版社 1932 年版。

张梦新：《中国散文发展史》，杭州大学出版社 1996 年版。

杨民：《万川一月·中国古代散文史》，清华大学出版社 2001 年版。

杨庆存：《宋代散文研究》，人民文学出版社 2002 年版。

顾祖钊：《华夏原始文化与三元文学观念》，北京大学出版社 2005 年
  版。

罗立刚：《史统、道统、文统——论唐宋时期文学观念的转变》，东
  方出版中心 2005 年版。

葛晓音：《汉唐文学的嬗变》，北京大学出版社 1990 年版。

刘师培：《中国中古文学史——论文杂记》，人民文学出版社 1959
  年版。

朱自清：《朱自清古典文学论文集（上下册）》，上海古籍出版社
  1981 年版。

金开诚、葛兆光：《古诗文要籍叙录》，中华书局 2005 年版。

夏康达、王晓平：《二十世纪国外中国文学研究》，天津人民出版社
　　2000 年版。

孙昌武：《唐代古文运动通论》，百花文艺出版社 1984 年版。

郭绍虞：《中国文学批评史上、下》，百花文艺出版社 1998 年版。

万陆：《中国散文美学》，中州古籍出版社 1989 年版。

张少康、刘三富：《中国文学理论批评发展史上、下》，北京大学出
　　版社 1995 年版。

熊礼汇：《先唐散文艺术论（上、下）》，学苑出版社 1999 年版。

熊礼汇：《中国古代散文艺术史论》，湖北人民出版社 2005 年版。

熊礼汇：《明清散文流派论》，武汉大学出版社 2003 年版。

聂石樵：《唐代文学史》，北京师范大学出版社 2002 年版。

李道英：《唐宋古文研究》，北京师范大学出版社 2005 年版。

王颖：《荀子伦理思想研究》，黑龙江人民出版社 2006 年版。

刘文忠：《正变·通变·新变》，百花洲文艺出版社 2005 年版。

唐雄山：《贾谊礼治思想研究》，中山大学出版社 2005 年版。

王明居：《唐代美学》，安徽大学出版社 2005 年版。

孙昌武：《道教与唐代文学》，人民文学出版社 2001 年版。

孙昌武：《佛教与中国文学》，上海人民出版社 1988 年版。

葛兆光：《七世纪至十九世纪中国的知识、思想与信仰、中国思想史
　　第二卷》，复旦大学出版社 2000 年版。

倪其心、曹振刚：《中国古代游记》，中国旅游出版社 2000 年版。

贾鸿雁：《中国游记文献研究》，东南大学出版社 2005 年版。

赵义山、李修生：《中国分体文学史（散文卷）》，上海古籍出版社
　　2001 年版。

陈飞：《中国古代散文研究》，福建人民出版社 2005 年版。

张国俊：《中国艺术散文论稿》，中国社会科学出版社 2004 年版。

周楚汉：《唐宋八大家文化文章学》，巴蜀书社 2004 年版。

林继中：《文化建构文学史纲》，北京大学出版社 2005 年版。

成复旺：《文境与哲理》，中华书局 2002 年版。

邓乔彬：《古代文艺的文化观照》，上海教育出版社 2003 年版。

黄一权：《欧阳修散文研究》，华东师范大学出版社 2003 年版。

刘明华：《丛生的文体——唐宋文学五大文体的繁荣》，江苏教育出版社 2000 年版。

唐晓敏：《中唐文学思想研究》，北京师范大学出版社 2000 年版。

胡可先：《中唐政治与文学——以永贞革新为研究中心》，安徽大学出版社 2000 年版。

褚斌杰：《中国古代文体概论（增订本）》，北京大学出版社 1990 年版。

熊笃：《天宝文学编年史》，重庆出版社 1987 年版。

陈寅恪：《元白诗笺证稿》，上海古籍出版社 1978 年版。

傅璇琮、蒋寅：《中国古代文学通论·隋唐五代卷》，辽宁人民出版社 2005 年版。

傅璇琮：《唐代诗人丛考》，中华书局 1980 年版。

谭优学：《唐代诗人行年考》，四川人民出版社 1981 年版。

谭优学：《唐代诗人行年考续编》，巴蜀书社 1987 年版。

杜晓勤：《唐代文学研究》，北京出版社 2001 年版。

陶敏、李一飞：《隋唐五代文学史料学》，中华书局 2001 年版。

罗宗强：《唐代文学史》，高等教育出版社 1994 年版。

闻一多：《闻一多论古典文学》，重庆出版社 1984 年版。

赵昌平：《赵昌平文存》，广西师范大学出版社 1998 年版。

徐尚定：《走向盛唐》，中国社会科学出版社 1994 年版。

于景祥：《唐宋骈文史》，辽宁人民出版社 1991 年版。

王利器：《文镜秘府论校注》，中国社会科学出版社 1983 年版。

王水照：《唐宋文学论集》，齐鲁书社 1984 年版。

陈允吉：《唐音佛教辩思录》，上海古籍出版社 1988 年版。

李浩：《唐代三大地域文学士族研究》，中华书局 2002 年版。

李德辉：《唐代交通与文学》，湖南人民出版社 2003 年版。

霍松林、傅绍良：《盛唐文学的文化透视》，陕西师范大学出版社

2000 年版。

卢盛江：《古代文学与思想文化论稿》，天津人民出版社 1998 年版。

潘吕棋昌：《萧颖士研究》，文史哲出版社 1983 年版。

黄云眉：《韩愈柳宗元文学评价》，山东人民出版社 1957 年版。

孙昌武：《韩愈散文艺术论》，南开大学出版社 1986 年版。

邓国光：《韩愈文统探微》，文史哲出版社 1992 年版。

张清华：《韩学研究》，江苏教育出版社 1998 年版。

孙昌武：《柳宗元传论》，人民文学出版社 1982 年版。

吴文治：《柳宗元评传》，中华书局 1958 年版。

任继愈：《中国哲学发展史》，人民出版社 1985 年版。

侯外庐：《中国思想通史》，人民出版社 1989 年版。

张岱年：《中国哲学大纲》，中国社会科学出版社 1982 年版。

冯友兰：《中国哲学史（上、下）》，华东师范大学出版社 1999
    年版。

冯友兰：《中国哲学简史》，北京大学出版社 1985 年版。

萧公权：《中国政治思想史》，辽宁教育出版社 1998 年版。

岑仲勉：《唐人行第录》，上海古籍出版社 1979 年版。

周绍良：《唐代墓志汇编》，上海古籍出版社 1992 年版。

周勋初：《唐人轶事汇编》，上海古籍出版社 1995 年版。

陈尚君：《唐代文献丛考》，中国社会科学出版社 1997 年版。

吴在庆：《唐五代文史丛考》，江西人民出版社 1996 年版。

余诚：《重订古文释义新编》，武汉古籍书店 1986 年版。

罗宗强：《隋唐五代文学史》，高等教育出版社 1990 年版。

王基伦：《唐宋古文论集》，里仁书局 2000 年版。

王基伦：《韩柳古文新论》，里仁书局 1996 年版。

钱钟书：《谈艺录》，中华书局 1984 年版。

王兴国：《湖湘文化纵横谈》，湖南大学出版社 1996 年版。

李生龙：《道家及其对文学的影响》，岳麓书社 2005 年版。

汤一介：《佛教与中国文化》，宗教文化出版社 1999 年版。

胡遂：《佛教与晚唐诗》，东方出版社 2005 年版。

吴文治：《柳宗元资料汇编》，中华书局 1997 年版。

宗白华：《美学散步》，上海人民出版社 1981 年版。

李泽厚：《美学三书》，天津社会科学院出版社 2003 年版。

陈伯海：《历代唐诗论评选》，河北大学出版社 2003 年版。

曾大兴：《中国历代文学家之地理分布》，湖北教育出版社 1995
　年版。

梅新林：《中国古代文学地理形态与演变》，复旦大学出版社 2006 年
　版。

潘桂明：《中国居士佛教史》，中国社会科学出版社 2000 年版。

杨义：《通向大文学观》，安徽教育出版社 2006 年版。

胡可先：《政治兴变与唐诗演化》，中国社会科学出版社 2003 年版。

陈正祥：《中国文化地图》，生活·读书·新知三联书店 1983 年版。

钱穆：《中国文化史导论》，商务印书馆 1984 年版。

谌东飚、周玉华：《文通》，湖南大学出版社 2008 年版。

周玉华：《永州历史文化与古代文学研究》，上海交通大学出版社
　2014 年版。

周玉华：《安史之乱与盛唐古代运动：以天宝六载至贞元九年为
　界》，上海交通大学出版社 2017 年版。

周玉华：《元结潇湘诗文研究》，汕头大学出版社 2018 年版。

二　论文

谷重：《元结重修舜庙并置相关碑刻考》，《中国书法》2018 年第
　7 期。

彭小乐：《论唐代鲜卑族后裔元结山川铭的道德劝诫》，《贵州民族
　研究》2017 年第 11 期。

彭敏：《地方书写的多主体呈现——以苏门文人的浯溪留题为中心》，
　《中南大学学报》（社科版）2017 年第 1 期。

何安平：《元结与唐代文化共同体建设》，《理论界》2017 年第 9 期。

彭小乐：《论唐代鲜卑族后裔元结的吏治思想》，《贵州民族研究》
　2016 年第 6 期。

何安平：《元结、韩愈思想及文学观比较——以古文为中心》，《周
　口师范学院学报》2014 年第 11 期。

彭小乐、王素敏：《论先秦诸子思想对唐代鲜卑族后裔元结的影
　响》，《贵州民族研究》2015 年第 6 期。

彭小乐：《〈元次山集〉版刻源流考》，《新世纪图书馆》2015 年第 6
　期。

张晓宇：《小议元结铭文》，《内蒙古财经大学学报》2015 年第 8 期。

李花蕾：《从〈阳华岩铭〉看元结对湘南摩崖石刻景观的缔造之
　功》，《湖南科技学院学报》2015 年第 8 期。

彭小乐：《元结的古文革新与唐代古文运动》，《中华文化论坛》
　2015 年第 9 期

彭小乐：《元结"以文为诗"论》，《商丘师范学院学报》2015 年第
　10 期。

李贵：《地方书写中的空间、地方与互文性——以黄庭坚〈书摩崖碑
　后〉为中心》，《学术月刊》2014 年第 3 期。

邹文荣：《析唐代元结的独特精神及当代意义》，《金陵科技学院学
　报》2014 年第 3 期。

张晓宇、刘毅卓：《元结诗序的作用与表达特色》，《河北大学学报》
　（哲社版）2013 年第 9 期。

胡菡：《论家庭教育对元结的影响》，《牡丹江大学学报》2013 年第
　3 期。

周玉华：《纠结在敬仰与疑古之间——元结道州论"舜"文探究》，
　《湖南科技学院学报》2013 年第 11 期。

邓小军：《元结撰、颜真卿书〈大唐中兴颂〉考释》，《晋阳学刊》
　2012 年第 3 期。

桂多荪：《浯溪碑林》，《中国书画》2012 年第 10 期。

周玉华：《元结：中国古代山水游记的开拓者》，《山西财经大学学

报》2012 年第 12 期。

张京华：《元结与永州水石文化》，《湖南科技学院学报》2011 年第
　2 期。

杨金砖：《论元结游记体散文的艺术特质》，《求索》2010 年第 2 期。

翟满桂、蔡自新：《元结湘南诗文论略》，《湖南社会科学》2010 年
　第 3 期。

陈仲庚：《"隔"与"不隔"的山水美——元结山水诗的审美特征及
　其价值》，《船山学刊》2010 年第 4 期。

邓芳：《"致君尧舜上，再使风俗淳"——试论盛唐后期到中唐前期
　的文儒思想及其文学影响》，《北京大学学报》2009 年第 3 期。

周玉华：《试论柳宗元借鉴元结游记艺术》，《社会科学论坛》2009
　年第 12 期。

朱琼娅：《试论元结诗歌的规讽特色》，《天中学刊》2007 年第 8 期。

霍松林：《元结的山水诗与山水游记刍议》，《甘肃社会科学》2007
　年第 9 期。

熊礼汇：《论元结山水铭文的修辞策略和美学风格》，《周口师范学
　院学报》2006 年第 1 期。

何诗海：《论元结在新乐府运动中的地位》，《中国韵文学刊》2002
　年第 6 期。

梅新林、崔小敬：《走向成熟的唐代游记文学》，《广西民族学院学
　报》2001 年第 5 期。

姬沈育：《试论元结的散文成就》，《河南大学学报》1999 年第 5 期。

姬沈育：《谈试论元结革新文体的成就》，《天中学刊》1999 年第
　2 期。

桂多荪、桂胜元：《浯溪碑林的议论诗》，《湖南大学学报》1994 年
　第 9 期。

李炳海：《浯溪胜境与湖湘文学的中兴话题》，《中国文学研究》
　1995 年第 7 期。

梅新林：《元结与皎然：中唐诗歌复兴的南北先导》，《浙江学刊》

1995 年第 3 期。

王运熙：《元结诗论述评》，《阴山学刊》1990 年第 10 期。

孙昌武：《读元结文札记》，《社会科学战线》1985 年第 6 期。

聂文郁：《论元结的山水诗》，《青海师范大学学报》1986 年第 10 期。

刘法绥：《读元结作品小识》，《文学遗产》1981 年第 9 期。

洪迎华：《"韦柳体"及韦柳高下争议的接受学考察》，《厦门大学学报》2010 年第 1 期。

曹春茹：《朝鲜文坛对柳宗元的接受与批评述略》，《柳州师专学报》2009 年第 4 期。

洪迎华、尚永亮：《从辨体思想看明清诗学对韦、柳五古之接受》，《中国人民大学学报》2012 年第 4 期。

杨再喜：《从柳宗元"文以明道"观探析其在两宋理学家的接受境遇》，《兰州学刊》2012 年第 12 期。

莫军苗：《金元柳宗元文章接受史》，《柳州师专学报》2011 年第 4 期。

杨再喜：《柳宗元接受"拐点"的开拓者王安石》，《社会科学辑刊》2008 年第 2 期。

杨再喜：《柳宗元诗歌传播接受的开创者梅尧臣》，《湘潭师范学院学报》2008 年第 3 期。

邱美琼、胡建次：《柳宗元诗歌接受的三个维面》，《江西教育学院学报》2004 年第 2 期。

尚永亮、洪迎华：《柳宗元诗歌接受主流及其嬗变——从另一角度看苏轼"第一读者"的地位和作用》，《人文杂志》2004 年第 6 期。

刘美玉：《柳宗元书信中反映的文学思想》，《梧州学院学报》2006 年第 10 期。

严寅春：《柳宗元与江左文化》，《西藏民族学院学报》2007 年第 11 期。

曾羽霞：《柳宗元与荆楚文化传统》，《湖北师范学院学报》2013 年第 6 期。

贾名党：《柳宗元与刘禹锡接受屈赋管窥》，《安徽农业大学学报》
　　2008 年第 1 期。

伍丹：《论柳宗元诗歌对楚辞的接受》，《云梦学刊》2007 年第 7 期。

莫山洪：《论茅坤对柳宗元文章的接受》，《钦州学院学报》2013 年
　　第 1 期。

杨再喜：《论唐宋时影响柳宗元文学接受的三个因素》，《湖南科技
　　学院学报》2008 年第 1 期。

莫山洪：《论朱熹对柳宗元文章的接受及其对后世的影响》，《柳州
　　师专学报》2010 年第 2 期。

杨再喜：《诗情与友情的楷模——刘禹锡对柳宗元的诗歌的接受》，
　　《中国韵文学刊》2008 年第 6 期。

汤江浩：《试论柳宗元散文在北宋时期的接受问题》，《福州大学学
　　报》2010 年第 1 期。

李栋辉：《宋代柳宗元诗歌接受新论》，《柳州师专学报》2011 年第
　　2 期。

王玉姝、董艳玲：《宋人之柳宗元研究文献辑录》，《图书馆学研究》
　　2016 年第 17 期。

殷学国：《唐诗经典影响史的三个层次——柳宗元〈江雪〉影响研
　　究》，《安徽师范大学学报》2012 年第 1 期。

杨再喜：《唐宋柳宗元接受之比较》，《广西社会科学》2008 年第
　　5 期。

后　记

　　捧着书稿，感慨万千。作为地道的永州人，我对一代宗师柳宗元的感情很深。

　　小学我就在永州市六小——今天的柳子街小学就读，初中高中则是就读愚溪岸边的永州五中。多年光阴，柳子庙周边与柳宗元有关的文化遗址，我都走了一个遍，对柳宗元的崇敬之情也日渐加深。柳子庙是永州人民纪念柳宗元的场所，又称柳子祠堂，位于愚溪河畔。始建于北宋仁宗至和三年（1056），清代光绪三年（1877）重建，为国家文化保护单位。柳子街得名于柳子庙，全长550米，宽6米，沿愚溪而建，东至潇水，西至节孝亭。唐代永贞元年（805），柳宗元被贬永州，元和五年（810）"柳宗元从城内永兴寺搬迁出来，在愚溪东南畔构筑家园"，后人为了纪念柳宗元，便称愚溪北的古道为柳子街。柳子街始建于唐代，兴盛于明清，为古时湘桂通衢中的官道所在，临街建筑多为明清古建，成为全国历史文化街区，也成为著名的文化旅游街区。在柳文化的熏陶下，柳子街民风淳朴、邻里关系融洽、居民尊老爱幼，每逢重大节日或街区重大活动，沿街居民自发组织，备佳肴办宴席，举办"柳子家宴"。此外，柳子街居民还自发组织舞龙狮、赛龙舟、赏花灯、祭灶神等民俗活动，更是增添了柳子街历史文化街区鲜活独特的魅力。

　　漫步柳子街，就会听到老人教小孩说唱"柳子庙，上下两座庙，老庙了老庙，新庙了新庙"。那时的我，还不了解柳子庙的建筑结构，也不明白正门石门框上的对联是何意？"山水来归，黄蕉丹荔；

春秋报事，福我寿民。"但对庙里"山水绿"戏台很有好感，因为逢年过节，会有永州当地戏团在戏台上演出零陵花鼓戏、祁剧、木偶戏或者渔鼓节目，下面则汇聚了众多的老人小孩，老人听戏入迷，小孩玩得起劲，台上台下一派和谐热闹景象。这不正是柳宗元"民利"思想的呈现？

愚溪蜿蜒，清澈见底，水中螃蟹、小鱼小虾颇多，放学后，这里就成了我们男生的游戏天地，有的摸蟹，有的捉虾，有的捞鱼，还有的岸边指指点点，怎一个热闹了得；上课时，愚溪又恢复了往日的幽静。清冽的"小石潭"，澄净的"钴鉧潭"，繁茂的"西山"，光洁的"岩石"，《永州八记》文化遗址留下了我们年少的足迹，罕有《江雪》的孤寂，多了潇水访古的乐趣。

随着年龄和阅历增长，我对柳宗元参与永贞革新、贬谪永州的生活经历认识也多了起来。

孟子曰："天之降大任于是人也，必先苦其心志，劳其筋骨，饿其体肤，空乏其身，行拂乱其所为，所以动心忍性，曾益其所不能。"（《孟子·告子章句下》）柳宗元秉承儒家传统"达则兼济天下，穷则独善其身"。生于安史乱后的柳宗元，对藩镇割据和宦官擅权的危害深有感触，对国家的衰败痛心疾首，对百姓疾苦深表同情。他迫切希望国家重现大唐盛世，百姓能够安居乐业。因此，他以极大热忱投身"永贞革新"，施展"辅时及物""利安元元"的政治抱负。革新派打击宦官和藩镇，加强朝廷权威，采取自上而下的改革，最后以主持者的流贬而宣告失败，这就是历史上的"八司马事件"。

"永贞革新"的失败成为柳宗元后半生的政治命运的转折点，从公元805年到公元815年，贬谪永州的十年则是迎来他思想创作辉煌成就的重要时期。这是柳宗元最困厄、最孤寂、最愤懑的十年，也正是这困顿的十年，真正造就了柳宗元文学大家、思想大家的风范。在永州生活，他接触了各个行业的百姓，广泛了解他们的生活状况，同情他们的遭际，其儒家"利安元元"民本思想也更加成熟。他强调人事，反对天诸说，将古代朴素"无神论"思想推向新的高度。柳宗元一生好佛，"自幼好佛，求其道，积三十年"，贬谪永州期间，他借住寺庙，与僧人多有交往，"自肆于山水间"，从中寻找慰藉，排解心中的郁闷。

正是这种独特的人生经历和思想感受，又借鉴了前人的艺术经验，加上他杰出的创作才能，柳宗元才能取得突出的文学成就。诗歌创作题材广泛，体裁多样，精工细致，韵味深长，格调简淡，感情深厚。叙事诗文笔质朴，描写生动；寓言诗形象鲜明，寓意深刻；抒情诗清新峻爽，委婉深曲。散文与韩愈齐名，并称"韩柳"。在"文道合一""以文明道"思想的指引下，革新文体，"辞必己出"，创作了大量内容丰富、技巧纯熟、语言精练的优秀散文。"永州八记"生动表达了人对自然美的切身感受，备受后世推崇，成为中国山水游记名作，确立了山水游记在文学史上的地位。寓言散文借鉴前人创作经验，以其开拓性创造，情节完整，故事性强；托物言志，隐晦明理，刻画传神，爱憎分明，从而形成了独具一格的艺术特点。论说文观点尖锐，立意深刻，语言峻洁，文风"雄深雅健"。辞赋则继承和发扬了屈原辞赋的传统，"蕴骚人之郁悼，写情叙事，动必以文"，感情真挚，内容充实，成为唐代赋体文学佳作。

可以说永州山水成就了柳宗元的文学大业，永州山水也因柳宗元的卓越成就而名扬天下。永州有着风光秀美的自然山水，底蕴深厚的历史文化；人民勤劳，善良朴实。流寓永州的文化名人由衷喜爱永州的山水人文，他们是永州的推介宣传大使。作为地道的永州人，我深爱着这片神奇的土地，有责任和使命挖掘永州的人文历史，做好第一手文献资料搜集整理，做好学术研究和文化普及。

坚持传承永州的优秀文化，由衷感谢关心和指导我的师友。我的硕士生导师谌东飚教授有诗酒豪情颇具魏晋名士风采；徐炼教授博学睿智多才多艺，雷磊教师平易近人，让我敬佩不已。我的博士生导师熊礼汇教授严谨求实胸怀宽广；尚永亮教授教授平易近人温文尔雅。因为他们的指引，我也逐渐有了点滴感悟。恩师如此我欲何求呢？但愿自己能牢记师尊教诲，不断努力。

　　此书作为地方文化的研究成果，承载永州大地养育之恩，为潇湘文化研究和传播，我将继续努力，不断回报科技学院师友的关心。感谢文法学院和国学院的关心和支持，在这个温暖的大家庭，在大家的关怀下，我的精神饱满。感谢潘雁飞教授、翟满桂教授、杨金砖教授、陈仲庚教授、杨再喜教授、谷显明教授、张能泉教授、何建良教授、江建高教授、莫顺斌教授、贡贵训教授的指导，感谢林云鹤博士、傅宏星博士、赵洪涛博士、周孟战博士、肖献军博士、刘新征博士、林耀琳博士、黄丽博士、蒋扬帆老师、刘忠华老师、梁小珊老师的关心。感谢中国社会科学出版社宋燕鹏编审的认真负责，此书才得以面世。需要感谢的人太多，只有以后续更多的科研成果来回报你们的恩情。

　　最后谨以柳宗元的诗句"为报春风汩罗道，莫将波浪枉明时"，表达我此刻的心情。生活在如此美好的时代，我辈当不辞辛劳，默默耕耘，同时也谨以坚守精神家园孤独自勉，督促自己在今后的教育学术路上不畏艰辛，勇毅前行！

石玉于桂园新村 13 栋

2024 年 2 月 28 日